L'amour pour châtiment

J'AI LU

Catherine Anderson

L'amour pour châtiment

Traduit de l'américain
par Elisabeth Luc

Éditions J'ai lu

Titre original :

KEEGAN'S LADY

Published by Avon Books,
a division of the Hearst Corporation, N. Y.

PROLOGUE

Colorado, avril 1866

Balayant la prairie nimbée par le clair de lune, le vent gémissait tel un spectre solitaire, portant le froid des montagnes Rocheuses enneigées. Axel Keegan leva son visage brûlant et prit une profonde inspiration.

Du haut de ses onze ans, il n'avait pas souvenir de s'être jamais senti plus fatigué. Depuis le coucher du soleil, il avait travaillé sans relâche et, apparemment, il ne pourrait aller se reposer avant plusieurs heures. Il s'appuya contre le cheval qu'il venait d'atteler au chariot de son beau-père, puis s'épongea le front d'un revers de manche poussiéreux.

– Tout doux, Patch, murmura-t-il à la bête épuisée. Papa sait ce qu'il fait. Demain matin, on vous trouvera de l'herbe près d'un point d'eau, à vous, les chevaux, vous verrez. Pendant que nous flânerons près des chariots, vous pourrez brouter et vous reposer tout à loisir.

Axel prononça ces paroles sans trop de conviction. A en juger par ce qu'il avait vu, les habitants de cette contrée étaient presque aussi accueillants que l'huissier yankee qui les avait chassés de chez eux. Ils refusaient de partager leur eau, surtout avec des inconnus originaires du Sud. Ils avaient encore deux bons jours de voyage en perspective, ce qui les mettait, sa famille et lui, dans un sale pétrin.

A la vérité, Axel était terrorisé. Ce qui avait commencé à Saint Louis comme un rêve se transformait en un véritable cauchemar. Il n'était pas certain que sa mère, fragile, supporterait les rigueurs du voyage de retour vers l'Est sans une nourriture saine et du repos.

– Je ne vois pas pourquoi papa ne se révolte pas contre ces types, marmonna-t-il au cheval. Je ne le considère pas comme un lâche, car ce n'est pas le cas, s'empressa-t-il d'ajouter. Cette cicatrice sur son bras, souvenir d'un sabre yankee, en est la preuve.

Patch grogna de nouveau et roula les yeux. En Virginie, Joseph Paxton possédait une douzaine de chevaux. Après les pillages des Yankees, il n'en avait plus que deux.

L'animal tourna la tête pour toucher du museau la chemise d'Axel. Regrettant de ne pas avoir une gâterie à lui offrir, le gamin lui flatta l'encolure. Depuis la guerre, les temps étaient difficiles. Elle semblait loin, l'époque où sa mère pouvait se permettre de sacrifier quelques morceaux de sucre.

Regardant en direction de la prairie, Axel cligna des yeux pour chasser ses larmes. Seuls les bébés pleuraient, et il était grand, maintenant. C'était dur, voilà tout, de devoir faire demi-tour et de repartir après les efforts fournis pour en arriver là. Cela ne rimait à rien, selon lui.

C'était pourtant le plus beau pays qu'il ait jamais vu. A l'ouest, les montagnes Rocheuses, dont les cimes déchiquetées se détachaient au clair de lune telles des ombres chinoises contre le ciel d'ardoise, s'amollissaient en pentes de granit, cédant le pas aux contreforts puis à la prairie. Son beau-père disait que le sol y était riche et fertile, idéal pour la culture et l'élevage. Ils auraient beau chercher pendant des années, ils ne trouveraient pas meilleur terrain.

Comment Joseph pouvait-il permettre à une poignée de voyous de le forcer à s'en aller ? Cette terre était la leur, ils l'avaient achetée, et payée avec chaque sou que Joseph avait pu grappiller. Axel avait vu de ses propres yeux l'acte de propriété. Certes, il ne comprenait pas le jargon juridique, mais le nom de son beau-père figurait noir sur blanc sur le document, tout en haut, et il y avait un cachet officiel dans le coin, doré et brillant, avec un beau ruban rouge.

Non, il était injuste de laisser ces vauriens les priver de leur rêve. Axel aurait voulu être plus grand. Assez pour apprendre les bonnes manières à cet arrogant Connor O'Shaunnessy.

Après une dernière caresse au cheval, le garçonnet fit le tour du chariot bondé et se dirigea vers le feu de camp, où Joseph était en train d'emballer les provisions et les ustensiles de cuisine dans une malle.

En entendant les bottes de son beau-fils bruisser dans l'herbe, Joseph leva les yeux, crispant les muscles de ses épaules. La guerre de Sécession était finie depuis plus d'un an, mais il avait encore le visage marqué. Axel trouvait Joseph différent des autres. C'était un homme foncièrement bon.

En le regardant, l'enfant regretta plus que jamais qu'ils n'aient pu conserver leur plantation de Virginie. Joseph n'en serait pas là, sans toit, sans un sou, avec une famille à nourrir.

– Papa, est-ce qu'on peut parler tous les deux ? demanda Axel en surgissant dans la lumière de la torche.

Joseph lui adressa un regard curieux.

– Naturellement, mais, d'abord, passe-moi donc cette cafetière, veux-tu ?

Bien qu'il s'exprimât toujours d'une voix douce dénuée de toute brutalité, l'enfant lui obéit sans hésiter.

– Oui, papa, répondit-il poliment, ainsi que sa mère le lui avait appris.

– Les chevaux sont attachés ?

– Oui, papa, comme tu l'avais demandé.

– Dès que ta mère et les garçons seront revenus de la rivière, nous partirons. Je pense que nous pourrons atteindre No Name en quelques heures. Nous pourrions passer la nuit derrière les écuries. Qui sait ? Peut-être pourrions-nous nettoyer quelques boxes et nous faire un peu d'argent pour acheter des vivres.

Axel se tourna vers la ravine où un joli petit ruisseau bouillonnait sur des pierres couleur rouille. Comme de coutume, sa mère avait insisté pour baigner ses petits frères avant de les coucher à l'arrière du wagon. En dressant l'oreille, il entendit le petit Joseph glousser tandis que les deux derniers se disputaient. Parfois – pas souvent –, Axel se réjouissait d'être l'aîné. Au moins, sa mère le laissait se laver seul.

Joseph essuya la cafetière avant de la ranger dans la malle. Ensuite, comme s'il lisait dans les pensées de l'enfant, il déclara :

– Je sais que tu n'approuves pas ma décision pour cette histoire de terre, fiston, mais quand tu auras toi-même une famille à nourrir, tu verras les choses autrement.

Axel creusa l'herbe de la pointe de sa botte.

– Oui, papa.

Joseph soupira et s'assit.

– Il faut que tu comprennes, mon grand. Je suis seul contre cinq.

– Mais je suis là, à tes côtés.

– Et j'ai de la chance de t'avoir. Mais tu n'es qu'un enfant. Ce sont des adultes, et méchants, en plus. Je dois penser à ta mère et à tes frères. Si les choses s'envenimaient, ils pourraient être pris dans une fusillade. Je ne me le pardonnerais jamais.

– Mais, papa, on ne peut pas partir comme ça ! Il faut résister, nous battre. C'est notre terre. Tu l'as payée. Qu'est-ce qu'on va faire ? On n'a pas d'argent, presque plus de vivres. Tu ne parles que de retourner dans l'Est, mais qu'est-ce qu'on va manger ? Si l'un de nos chevaux se blesse, nous sommes coincés.

– Le Seigneur veillera sur nous, comme toujours.

Joseph referma le couvercle de la malle en bois, se leva et ébouriffa la tignasse brune de l'enfant.

– Quant à résister et à se battre, tu tiens de ton vrai

père, pour sûr, mon garçon. D'après ta mère, c'était un bagarreur. Remarque, je n'y vois pas d'inconvénient.

Axel frémit d'exaspération.

– Parfois, papa, on n'a pas le choix. C'est se battre ou mourir.

– Pour les mécréants, peut-être, dit Joseph en pointant un index rageur. Mais la violence engendre la violence.

Il leva la main pour empêcher le jeune garçon de l'interrompre.

– Demain matin, nous rendrons visite au shérif de No Name. Je lui raconterai ce que ces hommes ont fait, je lui montrerai mon acte de propriété prouvant que j'ai payé. Si c'est un homme respectable et pieux, il les sermonnera, et tu verras que nous pourrons revenir ici.

– Mais s'il n'est pas honnête ? répliqua Axel en crispant les poings. S'il refuse de nous aider ?

– Alors nous devrons partir. Je ne puis mettre ta mère et les petits en danger. Il n'y a pas un terrain en ce bas monde qui vaille le sacrifice de leur sécurité, ou de la tienne.

Joseph se pencha pour soulever la malle sur son épaule. Axel le suivit jusqu'au chariot, puis l'aida de son mieux à poser le lourd fardeau à l'arrière du véhicule, parmi leurs autres biens. Joseph commença à inspecter la toile, pour s'assurer qu'elle était solidement fixée.

Habitué à prêter main-forte à ses parents dès son plus jeune âge, Axel courut à l'autre bout du chariot. En tirant sur la corde, il perçut un son étrange. Regardant par-dessus son épaule, il vit quatre lueurs vives approcher de leur campement.

– Ça va, de ton côté ? lança Joseph.

Axel avait la gorge nouée par la peur.

– Papa, des cavaliers se dirigent vers nous à toute allure. Ils sont quatre et brandissent des torches.

Joseph rejoignit l'enfant. Sous le clair de lune, sa

chemise blanche paraissait presque bleue. Axel lui agrippa le bras.

– Tu veux que je sorte la carabine ?

– Ne dis pas de bêtises, fiston, rétorqua Joseph en lui tapotant la main. La cafetière, d'accord. Tu prends de mauvaises habitudes en soupçonnant chaque inconnu qui passe d'être mû par les pires intentions.

Axel regarda au loin, dans la pénombre. Les cavaliers approchaient. Son instinct lui disait que son beau-père et lui devraient se préparer à se défendre. Au lieu de cela, n'écoutant que ses convictions, Joseph se dirigea au-devant d'eux.

Au même moment, Doris apparut, l'air inquiet.

– Qui est-ce ? demanda-t-elle à son mari.

– Je n'en sais pas plus que toi, répondit-il avec un sourire rassurant.

– C'est un peu tard pour des inconnus, tu ne crois pas ?

Dans la pénombre, les grands yeux bleus de Doris ressemblaient à des taches noires dans un visage pâle. Joseph posa un bras protecteur sur ses épaules.

– Un peu tard, en effet, dit-il en regardant autour de lui. Où sont les garçons ?

– Le petit Joe les aide à s'habiller. L'eau n'est pas très profonde. En entendant que nous avions de la visite, j'ai préféré revenir au cas où tu aurais besoin de moi.

– Tout le monde est un peu tendu, ce soir, on dirait ! s'écria Joseph en riant.

Doris lança un regard anxieux à Axel, puis aux cavaliers munis de torches.

– Tu dois admettre que l'accueil que nous avons reçu aujourd'hui n'était pas très chaleureux, Joseph.

– C'est vrai, mais j'ai accepté de partir. O'Shaunnessy a l'assurance que je plierai bagage avant le lever du soleil. Nous ne devrions plus être inquiétés ni par lui ni par ses...

– Paxton ! cria une voix masculine courroucée. Montre-toi, espèce de lâche !

Un nuage de poussière s'éleva tandis que les cavaliers arrêtaient leurs montures. Les yeux chargés de colère, Axel dévisagea les quatre hommes. Celui qui avait les épaules larges et semblait mener la bande était Connor O'Shaunnessy, l'homme qui les avait chassés de leur terre dans la journée. Derrière lui se tenait Estyn Beiler, l'un des deux malfrats qui avaient escroqué Joseph à Saint Louis. Son complice, un homme courtaud et trapu, se nommait Camlin Beckett, mais il n'était pas là.

Même dans la pénombre, Axel distinguait leurs traits tendus. Leurs yeux brûlaient de haine, une haine absolue qui lui noua les entrailles. Son instinct lui disait d'aller chercher la carabine. Joseph se trompait en affirmant que le Seigneur les protégeait toujours. Parfois, il fallait sauver sa peau.

Tournant les talons, il se précipita vers le chariot, le cœur battant la chamade. Il atteignit l'arrière du véhicule, le souffle court. Saisissant le rebord, il sauta à l'intérieur, se cognant le coude. La carabine... Il fallait qu'il la trouve !

Quand Joseph ne portait pas le Spencer sur sa selle, il rangeait son arme avec soin dans un édredon de Doris, sous le plancher du chariot. Il soutenait que garder une arme chargée à portée de main était imprudent quand on avait de jeunes enfants.

Percevant vaguement les éclats de voix des adultes, Axel se mit à plat ventre et glissa le bras sous la couchette. Un soubresaut du chariot le projeta en arrière. Il comprit que quelqu'un affolait les chevaux. En tendant de nouveau le bras, il entendit Patch pousser un gémissement. Cherchant désespérément parmi les édredons, il crut d'abord que l'arme ne s'y trouvait pas. Puis sa main effleura le canon du Spencer. A genoux, il s'immobilisa pour écouter ce qui se passait. Apparemment, O'Shaunnessy et ses comparses accusaient Joseph de meurtre.

Jamais Axel n'avait entendu une telle absurdité.

Soudain, les pensées de l'enfant furent interrompues par un cri de sa mère.

– Oh non ! Mon Dieu ! Vous êtes fous ! hurla-t-elle. Lâchez mon mari ! Je vous en prie ! Il n'a tué personne. Il ne ferait pas de mal à une mouche. Arrêtez !

Mû par la peur qu'il discernait dans sa voix, Axel quitta le chariot. Dès qu'il toucha le sol, il s'efforça de se ressaisir.

Les quatre hommes étaient descendus de cheval et tenaient leurs torches près du sol, Patch, dételé, au milieu d'eux. L'un d'eux agrippait fermement le harnais de la bête tandis que deux autres forçaient Joseph, mains liées derrière le dos, à monter en selle.

Axel fut soudain pris de panique. Comme les hors-la-loi d'un roman à deux sous que lui avait lu sa mère, ces hommes s'apprêtaient à exécuter son beau-père !

Doris se précipita en avant et attrapa la cheville de son mari, implorant ses bourreaux entre deux sanglots de lui laisser la vie sauve. L'un des hommes l'écarta brutalement et elle tomba à terre.

Axel sentit ses jambes se dérober, mais il parvint à rester debout, paralysé de terreur. Alors il se rappela la carabine. C'était la dernière chance pour Joseph.

– Libérez papa ! cria-t-il en mettant en joue. Lâchez-le ou je tire. Je ne plaisante pas !

Axel avait à peine prononcé ces paroles qu'une grosse main rougeaude lui arracha l'arme. Levant les yeux, il vit Connor O'Shaunnessy penché sur lui. Le colosse roux empestait le whisky et la sueur. Il chancela en levant la carabine.

– Ecarte-toi, mon garçon. Tu ne peux rien faire pour aider ton père. Personne ne peut plus rien pour lui.

– Joseph ! cria Doris, en larmes. Mon Dieu, Joseph !

Axel se retourna. Son cœur faillit s'arrêter de battre

quand il vit Joseph, toujours à califourchon sur Patch, sous un chêne, une corde au cou.

– Non ! Libérez mon père ! La loi interdit de tuer !

– La loi, c'est nous, déclara Estyn Beiler. Je suis le shérif de No Name, figure-toi.

Le shérif ? Axel fit un bond en avant, mais fut vite retenu par O'Shaunnessy.

– Vous ne pouvez pas le pendre ! insista Axel. Il n'a rien fait de mal !

– Oh, mais si ! Il a tué Camlin Beckett ! D'une balle dans le dos, en plus.

– C'est faux ! Ce n'était pas lui !

– Qui d'autre, alors ? Camlin était un homme bien. Pas un ennemi à cent kilomètres à la ronde. Personne ne lui voulait de mal, à part ton père. J'aurais dû m'attendre à avoir des ennuis avec vous. Aucun de vous n'est digne de la poudre qu'il faudrait pour vous expédier en enfer !

Axel vit les autres passer la corde autour du cou de Joseph. Il se jeta sur O'Shaunnessy.

– Lâchez-le ! Lâchez-le !

– Espèce de sale vermine !

Le métal de la carabine scintilla dans la nuit tandis que l'homme levait l'arme. Aussitôt, l'enfant eut l'impression que sa tête explosait. Une douleur fulgurante lui déchira la tempe gauche. Il ne vit plus que du blanc. Dans un souffle, il s'écroula, inerte, trop sonné pour cracher la poussière qu'il venait de mordre. Il sentit à peine le coup de pied qu'on lui assenait, tandis que la pointe d'une botte lui meurtrissait la hanche.

– Axel !

Il avait l'impression de flotter sur un nuage, loin de la réalité. Il perçut le cri de sa mère, puis la vit vaguement se précipiter vers lui. Au moment où elle le rejoignait, son agresseur la retint par le bras. Dans un tourbillon de jupons, il la plaqua contre lui avec un rire gras.

– Mais c'est qu'elle est mignonne, celle-là ! s'écria-t-il en jetant la carabine.

– Lâchez-moi ! Mon fils ! hurla la jeune femme en cherchant à se libérer de son étreinte.

– Il a eu ce qu'il méritait, comme ton vaurien de mari !

Axel ouvrit la bouche pour dire à sa mère qu'il allait bien, mais les mots ne venaient pas. Il regarda en direction du chêne. Joseph se débattait comme un beau diable, refusant de se laisser passer la corde autour du cou.

– Maman, il faut aider papa, parvint-il à marmonner.

Suivant son regard, Doris comprit la situation et cessa de lutter. Son visage blêmit soudain.

– Je vous en supplie, monsieur ! Joseph est incapable de tuer quelqu'un. Je le jure. Accordez-lui au moins un procès devant un jury !

– Il a eu le jugement qu'il méritait, rétorqua O'Shaunnessy en secouant la tête. Et on l'a jugé coupable.

– S'il vous plaît, ne le tuez pas ! Je vous donnerai tout ce que vous voudrez. Le chariot, les chevaux, le peu d'argent que nous possédons. Tout !

– J'en veux pas, de votre vieux chariot, ni de vos chevaux, ma belle.

– Alors quoi ? Dites-le, vous l'aurez. Je vous en prie !

La supplique de Doris s'acheva dans un sanglot déchirant. O'Shaunnessy baissa les yeux vers elle, puis il esquissa un sourire d'ivrogne. Il fit signe à ses complices d'interrompre la pendaison.

– Mais dis donc, chérie, dit-il d'une voix avinée, voilà une proposition bien tentante !

– Doris, non ! cria Joseph. Mon Dieu, je préfère...

Un homme le fit taire en le bâillonnant à l'aide d'un mouchoir. Doris éclata d'un rire de démente. Axel rassembla ses dernières forces dans un effort pour se lever, mais le brigand entraînait déjà sa mère dans la pénombre.

L'enfant retrouvait peu à peu ses sensations. D'abord dans les doigts, puis les mains. Il parvint à s'agenouiller, mais s'écroula aussitôt.

Il ignorait combien de temps s'était écoulé quand O'Shaunnessy réapparut, reboutonnant nonchalamment son pantalon, et se dirigea d'un pas chancelant vers le chêne.

– Messieurs, fit-il avec un geste de la main, vous pouvez vous dépêcher afin de faire de moi un homme honorable. Comme vous le savez, je ne fréquente pas les femmes mariées. Les veuves, cependant, ont mes faveurs.

– Non !

Dépoitraillée, Doris surgit d'un buisson.

– Vous aviez promis ! Vous m'avez donné votre parole !

O'Shaunnessy éclata d'un rire cruel. L'un de ses complices claqua le flanc du cheval, qui se lança en avant, entraînant l'homme assis sur son dos.

La corde se tendit, puis Joseph fut projeté de la selle. Son corps tressauta tandis qu'il étouffait. Puis, sous les cris de sa femme, il se cambra. Son ombre semblait exécuter une danse macabre sur le sol. Sa bouche difforme semblait sourire.

Quand il s'immobilisa enfin, sans vie, O'Shaunnessy rejoignit son cheval et appela ses amis à en faire autant.

– Laissez les torches, cria-t-il, riant toujours. Le gosse en aura besoin pour enterrer ce bâtard.

Ils s'éloignèrent dans la nuit.

1

No Name, Colorado, juin 1885

Réveillée en sursaut par un bruit de tonnerre, Cathy O'Shaunnessy se redressa d'un bond dans son lit. D'abord désorientée, elle crut que son père était une nouvelle fois rentré ivre et titubait dans les couloirs jusqu'à sa chambre. Elle était debout et enfilait son peignoir quand elle se souvint que Connor était mort depuis presque un an.

Le cœur battant, elle resta immobile dans la pénombre et dressa l'oreille. Le vacarme provenait de l'extérieur. Des chevaux ? A en juger par l'agitation qui semblait régner dans la cour, ils étaient six ou sept et se dirigeaient vers la grange.

Repoussant une mèche de cheveux roux et bouclés de son front, la jeune femme enfila son peignoir, dont elle noua le cordon de ses doigts fébriles. Puis elle avança pieds nus sur le plancher pour gagner la fenêtre. Le clair de lune filtrait à travers le rideau de dentelle irlandaise. Tandis qu'elle l'écartait pour mieux voir, une poussière accumulée depuis plusieurs mois lui picota les narines. Dégoûtée, elle agita la main pour la chasser.

La grange, qui se dressait en face de la maison, semblait calme et sombre, comme d'habitude. Au-dessus, la demi-lune ressemblait à un bouton de nacre cassé en deux, suspendu par un fil invisible sur un fond de velours d'un bleu profond. Cathy garda les yeux rivés sur la grange, ne décelant pas le moindre signe de vie, pas plus que dans les zones d'ombre situées sous les chênes de la cour.

C'était étrange. Elle était pourtant certaine d'avoir entendu des chevaux. Où étaient-ils donc passés ?

Au même moment, elle aperçut une lanterne qui clignotait au loin, dans la grange. La lumière se faisait de plus en plus vive. Des silhouettes allongées se profilèrent contre les parois de bois. Elle avait passé suffisamment de nuits en ces lieux, auprès de bêtes malades, pour reconnaître en ces ombres celles d'hommes et de chevaux. Ils étaient plusieurs, à en juger par le désordre qu'ils ne manquaient pas de provoquer.

Il faisait trop sombre pour distinguer le cadran de la pendule, mais il devait être plus de minuit, une heure bien tardive pour une simple visite de courtoisie. Depuis trois mois, son jeune frère Patrick passait le plus clair de son temps à boire. Elle ne fut donc guère étonnée de ce remue-ménage.

Bien réveillée, à présent, elle poussa un soupir résigné et s'appuya contre le bord de la fenêtre. C'était la pleine période des foins, et voilà que Patrick lui ramenait des amis. Il avait vingt ans, que diable, seulement deux ans de moins qu'elle ! Quand allait-il cesser de mener une vie de patachon pour se remettre au travail et gérer le ranch ?

Depuis qu'il avait sombré dans l'alcool, Patrick ne passait plus guère de temps à la maison, ce qui obligeait la jeune femme à effectuer son travail en plus du sien. Il lui restait peu de loisir pour faire le ménage et tenir la maison comme elle l'aurait dû. Et il avait invité des amis ! Ils allaient à n'en pas douter laisser la cuisine en pagaille. Et s'ils dormaient ici, elle aurait des draps supplémentaires à laver la semaine prochaine. Comme si elle avait le temps ! Tandis que Patrick essayait de noyer ses problèmes dans le whisky, quelqu'un devait se charger de faire bouillir la marmite. Il pourrait au moins lui témoigner un peu de respect.

Peut-être lui fallait-il simplement du temps ?

Ces préoccupations revenaient souvent dans la tête de Cathy, qui ressassait alors de sombres pensées. Ce soir, elle était si fatiguée qu'elle n'avait plus la patience de se montrer compréhensive. Certes, Patrick avait traversé bien des épreuves dernièrement, mais cela ne justifiait en rien sa conduite irresponsable. D'habitude, elle parvenait à se convaincre du contraire. Mais elle était éreintée d'avoir une fois encore effectué le travail de deux hommes. Sa patience avait des limites.

Certes, la vérité sur leur père n'était pas facile à accepter. Ivre ou sobre, il avait été un être vil, sans valeur, dénué de scrupules. Et le sang de Connor coulait dans ses propres veines... Elle se sentait souillée. Elle avait passé sa vie à essayer de vivre avec l'idée qu'il était son père. En réaction, la jeune femme mettait un point d'honneur à se montrer d'une honnêteté irréprochable.

Seul garçon de la famille, Patrick semblait éprouver plus de difficultés encore à accepter la vérité sur leur géniteur. Au grand dam de Cathy, au lieu de réagir et de chercher à redresser la barre, le jeune homme semblait vouloir prouver au monde entier que bon sang ne saurait mentir. Le fils de Connor O'Shaunnessy ne pouvait vivre qu'avec une bouteille dans une main et l'autre poing fermé, prêt à frapper.

Selon lui, sa virilité, son identité et même sa fierté de porter le nom des O'Shaunnessy avaient été anéanties au cours des trois derniers mois. Il était amer et furieux. En un sens, elle comprenait sa conduite depuis quelque temps. Il n'en voulait pas seulement à leur nouveau voisin, Axel Keegan, qu'il tenait pour responsable de ses malheurs, mais aux gens de la ville. En tout cas, il se comportait conformément à ce qu'ils attendaient de lui.

Toutefois, la coupe était pleine ! Elle ne voulait plus

porter le fardeau de son frère. De plus, elle commençait à avoir vraiment peur. Chaque semaine qui s'écoulait, Patrick devenait plus fou quand il avait bu. Même quand il était sobre, elle sentait un fossé se creuser entre eux, comme s'il s'éloignait irrémédiablement d'elle. Il n'y avait pas si longtemps, ils étaient les meilleurs amis du monde. A présent, elle avait l'impression de côtoyer un étranger, un étranger détestable qui ressemblait de plus en plus à son père disparu.

Terriblement lasse, elle ferma les yeux un instant, se demandant combien d'années l'ignoble héritage de Connor mettrait à s'effacer de leur vie. Elle avait espéré que le pouvoir du vieil homme disparaîtrait avec lui. Au contraire, cet être maudit semblait exercer son influence d'outre-tombe.

Ecartant de nouveau les rideaux poussiéreux, Cathy ravala ses larmes de colère et de désespoir. Mais elle était stupide de se laisser aller ainsi. Pleurer ne résolvait pas les problèmes. Demain, elle aurait sans doute la migraine. Si au moins elle pouvait se permettre de traînasser à la maison, une compresse d'eau froide sur le front...

Enfin, son frère donnait signe de vie. Il fallait qu'elle se repose pour pouvoir travailler. Il n'allait tout de même pas l'empêcher de dormir jusqu'à des heures indues !

Cathy allait lâcher le rideau et retourner se coucher quand elle vit trois hommes sortir en courant de la grange. L'un d'eux menait la course. Croyant avoir affaire à son frère et deux de ses amis, elle fut étonnée de les voir soudain s'écrouler à terre, se martelant de coups de poing. Illuminée par une lanterne renversée, la poussière volait autour d'eux dans un halo doré. Les cheveux roux de Patrick scintillaient, alors qu'il gisait au sol, sauvagement roué de coups.

Cathy se tourna vivement. Axel Keegan ! Ce nom traversa son esprit comme un éclair fulgurant. Avec qui d'autre Patrick pouvait-il se battre en pleine nuit ?

Depuis son arrivée à No Name, trois mois plus tôt, toute la colère de son cadet se focalisait sur cet homme.

Elle serra les poings. Son frère ! Combien de fois lui avait-elle dit de laisser Axel Keegan tranquille ? Jusqu'à présent, elle avait réussi à ne pas croiser le chemin de son voisin, mais elle avait entendu parler de lui. Des histoires épouvantables circulaient sur son compte. C'était un bagarreur invétéré, qui avait fait fortune au jeu à San Francisco. Il était dangereux et, depuis son retour dans la région, Patrick O'Shaunnessy faisait de son mieux pour le provoquer. Apparemment, Keegan avait décidé de lui permettre d'exprimer son agressivité.

Cathy n'avait jamais été aussi furieuse contre son frère. En fait, elle fut tentée de laisser Keegan le frapper sans merci. Il le méritait bien, et une correction lui mettrait peut-être un peu de plomb dans la tête.

Mais non. Même si la tentation de laisser faire les agresseurs lui avait effleuré l'esprit, elle traversa la chambre d'un pas vif, resserrant son peignoir. Malgré la conduite inqualifiable de Patrick, elle ne pouvait rester immobile alors que des voyous s'en prenaient violemment à lui.

Le couloir qui menait à sa chambre, dépourvu de fenêtre, était plongé dans l'obscurité. Elle avança à tâtons jusqu'au bureau de son père. Un relent âcre de whisky lui assaillit les narines dès qu'elle ouvrit la porte.

A l'image de ses mauvais souvenirs, cette odeur tenace semblait ne pas vouloir disparaître. La jeune femme savait que c'était le fruit de son imagination, mais elle avait l'impression qu'il faisait plus froid dans cette pièce. Elle en eut la chair de poule et les mains moites. Très peu de lumière filtrait entre les rideaux damassés. Tâtonnant pour éviter de se cogner dans les meubles, elle se dirigea vers l'armoire à fusils. Dehors, elle percevait les cris assourdis des hommes.

Sa nervosité la rendait maladroite. Cherchant fébrilement la serrure, elle tourna la clé et trouva la winchester. Dès que ses doigts touchèrent le métal de la crosse, elle se sentit rassurée. Si Axel Keegan cherchait la bagarre, il n'allait pas être déçu ! Elle disposait de quinze balles.

Fusil au poing, Cathy parcourut la maison silencieuse. A la porte d'entrée, elle hésita. Il y avait plusieurs hommes dans la cour. Ils devaient aussi être armés. Il fallait être folle pour courir un tel risque !

Posant la main sur son ventre, elle prit une profonde inspiration. Patrick avait besoin d'aide. Quel genre de sœur serait-elle si elle se terrait dans la maison ? Plus d'une fois, par le passé, il était venu à son secours. Elle lui devait bien cela.

La porte grinça quand elle l'ouvrit doucement. Aussitôt, les criquets se turent. Le silence fut si soudain que même le vent semblait retenir son souffle.

Cathy se glissa sous le porche. L'air frais des montagnes Rocheuses s'engouffra aussitôt sous sa chemise de nuit et la fit frissonner. Elle referma la porte, demeura immobile une seconde, scrutant la cour. Rien. Même l'entrée de la grange semblait déserte. Seules la lueur de la lanterne et les ombres mouvantes à l'intérieur indiquaient qu'il se passait quelque chose d'anormal.

Le baraquement se dressait à une centaine de mètres de la grange. Cathy lança un regard dans cette direction. Après l'accident de son père, elle n'avait gardé que deux ouvriers, deux hommes âgés qui travaillaient depuis des années pour la famille en échange d'un salaire de misère. Elle songea à les réveiller, mais ils ne seraient pas d'un grand secours. De plus, elle ne voulait pas prendre le risque qu'ils soient blessés.

Rassemblant son courage, elle quitta le porche et traversa en courant la pelouse, puis la cour. Les chardons meurtrissaient ses pieds nus, mais elle sentait à peine la douleur.

Parvenue à la grange, elle s'adossa au mur. Une bourrasque embaumant l'herbe coupée et le foin caressa les plis de son peignoir. Le souffle court, le cœur battant, elle agrippa la winchester et l'arma. Le cliquetis de la mécanique bien huilée la fit grimacer.

Elle serra la crosse contre sa hanche, posa le doigt sur la détente et franchit la porte d'un bond.

– Qu'est-ce qui se passe, ici ?

Déconcertée, elle vit Hank Simmons, l'un de leurs employés, tout près du seuil. Le canon de la winchester lui touchait le dos.

– Hank ! Pousse-toi donc !

Il ne broncha pas. L'estomac noué, Cathy se souvint que le pauvre homme était sourd comme un pot. Mais pourquoi se tenait-il là ? Bien qu'il fût armé, il ne semblait pas disposé à tirer.

Elle l'écarta du canon de son fusil. Hank sursauta et se plaqua contre le mur. Sans lui accorder un regard, Cathy s'arrêta à un mètre de la lanterne, aveuglée par la clarté. Clignant des yeux, elle répéta sa question :

– Qu'est-ce qui se passe, ici ? Patrick, tout va bien ?

Le silence. Un silence pesant et angoissant. Même les chevaux demeuraient immobiles. Dès que ses yeux s'accoutumèrent à la lumière, elle comprit les raisons de ce mutisme. Patrick était perché sur son cheval, au milieu de la grange, les mains liées dans le dos, une corde au cou. L'autre extrémité était fixée sur une grosse poutre, juste au-dessus de sa tête. Il suffisait d'une claque sur le flanc du cheval pour que le malheureux périsse, pendu haut et court.

Tels des enfants pris en faute, les hommes qui entouraient Patrick ne disaient rien, l'air penaud.

L'espace d'un instant, Cathy se demanda lequel d'entre eux était Keegan. Alors toute l'horreur de la situation la saisit. Le moindre coup de feu risquait d'effrayer le cheval, ce qui rendait sa winchester inutile. Pas étonnant que ce pauvre Hank demeurât figé derrière elle. Un faux mouvement, et Patrick était mort.

– Mon Dieu ! gémit-elle.

Elle leva les yeux vers Patrick. Des larmes de terreur coulaient sur ses joues pâles. Ses cheveux d'un roux profond, semblables aux siens, se dressaient sur sa tête. Ses grands yeux bleus étaient écarquillés de frayeur. Sa chemise blanche était déchirée à l'épaule. Cette chemise, elle l'avait cousue elle-même au cours de l'hiver.

– Qu'as-tu fait, Patrick ? demanda-t-elle d'une voix tremblante. Et vous tous, ne restez pas sans rien dire ! Expliquez-moi ce qu'il a fait. Vous êtes devenus fous ?

Au lieu de lui répondre, les hommes fixaient les ombres, mal à l'aise. Cathy mit un certain temps à comprendre la situation. Etonnée, elle se retourna et regarda dans la même direction, sous l'escalier qui menait au grenier. D'abord elle ne vit rien. Puis elle décela un éclair argenté. Axel Keegan. Elle avait entendu parler de son arme légendaire à six coups, avec sa crosse de nacre. En ville, on le surnommait l'as de la gâchette. Vu le nombre de victimes que comptait Keegan à son tableau de chasse, ce surnom était loin d'être usurpé.

Comme une image qui prend vie sous les traits d'un artiste, l'homme qui se tenait dans l'ombre commençait à prendre forme. Sa silhouette demeurait floue, mais Cathy le distinguait suffisamment bien pour remarquer qu'il était habillé de noir et avait la peau hâlée. Seuls ses yeux, comme l'arme sur sa hanche, semblaient s'illuminer tandis qu'il la toisait insolemment.

Le temps d'un éclair, Cathy se sentit vulnérable. Puis elle se rappela qu'elle aussi se tenait dans l'ombre. Seules deux lanternes éclairaient la grange, suspendues par des crochets, de chaque côté de l'allée centrale. Keegan discernait peut-être la blancheur de sa chemise de nuit et de son peignoir, la tache plus sombre de ses cheveux et l'ovale de son visage, mais rien de plus.

Comme pour démentir ses pensées, il s'approcha doucement de la jeune femme d'une démarche souple et chaloupée, traînant un peu les talons. L'instinct de Cathy lui ordonnait de s'enfuir à toutes jambes, mais elle demeura immobile, de peur de mettre Patrick en danger.

Par ailleurs, la lourde carabine de son père commençait à lui peser.

Son cerveau lui dictait d'agir, de parler, mais elle se contenta de le regarder fixement, désespérée et terrifiée. Elle s'était pourtant juré qu'aucun homme ne la mettrait plus jamais dans cet état de dépendance.

Tout au fond de son esprit, elle entendit Patrick sangloter. Mais elle ne parvenait à détacher son regard d'Axel Keegan. Apparemment, il s'était posté sous l'escalier afin d'assister à la pendaison et donner des ordres tandis que ses hommes se chargeraient du sale boulot. Quel lâche ! Son manque de courage n'était pas une consolation. Les couards étaient redoutables quand ils menaient le jeu.

Keegan s'arrêta sous la lumière vacillante d'une lanterne. Il avait un air satanique et lugubre dans ses vêtements noirs. Son revolver luisait contre sa hanche. Il cherchait certainement à intimider ses adversaires. Cathy se demanda combien d'hommes il avait vraiment tués avec ce revolver clinquant, espérant que la rumeur exagérait.

Une lumière ambrée flottait sur le bas de son visage, ne laissant entrevoir qu'une mâchoire volontaire, une pommette barrée d'une balafre et un rictus sardonique. Mais elle voulait voir son regard, car les yeux étaient le miroir de l'âme, comme disait son père. A en juger par sa propre expérience, la jeune femme le croyait volontiers.

A mesure qu'elle découvrait le personnage, son estomac se nouait de plus en plus. Elle avait le souffle court.

Il était à la fois puissant et svelte. Au contraire de Connor, qui accusait de l'embonpoint, Keegan semblait tout en muscles, surtout les épaules et les bras. On racontait en ville que certains changeaient de trottoir pour éviter de le croiser. La jeune femme savait à présent pourquoi. Même sa façon de se tenir, bras ballants, une jambe légèrement fléchie, exhalait une puissance virile. C'était assurément l'homme le plus intimidant qu'elle ait rencontré.

Ses traits finement ciselés reflétaient une expression de maîtrise totale de soi. Elle voulut détourner les yeux afin de se donner une contenance, mais une force invisible émanait de lui, la maintenant prisonnière.

– Monsieur Keegan, je présume ? parvint-elle à articuler.

Il effleura le bord de son chapeau, geste d'une politesse déplacée alors qu'il était sur le point de tuer son frère.

– Je vous en prie, monsieur Keegan, je... Je sais que Patrick n'a cessé de vous provoquer depuis votre retour à No Name. Mais vous ne pouvez pas, en toute conscience, prendre la vie d'un homme pour une plaisanterie inoffensive.

Il laissa planer un silence qui parut interminable avant de répliquer :

– Une plaisanterie ? Ai-je bien compris ?

Son timbre était grave et rauque, un timbre de fumeur et de buveur. Chaque mot prononcé d'une voix traînante semblait envelopper la jeune femme. Il posa les mains sur les hanches et s'appuya sur une jambe. Cette posture toute masculine lui donnait l'air plus détendu.

– Il a tué mon taureau de concours, et vous appelez cela une plaisanterie innocente ?

– Un taureau de concours ? dit-elle faiblement.

Elle ferma les yeux quelques secondes, prise de nausées tant elle avait peur de voir son frère mourir. Dans une communauté qui ne vivait que de l'élevage, abattre un taureau était en effet un crime passible de pendaison.

– Il doit y avoir erreur. Jamais mon frère ne ferait une telle bêtise.

Derrière elle, les hommes qui entouraient Patrick paraissaient malveillants. Ils brûlaient de claquer la croupe du cheval pour voir le jeune homme gigoter au bout de la corde.

– Une bêtise, comme vous dites, dit Keegan d'un ton narquois. Il était ivre mort.

Cathy foudroya son frère du regard. Celui-ci ne disait rien, se contentant de la fixer d'un regard implorant. Son silence était un aveu de culpabilité.

– Je...

Elle se tourna vers Keegan et désigna la corde.

– Je vous en prie, monsieur Keegan ! Ce n'est pas une façon de régler les choses. Entrons dans la maison. Nous prendrons une tasse de thé, histoire de nous calmer, et nous réfléchirons ensemble. Je suis certaine que nous pouvons trouver une solution satisfaisante pour tout le monde.

Elle eut l'impression de le voir esquisser un sourire au coin des lèvres.

– Du thé ?

A son ton, Cathy comprit qu'il considérait ce breuvage comme à peine meilleur que du poison. Elle chercha désespérément une alternative.

– Du café, alors ?

Il émit un son rauque qu'elle prit pour un rire.

– Je ne pense pas, mademoiselle O'Shaunnessy. Votre frère m'importune depuis mon arrivée ici. Vous le savez très bien, comme tout le monde en ville, d'ailleurs. Bref, j'ai l'intention de le punir.

– Je sais que Patrick est venu à bout de votre patience, monsieur Keegan. Et je dois avouer que je comprends que vous ayez envie de lui donner une leçon.

– Cathy ! cria l'intéressé. Qu'est-ce que tu racontes ?

– Et s'il a tué votre taureau, reprit la jeune femme en s'efforçant de l'ignorer, je suis tout à fait d'accord pour qu'on le punisse. Mais la pendaison semble un peu excessive, vous ne trouvez pas ?

– Si j'étais de votre avis, je ne serais pas là.

Il leva la main et se mit à compter lentement sur ses doigts.

– En trois mois, votre frère m'a insulté en public, il m'a traité de lâche pour avoir refusé un duel en pleine rue. Il a versé du poison dans mes abreuvoirs, ce qui m'a coûté vingt-trois têtes de bétail. Ensuite, il a endommagé mes clôtures et a tiré sur mes ouvriers. Au point où j'en suis, rien ne me semble trop fort.

Au fur et à mesure de son énumération, Cathy se raidissait. Quel imbécile, ce Patrick ! Quand il avait bu, il perdait décidément toute raison !

– Il y a de quoi être furieux, en effet. Mais avez-vous songé que vous aviez peut-être une part de responsabilité dans cette bataille qu'il mène contre vous ?

– Moi ? fit Keegan, incrédule. Moi, responsable ? Je ne crois pas.

La jeune femme commençait à trahir quelque exaspération.

– Peut-être que si vous vous mettiez à sa place, vous comprendriez un peu mieux le comportement de Patrick, reprit-elle.

– Je vais vous dire une chose, mademoiselle O'Shaunnessy : vous comprenez votre frère. Moi, je vais remettre les pendules à l'heure en l'exécutant. Ainsi, tout le monde sera content.

Elle coinça sa carabine sous son bras et leva une main tremblante.

– Pas de précipitation ! Vous êtes sur le point de commettre une erreur que vous allez regretter. Mettez-vous à la place de Patrick. D'une certain façon, c'est vous qui l'avez poussé à agir ainsi.

Keegan ne l'interrompit pas, ce qui était encourageant. Elle continua d'une voix incertaine :

– D'abord, en arrivant en ville, vous l'avez poussé à jouer au poker et l'avez dépouillé de plusieurs milliers d'hectares de bonne terre. Puis, alors qu'il se remettait de cette perte, vous avez émis toutes sortes d'hypothèses contre notre père et ses amis, les accusant d'escroquerie, voire de meurtre. Vous avez même exigé que Patrick produise les archives de mon père afin de prouver que votre beau-père avait été dupé et était innocent du meurtre de Camlin Beckett. Et vous n'avez pas caché que, selon vous, notre père et l'un de ses amis étaient impliqués dans cet assassinat !

Keegan ne dit mot, aussi la jeune femme s'empressa-t-elle d'ajouter :

– Vous avez accusé notre père d'être un assassin de sang-froid, monsieur Keegan ! Réfléchissez un peu. Vraie ou fausse, c'est une accusation très grave. Quelle que soit votre opinion sur Connor O'Shaunnessy, vous admettrez que nul ne peut rester indifférent à ces allégations. Notre père n'est plus là pour se défendre. Naturellement, son fils vous a demandé de retirer vos paroles et il vous déteste car vous avez refusé !

– J'ai quatre choses à vous répondre, dit-il d'une voix posée. Et ne les oubliez pas. D'abord, je n'ai pas obligé votre frère à jouer au poker, ce soir-là. Dès qu'il a su qui j'étais, il a commencé à me mettre au défi de faire une partie avec lui. Il devait croire qu'il avait assez de chance pour me dépouiller. C'est lui qui a choisi de mettre en jeu le ranch de Circle Star. Je ne l'ai ni suggéré ni encouragé.

Il prit appui sur son autre jambe et posa de nouveau les mains sur les hanches.

– Ensuite, tout ce que j'ai affirmé sur votre père est vrai. De plus, ce n'est pas par effronterie que j'ai demandé à voir les archives du ranch, mais dans le but de trouver une preuve qui disculperait mon beau-père. Si votre père et ses amis étaient blancs comme neige, comme vous semblez le croire, rien dans ces archives n'était compromettant. Alors pourquoi tant d'histoires pour me les fournir ? Votre frère et vous aviez-vous peur de me montrer ces papiers ? Peut-être craigniezvous que je ne découvre la preuve que mon beau-père était bel et bien innocent ?

Cathy s'était déjà posé la question. En vérité, elle considérait que le pauvre homme n'avait sans doute rien fait de mal. Que Connor O'Shaunnessy ait ou non commis la bêtise ou ait eu la négligence de mentionner quelque chose dans son journal ou ses registres était un autre problème. Si elle ne voulait pas le savoir, c'était uniquement pour protéger son frère, et non parce qu'elle redoutait la vérité.

Pourquoi cet homme ne comprenait-il rien à ce qu'elle disait ? Tout le monde entretient des illusions. Son frère aimait à rêver d'un père foncièrement bon, dont le caractère se serait dégradé au fil des ans à cause de l'alcool. Les illusions ne sont-elles pas parfois la dernière chose qui permet à un être désespéré de survivre ?

Le meurtre de Camlin Beckett remontait à presque vingt ans. Joseph Paxton était mort et enterré depuis longtemps, et Patrick était encore vivant, lui. En ce qui concernait la jeune femme, la vérité, si affreuse soit-elle, avait été ensevelie avec son père. A quoi bon savoir aujourd'hui que Paxton était innocent ? Les faits ne le ramèneraient pas à la vie et ne changeraient rien au cours des événements. Axel Keegan pouvait quitter No Name quand il le voudrait et refaire son existence ailleurs. Patrick, lui, devrait vivre à tout jamais avec le scandale et la honte.

Comme s'il sentait que Cathy n'allait pas répondre à sa question, Keegan prit une profonde inspiration suivie d'un long soupir.

– Enfin, mademoiselle O'Shaunnessy, je tiens à déclarer que votre frère n'est plus un enfant. C'est un homme, à présent. Il est temps qu'il assume les conséquences de ses actes. La prochaine fois, il réfléchira avant de tirer.

– La prochaine fois ? dit Cathy en sentant une main se poser sur son bras.

Croyant qu'il s'agissait de Hank Simmons, elle ne la repoussa pas.

– Mais si vous le pendez, il n'y aura pas de prochaine fois ! Je vous en prie ! Il doit y avoir un moyen de s'arranger. Je vous rembourserai le taureau. Combien vous avait-il coûté ?

Keegan esquissa un sourire sans humour, ses dents blanches étincelaient.

– Trois mille dollars, plus le transport.

– Trois mille dollars ? Vous plaisantez ! s'exclama la jeune femme, les jambes soudain en coton.

– Je suis très sérieux. Je doute que vous possédiez une telle somme, il est donc inutile de discuter.

Il baissa la tête comme pour mettre fin à la conversation.

– Bonne nuit, mademoiselle O'Shaunnessy, j'ai été ravi de faire votre connaissance.

Elle comprit trop tard que c'était l'un des hommes de Keegan qui lui tenait le bras. Avant qu'elle puisse réagir, il lui arracha sa carabine.

– Rendez-moi ça tout de suite ! cria-t-elle en faisant volte-face.

– Fais-la sortir d'ici, Esa ! ordonna Keegan à l'un de ses hommes. Et garde-la à distance jusqu'à ce que j'en aie terminé avec Patrick O'Shaunnessy.

Le cow-boy aux cheveux filasse lança l'arme à un complice. Cathy voulut se débattre, mais il l'encercla de ses bras puissants. Une vague de panique la submergea. Dans sa lutte acharnée, Cathy ne songea plus qu'à son frère. Elle devait convaincre Keegan de lui accorder sa pitié.

– Je vous en prie !

Les pieds plantés dans le sol, elle se débattit pour ne pas céder de terrain, le regard rivé sur Keegan.

– Attendez ! Je suis prête à payer n'importe quel prix pour le taureau !

Elle se détourna et donna un violent coup de coude dans le ventre de son assaillant.

– D'accord, je ne peux pas réunir trois mille dollars en un clin d'œil, vous avez raison. Mais j'ai des biens à mettre en garantie, un troupeau, des terres, même la maison. Je vous signerai une reconnaissance de dette. Vos hommes en seront témoins.

– Mais, entre-temps, je n'aurai aucun taureau digne de ce nom pour couvrir mes vaches. Cela signifie : pas de veaux pour le printemps, mademoiselle O'Shaunnessy, donc des milliers de dollars de perte quand je mènerai mon troupeau au marché, à l'automne.

Keegan émit un nouveau rire sardonique.

– Je ne veux pas de votre argent, ni d'une reconnaissance de dette. Je suis venu donner une leçon à votre frère, et c'est ce que je vais faire.

– Une leçon ? répliqua Cathy d'un ton aigu. Mon Dieu, vous allez le pendre pour lui donner une leçon ? Je vous en prie ! Vous ne pouvez faire une telle chose !

D'un coup de reins, elle parvint soudain à se libérer. Se précipitant sur le sol de terre battue, elle se jeta aux pieds de Keegan et agrippa ses bottes noires, déterminée à ne pas lâcher prise.

– Il faut m'écouter ! Ne faites pas ce geste horrible.

Elle devait conclure un marché avec cet homme aux yeux pétillants et au sourire diabolique, mais l'angoisse lui nouait l'estomac. Si elle voulait sauver Patrick, elle n'avait guère le choix.

Frémissant de honte d'être tombée à genoux, elle se força à relever la tête. La lanterne éclairait son visage, l'éblouissant un peu, de sorte qu'elle n'eut pas à affronter le regard implacable de Keegan.

– Ne faites pas de mal à mon frère. Dites-moi combien vous voulez, mais ne lui faites pas de mal.

Alors que sa vision s'éclaircissait, Cathy remarqua le haut du visage de Keegan, aux traits finement ciselés. De toute évidence, il la voyait aussi. A en juger par son expression, il n'appréciait pas ce spectacle. Bien au contraire. Il paraissait ébahi, comme si un poing invisible venait de le frapper.

L'espace d'une seconde, Cathy eut la certitude que les rumeurs horribles qui circulaient sur lui étaient fausses. Tandis qu'elle levait les yeux vers lui, pleine d'espoir, la lueur qu'elle avait surprise dans son regard fit place à une indifférence glaciale. Ses traits fins se figèrent et ses lèvres sensuelles s'étirèrent en un nouveau rictus moqueur.

– N'importe quel prix ? dit-il doucement.

Avec une terreur sourde, Cathy comprit à quoi il faisait allusion. Elle ne parlait que d'argent pour le dédommager de ses pertes. Elle était même disposée à vendre le ranch si nécessaire afin de trouver des fonds. Elle préférait perdre tout ce qu'elle possédait plutôt que de voir son frère mourir.

De toute évidence, Keegan n'était pas de cet avis.

– Je vous ai posé une question, mademoiselle O'Shaunnessy. Etes-vous vraiment prête à payer n'importe quel prix ? répéta-t-il d'un ton doucereux.

Cathy comprenait parfaitement la situation. Elle eut envie de lui crier son dégoût. Elle lâcha les bottes, s'assit par terre et enroula les bras autour de ses genoux. Malgré son esprit embrumé, elle avait conscience qu'il ne fallait surtout pas perdre pied avec la réalité.

Elle entendait toujours les sanglots de Patrick. Si elle refusait de céder à Keegan, il allait mourir pendu. Rien n'avait plus d'importance. Rien.

Cathy se força à hocher la tête en signe d'acquiescement. Jamais elle n'avait connu épreuve plus pénible.

Elle remarqua que les yeux de Keegan n'étaient pas noirs, mais d'un brun profond et velouté. Cependant, son regard n'avait rien de doux. Il la toisa avec arrogance, laissant errer ses yeux sur son corps. Cathy se sentit parcourue d'un frisson de honte. Ses joues s'empourprèrent.

– Décidément, vous vous accordez un prix très élevé, mademoiselle O'Shaunnessy, dit-il d'une voix posée. Reste à savoir si vous le valez réellement.

Il se pencha pour lui saisir le bras. Sa main lui fit l'effet d'un étau. Elle garda la tête baissée, humiliée. La légendaire fierté irlandaise... Toute sa vie, cet orgueil inébranlable avait été sa plus grande force. A présent, elle l'avait complètement abandonnée.

En se levant pour suivre Keegan, Cathy trébucha. Mais elle ne risquait pas de chuter. La main du jeune homme la tenait trop fermement. Déséquilibrée, elle se cogna à son épaule, si dure qu'elle lui fit l'effet d'un rocher.

Comme elle aurait préféré tomber et s'assommer ! Un évanouissement serait une bénédiction. Mais elle dut rester debout tandis que Keegan ordonnait à ses hommes de faire descendre Patrick.

– Tenez-vous prêts à le faire remonter en selle au cas où sa sœur, en bonne O'Shaunnessy, déciderait tout à coup de ne pas tenir parole.

L'orgueil de la jeune femme fut piqué au vif par cette insinuation. Quoi qu'ait pu faire son père, elle-même était honnête et n'avait jamais failli à sa parole. Elle n'allait pas commencer maintenant, même si elle avait affaire à un être qui, de toute évidence, ne connaissait pas le sens du mot honneur. Il fallait qu'elle s'exécute pour sauver la vie de son frère.

– Ecoute, Axel... fit l'un des hommes postés près du cheval de Patrick.

Cathy observa de plus près le petit groupe. Ils se tenaient sous la lanterne, leurs visages bien éclairés. Elle pouvait lire sur leurs traits incrédulité et réprobation. Cela ne consola guère la jeune femme. Avant qu'elle puisse les observer tous, Keegan lui lâcha le bras et saisit une lanterne. Puis il poussa Cathy devant lui vers des boxes vides, tout au fond de la grange.

Se sentant entraînée par un courant, Cathy se prépara à vivre une expérience qui lui paraissait pire que la mort. En outre, cet homme semblait furieux, à en juger par la brutalité de ses pas derrière elle.

Elle avait envie de crier chaque fois qu'elle entendait

son talon droit racler la poussière. Ce son était un affront flagrant. Comme dans un cauchemar, elle se concentra sur ce rythme irrégulier. Souffrait-il d'une légère claudication ? Comment un homme aussi féroce pouvait-il être handicapé ?

L'odeur âcre du crottin de cheval et du foin lui brûlait la gorge. Elle regarda devant elle, dans la pénombre. L'endroit était si sombre et inquiétant. Keegan avait clairement indiqué ses intentions, et il était assez brutal pour les mener à bien. Jamais elle n'avait vu un tel regard.

Il lui posa une main sur l'épaule pour la pousser dans un box. Elle tremblait de tous ses membres. Il ne parut pas s'en rendre compte. Elle le vit accrocher la lanterne à un clou, sans exprimer le moindre remords, la moindre hésitation. Sans doute avait-il l'habitude de se livrer à de tels actes de barbarie.

La lumière était plus intense que dans la grange, soulignant ses traits fins. Une mèche de cheveux bruns s'échappait de son chapeau, lui barrant le front. Sous d'épais sourcils, ses yeux de velours étaient ourlés de longs cils soyeux. Seule sa bouche adoucissait la sévérité de ses traits et sa mâchoire volontaire.

Une barbe naissante renforçait cette impression de férocité, ainsi qu'un nez un peu tordu et une longue balafre qui lui barrait la joue gauche, laquelle paraissait plus proéminente que la droite à la suite d'une fracture mal soignée. Voilà qui expliquait son rictus un peu de biais. Apparemment, le côté gauche de son visage était meurtri.

Cathy l'imagina très bien lors d'une bagarre, dans un saloon. Il avait dû être blessé par le poing d'un ivrogne. Sa sympathie allait naturellement à l'agresseur.

Il glissa un brin de paille entre ses dents d'une blancheur étincelante.

– Eh bien ? dit-il doucement.

Ce fétu la mit mal à l'aise. Cela ne faisait que souligner le mépris qu'il éprouvait pour elle.

– Si vous avez l'intention de rester là à me dévisager toute la nuit, reprit-il, voyant qu'elle ne répondait pas, je vous rappelle que j'ai une pendaison en cours. A vous de choisir.

Cathy n'eut pas besoin qu'il lui dise ce qu'il attendait d'elle. Elle serra les bras autour de sa taille pour dissimuler le tremblement de ses mains.

– Voulez-vous au moins éteindre la lanterne ? implora-t-elle d'une voix faible.

– Ce n'est tout de même pas trop demander que d'exiger de voir la marchandise.

La marchandise ? Elle ferma les yeux pour cacher son humiliation.

– Quel genre d'homme êtes-vous donc ?

– Je suis un homme qui a bonne mémoire. Déshabillez-vous ou renoncez à notre accord. Cela m'est égal. Mais n'abusez pas de ma patience. Je peux vous assurer que je n'en ai pas beaucoup.

Elle le croyait sans peine. A en juger par son expression implacable, il ne serait satisfait que quand elle serait entièrement nue. Cathy ne pouvait imaginer pire torture.

Elle ignorait d'où provenait son sentiment d'incrédulité. Hormis Patrick et Doc Halloway, le médecin de No Name, tous les hommes qu'elle avait rencontrés au cours de sa courte vie, y compris son père, n'étaient que de sombres crapules. Keegan ne pouvait échapper à la règle. Bien sûr, il ne se satisferait pas de la prendre. Il voulait l'humilier.

Regardant par-dessus son épaule vers l'autre extrémité de la grange, elle vit des ombres danser contre les murs. La corde se balançait lentement. Comme Keegan l'avait ordonné, Patrick avait été libéré.

L'espace d'un instant, elle songea à s'enfuir, mais elle abandonna bien vite cette idée. Il aurait tôt fait de dire à ses hommes de remettre son frère sur le dos du cheval.

– Alors, vous avez changé d'avis ? demanda-t-il avec

un dégoût évident. Je pensais bien qu'une O'Shaunnessy ne savait pas tenir parole. Après tout, tel père, telle fille, non ?

Cette comparaison frappa Cathy de plein fouet. Keegan se tourna comme pour partir.

– Attendez ! cria Cathy en l'agrippant par la manche. Je vous en prie, ne partez pas !

Il fit volte-face, levant un sourcil en signe de défi.

– Ne jouez pas avec moi, ma jolie. Vous pouvez me croire quand je vous dis que je connais toutes les ficelles. Vous n'avez pas l'ombre d'une chance.

Jamais Cathy n'avait autant haï quelqu'un. Ses yeux s'embuèrent, mais ce qui lui restait de fierté l'empêcha de pleurer. Cette ordure n'aurait pas la satisfaction de voir couler ses larmes.

L'odeur du foin et des chevaux l'enveloppa. Déterminée à soutenir sans broncher le regard de Keegan, elle se concentra sur la fermeture de son peignoir qu'elle s'efforça d'ouvrir de ses doigts tremblants de terreur.

Comme pour mieux apprécier le spectacle, il repoussa son chapeau en arrière et alla s'appuyer contre le mur. Il s'éloignait comme s'il souhaitait la voir prendre ses jambes à son cou.

Il croisa les bras d'un geste désinvolte et planta la pointe d'une de ses bottes dans le foin. Il affichait un tel air de désintérêt, voire d'ennui, qu'elle se demanda pourquoi il avait fait une telle suggestion, mais il attendit qu'elle se dévoile.

Agacée par le nœud récalcitrant qu'elle ne parvenait pas à défaire, elle dut baisser les yeux, mais ses doigts fébriles refusaient toujours de lui obéir. Elle tira brutalement sur la ceinture.

– Vous avez besoin d'aide ? demanda-t-il sèchement avec un regard implacable.

Cathy voulut parler, mais sa voix menaçait de trembler, alors elle se ravisa. Avec ses ongles, elle finit par défaire le nœud du cordon. Les pans de son peignoir s'entrouvrirent. Evitant son regard, morte de honte, la jeune femme laissa glisser le léger vêtement le long de son corps, haussant un peu les épaules.

Ne lui restait plus que sa chemise de nuit. Maladroitement, elle entreprit d'en dégrafer les petits boutons de nacre. Sentant les yeux sombres de Keegan rivés sur elle, elle appréhenda le moment où plus rien ne la protégerait de l'intensité de son regard. Son esprit lui envoyait des images terrifiantes. Elle le voyait poser ses grandes mains brunes sur son corps, puis il la prenait et lui faisait mal. Elle ignorait ce qui serait le plus dur, la douleur ou l'humiliation.

La jeune femme ne se faisait guère d'illusions. La vie ne l'avait jamais épargnée. Quand elle atteignit la dernière boutonnière, elle sentit son cœur chavirer. Il ne lui restait plus qu'à passer le fin vêtement par-dessus sa tête.

Cathy devait le faire pour sauver Patrick. Ses paroles ne cessaient de lui revenir à l'esprit. Elle croisa les bras et saisit le coton blanc. Une brise frôla ses chevilles, ses hanches. A mesure que le tissu montait, elle ferma les yeux et pencha la tête. Des larmes brûlantes coulèrent sur ses joues. Elle pria pour qu'il ne les vît pas.

Sans prévenir, des doigts vigoureux se refermèrent sur ses poignets, arrêtant son mouvement. Etonnée, elle oublia de cacher ses larmes et leva les yeux vers Keegan. Tout aussi intraitables que sa poigne, les yeux de velours brun d'Axel Keegan soutinrent son regard. L'espace d'une seconde, elle crut y lire du regret. Puis il redevint de glace.

– Ce petit avant-goût m'a enchanté, déclara-t-il entre ses dents. Mais, malheureusement, j'ai décidé de repousser notre entrevue à plus tard. Il se trouve que mes frères et trois de mes ouvriers sont là-bas, à portée de voix. Nous attendrons d'avoir un peu plus d'intimité.

Cathy eut l'impression que la terre s'ouvrait sous ses pieds. Ses frères ? Remettre à plus tard ? Elle cligna des yeux et chercha à s'éclaircir les idées.

Keegan lui lâcha les poignets et inclina son chapeau, l'expression indéchiffrable. Puis, sans un mot, il quitta le box, la laissant seule dans la lumière chancelante, les doigts toujours crispés sur le coton blanc de sa chemise de nuit.

Ebahie, elle écouta son pas claudicant s'éloigner. Son esprit embrumé ne semblait vouloir se concentrer que sur ce léger handicap. Il fallait qu'elle se remette de ce choc.

Quelques instants plus tard, elle entendit Keegan hurler des ordres à ses hommes. Ils montèrent en selle et firent volter leurs chevaux pour partir.

Trop secouée pour bouger, elle fixa les ombres qui dansaient sur les murs, assimilant ce que Keegan venait de dire. Cette épreuve pénible pourrait être terminée s'il était resté, mais voilà qu'elle était repoussée à plus tard. Entre-temps, elle vivrait dans la crainte de le croiser, sans savoir quand il réapparaîtrait.

Cathy n'aurait pu imaginer pire cauchemar.

Se secouant enfin de sa torpeur, la jeune femme lâcha sa chemise de nuit.

– Attendez ! lança-t-elle en se précipitant à sa poursuite. Attendez, monsieur Keegan !

Ses cris résonnaient encore dans la nuit quand elle entendit les sabots des chevaux marteler le sol, battant en retraite avant de s'évanouir dans la nuit.

2

Seul un dément pouvait chevaucher à une telle allure dans la prairie en pleine nuit. Le moindre obstacle risquait de faire trébucher le cheval et de lui briser une patte. Mais, pour l'heure, Axel Keegan s'en moquait. Comme poursuivi par le diable, il éperonna sa monture sur le sol pierreux, son chapeau serré dans une main, les rênes dans l'autre. Son corps penché en avant frôlait la crinière de l'étalon.

La nuit l'enveloppa comme les bras d'une femme aimante, et il eut envie de s'y noyer. Un vent frais caressait sa chemise et ses cheveux. Il voulut aller plus vite, encore plus vite, afin de plonger dans la pénombre, sortir de son propre corps et fuir une attitude que son esprit ne parvenait pas à accepter.

Mais il ne pouvait s'échapper, pas dans la nuit. Nulle part, d'ailleurs. Un homme digne de ce nom se devait d'affronter la vérité, si terrible soit-elle.

Tirant sur les rênes, il fit arrêter son cheval qui, enragé par tant de brutalité, hennit et se cabra, battant l'air de ses antérieurs. De la force de ses bras et de ses cuisses, Keegan parvint tout juste à maîtriser l'animal.

– Doucement, Shakespeare, doucement, dit-il, aussi essoufflé que s'il venait de courir.

Il flatta l'encolure dans un geste d'apaisement.

– Calme-toi. Je suis désolé.

Axel était sincère. Depuis son enfance, il n'avait jamais brutalisé un cheval ni toléré un tel comportement en sa présence. Et voilà qu'il malmenait sa monture préférée afin d'assouvir sa rage et sa colère ! S'il avait perdu la raison, il n'avait qu'à se jeter du haut d'une falaise. Au moins, il ne s'en prendrait qu'à lui-même. Shakespeare était un étalon loyal qui méritait un meilleur traitement.

Cherchant à exprimer par une caresse ce qu'il ne pouvait dire, il tapota de nouveau l'encolure du cheval, sentant ses muscles fermes sous ses doigts. L'animal finit par s'apaiser et émit un grognement indiquant qu'il lui pardonnait.

Apparemment, ce soir, Keegan avait décidé de se conduire comme un vaurien. D'abord avec Cathy O'Shaunnessy, puis avec Shakespeare. Il prit une profonde inspiration, humant le parfum de l'herbe, des fleurs sauvages. Il passa une main fébrile sur son visage. Quand il se fut ressaisi, il constata que le monde était en tout point semblable à ce qu'il était une heure auparavant. Rien n'avait changé. Pourtant, au fond de lui, une métamorphose s'était opérée.

Quelle mouche l'avait donc piqué ? Depuis trois mois, il avait entrepris d'accomplir une vengeance minutieusement préparée contre l'assassin de son beau-père. Il était certain désormais d'avoir tous les atouts en main ; il avait prévu chaque détail, envisagé la moindre éventualité quand, soudain, la fille de Connor O'Shaunnessy était apparue dans la lumière et, pour la première fois, il l'avait vue de près.

Avec ses yeux bleus pétillants, ses cheveux flamboyants et ses traits délicats, Cathy O'Shaunnessy ressemblait à s'y méprendre à Eden, la demi-sœur d'Axel. Nul ne pouvait le nier ni l'ignorer. Ce n'était pas uniquement la couleur des yeux et des cheveux, car il aurait pu chasser cette idée saugrenue, mais il y avait plus que cela. La ressemblance était frappante. Sans leur différence d'âge, elles auraient pu passer pour des jumelles.

Keegan se sentit pris de nausées. Cathy O'Shaunnessy et Eden Paxton étaient demi-sœurs, cela ne faisait aucun doute. Etant donné qu'elles n'avaient pas la même mère, une seule conclusion s'imposait : elles étaient du même père, Connor O'Shaunnessy.

Au fond de lui, Axel s'en était toujours douté. Avec son teint d'albâtre et ses cheveux d'un roux flamboyant, Eden n'avait aucun trait commun avec les autres enfants de Doris Paxton, ni même avec Doris elle-même. Toutefois, Axel n'avait jamais voulu l'admettre. Ce n'était guère étonnant. La pensée que le sang de Connor O'Shaunnessy puisse couler dans les veines de sa demi-sœur lui était insupportable. Sa mère avait toujours affirmé que cette crinière rousse et bouclée venait d'une tante éloignée. Au cours des premières années, Axel était trop jeune et trop naïf pour poser des questions. Plus tard, cette idée insidieuse avait commencé à se glisser dans son esprit sans qu'il puisse l'en chasser complètement. Pas Eden, pas une créature si adorable... Ce n'était pas possible !

A présent, il ne pouvait plus nier l'évidence. Non pas parce qu'il était plus mûr, ou plus courageux, mais parce que la vérité lui avait brutalement sauté aux yeux. Le soir du meurtre de Joseph, Connor O'Shaunnessy avait versé sa semence et, neuf mois plus tard, une superbe petite fille était née, une enfant que Doris avait baptisée Eden, en mémoire du rêve de son mari.

Axel ferma les yeux, cherchant à s'éclaircir les idées, mais en vain. L'image de sa mère surgissant, hagarde, des fourrés, après avoir subi les outrages de Connor O'Shaunnessy lui revint à l'esprit. Puis l'image de Cathy vint se fondre à celle de sa mère. Cette nuit d'horreur était loin. O'Shaunnessy avait bafoué l'honneur de sa mère. Ce soir, il avait failli en faire autant à Cathy. Cette seule pensée le révulsait.

Tout à coup, il perçut le galop d'un cheval qui s'approchait à vive allure. Se tournant pour scruter la pénombre, il reconnut bientôt son demi-frère Joseph, son chapeau enfoncé sur la tête, ses cheveux filasse ondoyant au vent. Il se leva et tira fortement sur les rênes, immobilisant sa monture dans un nuage de poussière.

Axel eut du mal à maîtriser l'enthousiasme de Shakespeare, qui se mit à trotter autour du nouvel arrivant en secouant la tête et en soufflant à grand bruit.

– Pourquoi es-tu retourné là-bas, Axel ? cria Joseph. Tu as perdu la tête ?

C'était une excellente question à laquelle l'aîné n'était pas certain de pouvoir répondre. Il lança au jeune homme un regard caustique.

Joseph ôta son chapeau et s'épongea le front de la manche de sa chemise.

– Je n'arrive pas à croire que tu aies fait une chose pareille ! reprit-il. C'est indigne de toi.

Au moins ils étaient du même avis. Axel s'efforça de garder son calme. Il ne fallait surtout pas s'emporter.

– Depuis le début, continua Joseph, et sur tes instances, nous étions d'accord pour n'en vouloir qu'aux hommes directement impliqués dans le meurtre de papa. Nous ne devions pas faire de mal à des innocents.

– Aucun innocent n'a été blessé, rétorqua Axel. Malgré les apparences, Joseph, il n'est rien arrivé de grave. Accorde-moi déjà cela.

– Il ne s'est rien passé ? Comment oses-tu dire une chose pareille ? Patrick O'Shaunnessy est une vraie ordure, mais cela ne te donne aucun droit de t'en prendre à sa sœur. Tu aurais besoin d'une bonne correction, grand frère ! ajouta-t-il en tendant un index rageur.

La colère saisit Axel si soudainement qu'il n'eut pas le temps de s'en rendre compte. Une bagarre avec Joseph ne serait pas la meilleure façon de réagir. D'autant qu'il savait pertinemment que le jeune homme avait raison.

Il respira profondément.

– Je suis désolé, marmonna-t-il de mauvaise grâce. Je te jure, Joseph, que c'était simplement...

Il s'interrompit, cherchant ses mots.

– Eh bien, pour commencer, j'ai cru qu'elle allait changer d'avis dès qu'elle verrait que son frère était en sécurité. Après tout, elle n'est pas simplement une parente de O'Shaunnessy, c'est lui qui l'a élevée, nom de Dieu ! Qui aurait cru qu'elle tiendrait parole ?

– Ce n'est pas le problème. Tu n'aurais pas dû l'humilier ainsi.

Axel savait qu'il disait vrai, mais son orgueil l'empêchait de l'admettre.

– J'ai eu du mal à garder mon calme. J'étais là quand papa a été tué. J'ai tout vu. Rappelle-toi. Toi, tu n'es remonté de la rivière que plus tard.

– Tu dis n'importe quoi ! Quelle mauvaise foi...

Axel posa un regard torturé sur son frère.

– Je ne cherche pas à excuser ma conduite. J'ai un

peu perdu la tête. Remercions Dieu qu'il ne se soit rien passé.

– Un peu perdu la tête ? Je rêve ! Je savais que ce serait un simulacre de pendaison, mais, l'espace d'un instant, j'ai bien cru que tu allais infliger à cette fille le même traitement que Connor O'Shaunnessy à maman.

– C'est mal me connaître, Joseph.

Même au clair de lune, l'expression incrédule de Joseph en disait long.

– Je ne t'ai jamais vu te comporter ainsi, reprit-il d'une voix grinçante. Je ne savais pas quoi faire. Devais-je me croiser les bras ou intervenir ? Au début, je ne pensais pas que tu parlais sérieusement. Puis tu as saisi la lanterne et tu as emmené cette fille vers le fond de la grange. De ma vie je ne t'avais vu un tel regard !

Axel passa la main sur son visage.

– Tu as bien agi, Joseph. J'ai fini par retrouver la raison, et j'aurais pu devenir méchant si tu avais cherché à t'interposer. Je regrette de t'avoir inquiété. Mais quand je me suis rendu compte... Eh bien, j'ai pensé à notre pauvre mère et j'ai voulu la venger.

Un silence pesant s'installa entre les deux hommes, que seuls les sabots des chevaux venaient rompre. Au loin, dans la prairie, Axel entendit le ululement d'un oiseau nocturne. Il prit une profonde inspiration, humant les senteurs de la nuit. Etait-ce du chèvrefeuille ? Il ferma les yeux pour se concentrer. Il entendait son cœur battre la chamade.

Il ignorait combien de temps s'était écoulé, mais il se sentait mieux. Ses pensées semblèrent se clarifier. Il ouvrit les yeux et scruta son frère. Parfois, Joseph semblait le comprendre mieux que quiconque.

Axel releva le bord de son chapeau et fouilla dans la poche de sa chemise.

– J'ai besoin d'une cigarette.

Joseph crispa les lèvres. Il était aussi mince que son

père. Il n'était pas très grand, mais possédait une force redoutable. Axel pouvait compter sur lui pour le protéger.

– Tu parles ! Ce qu'il te faut, c'est une bonne raclée !

– Ah oui ? Si tu as l'intention de me corriger toi-même, tu devras te lever de bonne heure.

Joseph sortit son paquet de tabac et son papier à cigarettes et les jeta à son frère avec un soupir exaspéré.

– Plus un homme est grand, plus il tombe de haut, cher frère. Si tu frappes un homme et qu'il ne tombe pas, passe derrière lui pour voir comment le diable le maintient debout.

C'était une leçon qu'Axel avait apprise à Joseph quand il était plus jeune pour lui donner confiance en lui. Le garçonnet venait de se battre pour la première fois. Il avait l'œil au beurre noir, deux dents cassées, une côte fêlée et la main meurtrie.

Axel entreprit de se rouler une cigarette puis rendit sa tabatière à Joseph. Il humecta le bord du papier et roula de ses doigts agiles.

– Merci, petit frère.

– Tu veux du feu ?

Axel ricana face au regard courroucé de son frère.

– Il y en a qui n'apprendront jamais, fit-il en secouant la tête. J'ai toujours des allumettes sur moi, cela m'évite de devoir frotter deux bouts de bois.

Il gratta l'allumette sur la couture de son jean et la porta à ses lèvres. Il la protégea du vent en faisant écran avec sa main, puis se redressa, inhalant longuement la fumée d'un air satisfait. Après deux bouffées, il tendit la cigarette à Joseph.

– On fait la paix ?

Le jeune homme accepta la cigarette, mais garda les paupières baissées, la mâchoire crispée.

– Tu sais, Axel, tout ce que je respecte, dans la vie, c'est grâce à toi. Tu m'as tant appris ! Y compris la façon de se comporter avec une dame. Dans la grange, ce sont tes propres valeurs que tu as trahies.

Son aîné fut piqué au vif par cette constatation affligeante. Il ne pouvait en vouloir à son frère d'être aussi franc. Il avait failli à ses engagements, salissant non seulement ses frères mais aussi lui-même.

– Remercions le ciel que rien de grave ne soit arrivé. Je te jure qu'il ne s'est rien produit de compromettant. Quand je me suis rendu compte de la tournure que prenaient les événements, je suis parti.

– Peut-être, mais tu as fait très mauvaise impression. Tu n'as plus qu'à espérer que personne n'en entende parler en ville. La réputation de cette fille serait entachée, et tu en serais le seul responsable.

Axel se mordit les lèvres. Et s'il se retrouvait contraint d'épouser Cathy O'Shaunnessy pour sauver son honneur ? Cette seule pensée le révulsait.

– Personne n'en saura rien. Je te le garantis. Nul ne dira mot de cette affaire. Il faudrait être fou.

Un nouveau silence s'installa.

– Tu sais ce qui me fait le plus de peine ? fit enfin Axel. C'est que maman ait vécu toutes ces années avec la vérité, sans jamais nous demander de partager ce fardeau. Je n'ai pas le souvenir qu'elle ait fait la moindre allusion au fait qu'Eden n'était pas une Paxton, comme vous autres.

– Comment cela, pas une Paxton ? demanda Joseph en blêmissant.

Il laissa ces paroles en suspens tandis que les faits commençaient à se préciser dans son esprit.

– Qu'est-ce que tu veux dire, au juste ? insista-t-il.

Axel comprit trop tard que son frère n'avait pas distingué les traits de Cathy aussi clairement que lui. Elle tournait le dos à Joseph.

– Ecoute, fit-il, gêné, je suis désolé, je...

– Espèce de salaud !

Joseph ferma les yeux, atterré.

– Tu ne parles pas sérieusement ! Connor O'Shaunnessy ? C'est bien cela que tu sous-entends ?

Il prit une profonde inspiration.

– Non ! cria-t-il. Ce n'est pas possible ! Pas notre petite sœur ! Je n'arrive pas à y croire. Tu te trompes !

– Je suis vraiment navré, Joseph. Je pensais sincèrement que...

Il s'interrompit. Il était inutile de continuer.

Axel savait que son frère ressentait exactement ce qu'il avait connu quelques instants auparavant : d'abord un choc terrible, puis de la rage. Il aurait aimé pouvoir atténuer le chagrin du jeune homme, mais s'en savait incapable. Joseph devrait surmonter l'épreuve seul.

Gentiment, Axel posa une main rassurante sur l'épaule de son cadet.

– Ecoute, petit frère, je sais que c'est dur. Mais rappelle-toi ceci : si cruelle que soit la réalité, la vie continue.

Joseph repoussa son bras d'un geste brusque, le frappant au passage.

– Lâche-moi, nom de Dieu ! Je n'ai que faire de tes sornettes.

– Je sais à quel point tu es bouleversé. Mais dans quelques instants tu verras que ce n'est pas vraiment important. Eden est toujours la petite sœur que nous chérissons. A quoi bon savoir qui est son père ?

– Moi, je trouve cela très important ! Tu veux dire que notre sœur est l'enfant de celui qui a pendu papa ? Comment peux-tu prendre cela à la légère ? lança-t-il avec un regard arrogant. D'ailleurs, comment es-tu certain d'avoir raison ? Les O'Shaunnessy ne sont pas les seuls à avoir les cheveux roux. Maman est blonde. Moi aussi. Il pourrait y avoir des roux dans sa famille, comme elle l'a dit. Ce n'est pas parce que Eden et la fille O'Shaunnessy ont la même couleur de cheveux que...

– Il n'y a pas que les cheveux, coupa Axel. C'est tout son portrait. Ces deux filles se ressemblent comme deux gouttes d'eau. Attends un peu de la voir de plus près. Certes, Eden est plus grande et plus robuste, mais, à part cela, il faut vraiment chercher les différences.

Joseph ferma de nouveau les yeux. Puis il poussa un soupir de lassitude.

– Pauvre maman... Toutes ces années à garder ce terrible secret. J'aurais voulu tuer cette ordure de mes propres mains.

Axel connaissait ce sentiment, mais un bruit de cavalcade leur parvint avant qu'il puisse exprimer sa compassion. Ses deux autres demi-frères, accompagnés des ouvriers, les rejoignaient. Joseph Paxton regarda par-dessus son épaule en plissant ses yeux bleus.

– Tu vas leur dire ?

Axel se tourna vers ses amis.

– Attendons d'être rentrés à la maison. Je considère que ce doit être un secret de famille, du moins jusqu'à ce que nous fassions venir Eden. Ensuite... (Il haussa les épaules.) Eh bien, Dieu seul le sait. Je n'ai pas eu le temps d'y réfléchir. Maman ne voudra peut-être pas qu'Eden vienne nous rejoindre, à présent. Après toutes ces années, elle préférera peut-être lui cacher la vérité sur son père, ce qui sera impossible une fois qu'elle aura rencontré Cathy O'Shaunnessy.

Axel se prépara à affronter ses deux autres demi-frères. Il n'avait aucune explication valable à leur donner pour sa conduite. La rencontre s'annonçait difficile.

Esa, le plus jeune, avait vingt-trois ans. Il arriva le premier, le chapeau enfoncé sur la tête. Mais sa mâchoire crispée disait qu'il réprouvait fortement la scène qui s'était déroulée dans la grange. Le regard de David reflétait la même expression. Quant aux trois ouvriers, ils ne semblaient guère satisfaits.

Quand le groupe eut fait halte, Axel leva la tête et prit la parole en regardant tour à tour chacun de ses compagnons droit dans les yeux.

– Je ne le dirai qu'une fois, alors vous allez m'écouter attentivement. Je vous dois des excuses pour ce qui s'est passé tout à l'heure. Je ne chercherai pas à me justifier. Disons simplement que j'ai perdu momentanément la tête. Je regrette ma conduite et j'en porterai toujours la honte. Hélas, ce qui est fait est fait.

Kurt Bishop, un grand blond dégingandé, cracha.

– Vous n'avez pas à vous expliquer, patron.

– Etant donné les circonstances, je crains que ce ne soit nécessaire. Il y va de la réputation de cette fille. Je vous donne ma parole qu'il ne s'est rien passé entre nous dans la grange.

– On le sait, lança Rob Martin avec un large sourire. Hein, les gars ? demanda-t-il en regardant les autres. Il n'y en a pas un parmi nous qui travaillerait pour un patron capable d'humilier ainsi une dame.

– C'est vrai, approuva Jim Stevens.

– J'apprécie votre confiance, déclara Axel avec un sourire forcé. Et je suis heureux d'entendre qu'aucun d'entre vous ne manquerait de respect à une dame. A présent, je ne pense qu'à l'intérêt de cette jeune fille. Ce que j'ai fait subir à Cathy O'Shaunnessy ce soir est impardonnable. Et elle ne cherchait qu'à sauver la vie de son frère, bien que ce soit une crapule. Tout est entièrement ma faute.

– On comprend, affirma Jim. Motus et bouche cousue, patron. Vous avez notre parole.

– Je suis d'accord, renchérit Rob.

– Moi, je n'ai rien à dire à personne, promit Kurt en crachant de nouveau dans la poussière.

Axel prit une profonde inspiration. En règle générale, il détestait proférer des menaces.

– Il faut que ce soit clair. Quiconque prononcera un mot sur ce qui s'est passé chez les O'Shaunnessy aura affaire à moi, c'est compris ? Je ne veux pas que cette fille subisse les conséquences de ma conduite.

– Bien, patron.

– Pas de problème.

Satisfait de ces réponses, Axel chercha le regard de ses frères. Pour la première fois de sa vie, il y lut de la réprobation. Le plus douloureux, c'est qu'il la méritait.

3

Longtemps après le départ de Keegan et de ses hommes, Cathy demeura immobile dans l'allée, transie de froid, si effrayée qu'elle avait l'impression que, au moindre bruit, elle risquait de s'écrouler à terre. D'un geste mécanique, elle ramassa son peignoir et l'enfila. Le contact du coton parut glacial contre sa peau. Elle serra les bras autour de sa poitrine en frissonnant. Son esprit troublé vacillait entre passé et présent, les souvenirs d'autrefois se mêlaient aux tout récents. Bien qu'Axel Keegan ne l'ait pas touchée, elle se sentait souillée et honteuse. Ce n'était pas tant ce qui s'était déroulé qui la tourmentait, mais ce qui serait survenu s'il n'avait pas brusquement décidé de s'en aller. Et ce qu'elle lui permettrait de faire si elle avait à choisir entre le sacrifice de son honneur et la vie de son frère.

Cathy était en effet capable de n'importe quoi pour Patrick. Elle ferma les yeux, sentant la rage monter en elle. S'il ne s'était pas mis à boire comme un trou voilà trois mois, son frère ne se serait jamais retrouvé dans un tel pétrin.

Comment osait-il la placer en situation aussi délicate ? Elle éprouvait bien une certaine compassion pour sa faiblesse, mais c'en était trop. Ainsi, il avait abattu un taureau de reproduction ? Et tiré sur les ouvriers de Keegan ? Tout cela sous l'emprise de l'alcool !

Pendant près de vingt ans, son père avait fait de sa vie un véritable cauchemar. Il n'était pas question que son frère lui fasse subir le même sort. A présent, c'était une adulte responsable. Patrick allait rentrer dans le droit chemin, elle y veillerait.

Elle éteignit la lanterne et quitta le box. Devant elle scintillait la lueur de l'autre lampe, qui projetait sur les murs l'ombre de la corde qui se balançait lentement. La jeune femme avança à plus longues enjambées dans la grange silencieuse, tandis que la colère montait en elle.

Son frère était assis près de son cheval, là où les hommes de Keegan l'avaient sans doute laissé choir. Elle aperçut la carabine, ses cartouches éparpillées sur le sol. Affalé contre la cloison de bois, la tête penchée en avant, Patrick paraissait si lamentable que la fureur de Cathy s'en trouva décuplée.

Elle oublia toute compassion. D'ailleurs, lui trouver sans cesse des excuses ne lui rendait pas service. Il n'y avait aucune justification à trouver au fond d'une bouteille de whisky, rien que des maux de tête. Il ne pouvait continuer à fuir ainsi la réalité.

Elle mit les mains sur les hanches, si furieuse qu'elle en tremblait.

– Ils sont tous partis ? demanda-t-elle à Hank, toujours debout dans l'embrasure de la porte.

Dans la pénombre, elle devina que le vieil homme se penchait vers elle en plaçant la main derrière l'oreille. La jeune femme répéta sa question en élevant la voix.

– Oh oui, mon petit, ils sont partis.

Hank s'approcha de Patrick et lui adressa un regard meurtrier. Puis il se tourna vers Cathy.

– Vous allez bien, mademoiselle ? Vous a-t-il... ?

– Non, coupa-t-elle. Tout va bien, Hank. Ne t'inquiète pas pour moi.

Le vieil homme l'observa un long moment d'un regard incrédule.

– Je suis désolé de ne pas être intervenu, dit-il. Mais il n'y avait pas grand-chose à faire. Patrick n'était qu'à quelques mètres, la corde au cou, et... j'ai préféré ne pas bouger pour ne pas le mettre en péril.

– Tu as bien agi, Hank. Tout est bien qui finit bien. Nous avons eu de la chance.

– Ce n'est pas grâce à qui je pense, dit l'ouvrier en secouant la tête. C'est sûr, cela ne me regarde en rien, mais je travaille sur cette terre depuis vingt-cinq ans, et je vais vous dire ce que j'ai sur le cœur.

Il regarda fixement Patrick.

– Si vous continuez dans cette voie, mon garçon, vous allez devenir un bon à rien. J'ai vu ce que le whisky avait fait de votre défunt papa. Vous devriez retenir la leçon. Quand allez-vous donc vous ressaisir ? Quand il sera trop tard ? Si j'étais plus jeune, je vous mettrais bien mon pied quelque part.

– Merci d'être venu nous aider, Hank, dit Cathy en regardant son frère. Grâce à toi, je me sens un peu moins seule.

Cathy s'en voulait d'être aussi cruelle. Par le passé, Patrick s'était toujours tenu à ses côtés. Ils étaient unis contre leur père et contre le monde entier. Comment pouvait-il rester avachi, incapable de soutenir son regard ?

– Je ne vous ai pas été d'un grand secours, reprit le vieil homme, ramenant la jeune femme à la réalité. Je n'ai pas osé me servir de mon arme, et j'ai passé l'âge de me battre à coups de poing. Mais j'ai fait de mon mieux. Comme vous dites, nous avons eu de la chance.

Cathy lui adressa un sourire triste.

– Merci. A présent, laisse-nous, Hank. Je dois parler à mon frère.

Hank hocha la tête et s'éclipsa. Cathy ne prit pas la peine d'attendre qu'il eût disparu pour faire nerveusement les cent pas devant son frère.

– Ainsi, commença-t-elle, tu as abattu le taureau de Keegan ? Une bête de concours d'une valeur inestimable ! Voilà qui est très intelligent de ta part. C'est l'abus de whisky qui t'a inspiré cette idée lumineuse ?

Patrick réagit enfin en penchant la tête en arrière. Malgré la pénombre, elle voyait des larmes scintiller sur ses joues. En croisant son regard désespéré, la jeune femme oublia toutes ses réprimandes.

– Hank a raison, tu sais, marmonna-t-il d'une voix traînante en levant une bouteille de whisky en guise de salut. Je ne vaux pas un clou.

Jamais Cathy n'avait entendu son frère parler ainsi. Il semblait si malheureux...

– J'ai toujours considéré papa avec mépris parce qu'il était faible, murmura-t-il d'une voix blanche. Je lui en voulais de préférer le whisky à ses enfants. Je ne comprenais pas l'emprise de l'alcool sur lui.

Le plus douloureux était ce qu'il ne disait pas, à savoir qu'il se retrouvait lui aussi prisonnier de son vice. Comment son frère avait-il pu sombrer en si peu de temps ? Elle fit taire sa pitié.

– Tu ne bois pas depuis assez longtemps pour être tombé aussi bas, déclara-t-elle. Il est encore temps d'arrêter. Il suffit d'un peu de volonté.

Cathy serra les poings, priant pour ne pas se tromper, et reprit :

– Je refuse d'écouter tes histoires de malédiction. Tu es seul responsable de ton ivresse de ce soir. Et tu es seul responsable de ce qui t'est arrivé ensuite. En tuant le taureau de Keegan, tu devais te douter qu'il te demanderait des comptes. Mais tu l'as quand même fait. C'était de la folie pure.

Ses yeux bleus étaient embués de larmes. Son visage trahissait sa tristesse.

– Je te jure, Cathy, je ne boirai plus jamais ! Si tu me pardonnes, je te promets de ne plus recommencer.

– Tu me l'as déjà promis cent fois.

– Non, Cathy... Croix de bois, croix de fer...

Sa colère retombée, Cathy plongea les yeux dans ceux de son frère et y décela une lueur de sincérité.

– Je te crois...

– Je te promets d'arrêter.

Il se couvrit le visage d'une main tremblante.

– Oh, Cathy... Je suis exactement comme papa. Il suffit d'un petit coup de trop et je deviens un monstre, un inconnu, y compris de moi-même. Quand j'ai compris que Keegan allait t'entraîner au fond de la grange, je n'ai pensé qu'à moi et à ce qui allait m'arriver si tu ne le faisais pas. Je suis désolé, je regrette, vraiment... Rassure-moi. Dis-moi que cette ordure ne t'a fait aucun mal. Je t'en supplie, Cathy !

– Non, il ne m'a pas touchée. Je te le garantis. Tout va bien, Paddy.

Il se détendit un peu.

– Je n'ai rien fait pour t'aider, Hank a raison. Je n'arrive pas à le croire !

– Oh, Patrick ! Tu avais bu !

Elle imagina toutes les folies que son frère avait pu commettre. Elle avait l'impression qu'il était parti en voyage et qu'un imposteur avait pris sa place.

Un silence pesant s'abattit, plein de pensées moroses. Elle entendit le grognement étouffé des porcs, le meuglement d'une vache à l'étable. Il fallait penser à autre chose qu'à Keegan.

– Le danger n'est toujours pas écarté, dit Patrick.

Cathy regarda par-dessus son épaule.

– Qu'est-ce que tu racontes ? Hank a dit qu'ils étaient tous partis. Nous sommes en sécurité. Du moins pour ce soir.

– Et s'ils vont en ville raconter ce qui s'est passé ? Notre réputation serait anéantie.

Cathy respira. Sa réputation n'était pas son souci majeur. Elle ne songeait qu'au retour de Keegan, comme il l'avait dit. Toutefois, elle n'osa pas en parler à Patrick.

Elle s'accroupit près du jeune homme et l'enlaça.

– Ne cherchons pas les ennuis. Tu te souviens de ta sœur qui passait son temps plongée dans les livres en rêvant d'une autre vie ? Celle qui voudrait vivre à San Francisco et aller au théâtre chaque semaine ? Si le pire survient, une réputation entachée ne me suivrait pas jusque là-bas.

– Sans moi, tu ne songerais pas à t'enfuir.

– Ne dis pas de bêtises.

– Maintenant que papa est mort, quelle raison aurais-tu de t'en aller ?

Cathy ne connaissait pas la réponse à cette question. Tout ce qu'elle savait, c'est qu'elle rêvait de partir loin. Peut-être pour fuir les souvenirs qui la hantaient continuellement. A moins qu'elle ne cherche à refaire sa vie sur de nouvelles bases. D'ailleurs, le moment n'était guère choisi de se lancer dans des explications. Patrick était ivre. Il pouvait changer de dispositions envers elle d'une seconde à l'autre.

– Mon attirance pour les contrées lointaines n'a rien à voir avec toi. Depuis que je suis toute petite, j'ai toujours dévoré avec passion les ouvrages sur la ville, le théâtre, la danse classique. Pourquoi te sens-tu visé ?

– Je ne sais pas.

Cathy poussa un soupir et lui ébouriffa les cheveux.

– Paddy, fais-moi confiance. Au contraire, tu es la raison qui me ferait rester. Je t'aime. J'admets que tu es un peu pénible depuis quelques mois, et j'ai souvent eu envie de t'étrangler. Mais cela compte-t-il en regard d'années de complicité ?

– Tu changeras peut-être d'avis quand nous nous saignerons aux quatre veines pour rembourser le taureau, dit-il avec un sourire au coin des lèvres. Avant de partir, Keegan m'a dit qu'il ne nous considérerait comme quittes que si nous lui versions cinq mille dollars.

Cathy sentit ses entrailles se nouer. Elle avait mis cinq ans pour économiser à peine mille dollars.

– A-t-il précisé s'il nous accordait un délai ?

– Il accepte des traites mensuelles, répondit Patrick en se cachant une nouvelle fois les yeux. De toute façon, nous n'avons pas les moyens.

Cinq mille dollars. Autant dire une fortune ! En

outre, Keegan avait clairement laissé entendre qu'il possédait encore un droit sur son corps.

– Nous y arriverons, Patrick, dit-elle en serrant les poings. Nous nous en sommes toujours sortis, non ?

– J'ai vraiment tout gâché. Je n'arrive pas à croire que j'aie tué ce taureau. Cela me paraît complètement fou.

Sa voix se brisa.

– Je l'ai abattu froidement. Mais il n'est pas mort sur le coup. La pauvre bête a beaucoup souffert. Puis je me suis enfui. Je suis un monstre.

Cathy ne sut que répondre. Elle ne parvenait pas à imaginer son frère dans une telle situation. Patrick avait toujours été si doux, si attentionné.

– J'ai ça dans le sang, reprit le jeune homme. Parfois, je ressemble tant à papa que j'en ai peur !

– Oh, Patrick...

Cathy lui caressa les cheveux.

– Tu ne lui ressembles pas du tout. Tu comprends ? Je ne veux pas que tu dises une chose pareille ! Tu perds toute raison quand tu es ivre. Si tu tiens ta parole et que tu arrêtes de boire, tu t'en sortiras.

Avec une brutalité inattendue, il posa la tête sur l'épaule de sa sœur et pleura comme un enfant. Cathy ne savait pas comment le consoler. Il paraissait pourtant si grand, si puissant, avec ses épaules larges et ses bras musclés. Depuis des mois, ils s'embrassaient à peine le matin. Son petit frère était devenu un homme. Un homme tourmenté.

– Patrick ? murmura-t-elle.

– Ne me déteste pas, Cathy. Je regrette de ne pas t'avoir défendue ! Mais j'ai eu si peur ! Plus jamais je ne boirai, je t'en fais le serment !

Elle lui sourit. Son entrevue terrifiante avec Keegan servirait au moins à détourner Patrick de l'alcool. Depuis des semaines, elle cherchait une solution. Ses prières étaient exaucées. Retrouver son frère tel qu'il était avant était le plus important.

– Allez, viens. Il est temps d'aller se coucher. L'aube sera glaciale.

Patrick tenta de se lever, mais ses jambes refusaient de le porter. Cathy glissa le bras autour de sa taille et l'aida tant bien que mal à se mettre debout.

– Mon Dieu, combien de litres de whisky as-tu bus ? demanda-t-elle en vacillant sous l'effort.

– Beaucoup trop.

Elle rit malgré elle et resserra son étreinte avant de cheminer péniblement vers la maison.

Cathy avait acquis une certaine expérience avec son ivrogne de père. Quand Patrick fut enfin allongé sur son lit, elle retourna s'occuper de son cheval. Ensuite, elle eut le temps de réfléchir à ce qui s'était déroulé entre elle et Axel Keegan. Ainsi, il avait repoussé leur entrevue à plus tard. Il avait l'intention de revenir...

Après s'être assurée que Patrick dormait, elle regagna sa chambre. Mais le sommeil ne vint pas. Elle ne pouvait oublier la colère qu'elle avait vue brûler dans les yeux de Keegan. Devait-elle se rendre chez le marshal ? L'idée était séduisante. Mais comment réagirait Keegan si elle ne tenait pas sa promesse et allait demander de l'aide ? Après tout, à moins de vendre le ranch, ils ne pourraient payer beaucoup de mensualités, pas assez pour apaiser sa rancune.

Elle ferma les yeux, l'esprit plein d'images de son frère, abattu d'une balle dans le dos ou frappé à mort. Si Keegan pensait qu'elle l'avait trahi, il tuerait Patrick.

Cette pensée la maintint longtemps éveillée, frissonnant d'horreur. Keegan allait revenir, et elle serait obligée de tenir parole.

Le vent glacial qui soufflait des Rocheuses parut à Axel aussi mordant que vingt ans plus tôt. Les épaules voûtées, il écouta le long gémissement, se rappelant qu'il avait longtemps cru à un spectre solitaire. Certaines choses ne changeaient jamais. Seuls les fantômes avaient un nom, y compris le sien. Car Axel Keegan, et l'enfant qu'il avait été étaient bel et bien morts depuis longtemps.

Penchant la tête en arrière, il regarda le branchage de l'arbre qui se balançait au-dessus de lui. Il ne ressemblait guère au chêne qui peuplait ses cauchemars. Celui-ci n'était pas si grand et était loin d'être aussi sinistre. Il ne se rappelait même plus exactement sur quelle branche Joseph avait été pendu haut et court. Certes, en vingt ans, l'arbre s'était développé, il n'était plus le même. S'il n'avait pas été certain de son emplacement, Axel ne l'aurait sans doute pas reconnu.

Mais c'était bien lui. A sa droite, derrière une pente herbeuse, coulait encore le petit ruisseau où il se baignait jadis avec ses frères. Il ne pouvait vraiment dire qu'il venait rendre visite à Joseph, son beau-père, mais l'émotion était intense. Il voulait lui parler de ses projets, des choses qui lui tenaient à cœur. Il espérait que le défunt sentirait sa présence et saurait que, bientôt, sa mémoire serait vengée.

Ce soir-là, pour la première fois, Axel était venu sans le moindre doute sur ce qu'il faisait. Adossé au tronc massif, il caressa une coupure de journal épinglée dans l'écorce. Un gros titre annonçait la mort financière des meurtriers de Joseph : NO NAME OBTIENT ENFIN LA CONSTRUCTION DU CHEMIN DE FER. C'était le style de vengeance que Joseph aurait approuvé. Une façon de posséder des escrocs, de les prendre à leur propre jeu. Seuls les prédateurs et les sans-cœur souffriraient de cette machination destinée à ruiner les investisseurs.

Exposé aux intempéries, le morceau de papier commençait à se désintégrer et l'encre avait coulé sous la pluie. Pour Axel, c'était une lettre posthume au défunt, une déclaration d'intention. A présent, il avait l'impression d'être revenu sur sa parole. Une innocente avait été blessée.

Cathy O'Shaunnessy... Il ne parvenait à chasser son visage de son esprit. Il avait lu une telle peur dans ses yeux. Et ses joues empourprées alors qu'elle déboutonnait sa chemise de nuit... Comment avait-il osé infliger un tel outrage à sa pudeur ?

La ramure du chêne ployait sous le vent. Les feuilles bruissaient, semblant murmurer le nom de Joseph. Même sa tombe de fortune semblait fanée par des années d'intempéries. Le panneau de bois gravé par le jeune garçon était usé depuis longtemps. Axel regretta que ces lieux ne soient pas marqués à jamais par ce qui s'y était déroulé.

En regardant vers la prairie, il aperçut au loin les contours de la vaste demeure que ses frères et lui avaient commencé à bâtir trois mois plus tôt. La structure était presque terminée. Ne restait que l'aménagement intérieur. Ils avaient de l'avance sur leurs prévisions. A San Francisco, il avait compté qu'il faudrait plusieurs mois pour prendre possession des terres. Patrick avait précipité les choses en lui faisant gagner une grosse somme au poker.

D'habitude, en voyant sa maison, Axel se sentait gonflé de fierté. Il était si proche du succès. Il était trop tard pour douter de l'opération. Au bout de vingt ans de travail acharné, il allait voir le rêve de son beau-père se réaliser. Les Paxton travailleraient la terre pour laquelle Joseph avait donné sa vie. Ils se marieraient, auraient des enfants et mourraient là. Axel n'avait qu'à veiller à ce que tout se déroule comme convenu.

Jusqu'à ce soir, les choses semblaient claires. A présent, il se rendait compte que l'enjeu était plus grave. Quel était le prix de sa haine contre les assassins de Joseph ? Ou plutôt, qu'était-il prêt à sacrifier pour assouvir sa vengeance ? Quand tout serait terminé, lui resterait-il un semblant de dignité ?

4

Axel Keegan et son expédition nocturne laissèrent Cathy dans un état d'extrême nervosité. Le lendemain matin, en préparant le petit déjeuner, la jeune femme sursautait au moindre bruit. Son chat Mitzi lui fit une peur de tous les diables en surgissant de sous l'évier. Puis Hank vint frapper à la porte, mettant de nouveau ses nerfs à rude épreuve. Toutefois, quand Patrick se présenta dans la cuisine pour prendre une tasse de café, elle commençait à s'apaiser. Mais son cœur n'en battait pas moins à grands coups précipités.

Bien que la pièce baignât dans la pénombre, la jeune femme hésita à allumer une seconde lampe. Une seule suffisait, ils n'avaient guère les moyens de gaspiller.

Comme s'il lisait dans ses pensées, Patrick déclara :

– Ecoute, Cathy, je sais que tu t'efforces de faire des économies, mais pourquoi le café est-il toujours si léger ? Il n'a aucun goût.

– Epargne-moi tes commentaires ! s'exclama-t-elle, fâchée. Il est très buvable. Les temps sont durs, je te l'ai maintes fois répété. Il faut réduire nos dépenses chaque fois que c'est possible. Et si je suis contrainte pour cela à préparer du café léger, tant pis. Nous allons devoir commencer à rembourser le taureau, ne l'oublie pas. L'argent ne tombe pas du ciel !

Cathy jeta une bûche de chêne dans le fourneau. Le bois s'enflamma rapidement au milieu des craquements et des étincelles. Ce son familier la rassura, malgré les événements passés et la peur de l'avenir. Après tout, Patrick était en vie et elle aussi. Pour l'instant.

Voilà pourquoi elle était si nerveuse. Elle savait que Keegan allait se présenter sur le seuil. Restait à savoir quand.

– Patrick, dit-elle, j'ai bien réfléchi.

Son frère lui adressa un regard trouble.

– Oh ! la la ! tu m'inquiètes.

Cathy s'efforça de sourire, mais sans grand succès. L'angoisse lui nouait les entrailles.

– Cette histoire de remboursement du taureau...

Elle se mordit la lèvre inférieure.

– C'est vrai, j'ai dit que nous y arriverions d'une façon ou d'une autre, reprit-elle d'une voix blanche. Mais plus j'y pense, moins je crois que ce sera possible. Nous parvenons déjà à peine à joindre les deux bouts.

Patrick regarda aux alentours, comme s'il cherchait désespérément quelque chose. Cathy savait qu'il mourait d'envie de boire. Elle s'en voulut de l'ennuyer avec ces questions alors qu'il était si vulnérable. Mais elle n'avait guère le choix. Keegan était une réalité qu'ils ne pouvaient ignorer, une menace qui ne disparaîtrait pas par enchantement.

– Il faut y arriver, dit son frère.

– Il existe une solution, reprit Cathy en se frottant les mains sur le vieux pantalon emprunté à son frère qu'elle portait pour travailler. Je sais que cela semble impensable, mais nous pourrions vendre le ranch.

Patrick lui adressa un regard horrifié. Elle tendit la main en signe d'apaisement.

– Réfléchis un peu, Paddy. C'est tout ce que je te demande. Nous pourrions rembourser Keegan, et il nous resterait même de l'argent pour recommencer notre vie ailleurs, repartir de zéro. Qu'en penses-tu ?

– C'est impossible, répondit-il, les yeux fixes. Je... je l'ai hypothéqué.

– Comment cela ? s'exclama Cathy, qui n'en croyait pas ses oreilles.

– J'ai investi dans les terres promises à la voie ferrée, expliqua-t-il. Pour obtenir de l'argent, j'ai dû hypothéquer le ranch. Si nous le vendions aujourd'hui, nous n'en tirerions qu'une misère.

Foudroyée par le choc, la jeune femme sentit ses jambes se dérober.

– La voie ferrée ?

Elle aurait dû s'en douter. Elle en avait pourtant

longuement discuté avec son frère et ils étaient arrivés à la conclusion que ce ne serait pas moral, mais elle s'attendait à cette initiative. Elle n'en fut pas moins prise d'un étourdissement.

– Oh, Patrick, je pensais bien que tu ferais une chose pareille, mais pas avec cet argent que tu m'as volé.

– Je ne te l'ai pas volé, simplement emprunté. Je te rembourserai. Quant à l'investissement, il n'était que de mille dollars. C'est peu pour acheter des terres.

– Comment as-tu pu faire une chose pareille ?

– J'étais ivre, avoua-t-il froidement. Mes amis affirmaient tous que c'était une occasion unique d'empocher rapidement des bénéfices. Sans m'en rendre compte, je me suis retrouvé en train de signer un document. Ensuite, j'ai voulu t'en parler, mais je n'ai pas osé. Je m'attendais à ta réaction.

– As-tu songé aux pauvres fermiers dont tu as racheté les terres ? C'est monstrueux !

Cathy se remémora la collecte organisée par l'église pour venir en aide aux expropriés, aux heures qu'elle avait passées à tout préparer. Et voilà qu'elle apprenait que son propre frère faisait partie des investisseurs sans scrupules !

– Ces malheureux ont sué sang et eau pour leurs terres, dit-elle d'une voix tremblante de rage. Pendant des années. Et, alors qu'une compagnie ferroviaire risque de se présenter et de récompenser leurs efforts en achetant leurs hectares un bon prix, toi, tu les précèdes et tu investis dans le but d'empocher les bénéfices ?

Patrick se leva à grand-peine, chancela. A son regard, Cathy comprit qu'il valait mieux se taire pour ne pas attiser sa colère, mais sa fierté d'Irlandaise prit le dessus.

– Va au diable, Patrick ! Toi et ton maudit whisky ! Comment as-tu osé agir de la sorte alors que tu sais pertinemment ce que j'en pense ! Pendant que tu signais ces papiers infâmes, moi j'étais ici, en train de m'échiner à faire tourner la maison ! A travailler jusqu'à l'épuisement ! Et tout ça pour quoi ? Pour que tu trompes des gens honnêtes !

Patrick serra les poings. La sauvagerie de son père se lisait dans son regard.

– Ces fermiers étaient déjà endettés jusqu'au cou à cause de la sécheresse. Ce n'est pas ma faute s'il n'a pas plu pendant deux ans ! Ils allaient y laisser leur chemise, de toute façon. En achetant leurs lopins de terre, nous les avons sauvés de la ruine.

– Je connais déjà tes arguments ! Epargne-moi tes sornettes. En conclusion, tu vas gagner de l'argent tandis que ces malheureux devront s'en aller avec juste ce qu'ils ont sur le dos. C'est une infamie !

Patrick tendit un index rageur.

– Ferme-la un peu ! hurla-t-il. Ou bien je te fais taire. Tu n'es qu'une femme. Que connais-tu aux affaires ? C'est fait. Il faut l'accepter.

Pour la première fois, Cathy eut peur de son frère. L'espace d'un instant, elle faillit même reculer. Alors, la colère reprit le dessus.

– Si tu as l'intention de me frapper, dit-elle d'une voix sans timbre, sache que ce sera la première et la dernière fois. Tu n'es pas mon père, Patrick. Tu ne peux m'obliger à supporter ta conduite honteuse sans rien dire. Lève la main sur moi et je partirai si vite que tu ne t'en rendras pas compte. Tu te retrouveras tout seul en moins de temps qu'il n'en faut pour le dire.

Plusieurs secondes s'écoulèrent dans un silence pesant. Cathy entendit sonner la pendule. Patrick respirait lourdement, le regard rivé au sien.

– De ma vie je n'ai levé la main sur toi, dit-il enfin. Comment peux-tu croire que je vais commencer aujourd'hui ?

Cathy écarta le bras de son frère, qui retomba mollement, comme s'il appartenait à un pantin désarticulé.

– Quand un homme s'énerve, je m'attends à tout instant à recevoir un coup. C'est étrange, non ?

Le regard bleu de Patrick s'illumina.

– Je ne te ferai aucun mal, assura-t-il. Je regrette de t'avoir parlé sur ce ton. Je...

Il se détourna vivement et passa nerveusement la main dans ses cheveux.

– J'ai la tête qui bourdonne. Chaque fois que tu hausses le ton, j'ai l'impression qu'on me transperce le crâne.

Il mit les mains sur ses hanches, pencha la tête en arrière et poussa un profond soupir.

– Je regrette ce que j'ai fait. J'ai eu tort. C'est pour cette raison que je n'osais pas t'en parler. Je savais que tu me détesterais et j'avais honte.

Suivant l'exemple de son frère, Cathy essaya de se calmer en inspirant profondément.

– Je ne te déteste pas, Patrick. Mais je suis en colère. Tu te conduis comme un irresponsable.

Il ferma les yeux.

– Ne parle plus jamais de t'en aller, dit-il. Je... j'ai besoin de toi. Sans toi, je ne m'en sortirai jamais.

Ces paroles la touchèrent jusqu'aux larmes. Elle demeura immobile, déchirée entre deux sentiments. Il avait été à deux doigts de la frapper, elle l'avait lu dans son regard.

Mais il s'était arrêté à temps. C'était le plus important. Son père, lui, n'hésitait jamais. Cette confrontation lui prouvait que son frère n'était pas comme Connor. Il restait donc de l'espoir, quoi qu'il ait pu faire.

– Je ne me suis vraiment fâchée contre toi qu'une seule fois, reprit-elle sur un ton qui se voulait enjoué. C'est lorsque tu as failli te faire sauter la cervelle en tripotant le fusil de papa.

– Oui... Je ne suis pas près de l'oublier.

– Ensuite, tu n'as plus joué avec une arme, continua-t-elle tandis qu'il lui prenait les mains.

– Plus jamais je ne te menacerai ainsi, promit-il, la regardant droit dans les yeux.

Cathy se jeta impulsivement dans ses bras.

– Oh, Patrick ! Que vais-je bien pouvoir faire de toi ?

– Contente-toi de m'aimer, c'est tout. Ne me laisse pas tomber. Je regrette. J'ai si honte...

Cet aveu ne réglait en rien leurs problèmes financiers. Si seulement il était encore un petit garçon qu'elle pouvait consoler d'un mot...

– Si le ranch est hypothéqué, nous ne pouvons le vendre, murmura-t-elle. Qu'allons-nous devenir ?

– Il ne nous reste plus qu'à espérer que mes investissements s'avèrent rentables, même si cette idée te révulse. Il faudra attendre quelques mois. Je t'assure que je regrette d'être allé contre ta volonté, ajouta-t-il en la berçant doucement. Pour ma défense, je ne peux que te répéter que j'avais trop bu. Mais cela ne se reproduira pas. Fais-moi confiance.

– Je te crois. Nous trouverons une solution, Paddy. Nous avons connu pire.

Ils songèrent à leurs épreuves passées. Cathy se sentit soudain plus forte. Elle saurait les tirer d'affaire. Après tout, d'autres se sortaient de tragédies bien plus graves. Ils avaient l'habitude de travailler dur.

– Assieds-toi, dit-elle enfin. Je vais te préparer un petit déjeuner.

Patrick retourna à table d'un pas hésitant.

– Excuse-moi, mais je ne suis pas certain de pouvoir avaler quoi que ce soit.

– Il faut essayer de manger. Sinon, tu auras mal au cœur toute la journée.

En allant chercher sa pâte à crêpes, elle jeta un coup d'œil par la fenêtre en direction de la grange. Elle s'attendait presque à voir Keegan sur le pas de la porte. Il n'y était pas, bien sûr, mais elle ne se sentit pas rassurée pour autant.

Devant son fourneau, elle regarda son frère. Il se frottait les tempes, souffrant visiblement.

– Je préfère que tu n'ailles pas traîner pendant quelques jours, dit-elle.

Elle versa une louche de pâte dans une poêle. Bientôt, une délicieuse odeur envahit la pièce.

– Promets-moi de rester tranquille.

– D'accord, fit-il en écartant les doigts. Tu n'as rien à craindre. Et tu devrais en faire autant. Hier, tu as eu de la chance. Si ce salaud revient, il risque de réclamer son dû.

Elle se sentait prise au piège. Ils ne pouvaient vendre la propriété. Il ne restait plus aucune issue.

Elle n'osa pas croiser le regard de Patrick de crainte de lire ses sentiments. La veille, elle avait évité de lui parler des menaces de Keegan, de peur qu'il ne fasse une bêtise.

– Oh ! je doute qu'il revienne, assura-t-elle.

– Je préférerais quand même que tu sois prudente pendant quelque temps. Surtout, ne t'éloigne pas de la maison sans être accompagnée.

Si Keegan revenait, il valait mieux qu'elle soit seule. En cas de confrontation, Patrick n'avait pas une chance contre lui, que ce soit à mains nues ou avec un revolver.

– Il faut que je coupe du foin, aujourd'hui, déclara-t-elle. On ne peut compter sur ce temps sec encore très longtemps et nous n'avons pas les moyens de perdre une récolte.

– Je viens t'aider.

Les coudes sur la table en acajou, Patrick ne semblait guère en état d'affronter une dure journée de labeur. Il avait les yeux cernés, les joues blêmes et portait les mêmes vêtements que la veille. Il semblait avoir été traîné derrière un cheval sur plusieurs centaines de mètres.

– Tu es certain d'en avoir la force ?

– J'y arriverai.

– On dirait pourtant que tu as quelques heures de sommeil à rattraper.

– Non, ça ira.

Son empressement à l'aider était si rare que la jeune femme ne voulut pas le décourager.

– Eh bien, des bras supplémentaires ne seront pas de trop. Hank et Shorty font de leur mieux, mais ils ont leurs limites. De plus, cela me fera plaisir d'être avec toi. Cela fait longtemps que nous n'avons pas travaillé ensemble. Nos pique-niques au soleil me manquent.

– Oui... je sais. On n'en parle plus, d'accord ? Je te promets de renoncer au whisky et de m'occuper de ce ranch comme j'aurais toujours dû le faire. Les choses n'ont pas été faciles pour toi, je m'en rends compte.

Cathy posa deux crêpes au sirop d'érable devant lui – leur vue lui souleva le cœur – et sortit chercher des œufs au poulailler.

Elle passa devant la grange. Par curiosité morbide, ou pour exorciser ses démons, elle se sentit obligée d'entrer. La corde pendait toujours, témoin muet de la tragédie qui s'était jouée en ces lieux.

Ne supportant pas ce spectacle lugubre, elle l'ôta et la jeta dans un coin. Malheureusement, il n'était pas aussi facile de chasser toute trace d'Axel Keegan de la grange. Partout où elle posait les yeux, quelque chose lui rappelait son ennemi.

Cependant, la jeune femme avait eu son lot de mauvais souvenirs et savait les gérer. Elle se força à rester dans la pénombre jusqu'à ce que sa peur s'apaise un peu. Puis elle ferma les yeux et songea à ses jeux d'enfant avec Patrick les jours de pluie. Quand leur père était à la maison, la grange était leur unique refuge. Ils jouaient à cache-cache, se balançaient au bout d'une corde, sautaient dans le foin. C'était le bon temps. Les tendres souvenirs chassaient toujours les peines.

En quittant la grange, Cathy ressentait toujours une certaine appréhension. Elle croyait apercevoir Keegan partout. Le moindre bruit la faisait sursauter. C'était stupide, mais elle ne pouvait s'en empêcher.

Elle regagna la maison les nerfs à fleur de peau. Elle ne s'était pas retrouvée dans un tel état d'angoisse depuis la mort de son père.

– Tout va bien ? demanda Patrick en la voyant entrer.

– Oui, assura-t-elle.

Mitzi choisit ce moment pour miauler bruyamment en surgissant de sous le poêle. Cathy poussa un cri qui alarma son frère.

Il se leva et jura.

– Sale bête ! Un de ces jours, il va finir rôti comme un poulet.

Cathy savait pertinemment que le chat ne se serait pas caché sous le poêle si quelque chose ne l'avait pas effrayé. Elle dévisagea son frère et décela une lueur familière dans ses yeux. Son organisme d'alcoolique réclamait sa dose de whisky. Pourvu qu'il ne cède pas, cette fois !

– Ce serait mieux si tu cessais de taper du pied, tu sais, dit-elle gentiment. Tu le connais. Mitzi est très peureux.

– Je me contente de marteler le sol, dit-il. Je ne lui ai jamais fait de mal.

– Mais tu lui fais peur. Ce n'est pas parce que tu as mal à la tête qu'il faut t'en prendre à ce pauvre chat.

– Il a sauté sur la table et a voulu me voler mon petit déjeuner.

– Alors tu l'as effrayé ? Tu sais bien qu'il est un peu dérangé. Tu n'as qu'à le poser par terre et le laisser tranquille.

– Je suis désolé ! cria-t-il en jetant son assiette à terre d'un geste brusque. Je me suis un peu énervé, voilà tout. Je te demande pardon. Et si tu me laissais un peu tranquille, toi aussi ? J'ai la tête comme une citrouille.

Sur ces mots, il tourna les talons et quitta la pièce d'un pas lourd.

Quand son cœur eut retrouvé un rythme normal, Cathy alla chercher le chat sous l'évier pour s'assurer qu'il allait bien. Ses poils fauves étaient un peu chauds. Elle y enfouit son visage et décela une odeur caractéristique de brûlé. La pauvre bête était décidément bien stupide.

Mais elle ne lui en voulait pas. Elle avait plus en commun avec le félin qu'elle ne voulait l'admettre, vivant isolée du monde, seule dans un ranch. Les rares fois où elle se rendait en ville, pour assister à la messe et voir du monde, elle demeurait en retrait. Elle appréciait la compagnie de Bess Halloway, sa meilleure amie, mais avait toujours peur de trop en dire.

– Alors, Mitzi, pauvre idiot, tu vas mettre combien de temps à oublier cette mésaventure ?

Question stupide. Parvenait-elle à oublier la brutalité de son père, les humiliations quotidiennes ? Au moins, elle était douée d'intelligence et savait que Connor O'Shaunnessy était mort et enterré.

Parfois, en entendant une porte claquer et des pas résonner dans la maison, elle se prenait à croire que c'était son père. Ses jambes en tremblaient de terreur. Ce devait être pire pour le chat, qui ne pouvait comprendre que son maître si cruel ne reviendrait jamais.

Elle prit une profonde inspiration et scruta la cuisine. Son regard s'attarda sur les rideaux qu'elle avait confectionnés au cours de l'hiver. Les couleurs vives parvenaient en général à lui redonner espoir en la vie, comme si elles symbolisaient une nouvelle liberté. Ce matin, toutefois, elle n'y trouva pas de courage. La visite d'Axel Keegan l'avait anéantie.

Avisant le bouquet fané sur la table, elle se dit qu'elle irait cueillir des fleurs fraîches dans l'après-midi. Leur parfum lui ferait du bien.

En caressant distraitement Mitzi, elle regarda malgré elle par la fenêtre. Elle souhaitait presque voir Keegan resurgir, pour en finir au plus vite, plutôt que de passer chaque minute dans la crainte.

5

Au fil des semaines, Axel Keegan se sentait de plus en plus coupable de l'humiliation qu'il avait infligée à Cathy O'Shaunnessy. Un matin, il découvrit une enveloppe cachetée laissée sur le portail de sa propriété. Elle contenait huit dollars et neuf *cents* en petite monnaie, ainsi qu'un mot rédigé d'une écriture féminine, précisant le montant que lui devait encore Patrick O'Shaunnessy pour le remboursement du taureau.

Les neuf *cents* le touchèrent plus que tout. Voilà qui en disait long sur la situation financière de la jeune femme, qui avait dû économiser sou par sou pour réunir cette modeste somme. Pour lui, c'était une broutille, mais Cathy avait cru bon de la lui envoyer.

Cela faisait longtemps qu'Axel Keegan n'avait plus besoin de s'interroger sur le pouvoir d'achat de neuf *cents*. Tenant les pièces dans le creux de sa main, il imagina Cathy en train de les recompter avec soin avant de les glisser dans l'enveloppe. Elle aurait pu s'acheter des friandises ou, plus vraisemblablement, une miche de pain, des pommes de terre, des produits de première nécessité. Axel songea à l'époque où il travaillait douze heures d'affilée pour quelques sous.

Plus que jamais, il se sentait le dernier des criminels. Même les cinq mille dollars ne lui auraient pas fait défaut à ce point. Il avait en effet les moyens d'en perdre beaucoup plus. Quant à Cathy O'Shaunnessy, elle allait vraisemblablement devoir se priver pour le rembourser.

Lorsqu'il avait parlé de cette somme à Patrick, il pensait que ce serait à lui seul d'assumer la responsabilité du remboursement, pas à sa sœur. Il n'avait d'ailleurs jamais voulu nuire à Cathy.

Tout en travaillant d'arrache-pied dans ses champs, Axel revoyait sans cesse l'expression de honte peinte sur les traits de la jeune femme tandis qu'elle déboutonnait son peignoir. Il lui devait au moins des excuses.

Mais comment ? Et quand ? Il ne voulait pas lui faire peur en se présentant à l'improviste à sa porte. En outre, il risquait une altercation avec son frère. Il voulait la rencontrer sur un terrain neutre, de préférence dans un lieu public où elle ne se sentirait pas menacée.

– Nous pourrions dire à John de garder l'œil ouvert en ville pour nous, suggéra Joseph un après-midi tandis qu'il réparait une clôture avec Axel. Elle doit bien aller faire des courses de temps en temps. La plupart des gens ont l'habitude d'y aller le même jour de la semaine. Si John parvient à se renseigner, tu pourrais feindre de tomber sur elle par hasard.

John Parrish était l'un des responsables de la Trans Railway, dont Axel était le principal actionnaire. Il dirigeait la branche de No Name de la Barbary Coast, une autre entreprise de Keegan, dont la mission consistait à anéantir certains investisseurs sans scrupules afin de venger le nom de Joseph Paxton. John accepterait sans problème de mener une enquête sur les habitudes de Cathy O'Shaunnessy. Mais était-ce bien raisonnable ? Axel ne voulait rien entreprendre qui risquât de compromettre sa position au sein de la communauté. S'il commençait à poser des questions sur la jeune femme, il allait sans doute éveiller des soupçons.

Axel donna un coup de marteau rageur sur le poteau. Joseph fit un bond en arrière. Esa et David, qui venaient les rejoindre, se mirent à rire.

– Gare, Joseph ! J'ai l'impression qu'il prend le poteau pour ta tête, lança Esa.

– La prochaine fois, ce sera ton tour si tu ne te tais pas, prévint David.

Epongeant son front d'un revers de manche, Axel fit mine de ne rien entendre. Après avoir ouvertement réprouvé la conduite de leur aîné, les jeunes gens raillaient à présent ses velléités. Axel se demandait pourquoi son intention de présenter des excuses à Cathy

O'Shaunnessy les amusait tant. La situation n'avait pourtant rien de drôle.

C'était peut-être parce que aucun d'eux n'avait distingué clairement les traits de la jeune femme, dans la grange. Certes, ils avaient tous appris avec stupeur son lien de parenté avec Eden, mais il était plus frappant de constater la ressemblance de visu. Axel avait compris qu'il était ridicule de détester Cathy et Patrick uniquement parce que le sang de Connor coulait dans leurs veines. Dans ce cas, Eden mériterait aussi sa haine.

– Je ne faisais qu'une suggestion, déclara Joseph en marquant une pause. Inutile de t'énerver.

– Contente-toi de me tenir ce poteau, répondit son aîné en levant une nouvelle fois le lourd marteau. Je n'ai pas que ça à faire, moi !

Les genoux fléchis, le torse bombé, Joseph saisit le poteau, attendant, les yeux plissés, le coup violent.

– Fais gaffe, grand frère.

– Ne t'inquiète pas !

Le corps de Joseph fut projeté en l'air par la violence du choc. Il eut toutes les peines du monde à maintenir droit le rondin de bois.

– J'ignore pourquoi tu t'énerves ainsi. Je voulais seulement te donner une idée...

Axel frappa derechef, lui coupant la parole.

– Eh bien, elle n'était pas bonne ! Je te rappelle que nous ne sommes pas censés connaître John Parrish.

– Je pensais que nous pourrions lui laisser un message dans la boîte aux lettres, comme d'habitude.

– Chaque fois que nous le contactons, nous prenons un risque. Il ne faut le faire qu'en cas d'absolue nécessité. Mieux vaut ne pas mettre nos projets en péril. Cela dit, je dois absolument faire des excuses à cette fille.

– Nous pourrions nous renseigner nous-mêmes, à droite et à gauche, dit Joseph. Ainsi, nous saurions quel jour de la semaine elle se rend en ville.

– Et alors ? Je n'ai pas le temps de passer des heures

sur le trottoir de No Name à attendre qu'elle se pointe. A supposer que je le fasse, comment parviendrai-je à la retenir assez longtemps pour lui présenter des excuses ?

– Tu n'as qu'à clouer ses chaussures au sol, suggéra Esa en riant.

– Ou l'attraper au lasso et la ligoter à un poteau pour la forcer à t'écouter, proposa David.

– Vous avez déjà vu Axel manier le lasso ? s'écria Esa en s'esclaffant de plus belle. Il lui faut une cible grosse comme une maison. Et encore...

Joseph lâcha le poteau et leva les bras.

– Arrêtez, les gars ! Il n'y a pas de quoi rire.

– Alors redevenons sérieux et trouvons une solution, enchaîna David.

Axel vérifia le poteau avec le fil à plomb. Jamie emplit le trou de terre, la tassa et enfonça le poteau.

– Ça y est, il est droit.

Joseph ramassa le poteau suivant.

– A mon avis, tu devrais prouver à cette pauvre fille que tu n'es pas un barbare, déclara-t-il. Tu pourrais lui envoyer un cadeau ou un bouquet de fleurs.

– Axel achetant des fleurs chez le fleuriste de la grand-rue ? lança David. Bon sang, j'aimerais bien voir ça !

– Et s'il lui offrait des bonbons ? renchérit Esa.

– Cela pourrait marcher, dit Joseph en se tournant vers son aîné. Il faudrait que tu mettes ton beau costume et que tu ranges ton fusil.

– N'oublie pas ton chapeau melon, ajouta Esa.

Posant le marteau à ses pieds, Axel croisa les bras.

– C'est fini, vous trois ? Je me contrefiche d'être la cible de vos plaisanteries, mais avez-vous songé à Cathy O'Shaunnessy ? Pour l'heure, elle est persuadée que ses voisins sont des violeurs et des tueurs. Cela ne vous dérange peut-être pas, mais moi si.

– Alors que proposes-tu ? dit Joseph en dressant le poteau à la verticale. Tu as une suggestion ?

– Il n'y a qu'une solution, répondit-il en attendant que Joseph ait terminé. Il faut que je me rachète aux yeux de cette fille. L'idée d'un endroit public n'est pas mauvaise. Elle se sentira moins menacée au milieu de la foule. Mais où et quand ? A ma connaissance, elle va rarement en ville.

– Elle va régulièrement à l'église. Il y a l'un de ces prêtres qui n'ont pas de religion très précise, expliqua Esa. Comment appelle-t-on cela, déjà ?

– Ecoute, mon vieux, tu es fou, dit Axel. Ton père doit se retourner dans sa tombe.

– Excuse-moi, rétorqua Esa en posant une main sur son cœur. Tout le monde n'a pas acquis ses bonnes manières en jouant au poker.

– C'est notre mère qui m'a tout appris. Je m'efforce de suivre son exemple. Vous devriez en faire autant. Esa, tu es sûr que Cathy se rend à l'église chaque semaine ?

– En tout cas, elle y allait.

– Comment le sais-tu ? s'enquit Joseph.

– J'ai lu les journaux de ces cinq dernières années.

– La *Gazette* de No Name ? dit Axel.

– Pendant que tu suivais les gros titres sur les gens réclamant la voie ferrée, Eden et maman me tenaient au courant des événements mondains. Je suppose que c'est parce qu'elles savaient qu'elles viendraient ici un jour. Parfois, maman lisait les articles à voix haute. On y parlait de bals et de fêtes de charité, notamment. Qui avait assisté à telle cérémonie, ce genre de choses. Avec Eden, elles s'y intéressent beaucoup. Bref, je sais que Cathy O'Shaunnessy assiste régulièrement à la messe.

– On aura tout vu ! s'exclama Joseph. Notre Esa passionné par la rubrique mondaine !

– Continue, ordonna Axel à son frère tandis qu'il foudroyait Esa du regard.

– Comment cela ?

– Dis-m'en davantage.

– Je n'ai rien à ajouter. Elle va à la messe, point

final. Elle fait également partie de l'association féminine qui collecte des fonds pour les démunis.

– Il y a un bal de charité samedi prochain, dit David. C'est affiché en ville.

– Voilà l'occasion rêvée ! s'écria Joseph. Sans blague, les gars ! Au milieu de tout ce monde, Cathy O'Shaunnessy se sentira en sécurité. Tu pourras l'aborder discrètement, Axel. Rien de plus naturel dans un bal.

– Oui, admit Esa. Même si elle refuse de danser, tu auras l'occasion de lui présenter tes excuses. Cela m'étonnerait que son frère te cherche noise.

– C'est mieux que de se ridiculiser en l'abordant dans la rue, renchérit Joseph.

Axel fléchissait.

– De plus, fit Joseph, les bals ne sont pas trop tournés vers l'Eglise et la foi.

– Ils sont là pour récolter des fonds, expliqua David. Toutes sortes de gens sont de la fête. La ville entière est invitée. Au cours de la soirée, on voit des hommes sortir quelques minutes pour fumer une cigarette.

– On ne peut pas dire que je sois un citoyen très honorable et respecté de No Name, déclara Axel.

– La toiture de l'église ne t'en voudra pas, assura Joseph en riant.

– Je t'accompagnerai, proposa David. J'avais l'intention d'y aller.

– Nous irons tous, conclut Joseph avec un sourire taquin. Voilà un bal que je n'ai pas envie de rater.

Le samedi venu, Cathy redoutait de se rendre au bal. D'abord, Axel Keegan risquait de s'y trouver. Elle ne pouvait songer à pire épreuve que de le croiser. Ensuite, Patrick n'avait cessé de boire que depuis trois semaines. Il serait soumis à bien des tentations.

– Paddy, tu es certain que tu vas tenir le coup, ce soir ? demanda-t-elle à son frère tandis qu'il arrêtait le chariot devant l'épicerie. Passer une soirée tranquille à la maison ne me dérangerait pas, tu sais.

Il enroula les rênes et actionna le frein.

– Cela fait plus d'un mois que tu attends ce bal, et tu as passé la journée d'hier à aider les dames de la paroisse à tout organiser. Comment pourrais-je t'en priver ?

– Il y aura d'autres bals, Paddy. Je ne...

– Justement, dit-il avec un sourire affectueux. Et il y aura de l'alcool chaque fois. Je ne peux pas passer le reste de ma vie à me cacher.

– Arrêter de boire pendant à peine un mois n'est pas exactement ce que j'appellerais se cacher.

– Cathy, je sais que je ne t'ai pas souvent donné la preuve que tu pouvais me faire confiance, déclara-t-il en la regardant droit dans les yeux, mais accorde-moi cette chance.

Son regard implorant toucha Cathy.

– Bien sûr que j'ai confiance en toi ! s'exclama-t-elle. Je suis simplement inquiète, c'est tout.

– Eh bien, ne te fais pas de souci. Tout va bien se passer. Comment pourrais-je échouer, avec toi à mes côtés ?

Il sauta du chariot et en fit le tour.

– Mon Dieu, mais qu'as-tu apporté ? Nous n'arriverons jamais à porter tout ça !

– La pauvre Gertie Howard est tombée subitement malade. Elle devait préparer un gâteau, alors j'ai proposé d'en faire un à sa place.

Espérant que personne ne l'observait, Cathy souleva légèrement ses jupons et sauta à terre. Elle savait que ce n'était pas un comportement très féminin, mais autant se débrouiller toute seule au lieu d'attendre que son frère l'aide.

– Il n'y a que trois choses à porter, dit-elle.

Avec un clin d'œil complice, Patrick lui tendit le gâteau et prit un paquet.

– Cathy, cesse un peu de t'inquiéter ainsi, fit-il avec

un soupir exaspéré. Tout ira bien, je te le promets. Allons-y, j'entends déjà les musiciens accorder leurs instruments.

Elle le rejoignit sur le trottoir en planches et rajusta sa cravate.

– Arrête, on pourrait nous voir, dit-il en repoussant sa main. Tu ne vas tout de même pas te mettre à me débarbouiller comme quand j'étais petit !

– Certainement pas !

– Pourtant, tu me maternais. J'avais horreur de ça. Comme de tes lotions pour le visage.

– Tu mettais mes lotions ?

– Une seule fois, avoua-t-il. J'espérais effacer mes taches de rousseur. Apparemment, pour toi, cela a marché. Si tu le répètes à quelqu'un, je te tue ! ajouta-t-il en riant.

– Tu as essayé le jus de citron ?

– Pourquoi ?

– C'est ça qui efface les taches de rousseur, idiot !

Elle se dressa sur la pointe des pieds pour tenter de maîtriser un épi rebelle.

– Franchement, Paddy, comment t'es-tu coiffé ?

– Je m'en fiche, dit-il en reculant. J'aime bien avoir l'air négligé. Si je t'écoutais, je serais si séduisant que les femmes ne me laisseraient pas en paix. Et que m'arriverait-il ? Je me marierais ! Quelle tuile ! Je me retrouverais avec deux femmes en train de me coiffer au lieu d'une.

Cathy soupira et, roulant des yeux, le suivit vers la salle paroissiale. A la première occasion, il passa une main dans ses boucles rousses pour les ébouriffer. Elle eut envie de le recoiffer, mais se retint. Mieux valait se concentrer sur cette agréable soirée en perspective.

La nuit tombait à peine. A l'horizon, les montagnes Rocheuses baignaient dans un coucher de soleil magnifique. Une lueur rosée se reflétait sur les fenêtres. Au-dessus des toits, les pins ressemblaient à des sentinelles. Leurs silhouettes décharnées se profilaient contre un ciel de granit.

– Il y a foule, on dirait, constata Patrick en apercevant de nombreux chariots garés de part et d'autre de la voie. J'espère qu'il reste assez de place pour danser.

– Il fait si bon que les gens pourraient bien rester à l'extérieur, répondit-elle en hâtant le pas.

Elle le suivit dans une allée.

– Hum, l'odeur de ce pain frais me met l'eau à la bouche !

– Cela sent bon, c'est vrai. La tarte aux pommes aussi. Ecoute un peu les violons.

Prenant le pain et le gâteau sous le bras, il saisit Cathy par le coude.

– Dépêche-toi un peu !

Cathy se mit à rire.

– Qui était impatient de venir à ce bal ?

– Je plaide coupable. Depuis que j'ai arrêté de boire, je suis devenu un peu casanier. J'ai besoin de rencontrer du monde, je l'avoue.

La salle paroissiale se dressait au bout de la rue, non loin du saloon. Cathy remarqua le regard teinté de nostalgie que Patrick posa sur l'établissement en passant devant. Il se demandait sans doute combien de ses anciens amis se trouvaient à l'intérieur. Cette amitié virile devait lui manquer.

Voyant son air inquiet, le jeune homme se força à sourire.

– Ça va, je t'assure.

Il regarda la vitrine du tailleur.

– Regarde ! Cette robe est exactement du bleu que tu aimes.

Cathy s'arrêta pour la contempler d'un air rêveur.

– Elle est superbe, en effet. Un peu trop de dentelle, peut-être. Tu ne crois pas ?

– Un peu de dentelle ne te ferait pas de mal. Tu es toujours en pantalon, ces temps-ci.

– Je ne vois pas comment je pourrais vaquer à mes occupations au ranch en chemisier blanc et en jupon.

– Eh bien, maintenant que je travaille comme je le devrais, tu ne seras plus obligée d'effectuer autant de corvées. Dès que nous réaliserons quelques bénéfices, je commencerai par t'acheter quelques robes. Qu'en dis-tu ?

Cathy songea à l'argent qu'elle avait envoyé à Axel, quelques semaines plus tôt. Une goutte d'eau dans l'océan.

– Je crois que nous ne sommes pas près de pouvoir nous offrir des frivolités.

– Ce ne sera pas si long. Mon investissement dans les chemins de fer devrait me rapporter bientôt.

Cathy préférait ne pas y penser. Même si elle acceptait à présent cette idée, le geste de Patrick lui faisait de la peine. Elle aurait dû remercier sa bonne étoile car cet argent arriverait à point nommé.

– J'adorerais avoir de nouvelles robes mais je peux très bien me contenter de ce que j'ai pour l'instant.

– D'accord. Tu as celle que tu portais pour tes dix-sept ans. Je m'en souviens parce que j'ai trimé aux écuries pendant presque un mois pour te l'offrir.

Cela suffit à chasser les idées noires de la jeune femme. Patrick était un frère merveilleux. Ses erreurs ne devaient pas le lui faire oublier.

– En plus, tu l'avais très bien choisie, ajouta-t-elle en lissant sa jupe. C'est toujours ma préférée, tu sais. Et elle est encore en très bon état.

– C'est vrai, quand on pense au nombre de fois où tu l'as portée. Mais tu as un peu changé.

– Changé ?

Cathy devina aussitôt à quoi il faisait allusion et tira sur son chemisier. Le décolleté était un peu trop révélateur à son goût. A présent que sa poitrine était plus généreuse, il était encore plus audacieux.

– Je ne suis pas convenable ? Je devrais peut-être retourner à la maison...

– Non ! répliqua-t-il en riant. Tu es ravissante. Tu as besoin de nouvelles robes, et je suis impatient de pouvoir t'en acheter, c'est tout.

Les notes d'un air de violon résonnèrent, attirant l'attention de Patrick. Il en oublia les chemins de fer et les robes.

– Quand nous serons là-bas, tâche de te rappeler que tu as une sœur. J'espère que tu me feras danser de temps en temps.

– Tu trouveras de nombreux cavaliers.

– Tu sais très bien que je n'aime pas danser avec n'importe qui.

– Ah bon ? Mais si tu étais un peu plus sociable, tu serais déjà mariée et tu aurais une ribambelle de gamins. Y as-tu pensé, sœurette ?

– J'ai assez de problèmes avec toi, répondit-elle d'un ton enjoué.

– Je ne suis pas si terrible, tout de même ?

– Eh bien, non, fit-elle en feignant de réfléchir. Tu peux te rendre utile, surtout si tu me fais danser.

– D'accord, je ferai un effort, promit-il en la prenant par l'épaule. Mais je vais être très pris, ajouta-t-il avec un clin d'œil. Il faut que j'invite toutes ces jolies filles. Si j'en oublie une, elle aura le cœur brisé. C'est très difficile d'être beau garçon, tu sais.

Devant la salle, les chariots étaient garés n'importe comment. Les chevaux étaient alignés. A l'arrière d'un véhicule, une femme changeait les langes de son nourrisson. A l'intérieur, deux bambins dormaient paisiblement sur des couvertures. Cathy reconnut Mary Baxter, une amie d'enfance, et lui adressa un signe de main. De toute évidence, Mary ne la remarqua pas, car elle ne répondit pas à son salut.

– Qu'est-ce qu'elle a ? s'enquit Patrick.

– Elle ne m'aura pas reconnue, dit Cathy en haussant les épaules. Il fait presque nuit.

Dans la salle, le brouhaha des conversations était incessant. Cathy chercha désespérément des visages connus. Il y en avait en tout cas un qu'elle espérait ne pas voir.

Patrick tendit leurs billets d'entrée à l'employé puis se tourna pour suspendre le châle de sa sœur à une patère.

– Où dois-je poser ceci ? demanda-t-il en désignant le pain et les gâteaux.

– Sur la table du fond.

Des lanternes inondaient la salle de lumière, mais il y avait tant de monde qu'on distinguait à peine les visages. Cathy se dressa sur la pointe des pieds, cherchant le meilleur moyen d'atteindre le buffet. La plupart des convives semblaient rassemblés au centre de la pièce, sur une estrade où les musiciens accordaient leurs instruments.

– Tu peux passer par là, fit-elle en pointant le doigt vers la gauche.

Patrick se fraya un chemin parmi un groupe d'hommes, prenant soin de laisser passer sa sœur. La foule était très diversifiée, des hommes en costume et des femmes en robe de soie jusqu'à des couples de fermiers en tenue plus simple. Cathy fut soulagée de ne pas voir une haute silhouette vêtue de noir. Un bal de charité était sans doute un lieu trop calme pour un joueur invétéré.

En croisant un nouveau cercle de convives, elle ressentit des picotements étranges dans la nuque. Quand elle regarda aux alentours, tous ceux dont elle croisa le regard détournèrent vivement la tête.

– Qu'est-ce qui ne va pas ? demanda-t-elle à son frère.

– Je ne sais pas. Ma braguette est ouverte ? souffla-t-il.

– Non, répondit-elle en étouffant un rire. Pourquoi est-ce que tout le monde nous regarde ?

– J'ai l'impression d'avoir un troisième œil sur le front.

– Tiens, voilà Bess ! s'exclama Cathy en se hissant sur la pointe des pieds pour lui faire signe.

Bess Halloway, une svelte blonde vêtue de velours vert, lui rendit son salut et s'efforça de la rejoindre.

– Cathy ! cria-t-elle. Je pensais que tu ne viendrais pas. Il y a quelque chose de grave dont nous devons parler.

– Allez-y ! Bavardez donc, dit Patrick à voix haute. Elle n'est venue que pour ça.

Il adressa un sourire à Bess et prit le gâteau des mains de Cathy.

– Je vais poser ça et je reviens.

Cathy se tourna vers son amie, la nièce de Doc Halloway. Les deux jeunes filles se rendaient souvent à son dispensaire quand elles étaient gamines. Bess avait maintes fois vu arriver Cathy en secret après un accès de fureur de son père ivre. C'était une amie fiable, car elle n'avait jamais parlé à personne des sévices que Cathy subissait chez elle.

Au fil des années, Cathy s'était attachée à Bess. Elle ne pouvait en dire autant de ses autres compagnes. Bess, elle, ne faisait jamais preuve d'indiscrétion. Bref, elle ne demandait rien en retour de son amitié.

– Je suis si heureuse de te voir ! déclara Cathy. Nous avons eu à peine le temps d'échanger deux mots, hier. Où est donc ton charmant mari ?

– Il est allé à Denver avec son père pour acheter du bétail. Une décision de dernière minute. Alors je suis venue avec ma belle-mère.

Bess tripotait nerveusement une boucle blonde tombant sur sa tempe. Ses yeux verts trahissaient son tourment.

– Cathy, il y a un problème.

– Tiens donc, fit la jeune femme d'un ton taquin. Ne me dis pas que votre lune de miel est déjà terminée. Cela fait à peine six mois.

– Tout va merveilleusement bien entre Brad et moi.

Non, le problème est ailleurs, et je ne sais comment te le dire.

– Me dire quoi ?

Une nouvelle fois, Cathy eut une impression étrange, comme si tout le monde la regardait. Une bonne partie des convives l'observaient, en effet, certains murmuraient quelques paroles à l'oreille de leur voisin.

Bess était de nature très calme, aussi Cathy fut-elle surprise de la voir se tordre nerveusement les mains.

– C'est Hank. Hank Simmons, ton ouvrier. Il est en ce moment même au saloon, ivre mort. D'après ce que j'ai compris, il cherche à rassembler des volontaires pour aller infliger une bonne correction à Axel Keegan.

– Oh, non ! s'exclama Cathy, épouvantée.

– Je ne fais que répéter la rumeur qui circule. Mais je n'en crois pas un mot, je t'assure ! Hank raconte qu'Axel... euh... Qu'il t'a fait une proposition indécente et que tu as accepté de le suivre pour sauver la vie de Patrick car ces voyous allaient le pendre.

Cathy ferma les yeux. En les rouvrant, elle vit le visage écarlate de Bess.

– J'ai horreur de colporter les ragots, surtout à l'intéressée. Mais il fallait que tu le saches. Pardonne-moi.

Cathy secoua la tête, puis chercha son frère des yeux. Elle allait abandonner quand elle vit une tignasse rousse près de l'entrée. Il s'en allait. A en juger par son expression, il était furieux. Il devait être au courant de la conduite de Hank au saloon et allait le retrouver.

Apparemment, Hank avait déjà anéanti la réputation de la jeune femme. Par ailleurs, s'il entrait dans le saloon, Patrick risquait de boire.

Cathy se fraya un passage dans la foule. Quand elle atteignit la porte, son frère avait disparu.

– Ça va ?

Cathy se retourna. Bess l'avait suivie.

– Oui, mais je me fais du souci pour Patrick. Comme

tu sais, il a arrêté de boire. Et il est parti au saloon chercher Hank et le ramener à la maison.

– Cela ne veut pas dire qu'il va en sortir ivre, déclara Bess avec bon sens.

Se rappelant que Patrick lui avait demandé de lui faire confiance, Cathy se dit que Bess devait avoir raison. Avec un soupir résigné, la jeune femme se tourna vers la porte pour affronter les regards critiques. Bess ferait mieux de garder ses distances. On jugeait souvent les gens à leurs fréquentations, et Cathy était perdue de réputation.

Bess ne la laisserait pas tomber. C'était une véritable amie. Cathy décida donc d'accorder à Patrick jusqu'à 21 heures. Ensuite, il ne reviendrait certainement pas, et il lui serait alors inutile de s'attarder.

Comme pour répondre à l'humeur morose de la jeune femme, un violoniste entonna un air mélancolique. Les autres enchaînèrent. La musique tenailla les tempes de la jeune femme, les pas des danseurs faisaient vibrer les planches de l'estrade. Elle avait pourtant attendu cette soirée avec impatience. A présent, elle ne souhaitait que rentrer à la maison. Là-bas, elle n'avait pas à se soucier de voir une haute silhouette vêtue de noir apparaître sur le pas de la porte.

6

Durant de longues minutes, Cathy souffrit d'être ainsi l'objet de l'attention générale. Elle avait l'impression que quelque chose clochait dans sa tenue.

Sa robe rose était un peu trop serrée, comme Patrick le lui avait fait remarquer. Elle se sentait à l'étroit. Certes, les bonnes manières exigeaient le port d'un corset : une dame digne de ce nom ne pouvait se promener sans lingerie adéquate. Malheureusement, comme sa robe, son corset datait de plusieurs années, alors qu'elle n'était qu'une adolescente aux formes moins généreuses. Il mettait par trop en valeur certaines rondeurs sur lesquelles la moitié des hommes de la ville se retournaient volontiers.

– Tu n'aurais pas un mouchoir ? demanda-t-elle à Bess. J'aimerais couvrir mon décolleté.

– Ne dis pas de bêtises, répondit son amie avec un sourire. La plupart des robes sont beaucoup plus audacieuses que la tienne, ce soir.

– Mais les femmes qui les portent ne sont pas la cible de tous les regards.

– Ce n'est pas ton cas non plus.

– Cite-moi une personne qui ne m'observe pas comme une bête curieuse.

– Mme Etler, déclara Bess après avoir parcouru la foule du regard en se mordillant la lèvre inférieure.

– Tu m'étonnes ! La pauvre femme est myope comme une taupe !

– Bon, je comprends que tu te sentes mal à l'aise. Patrick ne va pas tarder à revenir. Il doit être en train de s'occuper de Hank.

S'occuper de Hank ? Comment neutraliser un ivrogne ? Cathy essayait vainement depuis des années, et voilà à quoi cela l'avait menée. Il n'y avait vraiment rien à tirer de ces hommes irresponsables et puérils.

Elle sortit sa montre de sa poche. 20 h 30. Les minutes s'égrenaient avec une lenteur désespérante.

– C'est fou ce que le temps passe vite quand on s'amuse ! railla-t-elle.

– Merci beaucoup, Cathy. Je vois que tu apprécies ma compagnie.

– Oh, ce n'est pas ce que je voulais dire !

– Tu devrais danser, décréta Bess en marquant le rythme du pied. Tu es plus souvent invitée que d'habitude, ce soir.

– Evidemment, rétorqua Cathy en plissant le nez. Certains hommes me regardent d'une telle façon... Je serais incapable de danser avec eux, même pour de l'argent.

– Je ne pensais pas à cela, dit son amie en rougissant. Ne t'inquiète pas. Cela va passer. Les rumeurs finissent toujours par se dissiper.

– C'est ce que je dis souvent.

– Tu déteins sur moi.

Au même moment, un couple tournoya près d'elles. La jeune femme dansait un peu trop près de son cavalier. La pointe de ses bottines brillait sous l'ourlet de sa robe lavande. Cathy ne put s'empêcher de remarquer la main du danseur qui glissait sur les hanches de sa partenaire.

– Tu as vu ? s'exclama-t-elle. Il y a cinq minutes, c'est moi qu'il invitait. Regarde ce à quoi j'ai échappé.

– Il y a des coureurs de jupons partout. Mais je dois admettre que, ce soir, ils semblent graviter autour de toi. Cela ne veut pas dire pour autant qu'ils soient tous des scélérats. Si tu refuses obstinément de danser, comment rencontreras-tu l'homme de ta vie ?

Les deux amies avaient abordé ce sujet tant de fois que c'était devenu une plaisanterie entre elles. Mais Cathy ne semblait guère d'humeur à rire.

– Peut-être que je ne veux pas le trouver, finalement.

– Voyons, Cathy, que comptes-tu faire de ta vie si ce n'est te marier ?

– Profiter un peu de l'existence. Je sais que c'est une idée un peu extravagante pour une femme. Mais, au cours de la seconde moitié de ma vie, il y a mille projets que j'aimerais bien réaliser. Et ce ne sera pas possible si je laisse un homme me tenir à jamais sous sa coupe.

Avant que Bess puisse répondre, une femme murmura à son mari, non loin d'elles :

– Cathy O'Shaunnessy est là ! Quel toupet ! A sa place, j'aurais trop honte pour sortir en ville. Je resterais cloîtrée chez moi.

Bess rougit une nouvelle fois en adressant un regard moqueur à la médisante.

– Ne fais pas attention, Cathy. Ce n'est qu'une vieille sorcière égoïste qui n'a rien d'autre à faire que s'en prendre aux autres.

C'était plus facile à dire qu'à faire. Cathy savait désormais que les gens murmuraient des horreurs à son sujet. Elle n'avait plus qu'une envie : rentrer chez elle.

Elle luttait toujours contre son embarras quand les violonistes cessèrent soudain de jouer. Un silence étonné se posa sur la foule. Les têtes se tournèrent vers l'entrée de la salle. Cathy vit avec horreur une haute silhouette vêtue de noir se présenter nonchalamment sur le seuil. Il était accompagné de trois hommes qu'elle avait vus dans la grange. Tous un peu moins imposants que Keegan, quoique musclés, et blonds.

Ils étaient très intimidants et irradiaient une assurance arrogante. Chacun portait une arme, mais leur air patibulaire ne devait pas grand-chose à ces revolvers, qui étaient monnaie courante à No Name.

Plusieurs mètres séparaient Cathy d'Axel. Dès qu'il fit un pas dans la salle, la foule se fendit en deux pour le laisser passer. Pour l'occasion, il avait troqué sa chemise de toile contre une chemise en soie noire mais, cela excepté, sa tenue était la même. Un pantalon noir moulait ses cuisses musclées. Son pistolet à crosse de nacre étincelait à sa ceinture.

Comme attiré par un aimant, son regard de velours sombre se posa aussitôt sur la jeune femme. Prise de panique, Cathy saisit le bras de Bess.

– Je crois que nous allons nous mêler à la foule, dit-elle d'un ton qui se voulait enjoué.

– C'est lui ? s'écria Bess. C'est Axel Keegan ?

Cathy ne prit pas la peine de répondre. Comme une bête traquée, elle regarda autour d'elle à la recherche d'une issue. Il était là et la regardait fixement.

Il était aussi grand et imposant que dans son souvenir. Sa chemise mettait en valeur ses épaules carrées et ses bras puissants. Ses cheveux de jais et son teint hâlé n'en ressortaient que davantage. Sans son chapeau, son visage semblait extraordinairement beau. La balafre qui lui barrait la joue gauche ne faisait que rehausser la finesse de ses traits.

Tout en marchant, il se tourna pour accrocher son chapeau à une patère. Mettant l'occasion à profit, Cathy entraîna Bess au milieu de la cohue. Mais elle se rendit vite compte que la robe vert émeraude de son amie les faisait remarquer où qu'elles se trouvent.

En se retournant, Axel scruta l'assemblée d'un regard perçant auquel rien ne semblait pouvoir échapper. De toute évidence, il la cherchait. Le cœur de la jeune femme s'emballa si fort qu'elle crut défaillir. A son grand soulagement, Cathy remarqua qu'il ne les voyait pas, mais son regard revint vite vers les deux amies, se posant sur elles comme une arme fatale. Les yeux rivés sur la jeune femme, il se mit à fendre la foule. Pas de doute, c'était bien elle qu'il cherchait. Cela faisait pourtant moins d'un mois qu'elle lui avait adressé un premier paiement. Il voulait certainement s'entretenir avec elle. Ou organiser un rendez-vous.

Pas ici, en plein bal ! Cathy était décidée à éviter de faire souffrir son frère mais il ne fallait pas que la ville entière assiste à son humiliation...

– Ta robe est trop voyante, souffla Cathy à son amie.

– Bon, file, je te retrouve plus tard, dit Bess d'un air entendu.

Cathy n'eut pas besoin de se le faire répéter. Mais où aller ? Keegan bloquait la seule issue. Elle se dirigea vers un autre groupe de femmes, espérant s'y fondre. Aucune chance. Dès qu'elles l'aperçurent, elles s'égaillèrent comme une volée de moineaux. En quelques heures, Cathy était devenue une paria.

Les musiciens entamèrent une nouvelle danse. Plusieurs couples se dirigèrent vers le centre de la piste, obligeant les autres à s'écarter. Seule près du buffet, Cathy affronta son poursuivant. Le cœur battant, elle le regarda venir vers elle.

Axel Keegan n'eut pas besoin d'être devin pour comprendre que Cathy O'Shaunnessy cherchait par tous les moyens à l'éviter. Chaque fois qu'il faisait un pas vers elle, elle s'éclipsait dans la foule, l'air affolé. Ne voulant pas lui faire peur, il s'arrêta et s'efforça de ne pas la regarder – tâche difficile.

Elle portait une robe rose au décolleté profond ourlé de dentelle. Sa taille fine soulignait une silhouette parfaite. Ses cheveux étaient relevés en chignon. C'était l'une des plus jolies femmes qu'il ait jamais vues. C'était aussi celle qui avait la peau la plus laiteuse.

Il était impatient d'en avoir terminé avec ses excuses, mais il ne pouvait ignorer le regard affolé de la jeune femme, qui semblait terrifiée. Et il y avait de quoi.

A présent, elle s'était réfugiée près du buffet. Comme si elle souffrait d'un mal contagieux, tous les autres semblaient s'écarter sur son passage, la laissant seule. Son angoisse éveilla les soupçons d'Axel qui eut un horrible pressentiment.

La mâchoire crispée sous l'effet de la colère, il partit à la recherche de Joseph, qu'il trouva dehors, en compagnie d'autres fermiers.

– Qu'est-ce qui se passe ? lui demanda-t-il discrètement. Tout le monde a l'air d'éviter Cathy O'Shaunnessy.

Dans la pénombre, les yeux bleus de Joseph pétillaient.

– Il y a eu une regrettable indiscrétion. J'allais te le dire. On raconte que... enfin... qu'elle a échangé ses faveurs contre la vie de son frère.

– Mon Dieu...

Axel était si furieux qu'il avait envie de tout casser.

– Qui a lâché le morceau ? Je peux t'assurer qu'il va le regretter !

Axel savait que défouler sa colère sur un autre ne

servait à rien. C'était lui qui portait la responsabilité des ennuis de la jeune femme.

– Ce n'est pas l'un des nôtres, annonça Joseph en secouant la tête. C'est ce vieux type qui était dans la grange, le dénommé Hank Simmons.

C'était encore pire. La pauvre Cathy O'Shaunnessy avait été trahie par l'un des siens, un employé de longue date. Il retourna vers la salle paroissiale.

– Que vas-tu faire ? lança Joseph.

Axel ne se donna pas la peine de répondre. Certaines questions ne méritaient pas de réponse.

En regagnant la salle, il fut presque amusé de constater que la jeune femme était sur le point de s'éclipser. Dès qu'elle l'aperçut, elle se retourna comme une souris prise au piège. Malheureusement, dès qu'elle s'approchait d'un convive, celui-ci s'écartait comme si elle avait la peste. Une vieille dame eut même le culot de brosser sa jupe après son passage, comme si elle l'avait souillée.

– Miss O'Shaunnessy, comme je suis heureux de vous revoir ! s'écria Axel d'un ton aimable.

Ses lèvres blêmes tremblèrent.

– Monsieur Keegan...

Axel avait l'impression de se trouver face à une fillette apeurée, même si ses rondeurs n'avaient rien d'enfantin. Sa voix à peine audible ne couvrait pas le brouhaha des conversations. En lui serrant la main, il sentit son pouls s'emballer sous ses doigts. Il en éprouva quelque remords, mais refusa de la lâcher.

Il pensa à l'arrivée de la jeune femme dans la grange, ce fameux soir. Etait-ce la même personne qu'il avait jugée si sûre d'elle, carabine à la main ?

L'orchestre n'allait pas tarder à entonner un nouvel air. Axel souhaitait un rythme lent qui lui permettrait de converser avec Cathy en la maintenant dans ses bras.

– M'accorderez-vous cette danse ?

Il s'attendait à un refus. Malgré la peur qu'il lisait

dans son regard, elle hocha la tête. Il ignorait pourquoi il était surpris. Depuis l'instant où il avait posé les yeux sur elle, Cathy faisait toujours le contraire de ce à quoi il s'attendait.

Avec mille précautions, il la mena vers la piste, une main lui tenant le poignet, l'autre posée délicatement dans son dos. L'orchestre entama une valse. Quand il se tourna pour l'enlacer, il croisa un regard désespéré qui le consola. Axel mesurait une tête de plus que la plupart des hommes. Sa stature devait impressionner sa cavalière.

– Cathy... murmura-t-il en cherchant son regard. Vous permettez que je vous appelle Cathy... ?

Elle haussa les épaules d'un geste éloquent. Axel enroula le bras autour de sa taille et l'entraîna dans la valse endiablée. Elle paraissait très vulnérable contre lui. Même sa main semblait minuscule.

– Je suis terriblement désolé pour tout cela, reprit-il en baissant la tête. Je vous en prie, il faut me croire, je ne voulais pas que les choses en arrivent là.

Pas de réaction. Elle dansait souplement, sans trahir la moindre émotion, les doigts crispés sur l'épaule de son cavalier. Ils croisèrent un couple de paysans qui semblaient danser la polka. La croupe généreuse de la femme heurta le dos de Cathy, la poussant en avant. L'espace d'une seconde, elle fut plaquée contre lui. Il ne put s'empêcher d'apprécier le contact de son corps, comme si ses courbes étaient faites pour lui.

Il chassa bien vite cette pensée. C'était la fille de Connor O'Shaunnessy. A en juger par sa façon de s'écarter vivement, l'antipathie était réciproque.

– J'ai à vous parler, dit-il, en s'efforçant de se concentrer sur le problème qui le préoccupait.

Cathy hocha nerveusement la tête, faisant voleter les boucles rousses sur ses tempes. Elle sentait bon le savon, le coton séché au grand air, la lavande, et semblait pure et innocente. Ce parfum si féminin lui était extrêmement doux. C'était le genre de fille capable de tenter un homme tout en éveillant ses instincts de protection. Axel ferma les yeux, submergé par un sentiment de regret. Il aurait tué quiconque aurait osé traiter Cathy comme il l'avait traitée lui-même.

– L'autre soir je...

Il se tut. Lui d'habitude si franc, si direct, avait la gorge nouée. A cause de lui, la vie de cette jeune femme était anéantie. Les excuses qu'il avait préparées lui parurent soudain bien dérisoires.

Puis la valse se termina, trop tôt à son gré. A en juger par le soulagement évident de sa cavalière, elle ne partageait pas son opinion.

– L'autre soir, répéta-t-il sans la lâcher, quand je suis venu chez vous, je n'aurais jamais dû laisser les choses en suspens entre nous. Depuis, je m'en mords les doigts.

– Pas ici, je vous en prie, répondit-elle en roulant des yeux. Ne discutons pas ici.

Où, alors ? Avant qu'il puisse formuler sa question, elle se dégagea de son emprise et s'enfuit dans la foule.

– Cathy, attendez !

Elle ne se retourna pas, ne ralentit même pas. Déterminé à aller jusqu'au bout, il la suivit. Malheureusement, plusieurs personnes choisirent ce moment précis pour lui souhaiter la bienvenue. Aussi poliment que possible, Axel se libéra de ces conversations inopportunes.

Quand il franchit enfin le seuil de la salle paroissiale, Cathy avait disparu. Joseph, lui, se trouvait toujours parmi ses amis.

– Tu as vu passer Cathy O'Shaunnessy ? lança Axel à son frère.

Joseph se contenta de sourire et de lever sa bouteille de whisky.

– J'ai vu passer une fille, en effet. Elle est partie par là en courant. Mais je ne pourrais pas jurer qu'il s'agissait de Cathy O'Shaunnessy.

Axel leva les yeux vers le bout de la rue à temps pour

voir un chariot disparaître dans le virage. Il se dit que Cathy devait tenir les rênes.

Il eut d'abord envie de la poursuivre, mais se ravisa. Plus elle s'éloignait de la ville, plus ils seraient tranquilles pour discuter quand il la rattraperait.

Elle ne pouvait lui échapper.

7

– Allez ! Hue ! cria Cathy en fouettant la croupe de Pénélope.

Malgré ses efforts, la pauvre bête ne parvint pas à prendre de la vitesse. Cathy jeta un coup d'œil pardessus son épaule pour s'assurer que Keegan ne la suivait pas. Malheureusement, elle ne voyait pas grand-chose dans la pénombre. Si Keegan était à ses trousses, elle ne s'en rendrait compte que lorsqu'il serait à ses côtés. Charmante perspective.

Pendant plusieurs minutes, rien ne se passa, ce qui rassura Cathy. Elle avançait si lentement que Keegan l'aurait rattrapée s'il l'avait voulu. Dieu merci... Elle ferma les yeux, se laissant aller au balancement de la voiture.

Soudain, le véhicule tressauta et pencha d'un côté. Cathy s'accrocha pour ne pas tomber et se retourna pour voir ce qui se passait. Keegan... Son cœur cessa de battre. Il venait de sauter de sa selle sur son chariot et attachait les rênes de son cheval à l'arrière du véhicule. Le fracas des roues avait dû couvrir le bruit du galop.

– J'espère que cela ne vous ennuie pas, dit-il poliment. Mais il faut absolument que je vous parle. Je ne vois pas pourquoi nous repousserions à plus tard.

L'ennuyer ? Si elle avait eu une arme, elle l'aurait abattu sur-le-champ.

Avec une agilité incroyable pour un homme de cette carrure, il parvint à s'installer à côté d'elle, sur le siège de bois. Il avait des jambes interminables. Posant un pied sur le bord du chariot, il replia un bras autour de son genou. En se tournant vers lui, Cathy remarqua qu'il avait ouvert le col de sa chemise et retroussé ses manches, révélant des avant-bras musclés.

Troublée, elle faillit tomber de son siège. Surprise en train de le fixer, elle tira brutalement sur les rênes. La jument réagit et se mit au trot, entraînant le véhicule sur un terrain irrégulier. De la poussière voleta autour d'eux, faisant suffoquer la jeune femme.

– Vous cherchez vraiment à tomber dans toutes les ornières, demanda sèchement Keegan, ou votre conduite extravagante est-elle naturelle ?

Luttant pour rester en place, Cathy chercha à distinguer le chemin de terre. La nuit était pourtant claire, mais elle ne voyait pas bien.

– Si vous n'appréciez pas ma façon de conduire, je serai ravie de vous céder la place.

Elle regretta aussitôt ses paroles. N'importe quelle femme intelligente chercherait à se faire bien voir de son ennemi.

– Je risque de tomber, rétorqua-t-il.

Cathy l'observa furtivement. Il portait un chapeau qui empêchait la jeune femme de lire son expression. Au moins, il n'avait pas accepté de prendre les rênes. Elle crispa les doigts plus fortement sur les lanières de cuir.

De sa main libre, elle resserra son châle de laine sur ses épaules.

– De quoi désiriez-vous me parler ?

Comme si elle ne le savait pas !

– Vous vous posez vraiment la question ? dit-il avec un sourire narquois.

Un silence pesant s'installa, uniquement troublé par les craquements du chariot et le martèlement des sabots des chevaux. Ce mutisme joua sur les nerfs de la jeune femme.

Keegan sortit une allumette de sa poche et la glissa entre ses dents. Puis il agrippa le siège de bois, paraissant presque aussi nerveux qu'elle. Il semblait avoir envie de lui dire quelque chose sans y parvenir.

C'était absurde. Axel Keegan, nerveux ? A d'autres !

Les yeux brûlants à cause de la poussière, elle scruta la pénombre. Bien qu'elle n'y vît pas grand-chose, elle connaissait par cœur le chemin menant au ranch. A l'est, la prairie s'étendait à l'infini. A l'ouest, les collines verdoyantes étaient parsemées d'acajous. Il n'y avait pas âme qui vive à des kilomètres à la ronde.

Cathy regarda par-dessus son épaule. Les lumières de No Name avaient déjà disparu. Elle se retrouvait seule avec cet homme. Le samedi soir, Shorty, son ouvrier, se rendait en ville avec Hank. Il n'y aurait personne au ranch non plus.

Jamais Cathy ne s'était sentie aussi désemparée. Pour protéger son frère, elle avait conclu un accord avec Keegan. En revenant sur sa parole, elle mettrait Patrick en danger de mort. Elle ne pouvait courir de risque. Autant se débarrasser de cette pénible épreuve au plus vite.

Vite, c'était désormais le mot clé. Avec un peu de chance, Keegan se dépêcherait. Quelques minutes, son calvaire ne serait guère plus long.

La panique lui tenaillait l'estomac. Rien ne pouvait être aussi terrible. Pourtant, l'expérience lui avait appris que les pires douleurs finissaient par s'effacer. Il fallait s'accrocher coûte que coûte.

Le plus important était de satisfaire Keegan afin qu'il ne se venge pas sur son frère.

Juste à ce moment, Axel se tourna vers elle et lui tapota l'épaule. Elle eut l'impression d'avoir heurté un mur.

Il serra les dents et souleva le bord de son chapeau pour la regarder. Elle se demanda si cette manie d'avoir un objet entre les dents lui servait à dissimuler la paralysie de sa joue.

Leurs regards se croisèrent. Ses yeux couleur café, ourlés de longs cils soyeux, la faisaient frémir.

De sa voix éraillée qu'elle n'avait pas oubliée, il déclara :

– Nous sommes dans un sacré pétrin, on dirait.

Cathy ne put qu'approuver, tout en se demandant en quoi cela pouvait gêner Keegan. C'était elle qui se trouvait en difficulté, pas lui.

– En effet.

Le chariot cahota soudain dans une nouvelle ornière, projetant Cathy contre lui. Keegan étouffa un cri à son contact. Elle ne saisit pas tout de suite qu'il s'agissait d'un rire. Puis il passa un bras autour de sa taille pour l'empêcher de tomber. Elle sursauta en sentant une grande main se poser juste au-dessus de sa hanche.

– Désolé, dit-il. Avec ces mouvements brusques, une petite jeune femme comme vous devrait faire attention et se lester.

Elle lui adressa un regard si étonné qu'Axel réfléchit à ce qu'il venait de dire. Se lester ? Voilà qui était élégant. Il l'avait pourtant suivie pour lui demander pardon. Alors pourquoi ne pas en finir une fois pour toutes ?

– Cathy...

Même au clair de lune, il ne pouvait que sentir la tension de son corps svelte. Sa gorge se noua.

– Cathy, je...

Il ne parvint pas à poursuivre. Jamais il n'avait vu de tels yeux. Des yeux immenses, d'un bleu lumineux, qui trahissaient la moindre de ses émotions. Comment pouvait-il plonger dans ce regard et lui dire qu'il était désolé d'avoir détruit sa vie ? Car c'était ce qu'il avait l'intention de faire.

Au loin, il vit se profiler le ranch des O'Shaunnessy. La maison, la grange, quelques dépendances. Même dans la pénombre, les lieux n'avaient rien de somptueux. Il savait d'après les rumeurs qui circulaient en ville que c'était Cathy qui effectuait tout le travail depuis que son frère avait sombré dans l'alcool. Il avait peine à l'imaginer en train de pousser une charrue.

La jeune femme arrêta le chariot devant la grange et scruta la cour déserte. Celle-ci était jonchée d'outils et de machines rouillés, de roues de chariot. Une vieille bassine servait de cible de tir.

Elle noua les rênes et serra le frein, puis se libéra de son contact et descendit avec l'agilité d'un garçon de ferme, malgré ses jupons. Un peu gauche, Keegan sauta à ses côtés.

Elle fit le tour du véhicule pour dételer sa jument.

– J'en ai pour une minute, déclara-t-elle d'une petite voix tendue. Ensuite, nous pourrons...

Elle s'interrompit et le regarda.

– D'abord, il faut que je m'occupe de Pénélope, si vous n'y voyez pas d'inconvénient.

– Je vais vous aider.

Elle fit un bond en arrière pour le laisser passer.

Il fut ravi de pouvoir s'occuper les mains. Par chance, elle ne chercha pas à l'en empêcher. Il n'avait aucune envie de rentrer chez lui et n'avait pas encore pris de décision quant à Cathy. Il lui fallait un prétexte pour rester.

La jument semblait si impatiente de regagner son étable qu'elle entraîna le jeune homme.

– Où est sa stalle ? s'enquit-il.

Cathy alluma une lanterne qu'elle leva dans sa direction.

– La deuxième à droite, répondit-elle d'une voix hésitante. Monsieur Keegan, je suis parfaitement capable de m'en occuper moi-même, vous savez.

– Serais-je un gentleman si je vous laissais faire ce travail pénible ?

Le regard qu'elle lui lança fut plus éloquent que des mots. De toute évidence, elle ne le tenait pas pour un gentleman.

Il vit qu'elle tenait toujours la lanterne au-dessus de sa tête. Il parcourut des yeux la grange et prit soudain conscience de l'endroit où il se trouvait. Le moindre recoin semblait l'accuser.

– Je vais chercher de l'avoine et de l'eau.

Elle accrocha la lanterne dans l'allée et demeura hésitante sur le seuil.

– Bouchonnez-la rapidement, monsieur Keegan. Je m'en occuperai mieux demain matin.

Axel eut l'impression qu'elle attendait avec impatience qu'il s'en aille.

Après avoir frotté la robe de la jument, il prit une vieille couverture et tourna les yeux vers le fond de la grange, là où il avait entraîné la jeune femme. Il ne parvenait toujours pas à croire qu'il avait pu faire une chose pareille. Il lut sur le visage blême de Cathy qu'elle y pensait, elle aussi.

Il se dépêcha afin qu'ils puissent sortir de cette grange. Cathy se chargea de l'avoine et du seau d'eau.

– Vous voulez que j'éteigne la lanterne ? demanda-t-il en refermant la barrière.

Au lieu de répondre, elle se haussa sur la pointe des pieds pour éteindre elle-même. La pénombre les enveloppa aussitôt. Axel laissa ses yeux s'y accoutumer.

– Bon, eh bien, je vais vous laisser, fit-il.

Il se tourna vers Cathy, toujours debout sous la lanterne, une main posée sur la barrière, l'autre tendue devant elle. Au souvenir de la promenade chaotique qu'elle venait de lui infliger, il ne put s'empêcher de sourire.

– Cathy, vous ne voyez pas dans le noir ?

– Si, répondit-elle un peu trop vite avant de faire quelques pas hésitants. Mais il fait si sombre... Ne me dites pas que vous, vous distinguez tout ce qu'il y a autour de vous.

– Je n'irais pas jusqu'à affirmer que je serais capable de compter vos taches de rousseur, mais j'y vois assez clair.

– Je n'ai pas de taches de rousseur, rétorqua-t-elle en avançant plus vite, tâtonnant devant elle. Je déteste cet endroit la nuit. Pourquoi diable n'installe-t-on pas de fenêtres dans les granges ?

Les murs de la bâtisse étaient pleins de trous et de fissures qui laissaient filtrer le clair de lune.

– Attendez, je vais vous guider, proposa-t-il en lui prenant le bras.

Elle sursauta comme si son contact l'avait brûlée.

– Je... Je voulais seulement vous prendre la main, rien de plus.

– Je suis parfaitement capable de marcher toute seule, rétorqua-t-elle en agitant nerveusement un bras devant elle.

– Je vois cela, fit-il en réprimant un rire.

– Et alors ?

Il l'empêcha de trébucher sur une pelle.

– Qu'est-ce que je vous disais ?

– Alors pourquoi ne me laissez-vous pas tranquille ? reprit-elle comme si elle s'adressait à un imbécile.

Axel fut tenté. A quelques mètres se trouvait la fosse à purin...

– Nous sommes presque arrivés, annonça-t-il.

– Où cela ?

Il passa la main devant son visage. Elle ne broncha pas. L'entrée de la grange était large et le clair de lune entrait librement.

– A la porte, Cathy. Vous ne la voyez donc pas ?

– Bien sûr que si.

Il la lâcha. Désarçonnée, elle tituba, les yeux écarquillés.

– Où êtes-vous ? demanda-t-elle d'une petite voix.

– Ici.

– Mon Dieu ! s'écria-t-elle en posant la main sur sa poitrine.

Axel fut surpris de se laisser aller à un rire franc.

– Désolé. Je ne voulais pas vous faire sursauter.

Il la reprit par le bras et la guida vers la sortie.

– Enfin de la lumière, dit-elle avec un soupir de soulagement.

Il mit les mains sur les hanches, conscient qu'elle s'était éloignée dès qu'il l'avait lâchée.

– Bon...

Il laissa le mot en suspens, ne sachant que dire. En tout cas, il ne voulait pas partir sans avoir réglé leur problème.

– Cathy, c'est à propos de l'autre nuit...

– Oui ? fit-elle d'une voix tremblante.

– J'espère que vous ne m'en voudrez pas de tourner autour du pot, mais, en vérité, je ne sais pas comment m'y prendre.

– Ah bon ? fit-elle, horrifiée.

Axel se demanda si elle s'attendait à une demande en mariage. Il ne pouvait lui en vouloir, mais n'était pas certain d'aller jusque-là. Il se gratta l'aile du nez.

– Ce n'est pas une situation très habituelle pour vous.

– Non, c'est le moins que l'on puisse dire.

Le mariage. Ce mot flotta dans son esprit. Si elle cherchait à se caser, elle n'avait qu'à en parler franchement. Etait-ce la raison de sa nervosité ? Elle ne voyait aucune autre solution et se demandait comment il réagirait ? Axel devait admettre que sa première réaction serait de prendre ses jambes à son cou. Par ailleurs, il n'aurait pas la conscience tranquille, si c'était vraiment ce qu'elle souhaitait.

– Je... euh...

Il s'éclaircit la gorge.

– Ecoutez, Cathy, soyons francs. Quoi qu'il arrive, c'est vous qui allez subir les conséquences de ce qui s'est passé dans la grange. Un homme... Enfin, ce n'est pas si difficile pour nous. Vous voyez ce que je veux dire...

Elle semblait sur le point de défaillir.

– Vous allez bien ?

– Oui... Ça va, dit-elle avec un hochement de menton.

Axel baissa la tête, cherchant ses mots.

– Enfin...

Il regarda aux alentours, puis posa les yeux sur elle.

– Ce que j'essaie de vous dire, c'est que, comme vous êtes la victime, c'est vous qui devriez demander réparation. Qu'en pensez-vous ?

Elle déglutit péniblement.

– Monsieur Keegan, je n'ai pas une grande expérience de ce genre de situation.

Il prit une profonde inspiration.

– Eh bien, nous sommes deux. Je ne voudrais pas vous paraître grossier, mais ce n'est pas par hasard que je me suis tenu à l'écart des femmes respectables jusqu'à présent.

La jeune femme écarquilla les yeux.

– J'aimerais vous faire une proposition.

Axel tomba presque à genoux, comme s'il implorait le ciel afin de ne pas avoir la seule responsabilité de cette décision.

– Et si on rentrait ? suggéra Cathy.

– Rentrer ?

– A l'intérieur, expliqua-t-elle. La maison est un lieu plus propice à ce genre de conversation. En tout cas, ce sera plus confortable.

– Comme vous voudrez, fit-il en haussant les épaules, ayant peine à croire que c'était la même personne.

A contrecœur, elle lui fit signe de la suivre.

– Cela ne vous ennuie pas que votre cheval reste attaché au chariot ? demanda-t-elle en chemin. Je peux m'occuper de lui, si vous voulez.

Dans l'état d'anxiété où elle se trouvait, sa sollicitude pour son cheval était éloquente.

– Je l'ai aspergé en ville. Il peut tenir encore quelques minutes.

Tout ce qu'il voulait, c'était faire amende honorable, puis s'en aller. Mais comment se faire pardonner ?

Cette femme était aussi coriace qu'un homme politique.

D'après les apparences, son frère et elle manquaient d'argent. Mais s'il lui faisait une telle offre, l'accepterait-elle ? Il cherchait à réparer, non à ajouter à son humiliation.

En approchant du porche, Axel se rendit compte qu'elle marchait avec précaution, comme si elle craignait de tomber.

– Faites attention à la marche, prévint-il tandis qu'elle levait sa jupe.

En entendant sa voix si proche derrière elle, elle sursauta. Il recula un peu pour ne pas l'effrayer davantage.

– J'ai des biscuits tout frais, dit-elle d'une voix tremblante. Et si nous... prenions du thé et des biscuits avant ?

Avant ? C'était pour le moins étrange. Ils pouvaient boire du thé tout en parlant.

– Volontiers, répondit-il.

En gravissant les marches, il sentit les planches plier sous son poids. Le ranch avait décidément besoin d'être rénové. Il tendit la main pour l'aider à déverrouiller la porte. Celle-ci s'ouvrit dans un grincement. Il s'effaça pour laisser entrer la jeune femme, qui frissonna légèrement en franchissant le seuil.

– Attendez, je vais allumer une lampe.

Axel faillit lui proposer son aide. Après tout, il voyait clair. Mais quelque chose dans l'attitude de Cathy l'en empêcha.

Dans un bruissement de jupons, elle se dirigea vers une table et prit une lampe à huile. Elle frotta une allumette et plaça sa main devant la flamme. La mèche s'enflamma puis diffusa une lumière dorée.

– Voilà. C'est mieux comme cela.

Axel entra dans la pièce et referma la porte derrière lui.

8

Axel ne s'attendait pas que la maison des O'Shaunnessy fût aussi modeste et aussi délabrée. Le plancher n'avait pas été ciré depuis des années. La peinture s'écaillait. De toute évidence, le frère et la sœur n'avaient pas un sou à consacrer à l'entretien de leur foyer.

Cependant, Cathy s'efforçait manifestement de rendre l'atmosphère chaleureuse. Devant la porte, il remarqua un tapis tissé de ses mains, en bien meilleur état que sa robe élimée aux coudes.

– Très joli, déclara-t-il en le désignant, un peu mal à l'aise. J'aimerais bien en avoir de pareils chez moi. Les parquets sont affreusement nus.

– On soldait des bobines de fil, au bazar, l'an dernier, expliqua-t-elle. Pendant les longues soirées d'hiver, je deviens folle si je ne m'occupe pas les mains.

Axel constata que tout ce qui décorait la maison était le fruit de son adresse, notamment un ravissant canevas représentant un bouquet de roses. C'était simple et de bon goût. Sur la table était posé un napperon qui devait avoir été brodé par sa mère, car il était jauni.

Axel fut submergé par une vague de tristesse. Cet intérieur dépouillé devait refléter ce qu'avait été l'existence d'une jeune fille constamment en quête de beauté.

Dans le vestibule trônait le portrait de Connor O'Shaunnessy en compagnie d'une femme délicate, sans doute son épouse. Axel accrocha son chapeau à côté du châle de Cathy, puis s'approcha de la toile, feignant de ne pas voir que son hôtesse s'éloignait de lui dans une envolée de jupes.

D'après sa ressemblance frappante avec Eden, Cathy devait tenir de son père, mais c'est de sa mère qu'elle avait hérité sa fragilité.

Connor O'Shaunnessy... Axel fixa ce visage détesté

jusqu'à ce que les yeux lui brûlent. Puis, dans un effort presque surhumain, il détourna la tête. Ce soir, il fallait mettre de côté les vieilles haines. Cette fille n'était en rien responsable des atrocités commises par son père.

Son attention se porta ensuite sur un portrait de Cathy et de Patrick. La fillette devait avoir une dizaine d'années et son frère huit. Déjà, à l'époque, elle paraissait sur ses gardes, comme si elle protégeait son cadet.

– Votre mère, je présume ? fit-il en se tournant vers elle. Je me demandais d'où vous venait cette constitution délicate.

Cathy redressa les épaules et releva fièrement le menton.

– Je suis plus résistante que j'en ai l'air, monsieur Keegan, affirma-t-elle.

Axel ne voulut pas la contredire. Depuis que son frère avait sombré dans l'alcool, c'était elle qui abattait toute la besogne. L'idée l'agaça.

Jetant un coup d'œil à ses mains abîmées par les tâches ménagères, il se surprit à avoir des pensées alarmantes pour un célibataire endurci. Perdait-il l'esprit ? Il n'allait tout de même pas offrir à Cathy O'Shaunnessy sa vie entière sur un plateau simplement pour racheter sa faute !

– Votre mère est décédée alors que vous étiez encore très jeune, je crois.

– Oui. J'avais deux ans, répondit-elle, déconcertée. Comment le savez-vous ?

– Je l'ai deviné.

Il songea qu'elle aurait eu la vie plus facile si sa mère avait vécu.

– Cela a dû être très dur pour vous, reprit-il.

– Je me suis adaptée à la situation.

Elle avait supporté un tas de choses, sans doute. Mais cela ne voulait pas dire que c'était facile. En voyant son expression, il sentit sa gorge se nouer de nouveau. Son regard soudain assombri trahissait sa peine malgré elle.

Cathy, visiblement, refusait sa sympathie. Elle prit la lanterne et Axel la suivit le long d'un couloir sombre. La jeune femme ne cessait de lancer des coups d'œil par-dessus son épaule. Craignait-elle qu'il ne l'agresse ? Mais au fond, comment lui reprocher de le soupçonner de mauvaises intentions ?

Comme dans le reste de la maison, elle avait laissé son empreinte dans la cuisine. Malgré son plancher brut et ses murs défraîchis, la pièce était décorée de rideaux jaunes et de tapis chatoyants. Même le garde-manger était égayé par un napperon de fine dentelle sur lequel était posé un vase d'aubépines, dont la teinte délicate faisait écho à la robe de Cathy.

L'endroit, spacieux, invitait à s'installer douillettement au coin du feu. Ces petites touches personnelles pleines de goût suggéraient que la jeune femme avait entrepris de décorer son intérieur après la mort de son père.

N'osant s'imposer, Axel s'appuya au chambranle de la porte. Ne sachant que faire de ses mains et de crainte de l'effrayer, il finit par glisser les pouces dans son ceinturon.

– Vous êtes une excellente maîtresse de maison, déclara-t-il en désignant les rideaux. C'est vous qui les avez cousus, je suppose. A moins que ce ne soit Patrick qui manie si bien l'aiguille, quand il n'est pas occupé à abattre le bétail des voisins ?

– Vous avez une très mauvaise image de mon frère, fit-elle en rougissant. Croyez-le ou non, il n'a tué qu'un seul taureau de toute sa vie, et c'était le vôtre.

Elle posa la lampe près du fourneau et prit une boîte d'allumettes pour en allumer une autre. Axel se demanda si elle allait se décider à l'enflammer tant son expression semblait enragée. Il réprima un sourire, ravi de constater que la jeune femme avait du caractère.

Cathy et Eden... Comme elles se ressemblaient ! A contrecœur, Axel dut admettre que Cathy était encore plus jolie que sa jeune demi-sœur. Les cheveux d'Eden n'étaient pas d'un roux aussi profond et elle avait la peau moins pâle. Quant aux yeux de Cathy, Axel n'en avait de sa vie jamais vu de plus beaux. Ils avaient la couleur d'un ciel d'été, et étaient si intenses que l'on s'y noyait.

Avec un sursaut, il se rendit compte que c'était exactement ce qu'il était en passe de faire. Apparemment, elle lui avait parlé et attendait une réponse.

– Comment ?

– Je vous ai dit de vous asseoir et de vous mettre à l'aise.

Elle se dirigea vers le tas de bûches. Tandis qu'elle jetait du bois dans le fourneau, Axel s'assit sur une chaise branlante.

Toujours conscient de la nervosité de la jeune femme, il scruta les alentours. Elle avait allumé trois autres lampes, ce qui le mit un peu dans l'embarras, car elle semblait devoir économiser sur tout. La lueur dorée enveloppait sa chevelure d'un halo flamboyant.

– L'eau ne va pas tarder à bouillir, annonça-t-elle par-dessus son épaule.

Fixant son dos svelte et ses hanches féminines, il s'installa plus confortablement, formant des vœux pour que la chaise ne s'écroule pas sous son poids.

– Rien ne presse, vous savez. J'ai toute la nuit.

Elle se figea au milieu de son geste, le visage blême.

– Enfin, je n'ai pas l'intention de m'attarder, s'empressa-t-il d'ajouter en voyant son regard stupéfait.

Axel la dévisagea, les sourcils froncés, se demandant pourquoi elle l'avait invité à entrer si sa présence la dérangeait tant.

Elle reposa la bouilloire sur le feu puis alla chercher des tasses dans le vaisselier. Un gros chat tigré surgit de sous la table et sauta sur les genoux d'Axel. Celui-ci, qui n'appréciait pas spécialement les animaux domestiques, vit d'un mauvais œil les griffes du félin se planter dans ses cuisses.

Pour ne pas froisser son hôtesse, il se sentit obligé de caresser l'animal sur la tête, puis il le souleva et le laissa retomber par terre. Malheureusement, la pauvre bête atterrit sur le ventre. Axel se pétrifia.

– Oh ! cria Cathy avec un regard accusateur.

Elle se précipita, dans un froufrou de jupons. Le chat choisit ce moment pour émettre un miaulement pitoyable.

– Mon pauvre Mitzi ! Qu'est-ce qu'il t'a fait, le méchant monsieur ?

– Je l'ai posé par terre, rien de plus.

Ce fut comme s'il n'avait rien dit. Cathy s'accroupit pour prendre l'animal dans ses bras.

– Mon pauvre minou...

Axel regarda le félin avec dégoût, se sentant néanmoins coupable de lui avoir fait mal.

– Je voulais seulement le poser par terre, je vous assure, insista-t-il. Je croyais que les chats retombaient toujours sur leurs pattes.

Cathy berça Mitzi en le caressant.

– Pas tous. Mitzi est une petite bête très fragile. Cela se voit, non ?

En l'observant plus attentivement, Axel remarqua qu'il avait en effet un regard étrange, un air idiot.

– Que lui est-il arrivé ?

– Il s'est cogné la tête quand il était petit, expliqua-t-elle. Ensuite, il n'a plus jamais été le même.

Axel s'abstint de déclarer que, à son avis, un animal malade ou blessé devait être abattu. De toute évidence, la jeune femme adorait son compagnon.

Il sourit en la voyant poser délicatement le félin sur le plancher. Mitzi mit un moment à recouvrer l'équilibre. Cathy le poussa gentiment pour l'éloigner.

– Je ne voulais pas me montrer désagréable. Je dois l'avouer, ce genre de chat un peu stupide n'est pas la norme.

– En effet. Je suis désolé de lui avoir fait mal. Ce n'était pas mon intention.

– J'aurais dû le surveiller. Il n'est pas très futé, je le crains. Quand il a peur, il ne trouve pas mieux que de se cacher sous le poêle.

– Il doit bien sortir quand il commence à avoir trop chaud ?

– Non. Il ne semble pas comprendre que c'est le poêle qui lui donne chaud, dit Cathy en ôtant quelques poils de sa robe. J'ai toujours un balai sous la main, au cas où.

– Il ne vous est jamais venu à l'esprit que vous ne rendiez peut-être pas service à cette pauvre bête ?

– Comment cela ? fit-elle d'un air incrédule. Vous pensez que je devrais... l'endormir ? termina-t-elle en lançant un regard vers son fusil.

Il fut contrarié d'avoir fait mauvaise impression.

– Non, je voulais dire que vous devriez peut-être lui interdire la cuisine. Et s'il va sous le poêle en votre absence ?

– Je vous ai expliqué qu'il ne se cachait que si on lui faisait peur.

Axel se demanda qui avait pu effrayer à ce point l'infortuné matou. Pas Cathy en tout cas. Ne restaient donc que Patrick ou l'un des ouvriers.

Les mains de Cathy tremblaient si fort que les délicates tasses de porcelaine faillirent tomber. Elle devait le prendre pour un tueur de chats, en plus d'un joueur invétéré et d'un bagarreur.

– Cathy, ne vous donnez pas cette peine. Je ne tiens pas à boire de thé. Ne pourrions-nous pas...

– Oh, vous prendrez bien du thé, avant !

Elle posa la vaisselle avec fracas et le regarda fixement.

– Cathy, je...

– Nous ne sommes pas restés pour profiter du buffet, au bal de charité, coupa-t-elle. J'ai faim. Pas vous ?

Elle tourna les talons et se dirigea vers un autre placard. Puis elle revint chargée d'une assiette. Ôtant un torchon blanc, elle tendit à Axel des biscuits dorés.

– Je les ai faits cet après-midi.

La bouilloire se mit à siffler. Cathy sursauta, et le contenu de l'assiette glissa sur la table. Oubliant sa chaise bancale, Axel bondit pour rattraper les biscuits, qui s'éparpillèrent sur le sol.

Ses doigts tremblants crispés sur l'assiette, la jeune femme, au bord des larmes, contemplait la catastrophe.

– Je vous en prie, Cathy, ne pleurez pas ! s'écria Axel. Je préférerais que vous me fouettiez plutôt que de vous voir pleurer ainsi pour une broutille.

Il se leva doucement et lui prit l'assiette des mains, puis il entreprit de ramasser les biscuits. La peur de la jeune femme était si intense qu'elle en était presque palpable. La pensée qu'il était responsable d'une telle tension était insupportable à Axel.

– Je n'ai jamais eu l'intention de le pendre, vous savez, dit-il soudain. La corde était usée et aurait craqué sous son poids. Je voulais simplement lui donner une leçon.

Elle le regarda, la mine incrédule.

– Où est cette satanée corde ? Je me ferai un plaisir de vous prouver ce que j'avance.

Elle recula d'un pas, si pâle qu'il eut peur.

– Dans... dans la grange.

– Rappelez-moi d'aller la chercher avant de partir. Je vous montrerai.

A genoux sur le plancher, il ramassa encore quelques biscuits qu'il lança sur la table.

– Quant à ma conduite envers vous, je dois vous présenter des excuses. Il vaut mieux ne pas entrer dans les détails, mais j'ai un peu perdu la tête, l'autre soir. Je ne songeais qu'à assouvir mon désir de vengeance. Votre père n'était plus là pour payer, alors je me suis rabattu sur vous.

Sa voix trahissait la sincérité de ses regrets. Il se dirigea vers le fourneau pour ôter la bouilloire du feu. Puis il revint vers Cathy.

– Ce n'est pas une excuse, je sais, mais je puis vous

assurer que je ne serais jamais allé jusqu'au bout. En vérité, je pensais que vous étiez comme votre frère et votre père, que vous n'aviez pas de parole. Quand j'ai compris que vous n'alliez pas vous défiler... eh bien, à ma grande honte, je ne m'en suis rendu compte que trop tard.

Elle semblait toujours incrédule, mais Axel sentait que c'était pour une autre raison.

Elle se passa la langue sur les lèvres.

– Cela signifie que vous renoncez à notre accord ?

– Comment ?

– Est-ce que cela signifie... Enfin... quand vous avez dit que vous alliez remettre à plus tard... Vous et moi n'allons pas... ? Vous renoncez à notre accord ?

La lumière se fit soudain dans son esprit. Il ne s'étonnait plus qu'elle fût nerveuse ! Depuis trois semaines, il tentait de trouver une façon de s'excuser, tandis qu'elle craignait de le voir surgir sur le pas de sa porte pour réclamer son dû !

La première réaction d'Axel fut la colère. Comment pouvait-elle le prendre pour un tel monstre ? Il dut s'avouer cependant que c'était ce qu'il avait cherché à lui faire croire. Sa colère fit place à la stupeur. Elle l'avait invité chez elle dans le but de respecter son engagement ! Qu'elle eût voulu honorer sa parole au mépris de sa vertu forçait l'admiration. Décidément, Cathy ne ressemblait en rien à son frère et à son père. Et, dans sa volonté aveugle de vengeance, Axel lui avait interdit toute chance de mener une vie normale, destin qu'elle ne méritait pas.

Elle émit un petit rire gêné.

– Vous voulez dire que vous ne souhaitez plus... Vous n'êtes pas venu ici pour...

Elle s'interrompit, incapable de continuer.

– Non, assura Axel. Je voulais seulement vous présenter des excuses.

Il soupira et passa la main dans ses cheveux.

– J'ai l'impression que je ne m'en suis pas très bien tiré.

Elle posa un doigt sur ses lèvres et plissa les yeux, visiblement soulagée. Quand elle releva la tête, il remarqua que ses joues avaient retrouvé des couleurs.

– Des excuses, fit-elle. Je vois.

Non, elle ne voyait pas. Comment aurait-elle pu comprendre ? Axel se rassit sur la chaise bancale.

– Cathy, je vous le jure, je n'avais pas idée de ce que vous aviez à l'esprit.

Il fut soudain pris d'une irrépressible envie de rire.

– Je regrette beaucoup.

– Il n'y a pas de mal, déclara-t-elle.

En scrutant le visage de la jeune femme, Axel sut qu'il était perdu. Il ne pouvait se contenter de présenter des excuses puis de partir. Ce n'était pas digne d'un gentleman. Joseph Paxton lui avait inculqué des valeurs auxquelles il tenait. Un homme ne détruisait pas la réputation d'une jeune fille en la laissant supporter les conséquences. Surtout quelqu'un comme Cathy O'Shaunnessy. Elle méritait un meilleur sort.

– Cathy, plus je songe à cette histoire tragique, plus je pense que la seule solution serait que vous m'épousiez.

Elle crispa les poings.

– Comment ? Qu'est-ce que vous dites ?

Axel regretta aussitôt d'avoir été aussi direct. Son air outré ne présageait rien de bon mais sa détermination n'en était que plus grande.

– Vous m'avez très bien entendu. Je pense que vous devriez m'épouser. C'est la seule solution raisonnable. Mon comportement de l'autre nuit est impardonnable. Les conséquences risquent de vous nuire pendant de longues années.

Elle le fixa dans un silence horrifié, osant à peine respirer.

– Vous avez perdu la tête ?

– Ce n'est pas une idée aussi folle que vous le pensez.

– Je n'épouserai personne, déclara-t-elle sèchement, en reculant d'un pas. Ni pour me refaire une réputation ni pour aucune autre raison.

– Ecoutez, Cathy...

– Non ! lança-t-elle en levant la main. Quant aux conséquences éventuelles... Je n'ai de toute façon pas l'intention de m'éterniser à No Name.

Il se pencha pour ramasser un biscuit oublié.

– Ah bon ? Et où irez-vous ?

– A San Francisco. Dès que Patrick aura remis le ranch en état et qu'il pourra me rembourser l'argent qu'il m'a... emprunté. Cela me suffira pour m'installer en attendant de trouver du travail.

Il avait remarqué son hésitation. Ce cher Patrick avait dû faire main basse sur les économies de sa sœur. Axel détestait la malhonnêteté, mais il ne pouvait s'empêcher de songer que le jeune homme avait rendu service à Cathy. Que ferait une jeune femme seule dans une grande ville de la côte Ouest ?

– Vous plaisantez ! Vous vous retrouveriez sans le sou au bout d'une semaine, dit-il.

Axel se garda de préciser qu'il n'y avait qu'une seule issue pour les personnes comme elle à San Francisco. A en juger par la réaction de Cathy quand il avait parlé mariage, elle ne devait guère avoir la vocation d'une prostituée, même si elle ne manquait pas des attributs nécessaires.

Il la détailla discrètement, imaginant le premier malfrat venu posant les mains sur ce corps superbe. Jamais il ne la laisserait partir toute seule où que ce soit. Dans sa naïveté, elle ne se rendait pas compte de ce qui pouvait lui arriver. C'est dans le port de San Francisco qu'il avait appris à jouer aux cartes et à manier le pistolet. Là-bas, c'était une jungle où prévalait la loi du plus fort.

Comme si elle lisait dans ses pensées, elle déclara :

– Je ne suis plus une enfant, monsieur Keegan. Je

suis parfaitement capable de m'occuper de moi-même, je vous assure.

Axel ne pouvait lui donner raison que sur un point : elle n'était plus une enfant, en effet. C'était justement sa maturité qui la rendait vulnérable.

Avant qu'il puisse trouver les mots pour formuler sa pensée sans la blesser, un cri rauque retentit dans la nuit.

– Keegan ! Sors de là, bon Dieu !

– Patrick ! souffla Cathy, les yeux écarquillés d'effroi.

Elle se rua hors de la cuisine, Axel sur ses talons. Dans le vestibule, elle écarta discrètement un pan de rideau pour scruter la cour. Regardant par-dessus son épaule, Axel aperçut Patrick O'Shaunnessy au clair de lune, jambes écartées, brandissant un fusil.

– Mon Dieu ! Il est fou ! Comme s'il était de taille à m'affronter avec une arme...

– Oh non... gémit Cathy.

Axel la prit par l'épaule.

– Retournez à la cuisine. Je me charge de lui.

– Je n'irai nulle part ! protesta-t-elle en se dégageant de son étreinte. Il s'agit de mon frère. Vous croyez que je vais me cacher dans la cuisine pendant que vous l'abattrez ?

– Vous seule risquez de prendre une balle perdue, dit-il en la faisant pivoter avant de se placer entre elle et la porte. Allez, filez !

– Keegan ! cria Patrick. Sors de là, salopard ! Je ne te laisserai pas déshonorer ma sœur !

– Mais il est ivre !

– Ivre et dangereux. Allez dans la cuisine.

Dans un sanglot, elle serra les poings rageusement.

– Jurez-moi que vous n'allez pas le tuer !

– Cathy, il est armé. S'il tire, je n'aurai pas le choix.

– Mais il ne sait plus ce qu'il fait. Promettez-moi de ne pas tirer !

Il aurait aimé pouvoir le lui promettre, mais l'heure n'était plus à la galanterie.

– Ivre ou pas, son arme est chargée. J'essaierai de ne pas le tuer, mais je ne peux vous dire mieux.

– Keegan !

Une pierre frappa la porte avec violence.

– Sors d'ici ! Tu as souillé la réputation de ma sœur ! En ville, on ne parle que d'elle. En la suivant jusqu'ici, tu n'as fait qu'empirer les choses !

– Je t'entends, répondit Axel. Range ton arme, Patrick, et discutons calmement. N'oublie pas que Cathy est ici. Tu pourrais la blesser.

– Tu as raison, elle est là, avec toi, espèce d'ordure ! Je te prends la main dans le sac. Un autre te laisserait peut-être compromettre sa sœur, mais pas moi.

Cathy posa la main sur son front, atterrée.

Axel écarta de nouveau le rideau. Patrick titubait en agitant son arme.

– Tu crois que parce que tu as un bon coup de fusil, tu as le droit de faire n'importe quoi ? Sors de là, crapule ! Je vais te montrer, moi ! Soit tu fais de ma sœur une honnête femme, soit je te fais sauter la cervelle.

Axel allait rétorquer que l'inverse était plus que probable quand il prit conscience des paroles de Patrick. Le destin venait à son secours.

– Vous avez entendu ? dit-il à Cathy en levant les sourcils. Même ivre, votre frère est plus raisonnable que vous.

– Quoi ? répondit-elle, l'air ébahi.

En regardant son visage blême, Axel regretta qu'il n'y eût pas d'autre solution. Un jour, elle comprendrait peut-être.

– Patrick me donne le choix. Soit je vous épouse, soit il me fait sauter la cervelle.

– Vous plaisantez !

– Est-ce que j'en ai l'air ?

Elle agrippa sa chemise, prête, semblait-il, à l'étrangler.

– Pas question ! Vous avez compris ? Je ne céderai pas au chantage !

Il fut tenaillé de remords, non pour ce qu'il allait faire, mais pour la façon de le faire. Il parvint tout de même à sourire. Il n'avait pas le choix. Plus vite elle accepterait, mieux ce serait.

– Vous préférez que je l'abatte ?

9

Pendant l'heure qui suivit, Cathy eut l'impression horrible de dévaler une pente enneigée sans pouvoir s'arrêter. Elle eut beau tempêter, crier, implorer, Patrick se contenta d'agiter son arme en hurlant à Axel de faire d'elle une femme honnête. L'opinion de celui-ci rejoignant cette revendication, la jeune femme fut la seule à protester tandis que son frère les menait tous deux vers la ville, sous la menace de son fusil.

– Un mariage sous la contrainte des armes ? Je rêve ! s'exclama Cathy tandis que Keegan arrêtait le chariot devant la maison d'Abraham Guthrie, à la porte de la ville.

Les lumières étaient éteintes. La rue semblait endormie.

– Vous voyez ! Tout le monde est au lit. Attendons demain matin.

– Demain, c'est dimanche, objecta Patrick, qui arrivait à cheval à leur hauteur. De plus, c'est lui le juge de paix. Il a l'habitude d'être dérangé en pleine nuit.

– Paddy, je t'en prie, pourquoi ne pas attendre jusqu'à demain matin ? Tu verras les choses autrement quand tu auras cuvé ton... dormi un peu.

Elle se mordit la langue. Ce n'était pas le moment de le mettre en colère.

– Ça ne risque pas, répliqua Patrick d'une voix

pâteuse. Sache que Patrick O'Shaunnessy n'est pas un lâche. Si un homme déshonore ma sœur, ce scélérat doit réparer ou mourir, point final.

– Je me moque bien du qu'en-dira-t-on ! s'emporta Cathy. Il s'agit de ma vie, qui sera anéantie si nous n'arrêtons pas cette mascarade. Tu ne le comprends donc pas ?

Patrick plissa les yeux.

– Ne t'inquiète pas, je veillerai à ce que cette ordure régularise la situation au mieux de tes intérêts. Ta vie ne sera pas anéantie, pas si j'ai mon mot à dire !

Cathy sentit son cœur cesser de battre. Autrefois, elle avait connu semblables discussions avec son père. Elle n'avait aucune chance. Quoi qu'elle dise, Patrick ne l'entendrait pas. Quand il était dans cet état, autant parler à un mur.

– Laissez tomber, Cathy, dit Axel en serrant le frein du chariot.

– Je refuse de me soumettre ! Selon vous, notre père a tué le vôtre. Comment pouvez-vous songer à m'épouser, moi, la fille de Connor O'Shaunnessy ? A moins que vous n'ayez des motifs cachés.

– Et lesquels, s'il vous plaît ?

Elle sentit sa gorge se nouer.

– L'idée d'avoir une O'Shaunnessy à votre merci ne vous déplaît peut-être pas.

– A ma merci ? répéta-t-il en éclatant de rire. Je me rends bien compte que l'idée de vous marier ne vous séduit guère, mais ne noircissez pas le tableau !

La jeune femme ne plaisantait pas. Son père était mort depuis à peine un an, elle commençait tout juste à profiter de sa liberté, et voilà qu'un homme cherchait de nouveau à l'emprisonner ! Malgré ce que les gens pouvaient raconter, Cathy savait que le mariage n'était qu'un arrangement qui accordait à l'homme tous les pouvoirs. Elle refusait de jouer le jeu avec une personne qui haïssait le sang qui coulait dans ses veines.

– Ce n'est pas drôle ! s'exclama-t-elle. Bien sûr, c'est facile pour vous. Vous êtes un homme.

– En clair, ça veut dire quoi ? demanda-t-il en cherchant son regard. Cathy, nous devrions en discuter, ajouta-t-il d'une voix douce.

En discuter ? Elle ne changerait pas d'avis, dussent-ils parler jusqu'à l'aube ! Ravalant sa colère, elle détourna vivement le visage.

– Mon opinion importe donc pour vous ?

Sa remarque, à l'évidence, fit mouche car il ne releva pas. Cela ne l'étonna guère. Si cet homme avait pris ses protestations au sérieux, elle n'en serait pas là. Mais il en était toujours ainsi depuis son enfance. Les hommes s'arrogeaient le droit de prendre toutes les décisions.

A cette pensée, une vague de panique s'empara de la jeune femme. Comment une chose pareille pouvait-elle lui arriver ? Pour l'heure, si elle voulait éviter une altercation fatale entre son frère et Keegan, elle était condamnée à leur obéir. Mais plus tard ? Ce mariage la lierait aussi sûrement qu'un boulet au pied, à moins que Keegan n'accepte de l'annuler.

Patrick semblait toujours avoir le contrôle de la situation. Brandissant son arme, il mit pied à terre. Cathy songea à s'enfuir, à se fondre dans l'obscurité... Si son frère était blessé, ce ne serait pas sa faute.

Elle enfonça les ongles dans le siège de bois, essayant de chasser les souvenirs qui remontaient soudain à la surface. Patrick, âgé de sept ans, martelant la poitrine de son père de ses petits poings pour l'empêcher de frapper Cathy ; Patrick, à douze ans, l'aidant à faire son baluchon pour quitter la maison. Des voisins bien intentionnés les avaient retrouvés au bord de la route et raccompagnés chez leur père, qui les avait corrigés vertement. A seize ans, le jeune homme avait sacrifié toutes ses économies pour consulter un avocat. Il voulait aider sa sœur à se faire émanciper. Plus tard, il s'était levé à l'aube pour préparer le petit déjeuner de leur père, sachant que sa sœur se ferait battre avant que l'assiette ne soit posée sur la table.

Comment oublier ces moments ? Comment abandonner un frère qui l'avait aimée plus que lui-même ?

Titubant, Patrick mena son cheval à l'écurie.

– Descends de là si tu es un homme, Keegan ! Il est temps de payer ton ardoise.

– Tu dis que ce Guthrie est juge de paix, répliqua Axel sans obéir. N'est-ce pas une chèvre que j'aperçois sous la véranda ?

– Et alors ? Tu as quelque chose contre les chèvres ? dit Patrick d'une voix traînante.

Cathy plissa les yeux. Elle distingua en effet une petite silhouette à cornes qui bondit bientôt hors de vue.

– Patrick, tout de même, tu pourrais au moins nous emmener à l'église !

– Le curé est en train de danser des polkas endiablées. Il nous faudrait toute la nuit pour l'arracher au bal.

– Que fait ce type, dans la vie, à part être juge de paix ? s'enquit Keegan.

– A l'époque de la ruée vers l'or, expliqua Cathy, il testait les métaux. Aujourd'hui, il vend du lait de chèvre pour arrondir ses fins de mois.

Axel sauta à terre puis souleva la jeune femme par la taille pour la poser sur le sol. Nerveuse, elle le jaugea du regard. Un vrai Tarzan ! Ce qui ne l'étonna guère – il avait la carrure d'un débardeur.

Sentant ses yeux sur lui, il se retourna. Ils se fixèrent un long moment. Cathy, comme hypnotisée, perçut des odeurs viriles de tabac, de cuir, de cheval.

– Vous savez, à propos de ces autres raisons que je pourrais avoir de vous épouser, malgré ce que vous dites, je...

– Hé, Keegan ! N'essaie pas de te défiler !

Axel soupira.

– Votre frère lasserait la patience d'un saint !

Il affichait une mine si renfrognée que, l'espace d'un instant, Cathy entrevit le comique de la situation. Patrick, chancelant sur ses jambes, tenait en respect un homme sans doute capable de mettre dans le mille à plus de cent pas. C'était ridicule !

Retour à la réalité : elle était là pour sauver la vie de son frère. Depuis trois mois, c'était devenu son rôle.

En gravissant les marches du perron, Patrick trébucha. Bien qu'elle eût aimé le voir perdre connaissance, elle redoutait qu'il ne se rompe le cou.

– Pour l'amour de Dieu, Patrick, fais attention !

Il réussit à recouvrer l'équilibre et abattit la crosse de son arme sur la porte.

– Guthrie ! brailla-t-il. Sors de ton lit ! On a un mariage à célébrer...

Cathy vit trembloter la flamme d'une lampe.

Patrick se remit à marteler la porte. Abraham Guthrie choisit ce moment pour ouvrir. Il faillit prendre un coup sur le nez.

– Bonsoir, Abraham, dit Patrick d'une voix avinée.

En chemise de nuit et bonnet de coton, Guthrie ne semblait guère préparé à la tâche qui l'attendait.

– Qu'est-ce qui se passe, mon garçon ? Pourquoi tout ce vacarme ?

– Ma sœur s'est fait compromettre par ce scélérat, et j'insiste pour qu'il répare son outrage.

– Tu veux donner ta sœur à un scélérat ? dit Guthrie en levant sa lampe pour étudier le visage de Patrick. Ah !... j'aurais dû m'en douter : tu as un peu trop levé le coude !

– J'ai encore les idées suffisamment claires pour savoir que ce salopard doit épouser ma sœur. Sinon, je lui fais sauter la cervelle.

– Je vois, dit Guthrie en soupirant. Bonsoir, mademoiselle Cathy, bonsoir, monsieur Keegan, ajouta-t-il avec un clin d'œil. Bon, je prends un dollar pour la cérémonie. Deux pour le service spécial, si vous me comprenez.

Cathy reprit soudain espoir. Patrick était si ivre qu'il n'y verrait que du feu. Guthrie comptait procéder à un simulacre de mariage.

– Va pour le service spécial ! s'exclama-t-elle, ravie.

– Pas question ! protesta Axel. Mlle O'Shaunnessy me fait l'insigne honneur d'accepter d'être ma femme.

– Pas de mon plein gré, en tout cas ! rétorqua-t-elle en lui lançant un regard noir.

– Ai-je dit « de son plein gré » ?

Elle entreprit de gravir les marches.

– Quant à refuser ce service spécial, vous parlez pour vous.

– C'est ce que je fais toujours, répondit-il avec un sourire qui la mit hors d'elle.

Guthrie s'effaça pour les laisser entrer.

– Si c'est un mariage en bonne et due forme que vous souhaitez, il va falloir que je réveille ma femme et ma belle-mère, pour qu'elles servent de témoins.

– Je vous en prie, dit Axel, les yeux pétillant d'amusement. Sans témoins, la cérémonie ne serait pas valable.

Le vieil homme les mena au salon, une petite pièce miteuse aux murs jaunis par le tabac.

– Je n'ai pas pour habitude de marier les gens chez moi, mais, quand cela se produit, ma femme veut que ce soit ici. C'est la plus belle pièce de la maison.

Avant de s'esquiver, Guthrie alluma une lampe sur la cheminée. Cathy, frissonnante, se frotta les bras. Patrick s'appuya contre le mur, fusil en joue, couvant Axel d'un regard chargé d'hostilité.

Traînant un peu la jambe droite, le futur marié alla accrocher son chapeau. Malgré cette légère claudication, il parvenait à être intimidant. Tandis qu'il lui tournait le dos, Cathy ne put s'empêcher de remarquer sa carrure d'athlète et les muscles puissants qui saillaient sous sa chemise. Troublée, elle détourna les yeux.

Ainsi, elle allait se marier... Elle n'arrivait pas à le croire ! Pourtant, à moins que Patrick ne s'écroule sous l'effet de l'ivresse, elle ne voyait aucune échappatoire. Si elle refusait de coopérer, Patrick se sentirait obligé de tirer sur Keegan pour laver son honneur. Celui-ci riposterait, et la soirée s'achèverait dans un bain de sang...

Guthrie entra dans la pièce, vêtu d'un pantalon trop large et d'une chemise blanche déboutonnée, pieds nus dans des chaussons fourrés.

– Autant commencer tout de suite, déclara-t-il.

– Il n'y a pas le feu, répliqua Cathy en lançant un regard vers son frère.

– Je suis sûr que M. Guthrie et sa famille aimeraient en terminer aussi vite que possible afin de pouvoir retourner au lit, dit Axel.

Cathy se retint de le gifler.

Florie Guthrie et sa mère apparurent, toutes deux habillées d'une robe de chambre bleue et les cheveux coiffés en une longue tresse grise sur l'épaule.

Guthrie prit un livre à couverture noire sur la cheminée et fit signe aux fiancés de s'approcher. Florie ouvrit le secrétaire et en sortit quelques feuilles. De toute évidence, le couple connaissait la procédure.

A contrecœur, son épaule frôlant le bras d'Axel, Cathy s'avança. Guthrie représentait l'Etat du Colorado et, à ce titre, pouvait légalement les déclarer mari et femme.

Toute une vie aux côtés d'Axel Keegan... Cette pensée lui tenaillait l'esprit. Le souffle court, elle embrassa la pièce du regard, comme un animal pris au piège. Devinant sa panique, Axel passa le bras autour de sa taille. Cathy, le front moite, pensa défaillir.

La voix de Guthrie qui prononçait les paroles d'usage lui semblait venir de très loin. Les mots étaient vides de sens. Elle répondit machinalement, puis entendit Axel dire « oui » à voix basse.

Un cauchemar. Elle était en plein cauchemar. Elle avait envie de prendre ses jambes à son cou, mais ne le pouvait pas.

Tout à coup, le brouillard d'irréalité se dissipa et tout devint clair. Axel se tourna vers elle d'un air grave. Son regard rivé au sien, il ôta une bague en onyx qu'il portait à l'auriculaire et la glissa au doigt de Cathy.

– Elle est un peu grande, dit-il d'une voix tendre qu'elle se prit à détester, mais je t'en achèterai une autre dès que possible.

Pas question, songea-t-elle. Avec un peu de chance, ce mariage ne serait bientôt qu'un mauvais souvenir. Elle devait convaincre Axel de l'annuler. C'était son seul espoir de vivre libre.

Marmonnant quelques mots sur l'Etat du Colorado et les pouvoirs qui lui étaient conférés, Guthrie conclut en les déclarant mari et femme.

– Monsieur Keegan, vous pouvez embrasser la mariée.

Cathy, les jambes soudain flageolantes, leva les yeux vers le visage hâlé d'Axel. Une lumière ambrée jouait dans ses boucles brunes et sur ses traits fins. Ses épais sourcils noirs se haussèrent au-dessus de ses yeux pétillants.

Il lui saisit le menton et, avec douceur mais fermeté, lui inclina la tête en arrière.

Tandis qu'il se penchait sur elle, elle sentit son souffle sur son visage.

Elle s'attendait au contact de lèvres humides, mais elle ne sentit que du velours. Une caresse si furtive qu'elle la remarqua à peine. Ce ne pouvait être cela, un baiser ?

Quand il la relâcha, elle faillit perdre l'équilibre. Il la rattrapa d'un bras puissant.

L'impossible était arrivé. Elle appartenait corps et âme à un homme qu'elle n'avait pas choisi.

Comme s'il lisait dans ses pensées, Axel lui sourit et lui prit la main.

– Tu es frigorifiée, ma chérie.

Ma chérie ? Ce mot ne faisait que la marquer comme le bétail. Elle tremblait de tous ses membres. Elle voulut se libérer, mais, lui étreignant plus fort les doigts, il la guida jusqu'au secrétaire.

Cathy apposa sa signature sur l'acte de mariage, consciente de s'engager pour la vie. Et s'il refusait l'annulation ? Elle serait liée à lui à jamais.

Axel prit la plume et signa à son tour.

– Quel couple charmant ! s'exclama la belle-mère de Guthrie en embrassant Cathy. Ma chère petite, je vous souhaite beaucoup de bonheur. (Puis elle lui glissa à l'oreille :) Vous avez trouvé un beau garçon, mon enfant !

Indéniablement, Axel avait de la prestance. Grand, brun, vigoureux, séduisant, il était fascinant à observer de loin. Mais aucune femme dans son bon sens ne chercherait à s'approcher de lui.

Il glissa le bras autour de sa taille et posa sa large main sur sa hanche. Sentant la jeune femme se raidir, il resserra son étreinte.

Cathy eut l'impression d'être prise au piège. Elle n'était plus qu'un objet entre ses mains.

– Attendez ! cria-t-elle à la cantonade. J'ai changé d'avis.

Elle voulut s'emparer de l'acte de mariage, mais Axel devança son geste.

– Patrick s'est évanoui ! reprit-elle. Nous ne sommes plus obligés de nous marier.

– Désolé, ce qui est fait est fait.

– Mais...

Elle porta la main à sa gorge.

– Je ne me suis prêtée à cette mascarade que pour empêcher Patrick de vous tuer. A présent, il a son compte... Je vous en prie, je veux annuler.

– Trop tard, rétorqua Axel en regardant Guthrie. N'est-ce pas ? Tout est légal.

– J'ai proposé de célébrer un faux mariage, déclara le juge de paix. Vous auriez dû me le signaler, mademoiselle Cathy.

– Mais je l'ai dit !

La poussant doucement sur le côté, Axel prit une copie de l'acte de mariage, la plia en quatre et la fourra dans la poche de sa chemise. Il sourit jusqu'aux oreilles, ce qui mit Cathy hors d'elle.

– Voilà ce qu'on appelle une scène de ménage, dit-il à Guthrie.

– Pas du tout ! protesta la jeune épousée. J'ai changé d'avis. Je ne veux plus me marier avec vous.

Radieux, Axel préleva une coupure de dix dollars d'une liasse de billets.

– Gardez la monnaie, dit-il à Guthrie, ébahi. En remerciement de vos services. Je suis désolé de vous avoir tous tirés du lit. J'ai été ravi de faire votre connaissance, madame. J'espère vous revoir bientôt.

– Certainement, fit la belle-mère de Guthrie en rougissant.

Trop furieuse pour parler, Cathy se dégagea, étonnée qu'Axel la laisse se soustraire à son emprise. Les roses jaunes du papier peint se mirent soudain à tourner, et l'odeur âcre du cigare qui flottait dans la pièce l'écœura.

Reste calme, se dit-elle. Axel se montrera raisonnable quand tu auras eu l'occasion de lui parler. Tu pourras sans doute obtenir une annulation sans son consentement. Après tout, il suffira de s'éloigner de lui le temps d'engager la procédure.

S'en aller. Ritournelle ô combien familière, sauf qu'à présent elle fuyait un autre homme. Elle n'avait pas réussi à échapper à son père. Pourvu qu'Axel Keegan n'eût pas la même ténacité !

– Eh bien, dit le marié, je pense que nous devrions emmener ton frère. Ces braves gens aimeraient sans doute retourner se coucher.

Il prit son chapeau, qu'il posa sur sa tête un peu de travers, et se dirigea vers Patrick. Cathy le suivit comme un automate.

– Tu veux bien m'ouvrir la porte ? fit-il en se tournant vers elle.

Après avoir passé l'arme de Patrick à sa ceinture, il souleva le jeune homme. Cathy obtempéra.

– Nous vous souhaitons d'être aussi heureux ensemble que nous, dit M. Guthrie.

– Cela fait trente-sept ans, déclara fièrement Florie. Et je ne l'ai pas regretté un seul instant.

A la pensée de supporter Axel pendant trente-sept ans, Cathy faillit se trouver mal.

– Je vous en prie, ne nous raccompagnez pas ! lança-t-elle depuis le seuil. Nous vous avons assez dérangés comme cela.

– Ce fut un plaisir, répondit Florie. Bonne nuit !

Soulagée d'être débarrassée d'eux, Cathy referma la porte. Axel descendit les marches du perron, son fardeau sur les épaules.

– Monsieur Keegan, il faut que nous parlions, dit Cathy.

– Dans le chariot, ça ira ?

Ignorant de quoi il parlait, elle s'arrêta.

– Le chariot ?

– Ton frère, expliqua-t-il patiemment. Je peux le mettre dans le chariot ?

– Ah ! dit-elle. Oui, bien sûr.

Elle pri une profonde inspiration et hocha la tête.

– Ce sera plus simple, en effet. Quand nous serons arrivés à la maison, je remiserai le chariot dans la grange et j'irai lui chercher une couverture.

Axel eut un curieux regard.

– Il peut très bien cuver son alcool ici.

– Ici ? Mais il va geler !

– Tu parles !

Cathy ne put réprimer une grimace en voyant son frère jeté sans ménagement sur la banquette en bois, la tête ballante. Axel lui rendit son arme et lui adressa un nouveau regard éloquent.

– L'alcool ne gèle pas, tu sais.

– Ce n'est pas drôle.

– Qui plaisante ?

– On ne peut le laisser là.

La lune surgit de derrière un nuage, révélant les traits durcis d'Axel. Cathy n'était pas certaine d'apprécier son expression.

– Je dois le ramener à la maison, s'entêta-t-elle.

Il posa les mains sur les hanches et soupira.

– Cathy, je sais que cette perspective ne t'enchante guère, mais tu es désormais une femme mariée. Ta place est auprès de moi, dans ma propriété, et c'est là que tu vivras. Patrick n'a eu besoin de personne pour se fourrer dans ce pétrin. Il saura s'en sortir seul.

Cathy se demandait ce qui comptait le plus dans l'immédiat. Qu'il considère ce mariage comme authentique ou qu'il veuille abandonner Patrick à son triste sort.

– Mais il est évanoui ! s'écria-t-elle.

– A l'avenir, il y réfléchira à deux fois avant de s'enivrer. D'ailleurs, tu n'es plus responsable de lui.

– Bien sûr que si ! lança-t-elle avec feu. Qui êtes-vous donc pour prétendre le contraire ?

– Ton mari.

Sur ces mots, il lui tourna le dos pour détacher son étalon.

– Fais-moi confiance. Tout ira bien. D'accord, la nuit est fraîche, mais la terre n'a pas gelé depuis des semaines.

– Vous n'êtes mon mari qu'en théorie.

– Question de point de vue.

Apercevant le cheval de son frère, elle voulut gagner du temps.

– Vous n'allez tout de même pas laisser cette pauvre bête le ventre vide, ainsi que Pénélope ?

– Demain matin, Patrick risque de les chercher, répliqua-t-il.

L'étalon noir s'ébroua et posa affectueusement la tête sur l'épaule d'Axel. Celui-ci lui flatta l'encolure et se tourna vers Cathy. Avant qu'elle puisse réagir, il la saisit par la taille et la mit en selle. Sa jupe se leva, révélant ses genoux.

– Qu'est-ce que vous faites ?

– Je t'installe sur mon cheval.

– Non, je voulais dire...

Cathy prit une profonde inspiration.

– Monsieur Keegan, il faut absolument que nous parlions.

– De quoi ?

– De ce mariage d'opérette.

– Ma chérie, je regrette, mais c'est un vrai mariage.

Sa fureur était telle qu'elle en oublia toute timidité. Elle se pencha vers lui. Leurs visages se frôlèrent.

– Vous le faites exprès !

– Comment ? fit-il d'un air innocent.

– Et ne feignez pas de ne rien comprendre ! C'est un scandale.

Elle tenta de se dégager de l'étrier pour descendre, mais sa jupe un peu serrée ne lui laissait pas une grande liberté de mouvement.

– Une dame ne monte pas à califourchon en robe ! s'exclama-t-elle. Posez-moi à terre immédiatement !

– Toute la ville est au bal. Qui te verra ?

– Vous !

– Exact, admit-il d'un air songeur. Mais je ne m'en plains pas. Etant donné que, aux yeux de la loi, je suis ton mari légitime, cela ne devrait pas te gêner.

– Je veux descendre !

Il lui saisit la cheville pour la mettre de force dans l'étrier et sauta sur le dos du cheval. Prenant les rênes dans la main gauche, il plaqua Cathy contre lui.

– Monsieur Keegan ?

L'ignorant, il fit avancer sa monture.

– Monsieur Keegan !

– Oui ? répondit-il enfin.

– Nous avons à parler. Je vous en prie, arrêtez ce cheval !

– Nous pourrons discuter en chemin, déclara-t-il

posément. Nous avons intérêt à quitter la ville en vitesse. Vos dessous se voient.

Pour l'heure, c'était le cadet de ses soucis. Elle lui agrippa le poignet, cherchant à lui faire lâcher prise.

– Monsieur Keegan, je vous en prie !

– Détends-toi. Ma main ne bougera pas. Il ne faudrait pas que le cheval se mette à ruer.

Elle n'aurait pas cette chance... Comment pouvait-elle se détendre en de telles circonstances ? Son corps était serré contre le sien.

– Il faut m'écouter, insista-t-elle.

– Chérie, je t'écoute. Mais avoue que tu ne dis pas grand-chose de sensé.

Cathy rassembla tout son courage et prit une profonde inspiration.

– Ce mariage ne s'impose pas, affirma-t-elle.

Ils passaient devant les dernières maisons de la ville. Ensuite, elle se retrouverait seule au milieu de nulle part en compagnie de cet homme.

– Je suis désolée de ne pas l'avoir dit plus tôt, mais je n'ai pas osé. Patrick était ivre, et j'avais peur que vous ne lui tiriez dessus. Enfin, mieux vaut tard que jamais, non ? Croyez-moi – il n'est pas nécessaire de m'épouser.

– Vraiment ?

– Oui, vraiment, répondit-elle, irritée par son ton sarcastique. Je ne suis pas la pure jeune fille que vous imaginez, reprit-elle, la gorge nouée. Il y a des années, j'ai été compromise par un autre homme.

Elle s'attendait à le voir bondir et arrêter le cheval, mais il ne broncha pas.

– Monsieur Keegan ?

– Hum ?

– Vous m'avez entendue ?

– Oui.

Elle se retourna pour le regarder.

– Vous devez être un peu fâché, mais, honnêtement, je ne pouvais pas vous l'avouer plus tôt. Cela nous évitera de commettre l'irréparable. Demain, vous pourrez faire annuler notre union. Patrick aura dessoûlé et je saurai bien le ramener à la raison. Ne le prenez pas mal, monsieur Keegan, mais vous êtes la dernière personne qu'il souhaiterait me voir épouser.

Axel donna un peu de mou aux rênes et repoussa son chapeau en arrière. Il posa sur elle ses yeux sombres.

– Vous l'aimiez ?

– Patrick ?

– Non. L'homme qui a ravi votre virginité.

– Quoi ? Ah, lui ? Non, bien sûr que non ! L'amour n'a rien à voir dans l'affaire ! L'essentiel, c'est que vous ne vous sentiez plus obligé de m'épouser. Il y a belle lurette que j'ai perdu tout espoir de faire un beau mariage.

– Je vois.

Maintenant qu'elle l'avait mis au courant, Cathy attendait qu'il fasse demi-tour pour la ramener en ville. Mais non... il poursuivit sa route sans dévier d'un pouce.

– Monsieur Keegan, où allez-vous ?

– Dans ton ancienne maison. Peut-être désires-tu prendre des vêtements de rechange.

Il n'avait rien compris !

– Monsieur Keegan, dois-je vous mettre les points sur les *i* ? Je ne suis pas une jeune fille sans tache !

– On ne peut pas dire que je sois moi-même un saint, répondit-il avec un sourire étrange. Si tu acceptes mon passé, je peux accepter le tien.

10

Deux heures plus tard, les possessions de Cathy accrochées à la selle dans deux sacs de cuir, Axel vit son ranch se profiler à l'horizon au clair de lune. L'immense bâtisse se dressait au sommet d'une butte, surplombant une grange flambant neuve ainsi que plusieurs dépendances. Comme tous les samedis, ses frères et ses employés, hormis le vieux Mike, étaient en ville. Axel s'en félicita.

Jusqu'à ce soir, il était persuadé que sa mère et sa sœur seraient les premières femmes à s'installer au ranch. Il leur écrirait au plus tôt pour les informer de son mariage et de l'existence d'une demi-sœur d'Eden. Il lui faudrait pour cela trouver un moment de tranquillité. Cathy ne devait surtout pas avoir connaissance de cette lettre. Au fil du temps, quand elle lui ferait totalement confiance, il lui apprendrait que Connor avait une autre fille, une enfant naturelle, fruit d'un viol. Mais l'heure était mal choisie pour semer le trouble. Elle le soupçonnait déjà de l'épouser par haine et par désir de vengeance. Lui parler d'Eden ne ferait que jeter de l'huile sur le feu.

Certes, avoir des secrets l'un pour l'autre n'était guère un bon début pour un couple. Dans l'immédiat, toutefois, il avait des problèmes plus urgents. La nervosité de la jeune femme l'inquiétait plus que tout. Il s'agissait de leur nuit de noces, et il fallait prendre une décision quant à son déroulement.

Au vu des circonstances, Axel était disposé à patienter un peu avant de consommer le mariage, si tel était le souhait de Cathy. Elle le connaissait à peine. Il lui faudrait certainement une période d'adaptation. D'un autre côté, reculer l'échéance risquait aussi d'accroître sa nervosité. Et puis, la jeune femme allait peut-être remuer ciel et terre pour obtenir l'annulation de leur mariage. Par conséquent, il ferait mieux de partager son lit et de la faire sienne au plus vite s'il ne voulait pas la voir s'enfuir à San Francisco.

Pour finir, il décida d'improviser le moment venu. Dieu sait que ce serait un plaisir de lui faire l'amour. Quand il avait dansé avec elle, il avait senti que leurs deux corps étaient faits l'un pour l'autre, que la passion, chez Cathy, couvait sous la braise.

Cette pensée sensuelle lui noua les entrailles tandis qu'il arrêtait son cheval devant la porte.

– Nous sommes arrivés, dit-il avec une brusquerie inhabituelle.

Irrité par l'attitude réservée de Cathy, il descendit de sa monture, jeta les sacs à terre et ouvrit les bras. Cathy hésita avant de poser les mains sur ses épaules.

– Cathy, il faut te détendre un peu, dit-il en la posant au sol. Tout va bien se passer, ma chérie. Je te le jure.

A en juger par sa pâleur, elle n'en croyait pas un mot. Mais le mariage donnait à Axel des droits qu'elle ne pouvait lui dénier. S'il décidait de les exercer, elle ne pourrait guère s'y opposer.

Il donna une tape sur la croupe de son cheval pour l'envoyer à l'écurie et siffla. Mike ne tarda pas à apparaître.

– Mon palefrenier, le présenta-t-il à Cathy qui avait sursauté. Il va s'occuper du cheval et le nourrir.

Il la prit par le bras et la mena sous le porche, dont le sol était un plancher tout neuf. L'odeur de bois frais embaumait l'air.

Avant d'ouvrir la porte, Axel dévisagea Cathy un long moment. Toujours aussi blême, son visage semblait luire à la lumière et ses grands yeux inquiets lui posaient mille questions. Le moment était venu de la porter pour lui faire franchir le seuil, ainsi que l'exigeait la tradition.

Cependant, résistant à l'envie de la prendre dans ses bras, Axel poussa le battant et s'effaça pour la laisser passer.

Elle crispa les doigts sur son châle et fit quelques

pas hésitants. Axel attendit que ses yeux s'habituent à la pénombre, puis il se dirigea vers la table pour allumer une lampe.

– Ne bouge pas, dit-il en cherchant ses allumettes. Je vais faire de la lumière.

Il enflamma la mèche et une lueur dorée envahit aussitôt la pièce, projetant des ombres vacillantes sur les murs de bois. Cathy regarda autour d'elle. Murs et plancher nus – l'ensemble, austère, manquait d'une touche féminine.

– Nous n'avons pas encore achevé les travaux de finition, expliqua Axel. Nous n'attendions pas de visiteur aussi vite. J'espère que le fouillis ne te choque pas trop.

Il ôta une chemise du dossier d'une chaise et la lança dans un coin.

– Mon frère Esa laisse traîner ses vêtements n'importe où. Nous n'avons pas encore beaucoup de meubles. Viens, je vais te faire faire le tour du propriétaire.

Elle s'approcha de lui sans enthousiasme et lui adressa ce qu'elle espérait être un sourire poli. Il utilisa sa dernière allumette en guise de cure-dent. Quand il n'avait rien à mâchonner, il donnait l'impression de faire la grimace.

– Voici la salle de séjour, déclara-t-il en désignant la vaste pièce dans laquelle ils se trouvaient. Je voulais un endroit chaleureux où toute la famille puisse se réunir. Les pierres de la cheminée proviennent de Golden Creek. Tu remarqueras qu'elles sont veinées d'or. Quand les bûches flambent, l'âtre scintille de mille feux.

Essuyant ses mains moites sur son pantalon, Axel s'éclaircit la gorge, étonné de se sentir aussi nerveux.

– Là-bas, c'est la cuisine, reprit-il en posant la main sur les reins de Cathy.

Quel crétin ! se dit-il. Comme si elle n'était pas capable de reconnaître une cuisine ! Histoire de détendre l'atmosphère, il tenta de donner une touche d'humour à la visite.

– Ce monstre ventru, là, c'est notre fourneau. A gauche, le plan de travail avec tout l'équipement requis. Le plancher est en pin. Au-dessus de nous, le plafond. Alors, comment je m'en sors, jusqu'à présent ?

Elle esquissa un sourire. C'était un début. Sous sa main, il la sentit frissonner. Lui-même commençait à se troubler d'être si proche d'elle.

Il la ramena dans la salle de séjour.

– De l'autre côté, il y a le salon et le bureau, qui ne sont pas encore terminés. Nous installerons une cheminée dans chacune des pièces. Dans le bureau, j'aménagerai une bibliothèque sur toute la hauteur du mur. Je suis un passionné de lecture.

Il crut discerner une lueur d'intérêt dans le regard de la jeune femme.

– Et toi, tu aimes lire, Cathy ?

– Hum...

Décidément, elle ne l'aidait pas beaucoup. Il balaya la pièce du regard. Elle lui semblait plus vide que jamais.

– Nous ferons venir des meubles, bien sûr. J'espère que tu prendras plaisir à décorer notre foyer. Comme tu peux le constater, il y a du pain sur la planche !

Il leva la lampe et se tourna vers le fond de la maison.

– Derrière, ce sont les chambres. Il y en a cinq. Cela devrait suffire. Mes frères se construiront leurs propres maisons quand ils fonderont un foyer. Et ma petite sœur Eden doit se marier en juin prochain. Il ne restera que ma mère et moi. Et toi, bien sûr.

Il faillit ajouter : « Et nos enfants », mais se ravisa.

– Enfin, si tu t'entends bien avec elle et si sa présence ne te dérange pas.

– Vous avez une mère et une sœur ?

Elle paraissait si ébahie qu'il sourit.

– Non. En fait, je suis né dans un chou.

Elle étouffa un rire. Il en fut si soulagé qu'il en tomba presque à genoux.

– Je suis désolée, dit-elle. Je ne voulais pas vous froisser. C'est que... j'imagine mal un homme tel que vous... avec sa mère.

– Un homme tel que moi ? répliqua Axel, mi-figue, mi-raisin. Pour qui me prends-tu, au juste ?

– Eh bien... répondit-elle en rougissant. Pour un joueur.

Elle posa les yeux sur son arme.

– Et aussi pour un homme qui a la gâchette facile.

– Ah oui ? dit Axel en riant. Tu veux dire un bandit armé, c'est cela ?

– Oui, avoua-t-elle.

– Un scélérat doublé d'un tueur ?

– Je... bredouilla-t-elle en écarquillant les yeux.

– Sais-tu pourquoi j'ai jugé nécessaire de pouvoir me servir d'une arme ?

Elle secoua la tête.

– Parce que j'ai pour principe de ne jamais dégainer avant mon adversaire.

– Je vous ai offensé ! s'écria-t-elle, sincèrement désolée.

Elle ignorait si elle regrettait vraiment ses paroles ou si elle redoutait des représailles.

– Non, non, assura-t-il. Je tenais à mettre les choses au point, c'est tout. Je ne te mentirai pas en prétendant n'avoir jamais abattu un homme. Mais je ne suis certainement pas le tueur de sang-froid que l'on décrit.

Tandis qu'ils longeaient le couloir, leurs ombres se profilaient sur les murs nus. Il ouvrit une porte.

– Juste pour te donner une idée de la taille des chambres, expliqua-t-il. La plus grande est la seule qui soit habitable. Elle se trouve à l'arrière de la maison.

Il mena la jeune femme vers une autre porte.

– Voici ma fierté et ma joie. Du moins quand tout sera fini. Une salle de bains ! Je compte m'occuper de la plomberie la semaine prochaine. Et nous aurons l'eau courante, comme en ville.

Ils arrivèrent au seuil de la dernière pièce.

– Attends-moi une seconde. Je vais allumer la lampe. Ensuite, j'irai chercher tes affaires et j'allumerai du feu. J'imagine que tu dois être transie et recrue de fatigue.

– J'ai un peu froid, avoua-t-elle en serrant son châle contre elle.

Elle balaya la pièce du regard et rougit légèrement en découvrant le dressing-room attenant et l'édredon multicolore confectionné par la mère d'Axel.

– Mais je ne suis pas fatiguée.

Axel se doutait qu'elle mentait. Après une telle soirée, elle ne pouvait qu'être épuisée. Elle avait probablement deviné qu'ils allaient devoir partager le grand lit installé dans la seule chambre terminée de la maison.

En d'autres circonstances, Axel aurait fait de son mieux pour rendre les choses plus faciles. Après tout, la jeune femme avait épousé de force un inconnu. Malheureusement pour elle, le destin avait frappé, et il n'avait pas l'intention de dormir dans la grange ou sur le tapis. Il n'existait qu'une seule façon de commencer une vie de couple marié.

Comme si elle lisait dans ses pensées, elle croisa plus étroitement son châle.

– Monsieur Keegan, je... j'aurais une requête à formuler. Etant donné qu'il y a plusieurs chambres...

Elle s'interrompit.

– Eh bien... peut-être que vous et moi pourrions...

– Nous sommes époux légitimes, répliqua Axel en la regardant droit dans les yeux. Quels que soient les arrangements que nous pourrons conclure entre nous pour sauvegarder les apparences, nous devrons partager la même chambre. Si nous faisons chambre à part, les langues iront bon train. Je pense qu'il y a eu suffisamment de ragots comme cela, non ?

– Vos frères feraient circuler des rumeurs à votre sujet ?

– J'ai des ouvriers. Ils ne seraient pas dupes.

– Mais vous allez tout de même me laisser le temps d'apprendre à vous connaître !

Axel se fit violence pour ne pas la prendre dans ses bras. Bien qu'elle eût manifestement besoin d'être rassurée, il doutait fort qu'elle apprécie son geste.

– Quel meilleur endroit qu'un lit pour faire connaissance ? demanda-t-il.

Epouvantée, elle crispa les doigts sur le pied de la lampe.

– Je vois.

Non, elle ne voyait pas. Elle le considérait comme un monstre lubrique et sans pitié. Son regard traqué en disait long sur ses dispositions à son égard. Il ne s'agissait pas seulement de timidité ou d'une appréhension de jeune mariée. Elle mourait de peur. Axel savait d'expérience qu'il fallait attaquer la peur de front. Sa jeune épouse finirait bien par lui faire confiance un jour.

La lumière vacillante de la flamme éclairait ses traits blêmes.

– Cathy, dit-il doucement, je n'ai pas l'intention de te faire de mal. Il faut me croire.

– Ce que je crains, monsieur Keegan, c'est que nous n'ayons pas la même notion du mal, répondit-elle, les lèvres tremblantes.

– Ecoute, ne brûlons pas les étapes, proposa-t-il avec gentillesse. Même les pires situations paraissent plus claires après une bonne nuit de sommeil. Comme on dit, la nuit porte conseil.

Cathy ne parut pas rassurée pour autant.

– Commence à t'installer pendant que je vais chercher tes affaires.

Elle lui décocha un regard si effrayé qu'il eut l'impression de l'avoir invitée à se jeter vive dans le feu.

11

S'enfuir... Dès que Cathy se retrouva seule, cette pensée l'obséda. Peu importait qu'elle ne pût regagner la ville sans cheval, ni trouver son chemin dans le noir, ni récupérer ses affaires. Tout ce qu'elle voulait, c'était mettre la plus grande distance possible entre elle et Axel Keegan.

Ainsi, il souhaitait qu'elle lui fasse confiance ? Chaque fois qu'elle évoquait ses paroles, elle était prise d'un rire hystérique. Selon lui, la meilleure façon de faire connaissance était de partager un lit. Qui croyait-il abuser ? La prenait-il pour une oie blanche ? Elle connaissait les hommes. En deux mots comme en cent, elle n'accordait pas même le bénéfice du doute à Axel Keegan. Quant à sa promesse de ne pas lui faire de mal, à d'autres !

Après avoir déposé ses sacs dans la chambre, Axel était reparti chercher du bois dans le bûcher. Il n'allait pas tarder à revenir et elle n'aurait plus aucune chance de s'enfuir. Il fallait agir vite.

Abandonnant ses affaires, elle quitta vivement la chambre. Après avoir refermé la porte derrière elle, elle longea le couloir sombre, fixant désespérément une lampe, devant elle. Encore quelques minutes et elle serait dehors, libre.

Avec un peu de chance, en voyant la porte close, Axel penserait qu'elle était en train de se changer. S'il décidait de se conduire en gentleman et de lui accorder quelques minutes, elle gagnerait encore un peu de temps. Certes, ce rustre n'avait rien d'un gentleman, mais il tenterait peut-être de faire bonne impression, afin de mieux l'embobiner.

Si elle sortait par la porte de la cuisine, il ne la verrait pas. Et, la chance aidant, elle serait loin avant qu'il ne s'aperçoive de son absence. Il ne pourrait se lancer à ses trousses avant l'aube et, quand il la retrouverait, elle aurait déjà entamé la procédure d'annulation.

Un bruit sourd la fit soudain s'arrêter. Elle ignorait d'où il provenait. Retenant son souffle, elle fixa la salle de séjour, au bout du couloir. Elle ne voyait que la table et la cheminée. Si Axel était là, elle distinguerait son ombre.

Au bout de quelques instants qui lui parurent durer un siècle, elle fit un pas en avant, hésita, s'attendant plus ou moins à voir Axel surgir devant elle. Rien ne se produisant, elle reprit sa progression et pénétra dans la pièce. Il n'y avait personne.

Prenant une profonde inspiration, elle se précipita dans la cuisine. Parvenue près du fourneau, elle sentit une odeur de haricots et de pain frais. Elle imagina Axel et ses frères engloutissant leurs assiettes avant de partir au bal. Ils n'allaient sans doute pas tarder à rentrer. Elle n'aurait alors aucune chance de fuir. Cette pensée la fit frissonner d'horreur.

La poignée en cuivre de la porte d'entrée l'attirait comme un aimant. Elle referma la main dessus et tourna. La porte était verrouillée !

Prise de panique, elle tenta maladroitement de tirer le verrou. Axel pouvait arriver d'une seconde à l'autre. Avec un sanglot de désespoir, elle tira de toutes ses forces. Le verrou céda.

Cathy ouvrit la porte en grand et s'élança au-dehors. Aussitôt, elle étrangla un cri. Il n'y avait pas de porche ! Puis elle se sentit tomber et poussa un glapissement.

Axel en était à sa troisième brassée de bûches quand il crut percevoir un cri. Un puma, peut-être ? Parfois, dans les montagnes, les feulements des félins ressemblaient à s'y méprendre à des cris de femme. Mais il n'avait jamais rien entendu de tel.

Il lâcha son bois et fit prestement le tour de la maison. Stupéfait, il aperçut son épouse gisant au pied de la porte du fond, éclairée par un mince rai de lumière venant de la cuisine. Malgré la pénombre, il la voyait ouvrir la bouche, cherchant son souffle comme un poisson hors de l'eau.

Il se précipita vers elle. En prévision des neiges, il avait bâti la maison en hauteur. Il avait verrouillé la porte par mesure de sécurité, le temps de faire une terrasse.

– Mon Dieu, Cathy, tu es blessée ?

Il s'agenouilla près d'elle, tenaillé par la peur.

– Tout va bien, ma chérie. Ne bouge pas. Détends-toi.

Il l'assit avec précaution et l'observa d'un air inquiet. Sa robe était déchirée à l'épaule, laissant entrevoir sa peau meurtrie. Au mieux, elle s'en tirerait avec des bleus. Au pire... Il n'osait y penser. Et lui qui l'avait fait asseoir ! Si elle avait quelque chose de cassé, un bras, une jambe ? Ou, Dieu l'en garde, une côte fêlée ? Il risquait de lui perforer un poumon !

Axel, qui d'ordinaire gardait toujours son sang-froid, se sentit céder à la panique. Avec ses trois jeunes frères, il avait plus d'une fois joué les infirmières. Mais Cathy n'était pas son frère. Elle n'avait pas non plus la robuste constitution de sa jeune sœur...

Les mains tremblantes, il lui palpa les bras. Des bras menus, fragiles comme des brindilles. Il constata avec soulagement qu'elle n'avait rien de cassé.

Elle avait néanmoins le souffle court et sifflant. Il l'allongea sur le sol avec une grande douceur.

– Là, dit-il. Détends-toi.

Il lui massa les épaules et les bras, afin de l'aider à se calmer. Au bout d'un long moment, elle prit une profonde inspiration.

Sans s'en rendre compte, Axel avait lui aussi retenu son souffle. Il le relâcha en même temps qu'elle.

– C'est ça... Expire... lentement...

Il lui fit patiemment recommencer l'exercice, lui étreignant toujours les épaules.

Elle frissonna. Etait-elle soulagée d'avoir retrouvé sa respiration ou furieuse qu'il la touche ? Elle posa la main à plat sur ses côtes et se mit à inspirer et à expirer, à inspirer et à expirer...

Axel s'écarta un peu pour ne pas la gêner. Il se sentait coupable. S'il avait un peu réfléchi, dans l'état de terreur où il l'avait laissée, il n'aurait pas dû lui donner une occasion de s'enfuir.

– Il n'y a pas de terrasse... finit-elle par dire d'une voix éraillée.

Axel lança un regard vers la porte béante à près de deux mètres. Bon Dieu ! Il s'efforça de recouvrer son sang-froid. Il avait les jambes en coton. Il ignorait ce qu'il éprouvait au juste pour Cathy, mais en la voyant étendue, inerte, son sang n'avait fait qu'un tour.

Il passa doucement une main calleuse sur le visage de la jeune femme et ferma brièvement les yeux.

– Voyons l'étendue des dégâts, proposa-t-il.

Quand il glissa la main sous sa jupe, elle étouffa une protestation. Ce n'était pas la meilleure façon de procéder, en effet. Mais comment savoir si elle s'était cassé une jambe ? Elle portait tellement de dessous et de jupons...

Ses doigts effleurèrent une cheville délicate gainée de coton, puis un mollet ferme, un genou rond, une cuisse veloutée. Quand il parvint à l'ouverture de sa culotte, elle bondit comme un lièvre pris au collet. Axel en eut l'estomac noué.

– Calme-toi, ma chérie. Tout va bien.

Apparemment, la jambe gauche était intacte. Axel entreprit d'examiner la droite. Il palpa délicatement le pied.

– Crie si tu as mal.

Elle voulut s'asseoir. Il plaqua la main sur sa poitrine pour l'obliger à se rallonger.

– Ne bouge pas, bon sang ! Et si tu avais une côte fêlée ?

– Je vais bien, protesta-t-elle. Monsieur Keegan !

s'exclama-t-elle en bondissant de nouveau quand il palpa son genou.

– Je t'ai dit de ne pas bouger !

Glissant la paume le long de sa cuisse, il palpa méthodiquement la chair satinée, à la recherche d'une anomalie. A son grand soulagement, l'os semblait intact. Quand il effleura par mégarde une touffe de boucles soyeuses, ce fut à son tour de sursauter. Il retira la main aussitôt, comme s'il s'était brûlé, et rabattit jupons et jupe.

– Eh bien, dit-il d'une voix rauque, il n'y a rien de cassé. Du moins en ce qui concerne les membres inférieurs.

Cathy se redressa sur les coudes.

– Idem pour le reste.

Qu'en savait-elle ? Elle était en état de choc.

– Tu as de la chance de ne pas t'être rompu ton stupide petit cou.

Ce disant, il se rendit compte qu'il n'avait pas examiné sa nuque. Il tendit la main ; elle l'écarta.

– Cathy, je t'en prie !

– Arrêtez de me tripoter ainsi ! Puisque je vous dis que je n'ai rien !

– Rentrons, alors, dit Axel, guère convaincu.

Il la souleva dans ses bras, surpris de la sentir si légère. Il allait devoir la remplumer un peu.

– Je suis capable de marcher, monsieur Keegan ! protesta-t-elle. Reposez-moi, je vous prie !

– C'est moi qui décide. Et, de grâce, cesse de gigoter ! Tu as encore envie de tomber ?

Elle s'immobilisa aussitôt, ne sachant apparemment quoi faire de ses bras. En les lui passant autour du cou, elle lui aurait facilité la tâche, mais elle ne semblait guère encline à le toucher. Ce fut plus fort que lui : il feignit de la lâcher. Se sentant choir, elle s'agrippa instinctivement à ses épaules avec un petit cri strident.

Il gagna le porche à grandes enjambées et gravit les marches deux par deux. Actionnant la poignée de la porte d'une main, il poussa du pied le lourd panneau de bois.

Il fila directement jusqu'à la table et y assit délicatement Cathy. Elle s'empressa de baisser ses jupons. Qu'elle se souciât davantage de sa pudeur que de ses éventuelles blessures irrita au plus haut point Axel.

Il étouffa un juron. A présent, à la lueur de la lampe, il voyait qu'un filet de sang coulait d'une entaille à la tempe. Son épaule portait de nombreuses ecchymoses. Sa jupe fendue laissait craindre également des plaies à la hanche.

– Mon Dieu...

Il fit le tour de la table pour examiner son dos. Des taches cramoisies piquetaient çà et là le tissu rose de sa robe. Elle s'était blessée sur les clous ! Axel se promit d'étriper Esa pour sa négligence. Il lui avait donné l'ordre de les enfoncer avec soin. Il souleva les boucles rousses de Cathy. Dieu merci, elle n'allait pas se vider de son sang ! Et, par chance, les clous étaient neufs, ils n'avaient pas eu le temps de rouiller.

Se préparant à affronter la tempête, il alla fermer les deux portes à clé et tira les rideaux de fortune au cas où ses frères rentreraient. En se dirigeant vers la cuisine, il remarqua que Cathy essayait de rajuster sa robe tant bien que mal, apparemment gênée d'exposer son épaule aux regards.

Plus déterminé que jamais, il serra les dents. Que cela lui plaise ou non, elle allait devoir dévoiler bien plus qu'une épaule. Il n'avait pas l'intention de la laisser succomber à une infection uniquement pour lui épargner quelques minutes d'embarras.

Il fouilla dans les placards et dénicha une bouteille de whisky et des torchons propres. Quand il la rejoignit, elle lui lança un regard soupçonneux. Il posa son matériel sur la table, tira son couteau de son ceinturon et, sans lui laisser le temps de comprendre ses intentions, il fendit le dos de sa robe jusqu'à la taille.

– Qu'est-ce qui vous prend ? haleta Cathy en tentant de remonter le tissu.

– Reste tranquille, Cathy. Je ne voudrais pas te couper, dit-il en empoignant le haut de son corset.

Glissant la lame sous la camisole et le corset, il entreprit de les découper à leur tour. Cathy poussa un cri en entendant baleines et tissu céder dans un craquement sec.

– Je t'ai dit de ne pas bouger ! gronda-t-il. Ce n'est pas le moment de faire une bêtise.

– Mais... mais qu'est-ce que vous... ? Oh !

– Tu es couverte de plaies, déclara-t-il en inspectant son dos nu.

Il remit son couteau à sa ceinture pour ne pas risquer de le prendre en plein cœur à la première occasion.

– Il faut les nettoyer pour éviter une infection. Etant donné que tu ne le peux pas, je vais m'en charger.

– Mais mes vêtements sont tout déchirés !

– Je les remplacerai.

En vérité, il aurait préféré qu'elle se déshabille elle-même, mais autant attendre que les poules aient des dents.

Dès qu'il la toucha, elle s'écarta. Posant la main sur son épaule valide, il la ramena vers lui.

– Cathy, dit-il d'un ton radouci, tu te méprends sur mes intentions. Je ne vais pas te violer. Je te le jure !

– Vraiment ? répliqua-t-elle d'un ton empreint d'incrédulité.

Il réprima un sourire.

– Je cède rarement à mes pulsions sur une femme qui baigne dans son sang, déclara-t-il en imbibant un torchon d'alcool. Traite-moi de mauviette si ça te chante, mais pareil spectacle a le don de refroidir mes ardeurs.

– Ah...

Ce simple mot, prononcé d'un ton dubitatif, le fit sourire derechef. Pour la seconde fois de la soirée, il se demanda ce qui, chez cette frêle jeune fille, le faisait se sentir si... si quoi ? Il n'aurait su le dire. Mais elle faisait naître en lui une sorte de chaleur.

– Pourquoi cet air déçu ? Ce sang excepté, je suis certain que ton dos est ravissant. En d'autres circonstances, je serais subjugué.

Elle lui adressa un regard où se mêlaient prudence et perplexité. A l'évidence, il ne se conduisait pas aussi monstrueusement qu'elle l'avait craint. Quel genre d'hommes avait-elle donc côtoyés jusqu'alors ? Des brutes épaisses, à n'en pas douter. Pour avoir grandi dans les bas-fonds de San Francisco, il était bien placé pour savoir que le monde grouillait de vauriens de tout poil. Il s'étonnait simplement qu'un homme digne de ce nom puisse faire le moindre mal à Cathy après avoir plongé le regard dans ses yeux d'azur lumineux.

Sachant qu'il ne pourrait éternellement dissimuler la paralysie de la moitié gauche de son visage, il lui adressa un sourire qu'il espérait rassurant. Aussitôt, Cathy scruta ses lèvres.

Axel sentit son estomac se nouer. Il avait un sourire hideux, il le savait. Mais il ne pouvait tout de même pas mâchonner une allumette en permanence pour camoufler sa disgrâce.

Il se concentra sur les soins qu'il lui prodiguait. Cathy siffla de l'air entre ses dents sous la brûlure de l'alcool.

– Je suis désolé. Ça fait horriblement mal.

Avalant sa salive, il leva de nouveau les yeux. Elle se tordait le cou pour essayer de le voir.

– Je parie que tu te demandes ce qui est arrivé à mon visage, dit-il avec une feinte désinvolture. Eh bien, je vais satisfaire ta curiosité. Quand j'étais petit, on m'a frappé avec la crosse d'un fusil. J'ai eu la pommette éclatée et les nerfs ont été touchés. La joue et le coin de ma bouche sont restés paralysés.

Malgré sa peur, Cathy perçut la souffrance et l'humiliation dans la voix d'Axel. L'espace d'un instant, elle oublia tout le reste. Visiblement, il pensait qu'elle le trouvait laid, ce qui était loin d'être le cas. A ses yeux, la longue balafre qui lui barrait la joue conférait à ses traits finement ciselés un charme viril et son sourire légèrement tordu avait une séduction folle.

En le dévisageant, elle se dit que les femmes devaient lui tourner autour comme des mouches. Son sourire suffisait à la faire fondre... C'était dire !

Elle contempla ses cheveux épais et brillants qui retombaient en boucles soyeuses sur son front, son nez aquilin, ses pommettes hautes, sa bouche sensuelle, sa mâchoire volontaire. Il avait la peau mate. Sa chemise au col déboutonné laissait deviner une épaisse toison brune qui devait recouvrir son torse musclé. Ses manches roulées au coude révélaient des avant-bras puissants et bronzés.

Se sentant observé, Axel leva les yeux, et leurs regards se croisèrent. Stupéfaite, Cathy le vit rougir et révisa son jugement sur lui. Au moins était-il capable d'éprouver des sentiments.

– Vous avez un très beau sourire, monsieur Keegan, dit-elle sans réfléchir. Et si l'on vous a dit un jour que votre cicatrice vous rendait repoussant, c'était pure jalousie.

Cathy se mordit la langue. Quelle folie de se montrer aussi aimable ! Il allait s'imaginer qu'elle le trouvait séduisant. Elle était incorrigible – il fallait toujours qu'elle prenne en pitié les malheureux ou les déshérités, comme ce pauvre idiot de Mitzi ou ces insectes entrés dans la maison qu'elle allait remettre dehors pour leur rendre la liberté.

Axel rougit de plus belle et baissa ces longs cils noirs que lui auraient enviés toutes les amies de Cathy.

– C'est un compliment, madame Keegan ?

« Madame Keegan »... Cathy eut l'impression de recevoir un coup dans l'estomac. Elle prit une profonde inspiration.

– Non, c'était une simple constatation, monsieur

Keegan. Je suis certaine que nombre de femmes vous trouvent très séduisant.

– Ce qui n'est pas ton cas, bien sûr.

Il leva les paupières et ses yeux pétillants plongèrent quelques instants dans les siens. Cathy se fit l'effet d'un papillon épinglé sur une planche.

– Non, répondit-elle d'une petite voix. Ne voyez rien là de personnel, mais...

Elle s'interrompit, ne sachant quoi dire.

– Mais quoi ? dit-il en tamponnant une nouvelle plaie. Tu n'apprécies guère les hommes, on dirait.

– Pas spécialement, admit-elle.

– Il m'appartient donc de te faire changer d'avis, du moins en ce qui me concerne. Sinon, notre mariage promet d'être une sacrée gageure !

– Ce qui me ramène à ma requête initiale. En le faisant annuler, cela nous épargnera bien des ennuis. Mettons fin à cette mascarade pendant qu'il en est encore temps !

– Les ennuis ne me font pas peur, notamment lorsqu'ils se présentent dans un si joli emballage. Quant à l'annulation de notre mariage, nous devrions en discuter plus longuement. Je te prenais pour une femme de parole.

– Mais je le suis !

Cathy vit briller une lueur de satisfaction dans les yeux d'Axel. Bon sang ! Elle s'était fait avoir comme un bleu !

– Alors pourquoi avoir cherché à t'enfuir dans la nuit ? Corrige-moi si je me trompe, mais j'ai cru t'entendre me jurer amour, fidélité et obéissance jusqu'à ce que la mort nous sépare.

– Je n'avais pas le choix. Il y allait de la vie de mon frère.

– Peu importe ! Ce qui compte, c'est que tu m'as donné ta parole et que te voilà prête à revenir dessus sans le moindre scrupule. D'après ce que je sais,

Connor s'est parjuré, lui aussi, en son temps. Tel père, telle fille, n'est-ce pas ?

– C'est faux ! s'exclama Cathy, sentant la colère monter en elle.

Elle crispa les poings sur sa robe, s'efforçant de se ressaisir. Une femme avisée ne se querellait pas avec un homme, surtout quand il pesait une bonne cinquantaine de kilos de plus qu'elle. C'était une leçon que la vie s'était chargée de lui apprendre.

– J'ai des circonstances atténuantes, et vous le savez !

– Au diable les circonstances ! Tu as juré devant Dieu et devant les hommes, et si tu es une femme d'honneur, tu tiendras tes engagements.

Cathy eut l'impression qu'il l'avait mise à nu et avait trouvé la corde sensible. Pour elle, la parole donnée était sacrée. Pendant des années, elle avait vu son père mentir et tricher. A sa grande honte, elle avait toujours craint que la lâcheté de son géniteur ne déteigne sur elle et sur son frère. Elle s'était donc fait le serment de ne pas ressembler à Connor O'Shaunnessy. Apparemment, Axel Keegan l'avait deviné et à présent, il s'en servait contre elle.

– Vous n'êtes qu'un sale manipulateur ! s'écria-t-elle, au mépris d'éventuelles représailles.

S'attendant à recevoir un coup, Cathy fut étonnée de le voir éclater de rire, la nuque rejetée en arrière. Ce rire chaleureux, profond, la prit totalement au dépourvu. Que trouvait-il de drôle ?

– Tu as sans doute raison, admit-il.

Son expression ne trahissait aucune animosité, bien au contraire.

– Je suis aussi le manipulateur le plus chanceux que tu aies jamais rencontré. Regarde un peu ma récompense : une épouse ravissante.

Il lui adressa un regard appuyé qui la troubla.

– Vous êtes désespéré à ce point ?

Il haussa les épaules, indiquant que, quoi qu'elle

puisse dire, il était ravi de la tournure des événements et n'allait pas changer d'avis.

– Tu veux que je te dise ? J'ai eu de sacrés coups de veine dans ma vie, mais celui-là les bat tous. Même si je regrette sincèrement ma conduite d'il y a quelques semaines, je ne peux que me féliciter de la tournure des événements. Ce mariage me plaît de plus en plus.

– Ce n'est pas un jeu, monsieur Keegan. Je ne suis pas l'enjeu d'une partie de poker.

Il posa torchon et alcool.

– Oh si, madame Keegan, c'est un jeu. Avec une mise de taille. Et j'ai une quinte royale.

Il se pencha pour lui examiner l'épaule et siffla entre ses dents.

– Mazette ! Quand tu te casses la figure, ce n'est pas à moitié.

Cathy était si bouleversée qu'elle ne ressentait plus aucune douleur.

– Ne détournez pas la conversation. Vous essayez de me forcer à rester ici.

Il haussa les sourcils.

– Et ça marche ?

La réponse était claire. Elle détourna vivement la tête avant qu'il ne le lise dans ses yeux.

– Vous n'êtes pas fair-play.

– Voilà pourquoi je gagne. Je triche.

Son ton désinvolte l'atterra. De toute évidence, il n'avait aucune morale.

– Je vous en prie, essayez de comprendre ! Je ne peux pas rester ici.

– Oh, que si ! répondit-il avec assurance. Tu m'as donné ta parole, et j'entends que tu la tiennes.

Il dénuda un peu plus son épaule. Elle sursauta.

– Détends-toi, fit-il d'un ton moqueur. Pour l'instant, tu ne risques rien.

Elle en doutait. A la minute où il avait posé les yeux

sur elle, elle avait été en danger. Il l'avait bel et bien acculée. Si elle tentait de fuir, elle se parjurerait – non seulement vis-à-vis de lui, mais aussi vis-à-vis de Dieu.

12

Quand il en eut terminé, Axel tendit whisky et torchon à Cathy et l'envoya dans la chambre nettoyer ses entailles à la hanche et enfiler sa chemise de nuit. Peu après, la jeune mariée réapparut, vêtue d'une robe bleue à manches longues boutonnée jusqu'au cou. Etant donné qu'il était minuit passé, cela parut de mauvais augure à Axel.

Non qu'il se fût fait des illusions – toute intimité entre eux, sous quelque forme que ce soit, ne figurait pas au programme. A moins qu'il ne décide de forcer les choses. Après tout, prolonger l'épreuve de la jeune femme relevait plus de la cruauté que de la gentillesse.

Histoire de l'aider à se détendre, il entreprit de préparer du chocolat chaud. Le lait avait, disait-on, des vertus apaisantes. Axel ne prisait guère tisanes et autres breuvages du soir, leur préférant une rasade de whisky si besoin était. Mais il ne pouvait en proposer à Cathy. Elle le soupçonnerait de vouloir l'enivrer pour mieux parvenir à ses fins.

Il fit une flambée dans la cheminée et alluma le fourneau, puis mélangea sucre et poudre de cacao sous l'œil attentif de Cathy. Sortant un pot de lait de la glacière, il tenta d'engager la conversation pour rompre le silence.

– Par chance, je suis allé acheter un fourneau et une glacière il y a quelques jours. Maintenant que je suis marié, je vais devoir faire livrer de la glace régulièrement.

– Je peux très bien m'en sortir sans glace, monsieur Keegan. Je sais que c'est très cher.

Du moins ne semblait-elle plus vouloir réfuter le fait qu'elle allait rester. C'était un progrès.

Axel lui adressa un regard par-dessus l'épaule en activant le feu à l'aide d'un tisonnier. La robe qu'elle portait était ample et dépourvue de tout ornement. Apparemment, elle n'avait guère les moyens de s'offrir des toilettes élégantes.

Elle avait sans doute passé sa vie entière à se priver. Son père était un égoïste qui devait n'avoir que du mépris pour les femmes.

Sans vouloir se montrer vaniteux, il voulut rassurer Cathy sur l'état de ses finances.

– Quelques blocs de glace par semaine n'entameront guère mes économies, assura-t-il. Je ne suis pas extrêmement riche, mais je suis à l'aise.

– Vous avez de la chance au jeu ?

Elle prononça le mot avec un dégoût évident.

– J'ai fait quelques placements intéressants, répondit-il en haussant les sourcils.

Il referma la porte du fourneau un peu trop brutalement.

– J'ai un don pour les affaires.

– Quel genre d'affaires ?

Axel faillit parler des chemins de fer, puis se reprit de justesse. Si elle apprenait qu'il était derrière la construction éventuelle d'une ligne entre No Name et Denver, tous ses projets de vengeance tomberaient à l'eau.

– Dans les transports, surtout. J'ai passé presque vingt ans à San Francisco. Les gens riches ne veulent plus voyager dans de banals bogheis. J'ai décidé de miser sur des moyens plus modernes, et j'ai eu raison.

– Vous avez de la veine.

Le sarcasme était presque palpable. Axel eut envie de lui rétorquer que la chance n'avait rien à voir avec sa réussite financière. Il était parti du bas de l'échelle, récurant les saloons du front de mer. Il avait sué sang et eau à nettoyer des planchers maculés de crachats, à subir les brimades de patrons sans scrupules. Il avait fini par se tourner vers le jeu car c'était une façon plus rapide de gagner de l'argent. Il était d'ailleurs le premier à admettre que son talent aux cartes était essentiellement dû à sa dextérité.

Toutefois, il avait toujours mis un point d'honneur à choisir ses victimes parmi ses pairs. Axel n'en était pas particulièrement fier, mais il n'en avait pas honte non plus. Il avait grandi dans un monde implacable où il fallait faire preuve de débrouillardise, n'accorder sa confiance à personne et être le dupeur plutôt que la dupe. Où était le mal ?

– Oui, je crois que j'ai eu de la chance, déclara-t-il. Plus que la plupart des gosses qui traînent sur les quais, en tout cas. On me surnommait l'As.

Il posa la casserole sur le feu et tourna le liquide avec soin pour éviter que le lait n'attache. Quand le bord commença à frémir, il emplit deux tasses et mit le reste au chaud.

– J'espère que tu aimes le chocolat, dit-il en allant s'asseoir près de la cheminée. Viens près de moi, ma chérie, tu auras moins froid. Même en été, les nuits sont fraîches. J'avais oublié que le climat des Rocheuses était si rude.

Elle se leva et obéit en se frictionnant les bras. Axel l'observa. Il aurait pu tomber plus mal. Même dans ce sac informe qui lui tenait lieu de robe, elle était très belle ainsi éclairée par les flammes. Ses cheveux flamboyaient dans la lumière ambrée et ses traits délicats semblaient avoir été ciselés dans de l'ivoire. Il brûlait de caresser la tendre courbe de sa joue. Il savait qu'elle avait une peau satinée et délicieusement chaude qui sentait légèrement la lavande.

Les entraîneuses de saloon qu'il avait eu l'occasion de croiser dans sa vie adoraient tellement s'asperger de parfum que cela en devenait écœurant. Mais il n'y avait aucune comparaison entre Cathy et une femme de mauvaise vie. Son épouse était une dame jusqu'au bout des ongles.

Songeant qu'elle se sentirait plus à l'aise un peu loin de lui, il lui désigna un tabouret qu'il avait fait lui-même.

– Assieds-toi donc. Je ne vais pas te mordre.

Cathy se jucha sur le siège avec circonspection. Les yeux d'Axel s'attardèrent sur son décolleté. Il se réjouit de constater qu'elle ne portait pas de corset et espéra que celui qu'il avait détruit était le seul qu'elle possédait. Selon lui, ce n'étaient que des instruments de torture. De plus, un homme ne préférait-il pas caresser la peau d'une femme, plutôt que des baleines rigides ?

Cathy perdit l'équilibre et se rattrapa de justesse.

– Désolé, s'écria Axel. Je crois qu'il est un peu bancal. J'ai bien peur d'être un piètre ébéniste. Pourvu que la maison ne s'écroule pas au premier coup de vent !

Cathy lança un regard anxieux sur les murs et la cheminée.

– Tout cela a pourtant l'air solide, dit-elle.

Il lui tendit une tasse de chocolat chaud et avala une gorgée du sien.

– Fais-moi confiance.

Elle émit un petit rire. Il eut envie d'entendre ce rire cristallin jusqu'à la fin de ses jours. Pourvu qu'elle se détende et éclate de rire plus souvent ! Patience... s'exhorta-t-il.

Le tabouret vacilla de nouveau.

– Vous n'êtes tout de même pas un si mauvais menuisier, déclara-t-elle.

– Si tu renverses du liquide sur la table de la cuisine, il coulera jusqu'en bas de la colline, répondit-il avec un clin d'œil moqueur. Une maison tordue bâtie par un homme tordu. Heureusement, le plus gros des travaux est fini. J'ai beau essayer de me concentrer sur ma tâche, je ne peux m'empêcher de me donner des coups de marteau sur les doigts.

– Si vous avez des clous à enfoncer, je peux vous aider. Je manie assez bien le marteau.

– Est-ce un avertissement ?

Elle rit de nouveau. Puis elle détourna les yeux, comme si elle craignait qu'il ne déchiffre son expression.

– J'espère que vous ne me donnerez pas de raisons d'engager de telles représailles contre vous.

– Je te donnerai sans doute de bonnes raisons une dizaine de fois par jour, de même que mes frères. Sans maman pour les rappeler à l'ordre, ils sont tous un peu fous.

Il remarqua aussitôt la tension qui se lisait sur le visage de la jeune femme.

– Je plaisante, bien sûr. Tu n'as rien à craindre d'aucun de nous. Bien au contraire. Mes frères et moi sommes très solidaires. Maintenant que tu es ma femme, tu fais partie de la famille.

Elle leva les yeux sur lui. De grands yeux bleus et inquiets. Axel en voulut à mort à Connor O'Shaunnessy. Il avait moins d'animosité envers Patrick. Cette jeune femme avait beaucoup souffert.

Il songea à sa demi-sœur, Eden, qui avait grandi au milieu de garçons rudes et turbulents. Elle ne craignait pas de parler à des inconnus. Eden était une jeune fille très sociable. Heureusement qu'elle avait quatre frères pour veiller sur elle, dont l'un avec une réputation de bon tireur. Nul n'avait jamais osé tenter d'abuser d'elle.

Cathy, elle, n'avait personne pour la protéger, au contraire. Axel avait déjà lu cette expression en se regardant dans le miroir. Il savait d'expérience que seules les plus graves trahisons peuvent faire apparaître de telles ombres dans un regard. Il savait aussi qu'il était difficile de retrouver la confiance d'un être trompé. Cathy avait souffert plus que lui. C'était une chose que d'être trahi par des inconnus, c'était autre chose que d'être bafoué par son frère ou son propre père.

Il baissa les yeux vers sa tasse. Elle avait besoin d'aide. Etait-il capable de la lui apporter ? Il allait avoir besoin de beaucoup de patience.

Dans la vie, il aimait obtenir des résultats rapidement. Que ce soit en affaires ou au jeu, il n'était pas dans sa nature d'attendre. Depuis vingt ans, il avait toujours vécu dans l'urgence. Combien de fois avait-il frappé du poing contre le mur, enragé parce qu'il ne parvenait pas à se venger assez rapidement de la mort de Joseph ! Et il se retrouvait marié à une femme écorchée, meurtrie par la vie.

Il l'entendit avaler ses dernières gorgées de chocolat et vida lui aussi sa tasse.

– Je vais aller t'en chercher encore, proposa-t-il en tendant la main. Par un froid pareil, rien de tel qu'une bonne boisson chaude pour se réchauffer.

En lui donnant sa tasse, elle prit soin de ne pas effleurer le bout de ses doigts. Axel serra les dents.

En revenant de la cuisine, il remarqua qu'elle se tenait un peu voûtée, les bras autour de la taille, dans une posture qui semblait crier « ne me touche pas ».

Qu'y avait-il de pire, boire du chocolat chaud quand on meurt d'envie d'un bon whisky ou essayer de faire parler une jeune mariée nerveuse ?

A la troisième tasse de chocolat, il fit mine de porter un toast.

– Au bonheur conjugal ! lança-t-il d'un ton enjoué.

Elle faillit s'enfuir en courant. Aussi préféra-t-il se dispenser de nouvelles touches d'humour.

Assise sur ce tabouret bancal, elle était d'une beauté à couper le souffle. Les mèches rebelles qui s'échappaient de son chignon ne faisaient que rehausser ses traits fins et encadrer son visage délicat, alors que d'autres, plus longues, tombaient sur sa nuque.

De plus en plus troublé, Axel balaya la pièce du regard, cherchant désespérément un sujet de conversation.

Posant sa tasse sur la pierre, il frotta ses paumes sur

ses cuisses, puis entreprit d'examiner sa tasse comme s'il n'en avait jamais vu auparavant. Bientôt, ce serait lui qui aurait envie de s'enfuir.

Il observa de nouveau Cathy. Apparemment, elle non plus ne savait que faire pour se donner une contenance. Elle tripota distraitement la bague en onyx qu'il avait glissée à son doigt. Ses paupières commençaient à s'alourdir.

– Il se fait tard, dit-il avec un bâillement. Nous devrions peut-être aller nous coucher.

Dans le silence, sa voix résonna comme un coup de feu. Cathy sursauta et posa ses grands yeux bleus sur lui. Axel aurait pu en rire, mais, sur le moment, cela ne lui sembla pas très drôle. La pauvre fille était pitoyable.

Quelle que fût la peur de la jeune femme d'aller se coucher, ils n'allaient tout de même pas passer la nuit près du feu. Ils avaient besoin de quelques heures de sommeil.

– Je suis épuisé, déclara-t-il. Va te coucher pendant que j'éteins le feu. Tu as sans doute envie de quelques instants d'intimité.

Elle regarda en direction du couloir comme si elle était prise de panique.

– Heu... oui, bredouilla-t-elle en portant la main à son cou. Merci...

Elle se leva lentement, avec une feinte nonchalance. Appuyé contre le mur, Axel la regarda s'éloigner. Chacun de ses pas semblait exiger d'elle un effort considérable.

Il soupira et se passa la main sur le visage, prêt à lui céder le lit. Mais plus vite elle s'habituerait à sa présence, plus vite il la ferait sienne. Et il fallait que cela se produise sans tarder car son corps d'homme la réclamait.

13

Quand il eut éteint le feu, Axel accorda encore un délai de grâce à Cathy puis il longea le couloir sombre jusqu'au rai de lumière qui filtrait sous la porte de la chambre.

Cathy, debout près de la fenêtre entrouverte, en agrippait la poignée de ses petites mains. Sentant sa présence, elle se tourna vers lui.

De délicats effluves de lavande parvinrent aux narines d'Axel. Refermant la porte, il s'immobilisa un instant pour humer la douce senteur. Il avait séduit de nombreuses filles légères, mais c'était la première fois qu'il allait passer une nuit entière avec une femme convenable. Cathy était exactement le type de femme qu'il avait jusqu'à présent fui comme la peste, une personne respectable et vertueuse. Toute femme honnête s'attendait à une demande en mariage de la part d'un homme qui l'avait compromise.

En avançant vers elle, Axel songea qu'il passerait désormais toutes ses nuits auprès d'elle. Cathy, avec ses cheveux flamboyants et son teint d'ivoire. Une émotion indicible l'étreignit.

Drapée dans une longue chemise de nuit blanche, elle semblait vulnérable et inquiète. Les plis du coton blanc paraissaient l'engloutir. De petits pieds apparaissaient sous l'ourlet. Il s'émerveilla devant leur délicatesse.

Tandis qu'il s'arrêtait derrière elle, elle tremblait encore. Il se pencha pour l'aider. Elle frémit en sentant sa présence tout près d'elle. Malgré ses efforts, la fenêtre restait coincée.

– J'ai... essayé de l'ouvrir tout à l'heure, mais je crois qu'il y a un problème.

Axel se rappela que la jeune femme avait cherché à s'enfuir et haussa un sourcil.

– Tu as essayé de sortir par la fenêtre ?

– J'ai voulu la refermer.

Il l'écarta et entreprit de débloquer la fenêtre récalcitrante. Soudain, il y eut un craquement puis elle céda.

– Je ne suis vraiment pas doué pour la menuiserie, commenta-t-il. Toutes nos boiseries ont tendance à se coincer.

Visiblement, il n'était pas non plus un séducteur-né, à en juger par le regard ahuri de la jeune femme.

– Vous avez essayé de huiler les gonds ?

– Les huiler ?

– Oui. Il suffit de graisser les points de friction, et le problème est résolu, expliqua-t-elle. Je peux le faire si vous voulez. Un peu de savon suffira.

Axel eut l'impression qu'elle était prête à tout pour ne pas se retrouver au lit.

– Demain matin, peut-être.

La saisissant doucement par les épaules, il la fit pivoter vers le lit. Elle avança, tel un condamné vers l'échafaud. Quand ses genoux frôlèrent le matelas, elle sursauta. Axel ne put s'empêcher de la prendre en pitié. Avec la vie de célibataire qu'il avait menée jusqu'à présent, se coucher avec une parfaite inconnue ne l'impressionnait guère. Apparemment, il n'en était pas de même pour Cathy.

Résigné, Axel repoussa édredon et drap puis l'invita d'un geste à se coucher. A contrecœur, elle se pelotonna à l'extrémité du matelas, tremblant comme une feuille. Axel la recouvrit et se pencha pour éteindre la lampe.

Puis, dans la pénombre, il contourna le lit tout en débouclant son ceinturon. Comme à son habitude, il suspendit son arme à son chevet, au cas où il aurait besoin de son pistolet en pleine nuit. Il déboucla ensuite sa ceinture, qu'il posa sur une chaise. Tandis qu'il enlevait ses chaussettes, il avait l'impression d'entendre le cœur de Cathy battre la chamade.

Avec un soupir presque agacé, il renonça à l'idée de

dormir nu, comme à son habitude, et décida de n'ôter que sa chemise, qu'il jeta négligemment sur sa ceinture. En se glissant entre les draps, il sentit le matelas vibrer. Cette impression lui rappela une nuit où la terre avait tremblé à San Francisco.

La jeune femme semblait prise de convulsions. Il fixa un instant son dos, ne sachant que faire.

– Cathy ?

– Q... quoi ?

Pour s'assurer qu'il ne rêvait pas, il posa la main sur sa taille. Elle était bel et bien prise de tremblements. Il allait dire quelque chose quand elle se redressa d'un bond.

– Je... je ne peux pas... faire cela... bredouilla-t-elle. Je suis désolée... Ce n'est pas possible.

Il s'assit à côté d'elle. Au clair de lune, elle ressemblait à un ange.

– Tu ne peux pas faire quoi ? demanda-t-il.

– Ça ! lança-t-elle d'une voix stridente en désignant le lit. Je ne peux pas. Que j'aie prêté serment ou non, je ne peux pas !

Son ton frisait l'hystérie. La panique n'allait pas tarder à la submerger. Au lieu de traîner dans la salle à manger sans rien trouver à raconter, il aurait pu exiger qu'ils se couchent tout de suite. Il avait les nerfs à vif.

– Viens près de moi, ma chérie, dit-il, l'attirant vers lui en se recouchant.

Elle émit une plainte aiguë, mais il l'enveloppa de son bras avant qu'elle ne puisse se dégager.

– Doucement... Ce n'est rien.

Elle se contorsionna.

– Lâchez-moi ! cria-t-elle dans un sanglot. Je vous en prie ! Ne me faites pas de mal ! Je promets de ne pas me débattre. Mais surtout, ne me faites pas de mal...

Il l'étreignit avec force.

– Je ne te ferai aucun mal, c'est promis, mais il faut te calmer, d'accord ?

– Je suis calme, mais ne me serrez pas comme ça ! Je ne peux pas respirer.

– Mais si, tu peux, puisque tu me parles. On ne peut parler sans respirer.

Il prit la main de la jeune femme et la porta à ses lèvres. Lentement, il effleura ses doigts crispés.

– Calme-toi, implora-t-il. Inspire à fond...

– Je ne veux pas être mariée. Je ne l'ai jamais voulu, bredouilla-t-elle.

– Je sais. Malheureusement, la vie nous joue à tous de mauvais tours, déclara-t-il en lui caressant la hanche. Nous nous en sortirons, tu verras, assura-t-il. Tu vivras mieux cette situation quand tu te seras faite à l'idée que je suis de ton côté.

Il relâcha son étreinte et roula sur le flanc. Leurs visages n'étaient qu'à quelques centimètres l'un de l'autre. Il chercha son regard, se demandant ce qui avait pu lui arriver pour provoquer cet état de terreur. Elle posa soudain les mains sur son torse, soit à la recherche de réconfort, soit pour le repousser. Ses paumes parurent froides contre sa peau. Ses doigts fins lui meurtrissaient la chair.

– Monsieur Keegan ?

Axel caressa ses cheveux bouclés et épais. Puis il dessina du doigt sa pommette, le creux de sa joue. Sa gorge se noua. Il sut qu'il ne la forcerait jamais à faire quoi que ce soit contre son gré. Il ne s'agissait pas d'une simple peur, mais de véritable terreur.

– Monsieur Keegan ? répéta-t-elle.

– Quoi ? murmura-t-il.

Dans la pénombre, il vit ses grands yeux se poser sur lui, implorants.

– Pourquoi moi ? Si vous vouliez vous marier, pourquoi m'avoir choisie ?

Axel faillit lui rappeler qu'il n'avait guère eu le choix, mais c'eût été manquer de délicatesse.

– C'est le destin, répondit-il.

Il était sincère. En observant son visage inquiet, il

compris que le sort avait frappé, que cette femme lui était promise. Il n'en comprenait pas les raisons profondes, mais sa place était désormais à ses côtés.

Axel avait mauvaise réputation. On disait qu'il ne fallait pas se trouver sur son chemin quand il était en colère. Dorénavant, plus personne n'oserait importuner Cathy, car il saurait à qui il aurait affaire. Elle était en sécurité, à présent.

– Cathy, écoute-moi...

Il ne savait pas ce qu'il allait lui dire, mais il mourait d'envie d'elle. Il savait ce que la peur signifiait. Malgré sa force et sa carrure, il n'avait pas oublié la terreur qui l'avait saisi lorsqu'il n'était qu'un enfant à la merci des adultes.

En tant que femme, Cathy était toujours en danger face à un vaurien. Et elle semblait persuadée que tous les hommes lui voulaient du mal.

– Je ne cherche pas à te faire souffrir, promit-il d'une voix rauque. J'irai même jusqu'à renoncer à te toucher. En tout cas, pas intimement. Qu'en penses-tu ? Disons que c'est un délai de grâce. Cela te plairait ?

Elle hocha la tête, mais demeurait incrédule. Axel poussa un soupir et changea légèrement de position. Aussitôt, Cathy se crispa. Il comprit qu'elle ne se détendrait pas. Il aurait beau lui parler, la cajoler, lui promettre la lune, rien n'y ferait. Il n'osait même pas resserrer son étreinte, de peur de lui faire mal.

Ses traits trahissaient une grande fatigue. Elle ne dormirait sans doute pas de la nuit, à moins qu'il ne trouve un moyen de la rassurer.

Sans savoir ce qu'il faisait, il se leva soudain et traversa la chambre pour retirer son couteau de sa ceinture. Puis il regagna le lit et tendit l'étui à la jeune femme.

– Tiens, dit-il d'une voix bourrue.

– Pourquoi ? demanda-t-elle, étonnée.

Il se glissa de nouveau sous l'édredon. Rirait-il un jour de cette situation absurde ?

– Tu te sentiras plus en sécurité.

– En sécurité ?

– Oui, dit Axel avec un sourire. Si jamais je cherche à te nuire, je t'autorise à me trancher la gorge. Mais ne me frappe pas au ventre ! Ce serait une mort lente, et je préfère mourir rapidement. Et pour toi, le résultat sera le même.

Il se coucha près d'elle, la tête tout près de son visage. Elle saisit le couteau à deux mains, la lame nichée entre ses seins.

– Vous êtes fou ?

– Sans doute.

– Pourquoi devriez-vous... C'est une arme dangereuse. Vous vous en êtes servi pour découper ma robe.

– Ce qui a sans doute dû émousser la lame. Il faudra donc que tu y mettes toute ta force si tu t'en sers contre moi. Je veux mourir sur le coup, je te l'ai dit.

– Mais... je ne pourrais jamais vous poignarder, monsieur Keegan !

– Tant mieux. Par ailleurs, je n'ai pas l'habitude de violenter les femmes. Je n'ai jamais considéré que le jeu en valait la chandelle.

Il sourit devant son expression incrédule.

– J'ai tout de même mes petites manies, notamment celle de dormir un minimum la nuit. Sinon, je ne suis bon à rien dans la journée. Peut-être pourrions-nous fermer l'œil, si l'idée de partager mon lit t'effraie un peu moins ?

– Et si l'un de nous se blesse avec le couteau dans son sommeil ?

– Cela m'étonnerait. L'étui est costaud.

Elle baissa la tête pour contempler le couteau et laissa échapper un sanglot étouffé.

– Cathy, qu'est-ce qu'il y a ?

– Ce n'est rien, finit-elle par bredouiller. Mais... je ne m'attendais pas...

Sa voix se brisa, et elle frissonna.

Axel ferma les yeux et posa la joue sur ses cheveux soyeux.

– Que je te donne mon couteau ? demanda-t-il d'une voix douce. C'est peu de chose, si cela te rassure.

Elle secoua la tête.

– Non... que vous compreniez mes sentiments.

Axel eut l'intuition que Cathy avait l'habitude d'être traitée comme quantité négligeable.

– Ce n'est pas très sorcier, répondit-il. En te levant, ce matin, tu n'imaginais pas que tu serais mariée le soir. Que je sois un parfait inconnu n'arrange pas la situation. Il est normal que tu aies un peu peur.

Un peu peur ? Bel euphémisme ! Il posa la main sur la sienne.

– Je pensais que tu te sentirais plus rassurée si tu avais une arme pour te défendre.

– Vous pouvez reprendre votre couteau. Vous n'auriez aucun mal à me désarmer.

Axel Keegan n'avait jamais été très bon menteur, mais il fit un effort.

– Je n'aurais aucune chance, assura-t-il. Je suis certain que tes petites mains sont très agiles. Un homme de ma taille est moins preste.

Elle leva la tête, les yeux scintillants de larmes. Axel se sentit fondre. Cette fille avait trouvé le chemin de son cœur.

– Vous avez la réputation de dégainer plus vite que l'éclair. Vous dites cela pour me rassurer.

– Et j'y arrive ?

Elle le dévisagea intensément.

– Je crois que oui.

Il écarta une boucle rousse de sa joue et posa la main sur sa tête. Comme elle paraissait vulnérable... Il en eut la gorge nouée.

– C'est tout ce qui compte, Cathy. Quant au couteau, pourquoi te l'aurais-je remis si c'était pour le reprendre ? Garde-le.

Elle renifla et pencha la tête pour essuyer une larme

sur sa chemise de nuit. Quand elle releva la tête, il eut l'impression qu'elle avait un peu moins peur de lui.

– Merci, murmura-t-elle d'une voix à peine audible.

– Il n'y a pas de quoi, répondit-il en lui effleurant la tempe.

Enfin, son corps semblait se détendre. Mais il ne fallait pas faire la bêtise de la brusquer.

– Et si nous dormions un peu ? proposa-t-il.

Elle serra le couteau contre elle et hocha la tête. Axel vit ses paupières s'abaisser doucement. Pendant de longues minutes, il n'osa pas bouger de peur de l'effrayer. Puis il ferma les yeux, épuisé. Demain serait une longue journée.

Sous son bras replié, il sentait encore les tremblements de la jeune femme. Ils avaient un long chemin à parcourir ensemble, mais c'était un début. A l'issue de cette première nuit, elle comprendrait sans doute qu'il ne cherchait pas à la brutaliser et serait un peu plus à l'aise en sa présence.

Il devait organiser quelque chose pour qu'ils passent la journée ensemble, à s'amuser et à apprendre à se connaître. Pourquoi pas un pique-nique au bord de l'eau ? Sur la rive inondée de soleil, ils déjeuneraient en tête à tête...

Oui, ce serait une bonne idée.

Allongée près de son mari, Cathy osait à peine respirer de peur de le réveiller. Dans son sommeil, une main puissante glissa de sa tête à son épaule. Ses longs doigts se replièrent sur son bras. L'instinct de la jeune femme lui dit de s'éloigner, pour se réfugier dans un coin sombre où elle serait en sécurité. Demeurer immobile était l'une des pires épreuves qu'elle ait connues.

Doucement, la chaleur du corps d'Axel commença à l'envelopper. Au-dehors, il faisait très froid.

Sa respiration régulière faisait voleter une mèche rousse sur sa tempe. A chacune de ses expirations, la mèche frôlait ses paupières. Elle avait beau plisser le front et le nez, rien n'y faisait. La démangeaison devenait intolérable. Très doucement, elle leva la main pour écarter la mèche rebelle. Malgré ses précautions, Axel bougea en marmonnant des paroles inintelligibles. Son bras glissa vers la taille de la jeune femme.

Cathy retint son souffle. Comme s'il n'avait pas l'habitude de sentir un corps féminin, il resserra les doigts sur sa peau. Instinctivement, il caressa la ligne de sa hanche.

Mais il se rendormit presque aussitôt. Et sa main se fit lourde et délicieusement chaude. Elle crispa les doigts sur le manche du couteau et sourit au souvenir de son ton bourru lorsqu'il le lui avait donné. Peu d'hommes auraient songé à un tel geste. Elle lui en était infiniment reconnaissante.

Cathy leva les yeux vers son visage sombre. Même endormi, il paraissait redoutable. Toutefois, elle se sentait rassurée à présent qu'il dormait. Il ne lui ferait pas de mal ce soir. Certes, il la touchait, mais de façon convenable. Si fou que cela puisse paraître, elle se sentait aimée.

Fascinée, elle contempla ses épaules, son torse puissant. On eût dit une de ces sculptures de la Grèce antique qu'elle avait vues dans les livres. Avec une force pareille, il aurait pu lui imposer sa volonté sans la moindre difficulté. Sa gorge se noua. Au lieu de la contraindre, cependant, il lui avait donné une arme pour se défendre, l'émouvant par sa gentillesse.

Ses yeux s'embuèrent. Elle ne put réprimer un sanglot. Elle était épuisée. Elle avait passé la soirée à craindre qu'il ne la viole. Il lui semblait avoir chu d'une falaise et avoir été sauvée in extremis par son pire ennemi. Elle ignorait pourquoi elle pleurait. Mais elle ne pouvait s'en empêcher, au risque de réveiller Axel.

Ses épaules furent secouées par un nouveau sanglot et Axel bougea, glissant la main de sa hanche à son dos. Elle retint son souffle, s'efforçant de rester immobile. Quand elle dut respirer, elle laissa échapper une longue exhalation chuintante. Aussitôt, Axel fut sur le qui-vive.

– Cathy ?

– Navrée.

Il lui caressa le dos.

– Qu'est-ce qui ne va pas, ma chérie ?

Au grand désarroi de la jeune femme, il garda la main posée entre ses omoplates. Le manche du couteau lui meurtrissait les côtes. Elle enfouit le visage dans le creux de l'épaule d'Axel. Il devait sentir ses larmes sur sa peau. Et sans doute ses seins, aussi. Et ses cuisses. Elle sentait son corps musclé à travers le fin tissu de sa chemise de nuit.

– Chut, ma chérie, murmura-t-il. Tout va bien.

Il l'attira plus près encore, passant le bras autour de son corps. D'instinct, elle voulut se débattre. Mais la chaleur qui l'enveloppait et sa force lui parurent plus rassurantes que menaçantes. Ses dernières résistances s'envolèrent, la laissant épuisée et inerte.

– Ne pleure pas, chuchota-t-il à son oreille. Je t'en prie, ne pleure pas ! Je préfère encore que tu me poignardes.

La sincérité de son ton la toucha plus que les mots. Depuis combien de temps ne s'était-on pas inquiété de ses larmes ?

Elle sanglota, cherchant à étouffer le bruit contre son épaule. Mais elle ne put réprimer un petit cri.

Il l'étreignit derechef. Pour me réconforter, songea-t-elle. Et elle se sentit effectivement mieux.

– Eh bien, pleure, ma chérie ! Cela te soulagera.

Elle n'avait guère besoin de ces encouragements. Elle était gênée de laisser ainsi libre cours à ses émotions devant lui mais elle ne pouvait se contrôler. Elle pleura toutes les larmes de son corps. Puis elle demeura immobile, trop exténuée pour bouger, enveloppée dans la chaleur de ses bras.

Quand le silence s'installa enfin, Cathy attendit qu'Axel le rompe. Il n'en fit rien. Il se contenta de la caresser chastement, sans chercher à profiter de sa vulnérabilité. Elle voulut l'en remercier, mais n'en eut pas la force.

Demain. Elle le remercierait demain. Telle fut sa dernière pensée avant de sombrer dans un profond sommeil.

14

Le lendemain matin, Axel se réveilla en sursaut en entendant un cri dans la cour. Il n'était pas au bout de ses surprises : Cathy était blottie contre lui comme un chaton frileux. Au cours de la nuit, sa chemise de nuit était remontée – y était-il pour quelque chose ? – et sa main hâlée reposait sur sa cuisse laiteuse.

Il glissa les doigts le long de sa culotte de fin coton blanc, qui dissimulait à peine son intimité. Elle l'avait sans doute gardée pour se protéger, en guise de ceinture de chasteté. Axel sourit, attendri.

En réponse au cri qui avait retenti dans la cour, il perçut la voix de ses frères, qui semblaient en colère. Une querelle était sur le point d'éclater.

Quittant à regret les bras de sa femme et son lit douillet, il se redressa sur le coude en grommelant. Il n'avait pas envie d'intervenir. Ses frères étaient assez grands pour régler leurs problèmes eux-mêmes.

D'ailleurs, il était temps que les cadets apprennent à voler de leurs propres ailes. Il grogna encore. Ses mouvements réveillèrent soudain Cathy, qui s'empressa de baisser pudiquement sa chemise de nuit. Puis elle se figea, écarquillant ses grands yeux bleus.

– Bonjour, dit Axel d'une voix endormie. Heureux de te voir ici.

– Quoi ? cria-t-elle en se redressant d'un bond.

Elle tapota l'édredon. Axel se rappela qu'il lui avait donné son couteau et sourit. Quand elle dormait, au moins lui faisait-elle confiance. Elle cligna des yeux et se frotta les paupières.

– Mon Dieu...

– Bonjour, répéta-t-il en repoussant les couvertures.

Un nouveau cri résonna au-dehors.

– Sors de là, espèce d'ordure ! Montre-toi si tu es un homme !

Ses frères étant déjà dans la cour, Axel devina sans mal que c'était de lui qu'il s'agissait. D'autant qu'il avait reconnu la voix de Patrick O'Shaunnessy. Une dispute avec son beau-frère... Quelle façon idyllique de commencer sa vie de jeune marié !

– C'est Patrick ! s'exclama Cathy.

Axel sauta du lit et s'habilla à la hâte. Mauvais départ pour ce mariage, décidément. Il devait empêcher Joseph de se battre avec le frère de Cathy. Enfilant ses bottes, il se dirigea à cloche-pied vers la chaise pour prendre sa chemise.

Derrière lui, la jeune femme s'était levée et courait en tous sens dans la pièce. Il lui jeta un coup d'œil. Elle avait tout d'une poule affolée, avec ses cheveux roux en désordre.

– Cathy, qu'est-ce que tu fais ?

Elle s'arrêta net et le dévisagea, les yeux écarquillés.

– C'est Patrick !

Par chance, Axel était à présent parfaitement réveillé, ce qui ne semblait pas être le cas de Cathy.

– Sors de là, Keegan ! hurla Patrick. Ce n'est pas à tes frères que j'en veux.

Sans prendre la peine de boutonner sa chemise, Axel écarta la jeune femme pour prendre son ceinturon.

– Mon Dieu, il doit être ivre... dit-elle.

Axel n'en croyait rien. Malgré sa colère, il n'avait pas son élocution laborieuse de la veille.

Cathy regarda avec effroi son mari boucler son ceinturon.

– Mais... mais... Pourquoi ce pistolet ? Ne lui faites pas de mal, Axel, je vous en prie !

C'était la première fois qu'elle l'appelait par son prénom.

– Je n'en ai pas l'intention, ma chérie, répondit-il avec un sourire rassurant. C'est ton frère. Ne t'inquiète pas. Je peux être diplomate quand je veux. Il va se calmer.

Elle tapota ses boucles en bataille.

– Mais vous ne le connaissez pas ! Vous ne savez pas de quoi il est capable quand il est en colère.

Il la saisit aux épaules et la regarda droit dans les yeux.

– Je te promets de ne pas lever la main sur lui.

Il la relâcha et lui sourit.

– Je sais que les lieux ne te sont pas encore très familiers, mais pourrais-tu me préparer du café ?

– Du café ? répéta-t-elle, l'air ahuri.

– C'est mon beau-frère. Une fois qu'il aura entendu raison, je l'inviterai à entrer. Tout se passera bien, je te le jure.

Affichant une confiance qu'il était loin d'éprouver, il quitta la pièce. Dès qu'il fut dans le couloir, il accéléra le pas, priant pour que Joseph se tienne tranquille. Il n'était pas encore au courant du mariage et risquait de jeter Patrick dehors sans ménagement. Pour Cathy, ses frères et lui allaient devoir pactiser avec ce petit vaurien.

En ouvrant la porte d'entrée, Axel craignit le pire. Patrick était campé au milieu de la cour, jambes écartées, prêt à dégainer. Son chapeau était de travers et ses vêtements en désordre, mais il semblait sobre. Enfin presque. Il en était ainsi avec les O'Shaunnessy. Un trait de whisky mélangé à une bonne dose de mauvais caractère, et ils devenaient dangereux.

Axel sortit sous le porche et referma la porte derrière lui.

– Patrick ! s'exclama-t-il. Quel plaisir de te voir !

Du coin de l'œil, il nota que ses frères se rassemblaient. D'après leur attitude, non seulement ils étaient tous disposés à en découdre, mais ils n'attendaient que cela.

En d'autres circonstances, Axel leur aurait laissé la bride sur le cou. Mais c'était impossible. Cathy faisait désormais partie de la famille. Il fallait tourner la page.

Près de la grange, les ouvriers observaient la scène. Comment les empêcher de jouer les curieux ?

– Espèce de salaud, hurla Patrick, où est ma sœur ? Je veux la voir tout de suite ! Tu as compris ? Ne crois pas que tu puisses me séparer d'elle. Je te tuerai s'il le faut !

Axel eut l'impression que Patrick s'en voulait surtout à lui-même. Parce qu'il avait trop bu la veille, il avait obligé sa sœur à épouser un homme qu'il méprisait. Il n'y avait pas de quoi se vanter.

– Si tu parles de ma femme, répondit Axel d'un ton posé, elle est à la cuisine, en train de préparer du café. Je serais ravi que tu restes pour le petit déjeuner.

La mine menaçante, Patrick avança d'un pas. Les frères Paxton commencèrent à converger lentement vers lui, prêts à tirer. Ils avaient encore du foin dans les cheveux, car ils avaient dormi dans la grange. Axel leur avait appris à se battre, au pistolet ou à main nue. Pour défendre l'un des leurs, tous les moyens leur étaient bons.

Axel leva la main en guise d'avertissement. S'il devait y avoir une confrontation, il s'en chargerait lui-même.

– Fais sortir ma sœur ! Hier soir, j'avais mon compte. Je ne savais pas ce que je faisais. Tu es le dernier avec qui je voudrais la voir mariée. Je vais la ramener à la maison sur-le-champ.

Axel posa les mains sur les hanches.

– Cathy n'est pas un objet que l'on trimbale à sa guise. D'accord, hier soir, tu étais ivre. Mais cela ne change rien à ce qui s'est passé. Il est trop tard pour changer d'avis.

Patrick crispa les poings.

– Ordure ! Si tu l'as touchée...

– J'y réfléchirais à deux fois si j'étais toi, dit doucement Axel.

Derrière lui, il entendit la porte s'ouvrir avec fracas. Avant qu'il puisse réagir, Cathy dévala les marches, toujours en chemise de nuit, et se plaça dans la ligne de mire de Patrick.

– Pousse-toi de là ! brailla son frère. Obéis, Cathy !

Axel fit signe à ses frères de rester en retrait, puis il descendit posément l'escalier. La jeune femme serait la première à être touchée si un coup de feu partait.

A cette pensée, il sentit ses genoux fléchir. Il devait faire quelque chose. Mais quoi ? Patrick était fou furieux, il était incapable de mesurer les conséquences de ses actes...

Axel arriva derrière Cathy et la prit doucement par le bras. Il songea avec effroi au mal que pourrait faire une balle à son corps si frêle.

– Ma chérie, je pense que tu devrais rentrer, dit-il d'une voix blanche.

Il n'aimait pas cette peur qui montait en lui. C'était une chose de risquer sa vie, c'en était une autre de voir sa femme en pleine ligne de tir.

Ses sentiments naissants pour sa jeune épouse s'amplifiaient. Il ne pensait qu'à la protéger. S'il lui arrivait malheur, jamais il ne se le pardonnerait.

– Laisse-nous régler la question entre hommes. Tout ira bien.

Elle lui adressa un regard incrédule.

– Si je pars, vous allez l'abattre !

– Je te donne ma parole que non.

– Très bien, dit-elle en dégageant vivement son bras.

Et s'il vous vise ? Vous n'allez tout de même pas vous laisser tirer dessus sans réagir.

Axel tourna les yeux vers Patrick. Ils étaient si proches qu'il sentait des effluves de whisky.

– Nous sommes des gens raisonnables, Patrick. Je suis certain que nous allons trouver un terrain d'entente.

– Va chercher tes affaires, Cathy ! On s'en va.

A la surprise d'Axel, Cathy ne bougea pas. Redressant les épaules, elle leva le menton.

– Ce n'est pas possible, dit-elle d'une voix tremblante. J'en ai fait le serment, et tu sais bien que je ne reviens jamais sur ma parole.

– Comment cela, un serment ? Tu as perdu la tête ? Ce serait une folie de rester avec lui. Il n'a que mépris pour nous. Ta vie serait un cauchemar.

Cathy se raidit.

– Eh bien, tu aurais dû y penser hier soir, avant de me forcer à l'épouser. Maintenant, c'est trop tard.

Elle hésita pendant une seconde qui parut une éternité. Elle parla de nouveau, visiblement à contrecœur :

– Dieu nous a unis. Rien ne saurait nous séparer.

Une lueur féroce étincela dans le regard bleu de Patrick. Il fixa sa sœur comme s'il ne l'avait jamais vue, mâchoire crispée.

– Tu as couché avec lui ? C'est ce que tu es en train de dire, n'est-ce pas ? Le mariage est consommé. Il a fait de toi sa putain !

Axel crut que Cathy allait démentir l'accusation, mais elle demeura silencieuse. Aux yeux de son frère, elle était maudite. De toute évidence, elle adorait Patrick. Elle devait souffrir atrocement de son mépris.

– Depuis qu'il est revenu à No Name, reprit-il en désignant Axel du doigt, il crie à qui veut l'entendre que notre père était un escroc et un assassin. Il crache sur le nom des O'Shaunnessy. Et toi, tu as été sa putain !

Aux yeux d'Axel, traiter une femme de putain était

une insulte impardonnable. Il crispa les poings, se retenant de faire ravaler ses paroles à son beau-frère. Il devait se contrôler pour Cathy. Patrick O'Shaunnessy méritait une bonne correction. Mais pas devant sa sœur.

– Comment as-tu pu faire ça ? s'écria Patrick avec un regard chargé de mépris.

Et, avant qu'Axel n'ait pu réagir, il gifla violemment Cathy. La violence du choc la projeta contre son mari, qui tendit les bras pour l'empêcher de tomber. Dès qu'elle eut recouvré l'équilibre, il l'écarta gentiment.

Puis, aveuglé par la colère, il s'élança, envoyant Patrick mordre la poussière. Axel le dominait de toute sa hauteur, le poing toujours fermé.

– Relève-toi, espèce de salaud ! Voyons comment tu te bats contre quelqu'un qui peut se défendre !

– Non ! s'écria Cathy en agrippant son bras. Non, de grâce ! Il est ivre.

– Ce n'est pas une excuse !

Axel libéra son bras et, saisissant Patrick par sa chemise, il le remit debout sans effort et le frappa de nouveau. Cathy poussa un cri. Cette fois, Patrick recula de quelques pas, mais parvint à demeurer debout.

– Tu te sens mieux, ordure ? lança Axel en avançant vers lui. C'est moins drôle d'être celui qui reçoit les coups, n'est-ce pas ?

– Arrêtez ! Je vous en prie, arrêtez !

La panique de Cathy le ramena sur terre. Il s'interrompit en plein mouvement et baissa le bras. Il avait dit ce qu'il avait à dire. Autant en rester là.

Patrick se passa le dos de la main sur la bouche et fixa la traînée sanguinolente. Il secoua la tête. Cathy se précipita vers lui, le visage blême.

– Tu vas bien ? s'enquit-elle, affolée, en jetant un regard accusateur à son mari. Voilà comment vous tenez vos promesses de ne pas porter la main sur lui !

Axel inspira à fond pour retrouver son calme.

– Mais il t'a frappée, bon sang !

– Alors vous avez cru bon de le battre. Il est ivre. Ce qui n'est pas votre cas.

– Un homme qui frappe une femme sous mes yeux mérite d'être châtié.

– Il ne m'a pas fait mal. J'ai connu bien pire, croyez-moi.

Axel regarda la marque rouge sur sa joue. Demain, elle aurait sans doute une ecchymose sur son beau visage. Pourtant, elle affirmait que son frère ne lui avait pas fait mal. Il l'avait bousculée au point de la faire tomber. La rage revint, intacte. Tout au fond de lui, il savait qu'il ferait mieux de se taire, mais il en était incapable. Aucune femme ne devait subir les violences d'un homme, surtout pas sa fragile Cathy.

– Hors de chez moi, voyou ! rugit-il. La seule raison pour laquelle tu veux reprendre ta sœur, c'est parce que, sans elle, tu n'auras pas assez d'argent pour boire.

Cathy porta la main à sa poitrine. Ces paroles venaient de la frapper en plein cœur. Axel s'en moquait. Il ne voulait que la protéger et, pour ce faire, il devait tenir Patrick à l'écart.

– Si je te vois traîner de nouveau par ici, je t'arrache les tripes, menaça-t-il. Tu as bien compris ? Fiche le camp !

– Viens avec moi, Cathy, dit Patrick en crachant du sang. Tu n'as rien à faire ici.

– Oh que si ! s'écria Axel. C'est ma femme, au cas où tu l'aurais oublié. Ici, au moins, personne ne lèvera la main sur elle.

– Ben voyons, persifla Patrick. Tu as l'intention de traiter la fille de Connor O'Shaunnessy comme une princesse, hein ? Cathy, je ne le répéterai pas. Va chercher tes affaires.

– Nous sommes mariés ! rétorqua-t-elle. Je ne peux pas partir comme ça. Je dois respecter ma parole. Cela ne veut peut-être pas dire grand-chose pour toi, mais c'est ainsi.

– Ta parole ? Mais réfléchis un peu. Je me moque

que tu aies couché avec lui. Sauf à te faire examiner par un docteur, il ne peut pas le prouver. Nous ferons annuler le mariage.

– Non. J'ai fait une promesse et, à moins qu'il ne m'en libère, je la tiendrai.

En d'autres circonstances, Axel se serait senti coupable d'imposer pareille épreuve à une femme. Mais il venait d'être témoin de la façon dont Patrick O'Shaunnessy traitait sa sœur. Il n'éprouvait pas le moindre remords.

– Tu peux attendre jusqu'à la saint-glinglin, ma belle. Et toi, déclara-t-il en se tournant vers Patrick, file avant que l'envie me prenne de terminer ce que j'ai commencé. Rien ne me ferait plus plaisir.

Patrick fit demi-tour sans demander son reste. Cathy se tordait les mains, l'air si tourmenté qu'Axel la prit par les épaules. Comme si son contact la révulsait, elle voulut se dégager, mais il la maintint fermement.

– Il n'est pas gravement blessé. Laisse-le partir.

– C'est mon frère !

– Une brute.

Elle leva vers lui des yeux bleus implorants.

– S'il n'avait pas bu, il ne m'aurait jamais frappée. Je sais que vous êtes fâché, mais ne lui interdisez pas de revenir. S'il vous plaît !

Jetant un dernier regard à sa sœur, Patrick rejoignit son cheval.

– Eh bien, reste ! lança-t-il en montant en selle. Mais rappelle-toi : tu l'auras bien cherché ! Quand il se mettra à te tabasser, ne viens pas pleurnicher dans mes bras.

Il sembla attendre la réponse de Cathy, mais elle ne dit rien. Seul Axel, qui la sentait trembler, comprenait combien ce silence lui coûtait. Il avait fini par gagner. Elle était sa femme, pour le meilleur et pour le pire.

Alors que son frère disparaissait à l'horizon, elle se tourna vers lui.

– Comment pouvez-vous croire une seconde que

nous allons construire quelque chose ensemble ? Vous m'avez séparée de la personne que j'aime le plus au monde !

Sur ces mots, elle s'enfuit en courant vers la maison. Axel demeura immobile. La brise matinale lui ébouriffait les cheveux, l'aidant à mettre de l'ordre dans ses pensées.

Il songea aux paroles qu'elle venait de prononcer. En effet, il l'avait séparée de son frère et elle en souffrirait jusqu'à ce qu'il revienne sur sa décision.

Présenter des excuses à Patrick O'Shaunnessy était hors de question. Mais comment résister au regard implorant de Cathy ? Il soupira. Il était prêt à parier que la journée ne s'achèverait pas sans qu'il se rende chez les O'Shaunnessy.

S'efforçant de ne rien laisser paraître de ses émotions, il fit face à ses frères. Il affronta d'abord Joseph. Le jeune homme aux longs cheveux blonds dévisagea son aîné quelques instants, puis secoua la tête, l'air affligé.

– Tu ne fais jamais les choses normalement, grand frère. Je te croyais célibataire endurci. Comment diable as-tu fini par te marier ?

Axel relata brièvement les événements de la soirée.

– Bref, conclut-il en regardant chacun d'eux dans les yeux, vous avez désormais une nouvelle sœur. Comme vous avez pu le constater, elle n'a pas toujours eu la vie facile. J'aimerais que vous la laissiez respirer un peu. Accordez-lui le temps de vous connaître avant de redevenir vous-mêmes et de la terroriser avec vos manières de rustres.

– Quoi ? se récria Esa. Il n'y a pas plus gentleman que moi !

Axel fit mine de n'avoir pas entendu.

– Il ne faut pas être grand clerc pour comprendre que Cathy a subi de mauvais traitements plus souvent qu'à son tour. Je ne plaisante pas, Esa.

Joseph haussa les sourcils.

– Pourquoi as-tu laissé ce salopard s'en tirer à si bon compte ? Tu as vu comme il l'a giflée, nom de Dieu ! Si j'avais été à ta place, je l'aurais réduit en bouillie.

Axel soupira.

– Elle aime son frère. Le fait qu'il ne mérite pas son affection est un autre problème. Il a besoin d'une bonne leçon. C'est vrai. Mais je ne veux pas faire de peine à Cathy.

– Ce petit voyou a intérêt à faire gaffe, dit Joseph avec une moue dégoûtée. Si jamais je le croise seul à seul, je lui règle son compte.

– Non, dit Axel. Je veux que tu me donnes ta parole que tu ne toucheras pas à un seul de ses cheveux.

Joseph plissa les yeux.

– Tu plaisantes ?

– Cathy fait maintenant partie de la famille, expliqua Axel en pointant le doigt vers la maison. Que cela nous plaise ou non, O'Shaunnessy en est membre par alliance.

– Patrick O'Shaunnessy ? Plutôt crever ! Je n'ai rien à voir avec lui ! s'exclama Joseph en regardant ses jeunes frères. Et vous, réagissez ! Dites-lui que j'ai raison...

– Ecoute, Joseph, dit David en s'éclaircissant la gorge. Elle est bouleversée parce que Axel a frappé son frère. Nous n'allons pas nous faire bien voir si nous nous en prenons à lui.

– Mais son père a tué le nôtre ! rétorqua Joseph en lançant un regard noir à Axel. Ce n'est pas parce que tu es un traître que nous devons l'être aussi. J'accepte cette fille dans la famille parce que tu l'as épousée. Mais pas son satané frère ! Pense aux bâtons qu'il nous met dans les roues depuis notre installation à No Name !

Axel soutint le regard de son frère, la gorge nouée.

– Je ne vais pas prendre la défense de Patrick O'Shaunnessy. C'est un moins que rien, et nous le savons tous. Mais je suis marié avec Cathy. A toi de voir, petit. Si tu ne peux respecter ma femme suffisamment pour épargner son frère, alors fais tes bagages et va-t'en.

– Comment ? Tu veux que je parte ? Je n'en crois pas mes oreilles !

– Je ne plaisante pas. Je ne tolérerai pas que cette jeune femme souffre. Si je dois pour cela m'humilier face à son frère, je le ferai. La décision t'appartient.

Joseph tapa rageusement du pied dans la poussière.

– Je ne te reconnais plus !

– C'est vrai, tu es un peu dur, Axel, intervint Esa. Donne-nous le temps de nous faire à cette idée avant de lancer un ultimatum.

– Je ne peux pas nous accorder ce luxe. Mon mariage change beaucoup de choses. Notre famille a toujours été solidaire, et elle doit le rester. Il se trouve que Patrick O'Shaunnessy est désormais mon beau-frère. Un jour, il sera l'oncle de mes enfants, comme vous. Rien ne peut changer cet état de fait, alors vous allez devoir vous y habituer.

– On dirait que tu ne mets pas en pratique ce que tu prêches, protesta Joseph. Excuse-moi de te le rappeler, mais il me semble que tu as dit à ce salaud de ne plus remettre les pieds ici.

– Eh bien, je n'aurais pas dû, rétorqua Axel avec un soupir.

– Est-ce que cela signifie que tu vas te rabaisser devant O'Shaunnessy ? demanda Joseph avec une lueur amusée dans le regard.

– Oui, admit Axel en avalant sa salive.

Le jeune homme se mit à rire.

– Dans ce cas, je vais avoir du mal à faire mes bagages. Axel Keegan en train de ramper aux pieds de Patrick O'Shaunnessy... Pour rien au monde je ne voudrais louper ce spectacle !

15

Au fil de la matinée, Axel se surprit à réfléchir à cette perspective avec une crainte grandissante. Cathy s'habilla et se glissa hors de la maison tandis que l'on préparait le petit déjeuner. Elle parvint ainsi à éviter de s'asseoir à table avec les frères d'Axel. A la fin du repas, une fois la vaisselle terminée, Axel regarda par la fenêtre, la cherchant des yeux. Il ne craignait plus de la voir s'enfuir, car il avait bien vu la façon dont elle avait résisté à Patrick. Mais cette certitude dissimulait un malaise. Aux yeux d'une jeune femme dont la vie avait été jalonnée d'épreuves, la compagnie de ses jeunes frères un peu fougueux serait intimidante.

C'est avec soulagement qu'il aperçut une tache bleue à l'entrée de la grange. Dans l'ombre, sa silhouette était floue, aussi Axel mit-il quelques instants à se rendre compte qu'elle était baissée, les mains tendues. Il s'approcha. Un chat surgit de nulle part et s'évanouit dans la nature, apparemment terrifié par les tentatives de Cathy de l'attirer vers elle.

La peur du félin ne surprit guère Axel. Les deux chats, qui avaient grandi dans les écuries de No Name, étaient quasi sauvages. C'est Joseph qui les avait rapportés un jour afin qu'ils débarrassent le ranch des souris et autres rongeurs nuisibles.

Cathy se redressa et suivit le chat tigré du regard. En les observant, Axel ne put s'empêcher de songer que ces deux-là avaient beaucoup en commun.

– Ta femme a peut-être cru que nous allions la ficeler sur la table et la dévorer toute crue, dit Joseph. On n'est pas sortis de l'auberge, avec elle.

Axel ne répondit pas. Le jeune homme le rejoignit près de la fenêtre, l'air inquiet.

– C'est vrai qu'elle ressemble à Eden.

– Quand tu la connaîtras mieux, tu verras qu'elles ne se ressemblent pas tant que cela.

– Sûrement. Comme les jumeaux, qui ont des personnalités différentes. Tu crois que je devrais me raser ?

Axel adressa à son frère un regard entendu. Sous ses airs bourrus, Joseph avait bon cœur. Même s'il cherchait à cacher sa sensibilité, elle finissait toujours par ressortir.

– Tu serais un peu moins impressionnant, en effet.

Joseph se frotta la joue.

– Tu trouves que je fais peur, comme ça ?

Joseph avait toujours été complexé par une taille et une carrure moyennes.

– Le loup a-t-il peur de l'agneau ?

– Bon ; je vais me raser quand même. Peut-être que si nous nous montrons tous à notre avantage, Cathy se sentira plus à l'aise en notre compagnie.

Axel en doutait, mais il ne coûtait rien d'essayer. Son regard se porta de nouveau sur Cathy.

Joseph l'observa d'un air interrogateur.

– Dis-moi, grand frère, tout s'est bien passé, avec elle, cette nuit ?

Axel faillit lui rétorquer que ce n'étaient pas ses affaires, mais il se retint. Joseph ne cherchait pas à obtenir des détails croustillants. Il était sincèrement préoccupé.

Soudain, Axel craqua. Cela l'aiderait peut-être de s'en ouvrir à quelqu'un. Joseph avait les pieds sur terre. Et puis, il ne trahissait aucun secret intime.

– Elle était terriblement nerveuse et elle est venue se coucher tout habillée ou presque, raconta-t-il d'un ton bourru. Je suis même étonné qu'elle ait enlevé ses chaussures. Pour qu'elle se détende et puisse s'endormir, j'ai dû lui donner une arme. Cela répond à ta question ?

– Une arme ?

– Mon couteau. Je lui ai dit qu'elle pourrait me trancher la gorge en cas de besoin.

– Mon Dieu...

– Je ne te le fais pas dire.

– Quelle imprudence ! Et si elle t'avait pris au mot ?

– Je lui aurais aussitôt arraché le couteau des mains. Qu'est-ce que tu crois ? Et arrête de taper du pied comme ça. Tu vas abîmer le parquet.

– Excuse-moi.

– Tes excuses ne vont pas réparer les dégâts.

Joseph regarda la fenêtre de guingois.

– Tout semble de travers dans cette maison.

Axel eut l'impression de perdre l'équilibre. Il s'appuya contre le mur.

– Comment t'y prendrais-tu avec elle, à ma place ?

– Je n'ai jamais fréquenté de filles prudes.

– Moi non plus.

– Eh bien, te voilà coincé avec une épouse vertueuse pour le reste de ta vie. Si j'étais toi, je la dresserais en douceur, comme on le fait avec une jument sauvage. A mon avis, elle a dû en baver.

– La dresser ? Tu as de ces expressions, Joseph ! Attends un peu que maman entende ça !

– Il faudra qu'elle m'attrape avant de me punir.

– J'aimerais tant qu'elle soit là, dit Axel avec un sourire. Elle monterait la tête à Cathy qui se ferait respecter en un rien de temps.

Malheureusement, il n'avait pas l'intention de faire venir sa mère et sa sœur avant plusieurs mois, quand le calme serait revenu à No Name. Les choses risquaient en effet de mal tourner au moment des expropriations.

– Peut-être devrais-je envoyer Cathy à San Francisco. Elle a toujours rêvé d'habiter là-bas. D'après ce que je sais, elle serait déjà partie si Patrick n'avait pas croqué ses économies.

– Ce type est vraiment une ordure ! s'exclama Joseph.

– Le whisky fait parfois des ravages.

– Ce sont de mauvaises excuses. Ce n'est pas parce qu'on est ivre qu'on a le droit de frapper une femme.

Axel partageait son opinion. Mais il s'agissait des sentiments de Cathy.

– Si tu l'envoies à maman, tu ne feras que repousser l'échéance. Toi qui es censé coucher avec elle...

– Tu ne penses donc qu'au sexe ?

– Pas seulement, répondit Joseph en plissant les yeux d'un air malicieux. Mais il est vrai qu'il occupe une grande partie de mes pensées. Pas toi ?

– Pour l'heure, je serais déjà très satisfait si cette jeune femme consentait à s'asseoir à ma table et à partager mon petit déjeuner sans trembler comme une feuille.

– Tu mens aussi mal que tu manies la varlope, répliqua son frère avec un large sourire. Dis-moi, tu veux bien me rendre un service ?

– Lequel ? dit Axel d'un ton sec.

– Range donc ton couteau avant de la conquérir. Je n'aimerais pas te retrouver égorgé un beau matin. Qui me rabrouerait à tout bout de champ si tu n'étais plus là ?

– Merci de ton aide ! dit Axel avec ironie. Je me demande ce que je ferais sans toi.

– Tu t'es mis toi-même dans ce pétrin. A toi de t'en dépêtrer tout seul. Quant à moi, je me contente par-ci, par-là d'une petite rasade de whisky et de la compagnie d'une fille de joie. Comme ça, pas d'embrouilles.

Jusqu'à la veille au soir, telle était la philosophie d'Axel.

– Il faut savoir se fixer à un moment de sa vie !

– Ah oui ? Eh bien, à la tienne, vieux frère ! A mon avis, tu vas avoir du bon temps avant d'y parvenir !

Songeant à la réflexion de son frère concernant le couteau, Axel se rendit dans sa chambre pour le chercher avant d'aller rejoindre sa femme. C'était un cadeau de son beau-père qu'il conservait précieusement depuis son enfance. Sans lui, il se sentait presque nu.

La chambre était impeccablement rangée, le lit tiré au cordeau. Les sacs vides de Cathy étaient posés dans un coin. En fouillant dans les tiroirs, Axel trouva çà et là des effets féminins, signe qu'elle était bien résolue à rester.

Aucune trace du couteau. Comme un cambrioleur, il inspecta les vêtements de Cathy. Rien. Il effleura avec nostalgie un caraco usé. Le coton blanc embaumait le soleil, la lavande et l'innocence. Il referma vivement le tiroir, agacé de ne pouvoir maîtriser son désir.

Où avait-elle bien pu ranger ce maudit couteau ? Axel parcourut une nouvelle fois la chambre des yeux, les sourcils froncés. Et si Cathy l'avait gardé sur elle ? C'était peu probable. L'arme devait se trouver quelque part dans cette pièce. Il posa les yeux sur les sacs de la jeune femme. Peut-être n'étaient-ils pas complètement vides ?

Axel ne s'était pas trompé. Elle avait laissé quelques objets personnels dans l'un d'eux. Un petit daguerréotype représentant sa mère, un portrait de son frère, quelques livres, l'un sur New York, un autre sur San Francisco, plein d'images de la grande ville. Les pages concernant les musées, les bibliothèques et les théâtres étaient très abîmées. Il esquissa un sourire. Sa femme semblait avide de culture et de beauté. Vivre à No Name ne lui permettait guère d'assouvir sa passion.

Axel ouvrit le second sac et resta interdit : il renfermait des bribes de la vie de Cathy. De petits souvenirs pieusement conservés, qui racontaient son histoire.

Une lettre, rédigée d'une écriture enfantine et signée Bess : « Je suis désolée pour ton poignet, Cathy. J'espère que tu vas mieux et qu'il ne se mettra plus jamais en colère contre toi comme ça. » Axel replia avec soin la feuille de papier et la rangea. Une poupée de chiffon. De toute évidence, elle avait été confectionnée par des mains de petite fille. C'était un jouet pathétique au sourire de travers et aux yeux dépareillés. Ses cheveux orange étaient fanés par les ans. Sa robe était cousue maladroitement dans un bout de tissu.

C'était Cathy qui avait fait cette poupée, il en était certain. En la tournant entre ses doigts, il ne put s'empêcher de songer aux jouets avec lesquels sa sœur Eden s'amusait au même âge. Lui-même lui en avait offert de superbes à chacun de ses anniversaires ou à Noël. Se pouvait-il que Cathy n'ait jamais possédé que ce malheureux bout de chiffon ?

Il ouvrit le sac en grand, y reposant la relique avec soin. Son regard s'arrêta soudain sur un petit visage en porcelaine au milieu des autres objets. Croyant qu'il s'agissait d'une seconde poupée, il s'en saisit, pour découvrir qu'il n'y avait que la tête. De plus, elle avait été brisée et recollée avec soin.

Il chercha le corps et ne trouva que des fragments épars. En les posant sur le sol, il sentit son sang se glacer.

La poupée avait été sauvagement cassée.

Un enfant n'aurait pu faire autant de dégâts. Le corps avait été complètement démembré, et avec tant de violence que le torse avait éclaté.

Il rangea les morceaux dans le sac. Si Cathy ne se confiait pas à lui, il ne connaîtrait jamais l'histoire de cette destruction. Mais il devinait sans peine qu'il s'agissait de son père. Ses poings se crispèrent.

Son enfance avait été un martyre !

En refermant le sac, il aperçut un livre relié en cuir, portant l'inscription *Journal intime* en lettres d'or. Jamais il n'avait eu autant envie de prendre un objet. Ses doigts effleurèrent le cuir, puis s'éloignèrent. Cathy considérerait sa curiosité comme une violation de son intimité. A juste titre. S'il voulait en savoir plus sur elle, il n'avait qu'à l'interroger. Violer les secrets de quelqu'un en lisant son journal intime était indigne. S'il voulait sa confiance, il devait la mériter.

Oui... mais la jeune femme n'allait certainement pas

lui révéler grand-chose sur elle. S'il voulait vraiment l'aider, il devait connaître un minimum d'éléments.

Il prit le journal qui s'ouvrit de lui-même à une page où il y avait un signet d'un rouge passé. *12 mars 1879*. Elle devait avoir quinze ou seize ans. *Je n'écrirai plus jamais dans ce journal. Un journal sert à consigner les menus événements du quotidien afin d'en conserver la trace. Je ne veux plus me souvenir. Je prie même pour oublier.*

Rien de plus. Il feuilleta les autres pages. Elles étaient vierges. Il revint au début, découvrant une écriture de jeune fille à différents stades. Qu'était-il arrivé en mars 1879 pour qu'elle renonce à tenir son journal ? Serait-il renseigné par les journées précédentes ?

Papa est parti depuis trois jours. Ce matin, Patrick est allé en ville et a vendu son canif pour acheter du sucre et du sirop. Pour fêter mon anniversaire, nous avons fait un gâteau. Nous nous sommes bien amusés. Plus loin : *Patrick a travaillé aux écuries pour m'acheter de quoi coudre une robe.* Plus loin encore : *Patrick a du mal à mastiquer, alors je lui hache sa nourriture. Je crois que papa lui a brisé la mâchoire. Il faudrait qu'il apprenne à ne pas intervenir quand papa se met en colère. Cela ne fait qu'empirer la situation.*

Une porte claqua dans la maison. Axel sursauta et glissa le journal dans le sac comme s'il lui brûlait les doigts. Puis il se releva d'un bond, penaud.

Il se remit promptement en quête de son couteau, qu'il finit par découvrir sous l'oreiller.

En quittant la chambre, il prit une profonde inspiration, soulagé d'avoir été interrompu par ce claquement de porte. Il existait suffisamment de barrières entre eux sans y ajouter sa mauvaise conscience.

Axel rejoignit Cathy au corral. Il s'approcha d'elle en souriant. Juchée sur une des barres de bois, elle était juste assez grande pour voir les chevaux.

En le voyant surgir à ses côtés, elle faillit perdre l'équilibre. Que lui était-il arrivé de si terrible pour qu'elle ait à ce point peur des hommes ? Connor O'Shaunnessy l'avait-il agressée avec la même violence qu'il avait déchaînée contre la poupée ? Les bribes de son journal le suggéraient.

Il eut envie de retourner dans sa chambre et de s'enfermer pour lire le journal du début à la fin. Il ne pouvait se contenter de suppositions. *Je suis désolée pour ton poignet...* écrivait la dénommée Bess. A l'évidence, c'était Connor le responsable. L'avait-il blessée dans un accès de rage ?

Axel voulait des réponses à ses questions. Devait-il jeter ses principes aux orties et lire son journal ? Elle risquait de ne pas le lui pardonner.

Il devait exister un autre moyen de l'inciter à parler d'elle. Il n'aurait qu'à improviser le moment venu, comme la nuit précédente. Dès qu'il verrait une brèche, il s'y engouffrerait. Sinon, il devrait s'armer de patience.

La jeune femme baissa les yeux vers le couteau qui avait retrouvé sa place au ceinturon d'Axel. Ce soir, il le lui rendrait si elle le souhaitait.

Faisant mine de ne pas remarquer qu'elle s'intéressait à son arme, il regarda au loin. La prairie verdoyante s'étendait à perte de vue jusqu'aux collines. Il aperçut deux de ses ouvriers, Kurt Bishop et Rob Martin, en train d'installer un système d'irrigation. A l'horizon, les sommets des montagnes Rocheuses se dessinaient dans un ciel d'azur.

De temps à autre, une vache meuglait. A cette période, les bêtes paissaient tranquillement dans les champs, exigeant moins de soins. L'hiver venu, il faudrait leur procurer du foin. Pour l'heure, le plus gros du travail saisonnier était fait.

Joseph et ses jeunes frères s'étaient occupés de la basse-cour avant le petit déjeuner. Certes, Axel avait quelques tâches à accomplir. Il y avait toujours quelque chose à faire dans un ranch. Mais rien ne pressait. Il pouvait se permettre de consacrer quelques jours à Cathy. Il espérait toujours l'emmener en pique-nique au bord de l'eau. Toutefois, à cause de Patrick, il avait une corvée à expédier avant.

Une brise se leva, chargée des odeurs de la ferme. Au début, Axel les avait trouvées désagréables, mais il commençait à s'y habituer. C'était sain, contrairement aux relents des saloons de San Francisco.

Non, le piano et les tintements de verres ne lui manquaient pas. Pas plus que les traînées au décolleté vertigineux et aux parfums capiteux.

A présent, il avait une jeune femme farouche à ses côtés. Il ne connaîtrait plus les amours d'un soir, les postures lascives des prostituées. Il avait épousé un ange.

Un sentiment de paix l'envahit.

Il regarda un jeune étalon noir à la robe luisante qui tournait dans l'enclos.

– Il est beau, n'est-ce pas ?

Cathy demeura silencieuse pendant un long moment, absorbée, semblait-il, dans la contemplation du fougueux animal. Soudain, elle se tourna vers Axel.

– Je regrette que votre beau-père soit mort de cette façon. Mon père... s'il a fait ce que vous dites... eh bien, j'en suis infiniment navrée.

Axel remarqua son regard assombri.

– Cela remonte à si longtemps. A l'époque, tu ne devais guère être plus haute que trois pommes. Tu n'es pas responsable des actes de ton père. Tu n'as pas à m'en demander pardon.

– Mon père n'était pas un type bien, reprit-elle en fixant ses mains. Il buvait, et cela le rendait fou, comme Patrick. Après la mort de ma mère, il n'a pratiquement plus dessoûlé. L'alcool lui coûtait cher. Parfois...

Elle s'interrompit et déglutit péniblement, cherchant à maîtriser le tremblement de sa voix.

– Parfois, il était prêt à tout pour obtenir de quoi se

payer une bouteille de whisky. Je suis sûre que c'est pour ça qu'il a escroqué votre beau-père.

Elle leva sur Axel des yeux inexpressifs. Il la scruta, cherchant désespérément un indice. Quelquefois, elle parvenait à merveille à dissimuler ses sentiments. A d'autres moments, il lisait en elle comme dans un livre.

Gênée, elle rougit et agita la main.

– Assez parlé de tout cela. Il ne faut pas dire du mal des morts. Mon père avait ses défauts. Mais il est parti, et mieux vaut garder en mémoire les instants de bonheur.

Axel se demanda si elle en avait connu. L'extrait de son journal concernant l'un de ses anniversaires ne donnait guère une impression de bonheur.

Tandis qu'il la dévisageait, il se jura de la rendre heureuse. Certes, la vie apporterait inévitablement son lot de chagrins. Mais il ferait tout son possible pour lui en épargner d'inutiles.

– Cathy, à propos de ce matin...

Elle le regarda avec circonspection.

– Je, euh... bredouilla-t-il en passant la main dans ses cheveux. J'ai beaucoup réfléchi à ce qui s'est passé. Je crois que je te dois des excuses.

Elle le fixa, ébahie, l'air de dire : « Vous vous moquez de moi ? » Il eut envie de la prendre dans ses bras, prêt à tout pour effacer cette expression incrédule.

– C'est la première fois qu'un homme te demande pardon ?

– Oui. A part Patrick...

Encore lui ! Ayant parcouru son journal, il comprenait mieux l'adoration qu'elle vouait à son frère. Toutefois, il avait vu le jeune homme la frapper, et ne décolérait pas. Patrick, indéniablement, avait changé.

– Je suis désolé d'avoir manqué à ma parole. Ce n'est pas une façon idéale de commencer une vie de couple que de faire des promesses que l'on ne tient pas. Je m'en veux énormément.

Elle haussa les épaules.

Cathy était décidément une énigme, décidée à tenir ses engagements même si cela signifiait rester mariée à un homme qu'elle n'aimait pas. Pourtant, elle ne semblait pas attendre la même intégrité chez autrui.

Il était venu la rejoindre pour lui annoncer son intention d'aller voir Patrick dans l'après-midi et pour se justifier de son comportement envers le jeune homme. Au lieu de quoi, il déclara :

– Toute promesse, quelle qu'elle soit, doit être tenue. Un homme qui revient sur sa parole n'est pas digne de ce nom.

En l'occurrence, c'était la chose la plus stupide à dire ! C'était donner la corde pour se faire pendre.

Elle le regarda, l'air déconcerté. Il y avait de quoi. Ne venait-il pas de dire qu'il n'était pas un homme ?

Il se passa la main sur le visage, se sentant méprisable.

– Je... euh... Je n'ai jamais très bien su m'exprimer. On ne peut pas dire que je fasse preuve d'un grand tact. Je suis un peu trop direct, je le crains. Je regrette énormément d'avoir rompu ma promesse envers toi. Mais parfois, les circonstances nous obligent à faire certaines choses. Quand Patrick t'a frappée, j'ai vu rouge.

En baissant les yeux, il vit que Cathy se tordait nerveusement les mains. Elle était en colère, mais son visage n'en trahissait rien.

Dans la famille d'Axel, on exprimait ses sentiments, parfois de façon un peu brutale, mais toujours sincère. Il se rappela un jour où Joseph et Eden se disputaient pour savoir qui ferait la vaisselle. Ils avaient fini par casser toutes les assiettes. Il leur en avait coûté quatorze dollars pour en acheter des neuves. Depuis, chaque fois qu'une querelle éclatait, leur mère s'écriait : « Pas mes verres en cristal ! »

La colère était un trait distinctif chez les Paxton. Mais elle retombait bien vite. Cathy, au contraire, semblait considérer qu'exprimer ses sentiments était un péché. A moins qu'elle n'ait peur de le faire.

– Cathy, tu as envie de me frapper ? demanda soudain Axel sans vraiment savoir pourquoi.

– Bien sûr que non, répondit-elle, ahurie.

– Mais tu es très en colère.

L'espace d'un instant, il crut qu'elle allait nier.

– Oui, avoua-t-elle, les lèvres pincées.

– Contre moi ?

Sa bouche se crispa davantage.

– Il n'y a pas de mal à le dire, tu sais. Le ciel ne va pas te tomber sur la tête.

Elle lui adressa un nouveau regard incrédule mais ne dit rien.

Axel savait qu'il ne fallait pas insister. Mais il voulait en finir avec ce sujet.

– Je t'ai posé une question et je veux une réponse, dit-il d'un ton un peu plus dur qu'il ne l'aurait voulu. Es-tu en colère contre moi ?

– Oui, répondit-elle en cessant de se tordre les mains.

Dès qu'elle eut prononcé ce mot, elle recula d'un pas, comme si elle craignait de recevoir un coup.

– C'est tout ? demanda-t-il gentiment. Si tu es en colère, Cathy, il faut dire ce que tu as sur le cœur, crier au besoin. Je crois aux vertus de la discussion. Il ne faut pas laisser un malentendu s'installer. Ensuite, ce sera réglé.

– Réglé ? répéta-t-elle.

– Oui. Il faut crever l'abcès. Cela ne résoudra peut-être pas le problème, mais au moins un pas sera franchi.

– Ce ne sera jamais fini. Pas tant que tu ne m'auras pas enterrée. Jusqu'à ce que la mort nous sépare, rappelle-toi. Entre toi et Patrick, je me retrouve dans une situation telle que ce ne sera jamais fini.

Axel évita son regard. Au moins, il avait réussi à la faire parler.

– Ainsi, tu es aussi en colère contre Patrick ?

– Contre vous deux, répondit-elle en tremblant de rage. Il s'est enivré, il a perdu la tête, et tu en as profité. Vous m'avez entraînée dans un mariage qui me dégoûte. Et voilà qu'il se présente ici, fou de rage, comme si tout était ma faute. Pire, il me gifle, mon propre frère ! Et toi, tu te précipites pour le corriger. Vous êtes tous les deux des barbares. Et je suis prise entre deux feux.

Axel s'agrippa à la barrière. Le mot « gifle » était un peu léger pour qualifier le coup porté par Patrick à sa sœur. Mais le moment était mal choisi pour couper les cheveux en quatre.

– Tu es en colère parce qu'il t'a giflée ?

Elle regarda son mari comme s'il était le dernier des imbéciles.

– Bien sûr ! Si j'aimais recevoir des gifles, monsieur Keegan, il y a longtemps que je me serais trouvé un mari !

Elle voulut s'éloigner, mais Axel la rattrapa par le bras.

– Oh non, tu restes ici. La première règle de la vie conjugale, c'est de vider les querelles. Pas question que tu t'en ailles au beau milieu d'une explication.

Serrant les dents, elle chercha à se libérer.

– Vider les querelles ? Comment peux-tu croire que ce soit possible ? D'ailleurs, je ne m'en vais pas, je mets fin à une conversation qui ne mène nulle part.

– Si tu n'aimes pas prendre des coups, reprit-il sans la lâcher, pourquoi es-tu restée si longtemps chez toi, à tout supporter ?

Ses yeux s'embuèrent de larmes. Il venait de toucher un point sensible.

– Alors, tu as essayé de t'enfuir ?

Elle lui lança un regard chargé de haine.

– Que s'est-il passé ? s'enquit Axel sans se démonter. Il faut me raconter, Cathy.

– La même chose que si je tentais de partir d'ici. Des gens me ramenaient à la maison ou il me rattrapait. Cela se terminait toujours de la même manière.

– Des gens te ramenaient chez ton frère ?

Elle le toisa de nouveau comme s'il était un demeuré.

– Pas chez mon frère ! Chez mon père. Patrick m'accompagnait chaque fois.

– Ah oui ? Tu veux dire qu'il cherchait à fuir, lui aussi ?

Elle se referma aussitôt. Axel eut envie de la secouer. Ses yeux cachaient tant de secrets qu'elle ne voulait pas divulguer ! Il allait devoir les lui soutirer un par un.

– Cathy, comment pourrai-je t'aider si tu ne me parles pas ?

– M'aider ?

– Nous sommes mariés. Il faut que notre couple soit uni. Ce ne sera pas possible si tu dresses un mur entre nous.

– C'est votre problème, rétorqua-t-elle froidement. Si vous commencez à vous rendre compte qu'un tel mariage n'a aucun sens, je suis tout à fait disposée à faire une annulation.

– Il n'y aura pas d'annulation.

Elle détourna le visage et prit une profonde inspiration.

– Tu vas sans doute changer d'avis. Et il sera trop tard.

Elle semblait si sûre d'elle qu'il la fit pivoter afin de voir son visage.

– Pourquoi changerais-je d'avis ?

– N'oubliez pas que vous n'avez pas encore vu la marchandise, comme vous dites, rétorqua-t-elle.

Il accusa le coup. Il se rappela ses paroles, prononcées dans la grange des O'Shaunnessy. Il avait voulu l'insulter et l'intimider. Il relâcha son étreinte. Elle profita de l'occasion pour se libérer et prendre ses jambes à son cou. Axel hésita une seconde, puis se lança à sa poursuite.

Il la vit disparaître dans la grange. Elle se retrouvait prise au piège. Il s'appuya contre la porte. *La marchandise.* Il était insupportable de recevoir ses propres bêtises en plein visage. Il avait oublié avoir employé ce terme. Elle avait dû en être atrocement blessée.

Il ferma les yeux, au bord de la nausée. *La marchandise.* Comment pouvait-elle garder sa fierté ? Jamais il n'avait été aussi méchant envers quelqu'un.

Tel père, telle fille ? Il avait employé cet argument pour l'obliger à rester chez lui. Comment n'avait-il pas pu voir que la faiblesse dissimulait parfois une souffrance sans nom ?

Il songea à ce qu'elle avait fait depuis leur première rencontre. Tout tendait à montrer qu'elle cherchait à se prouver quelque chose, non seulement à elle-même, mais au monde entier. Il n'était pas difficile de deviner quoi : qu'elle ne ressemblait en rien à son ordure de père.

Peu importe pourquoi, Axel avait su reconnaître sa faiblesse et l'avait utilisée contre elle, ne cherchant qu'à gagner.

En tant que joueur, il savait parfaitement deviner les faiblesses des autres. Toutefois, il ne s'agissait plus d'une partie de poker. Et Cathy n'était pas une liasse de billets, mais une personne sensible.

Se sentait-elle bafouée ? Croyait-elle vraiment qu'il en viendrait à ne plus vouloir être son mari ? C'était pure folie. Elle était superbe. Avec sa chevelure flamboyante, ses yeux d'azur, elle était la jeune femme la plus rayonnante qu'il ait jamais rencontrée. Quel homme sensé pourrait ne pas vouloir d'elle ?

Pourtant, elle se sentait plus bas que terre.

Etait-ce uniquement à cause du caractère de son père ? Ou d'autre chose ? Depuis le 12 mars 1879, elle avait cessé de tenir son journal. Il lui était arrivé quelque chose de grave.

En tant que mari, il devait découvrir de quoi il s'agissait. Mais il sentait que ce ne serait pas facile.

16

Il régnait dans la grange un silence et une pénombre rassurants. Cathy se pelotonna dans un coin, repliant les jambes contre sa poitrine, en quête de solitude pour quelques minutes, afin de se ressaisir. Il fallait que sa colère retombe.

Axel n'avait cessé de l'aiguillonner, cherchant à la pousser à bout. Elle se rendait compte un peu tard qu'elle lui en avait trop révélé sur son passé. Elle aurait encore parlé si elle ne s'était pas enfuie.

Furieuse contre elle-même et contre son mari, elle enfonça nerveusement les doigts dans ses paumes. Elle se sentait aussi impuissante qu'un pion sur un échiquier. Axel était parvenu à la manœuvrer à sa guise sans le moindre effort.

Jamais la jeune femme n'évoquait le souvenir de son père. Jamais elle ne décrivait sa violence ou ses tentatives de fugue avec son frère. Elle n'en avait même jamais discuté avec Doc Halloway ou Bess, ses meilleurs amis. Elle aurait eu l'impression de remuer le couteau dans la plaie.

A présent, Cathy se sentait écorchée. Les entrailles nouées par l'angoisse, elle était au bord de la nausée.

Axel lui avait demandé pourquoi elle était restée chez son père.

Il était comme tous les autres. Seul Patrick comprenait ce qu'était la vie auprès de Connor O'Shaunnessy. D'ailleurs, les autres ne voulaient sans doute pas savoir. Il était plus facile de détourner les yeux, de se dire que les choses n'allaient pas si mal chez les voisins.

Tous les enfants étaient un jour ou l'autre tentés de s'enfuir de chez eux. Il arrivait à tout le monde de détester ses parents, de s'imaginer mille tourments. En se mentant, les habitants de No Name avaient la conscience tranquille.

Quand Connor affirmait que son fils était tombé et s'était cogné la tête, ce ne pouvait être que la vérité. S'il racontait que sa fille avait trébuché et s'était cassé le poignet, pourquoi mettre sa parole en doute ?

Pendant toutes ces années, nul n'avait eu le courage d'affronter Connor. Tous des lâches !

Axel voulait savoir si elle était en colère ? C'était bien plus profond que cela. Les mots ne pouvaient décrire ce qu'elle ressentait. Depuis sa naissance, elle était à la merci d'un démon, sans espoir de secours de la part de personne. Avant qu'elle ne se rende compte de son isolement, combien de fois avait-elle regardé un adulte dans les yeux en implorant son aide !

Elle avait vite compris que les héros n'existaient pas. Enfant, elle avait toujours rêvé d'un preux chevalier qui viendrait à sa rescousse. Un homme grand et fort, qui la défendrait, qui l'emmènerait loin. Quelqu'un de gentil et de tendre, qui ne les corrigerait que quand son frère et elle auraient vraiment fait une bêtise.

Elle n'avait rencontré qu'un mur d'indifférence. L'épicier lui donnait bien un bonbon de temps en temps en lui tapotant la tête d'un air bienveillant. L'employé des écuries la laissait nourrir les chevaux. Un jour, le marchand de couleurs lui avait même offert une poupée avec une tête en porcelaine, puis des coupons de tissu pour coudre une poupée de chiffon parce que Connor avait détruit la première. Il était hors de question que quelqu'un gâte les enfants O'Shaunnessy avec des cadeaux inutiles qu'ils ne méritaient pas.

Le seul à proposer son assistance à Cathy avait été Doc Halloway, un petit homme joufflu et débonnaire.

Elle avait eu peur d'accepter ses soins, de crainte que son père ne se venge sur lui.

Tous les autres avaient détourné la tête de sa misère. Alors elle avait fini par cesser de les regarder dans les yeux. Cathy avait cessé de rêver, non qu'elle n'ait plus l'espoir de s'enfuir un jour, mais parce que, selon elle, les hommes grands et forts ne prenaient pas la peine de se préoccuper des autres. Ils ne songeaient qu'à eux, souvent aux dépens des plus faibles.

Il y avait de quoi être en colère. Sa rage était enfouie au fond d'elle-même. La jeune femme se sentit soudain épuisée.

Ce calvaire avait duré vingt-deux ans, et voilà que son frère suivait les traces de son père. Elle était impuissante face à ce destin tragique. A peine échappait-elle à l'emprise de Connor que surgissait Axel Keegan, et elle se retrouvait prise dans un nouveau piège.

Elle aurait voulu le détester de tout son cœur mais sa gentillesse la désarçonnait. Sa façon de lui donner son couteau, de lui demander pardon... Chaque fois qu'elle commençait à le haïr, il changeait de tactique.

Axel Keegan était un joueur-né. Il ne cessait de l'observer comme si elle l'affrontait dans une partie de poker. Elle se sentait nue et vulnérable.

Qu'attendait-il d'elle ? Pourquoi un homme aussi séduisant épousait-il une fille comme elle ? Il ne pouvait se sentir seul à ce point. Il s'estimait sans doute responsable d'elle car il l'avait compromise. Personne ne s'était jamais préoccupé de son sort, à part quelques rares amis. Axel la connaissait à peine. Il ignorait presque tout de son passé.

Pourquoi serait-il plus humain que les autres habitants de No Name ? L'avait-il épousée uniquement par altruisme ? C'était une qualité fort rare. Il avait certainement un autre motif.

Cathy leva soudain la tête en entendant craquer une brindille. Non loin, des poules picoraient. De temps à autre retentissait un hennissement. Elle regarda l'échelle qui menait au grenier à foin. Les frères Paxton y dormaient chaque soir. Pourvu que ce ne soit pas l'un d'eux qui vienne chercher quelque chose.

Unc main brune apparut sur le dernier barreau : celle d'Axel. Il surgit avec une telle force et une telle souplesse que la jeune femme en eut le cœur chaviré. Les bottes de son mari foulèrent le foin, puis il balaya le grenier du regard, scrutant la pénombre. Dès qu'il l'aperçut, il s'immobilisa.

– Je me doutais que tu serais là.

Il se dirigea vers elle d'un pas incertain. Les muscles puissants de ses cuisses saillaient à chacun de ses mouvements.

Elle fut soulagée de le voir s'asseoir sur une botte de foin, en face d'elle, ses longues jambes fléchies.

Mais il se trouvait entre elle et l'échelle...

Cathy se recroquevilla sur elle-même, plus terrorisée que jamais. Il avait tant de pouvoir sur elle. C'était son mari. Il pouvait en toute légitimité la jeter dans le foin, lui arracher ses vêtements et la prendre brutalement.

Il la fixait de nouveau, comme si elle représentait un mystère pour lui.

– Je crois que j'ai perdu le fil, tout à l'heure, dit-il d'une voix rauque. En fait, je voulais te présenter mes excuses et te dire que j'ai l'intention d'aller m'excuser également auprès de Patrick.

– Patrick ?

– Ce matin, je suis allé trop loin en lui disant de ne plus jamais revenir. Je ne m'excuserai pas pour l'avoir frappé, mais je retirerai mes paroles, notamment l'interdiction de se présenter chez moi. C'est ton frère et tu l'aimes. Si tu veux le voir, c'est ton droit le plus absolu et je n'ai pas à t'en empêcher.

Il se montrait encore une fois gentil. Cathy le dévisagea, si heureuse qu'elle faillit lui sauter au cou. Mais la fatigue la clouait sur place.

– Merci, fit-elle d'un ton neutre qui n'exprimait aucune gratitude.

Elle se sentait très impolie. C'était un geste généreux de sa part. Mais elle ne pouvait baisser sa garde. Cet homme était un joueur, un manipulateur. Si elle lui accordait trop de confiance, elle risquait de le payer très cher.

Elle se concentra sur le sujet de leur conversation. La pensée qu'Axel affronte de nouveau Patrick lui nouait les entrailles. Son ventre lui faisait de plus en plus mal. Et si elle était malade ? Elle s'imaginait déjà clouée au lit, avec Axel jouant les infirmières.

– Et si Patrick est encore ivre ?

– Eh bien ?

– Il risque de vous provoquer.

– Je n'ai jamais reculé devant un défi, Cathy. Mais pour toi, je veux bien le faire. Ce matin, je t'ai promis de ne pas lever la main sur lui. Je ne te trahirai plus, sauf si ma vie est en danger ou s'il te touche de nouveau.

Cathy ne demandait qu'à le croire. Son expérience lui disait de se méfier. Il avait déjà failli à sa parole sans le moindre scrupule. Même si Patrick méritait sa raclée, il avait juré.

– Et s'il... s'il dégaine ? Je ne crois pas que ce soit une bonne idée d'aller là-bas, même si j'apprécie cette initiative.

– Je suis très bon tireur.

– C'est ce qui m'inquiète, justement.

– Je ne le tuerai pas. Je te le jure.

– Je préférerais tout de même...

– Cathy, tu vas devoir me faire confiance, coupa-t-il. Je peux maîtriser ton frère. Nous avons assez de problèmes comme cela. Et je ne suis pas monté pour te parler de Patrick.

Elle ne put s'empêcher de se demander quelle était sa raison. Sa gentillesse de la veille laissait supposer qu'il n'était pas venu avec des intentions lubriques. Mais il n'était pas le premier à se montrer gentil avec elle. Elle avait appris à ses dépens combien les hommes pouvaient être traîtres. Un sourire, puis un couteau sous la gorge. Elle ne le savait que trop bien...

– Je suis venu m'entretenir avec toi de plusieurs choses. D'abord, excuse-moi encore. Je ne cherchais qu'à calmer le jeu.

La jeune femme fut agacée de l'entendre s'excuser pour un geste qu'il avait accompli en toute connaissance de cause. Elle en avait assez de servir de pion.

– C'est vous qui m'avez poussée à me disputer avec vous, dit-elle. Vous essayiez de me faire parler.

Elle crut qu'il allait nier, mais il éclata de rire, un rire profond et chaleureux qui l'enveloppa tout entière.

– Je dois perdre la main. Mes intentions étaient donc si évidentes ?

– Je suis peut-être plus clairvoyante que la moyenne des victimes.

– Victime ? répéta-t-il avec un large sourire. Le terme est mal choisi.

– Ah bon ?

– Tu es toujours fâchée contre moi.

Elle refusa de répondre. Il scruta sans pitié son visage puis, sans doute lassé, s'intéressa à son corps. Sa position ne lui permettait pas de voir grand-chose, mais elle se sentait nue et se recroquevilla davantage.

– Je te propose un marché, lâcha-t-il tout à trac. Je vais arrêter de jouer avec toi pour me montrer direct. D'accord ?

– De quoi voulez-vous parler ? fit-elle d'une petite voix.

– J'ai des questions à te poser. Et je veux des réponses claires.

Elle songea à son frère et ses yeux s'embuèrent.

– Vous ne pouvez m'obliger à répondre à des questions, déclara-t-elle.

Il rit de nouveau puis esquissa un de ses sourires tordus, charmeur et désarmant. Il baissa la tête comme s'il observait le plancher avec attention.

– Tu te trompes. Je possède quelques atouts dans ma

manche, et je te conseille de répondre avant que je ne les sorte.

– C'est une menace ? demanda-t-elle en se plaquant contre le mur.

– Plus ou moins.

Ses yeux scintillaient dans la pénombre.

– Mais je suis plein de bonnes intentions, ajouta-t-il. Je t'ai épousée, et je suis bien déterminé à être heureux. Il ne doit pas y avoir de secrets entre nous. Tôt ou tard, nous ferons l'amour. Je vois bien que cette idée ne te plaît guère. En fait, je dirais même qu'elle te terrifie.

Muette, elle le fixa, le cœur battant.

– Notre mariage me donne des droits inaliénables. Je crois qu'il vaudrait mieux que tu me dises pourquoi tu as si peur. Sinon, je devrai deviner. Ce n'est pas très juste. S'il y a un problème, je dois le connaître. Tu comprends ?

Elle gardait les lèvres pincées. Axel poussa un soupir.

– Tu ne m'aides pas beaucoup.

– J'ai l'impression qu'il s'agit d'un ultimatum, parvint-elle à articuler.

Il croisa les bras, à bout de patience.

– Je préfère penser que je te donne une chance d'éviter une souffrance inutile. Je suis un homme raisonnable. Si tu as peur et que tu as de bonnes raisons pour cela, il est temps de le dire. Sinon, je considérerai que j'ai affaire à une jeune mariée effarouchée et j'agirai en conséquence.

– En d'autres termes, soit je vous dis ce que vous voulez savoir, soit vous exercerez vos droits par la contrainte ?

– Par la contrainte ? C'est un mot que tu aimes bien, on dirait.

Il la dévisagea d'un air songeur.

– J'ai l'impression qu'il y a un autre terme qui te trotte dans la tête, reprit-il. Ne serait-ce pas le mot viol ?

Cathy fut soudain prise de nausées. Son estomac se noua. Les crampes qui le contractèrent l'auraient pliée en deux si elle ne l'avait déjà été.

– Hier soir, tu m'as dit que tu avais été compromise, il y a des années. Je ne pense pas que ce soit le terme exact.

Elle plaqua la main sur la bouche et ferma les yeux. Pendant qu'elle luttait pour maîtriser ses émotions, il demeura impassible.

– Cathy... fit-il d'une voix douce comme une caresse. Ne te méprends pas sur mes intentions. Je ne demande pas un récit détaillé. Je veux simplement que tu me répondes par oui ou non. Un signe de tête, si tu veux. S'il t'est arrivé quelque chose de ce genre, il faut que je le sache. Une femme ne doit pas cacher cela à son mari.

– Je crois que je vais être malade, dit-elle en se redressant d'un bond.

L'espace d'une seconde, Axel la soupçonna de feindre. Puis il vit son visage se contracter. Aussitôt, il se précipita vers elle, se disant qu'il tenait la réponse à sa question et qu'il était le dernier des imbéciles.

Il s'attendait à la bouleverser, mais pas à ce point.

Elle avait des haut-le-cœur. Fou d'inquiétude, il s'agenouilla près d'elle et passa un bras autour de sa taille.

– Mon Dieu...

– Va-t'en ! lança-t-elle en essayant de le chasser. Ne me regarde pas !

Il ne put que demeurer immobile, essayant de penser à autre chose. Mais en vain. Chaque nouveau spasme lui était une torture. Elle paraissait si fragile.

Cela faisait vingt-quatre heures que la jeune femme n'avait pas mangé. Il n'était guère étonnant que son estomac réagisse.

Il l'entendit avaler de grandes bouffées d'air, cherchant à se ressaisir. Elle semblait épuisée.

Posant la main sur son front, il la soutint. Quand elle se calma enfin, il s'assit dos au mur et l'attira sur ses genoux. Elle était trop faible pour résister. Elle céda dans un sanglot et enfouit son visage au creux de son épaule.

Il passa le bras autour de sa taille et la berça doucement tandis qu'elle pleurait à chaudes larmes.

Toute sa vie il s'était montré trop impatient. Que ce soit dans son travail, au jeu ou dans sa soif de vengeance. A présent, il se comportait de même avec son épouse, sans réfléchir aux conséquences. Ils étaient à peine mariés et il cherchait déjà à lui soutirer des secrets douloureux !

Une femme respectable se montrait pudique, ne dévoilant son corps qu'à son mari dans l'intimité du lit conjugal, derrière la porte close de la chambre.

Axel le savait. Il avait une mère et une sœur, qui avaient toutes deux un comportement irréprochable. Ni l'une ni l'autre ne songerait à se laisser aller à la grossièreté et à prononcer le mot viol, sauf en cas d'agression.

Comment avait-il pu manquer à ce point de tact ?

Cela faisait des années qu'il n'avait pas vécu en famille, passant de chambres meublées en suites d'hôtels de luxe. Il avait fréquenté des filles de joie, ce qui lui avait fait oublier les bonnes manières. Un gentleman ne lançait pas d'ultimatum et n'évoquait pas les sujets tabous.

– Je suis désolée, murmura-t-elle contre sa chemise.

– Non, ma chérie, répondit-il en fermant les yeux. C'est à moi de m'excuser. Je n'aurais jamais dû évoquer ce sujet.

Il sentit son corps se raidir. Elle agrippa sa chemise.

– J'aimerais répondre à votre question. Je ne veux pas que... vous agissiez selon votre droit.

L'espace d'un instant, il ne comprit pas ce qu'elle voulait dire. Puis il se rappela ses paroles et s'en voulut. Son frère Joseph n'aurait jamais agi de la sorte. Il avait raison. Il fallait qu'il se débrouille. Elle était sa femme, ce qui la plaçait sous sa responsabilité.

– Cathy, je ne te ferai rien, d'accord ? promit-il en lui caressant les cheveux.

– C'est vrai ?

Son ton plein d'espoir déclencha un signal d'alarme.

– Oui. Enfin, je ne ferai rien directement.

Elle ne se détendit pas.

– Qu'est-ce que cela veut dire ?

– Que tu n'as pas de souci à te faire pour l'instant.

Elle se redressa pour le regarder dans les yeux.

– Mais plus tard ?

Sa nausée la reprit, plus violente. Elle posa la main sur son ventre.

– Je crois vraiment que je devrais rép...

– Ma chérie, tu m'as déjà répondu.

– Ah bon ? fit-elle, perplexe. Je ne me rap...

– Fais-moi confiance, assura-t-il d'une voix rauque. J'ai ma réponse. Changeons de sujet, d'accord ? Sinon, tu risques d'être malade de nouveau. Tu aurais dû manger un peu.

Soudain, Axel se sentit très las. Il appuya la tête contre le mur tout en caressant distraitement le bras de Cathy.

– Détends-toi quelques minutes, dit-il à voix basse. Dès que tu seras remise, tu iras manger quelque chose. Je t'ai laissé une assiette sur le feu.

– Je n'ai pas faim.

– Mais si, et tu le sais bien. Il y a du lait frais dans la glacière. Tu en veux un grand verre ?

– Non.

– Mais si.

Il l'attira de nouveau contre lui et posa sa tête sur son épaule. Décidément, il aimait la sentir dans ses bras. Elle gigota, cherchant une position confortable. Cette friction passagère éveilla le désir d'Axel. Pourvu que la jeune femme ne s'en rende pas compte...

Malheureusement pour lui, Cathy se redressa soudain et retint son souffle. Axel compta mentalement jusqu'à dix.

– Cathy ?

– Oui ?

Sa voix était à peine audible, elle n'osait plus bouger.

– N'aie pas peur, dit-il d'une voix rendue rauque par le désir. Je ne te ferai aucun mal.

– Je... Je peux bouger ?

Axel faillit dire oui, mais se ravisa. S'il la gardait plaquée contre lui, elle apprendrait qu'il était capable de refouler ses instincts.

– Oui, répondit-il malgré tout en relâchant son étreinte.

Il n'eut pas besoin de le dire deux fois. Elle bondit comme si sa vie en dépendait. Afin de dissimuler l'intensité de son désir, il changea de position. Elle partit se recroqueviller dans un coin, le regard inquiet.

Axel se passa la main sur le visage. Puis il prit une profonde inspiration. Un silence pesant s'était installé entre eux. Une poule caqueta au loin. Il sentit un accès de violence le submerger.

Le viol. Qui avait bien pu lui faire subir un tel outrage ? L'homme vivait-il encore dans les parages ? Axel brûlait de poser la question à Cathy, mais il n'en avait pas le droit. Il devait s'armer de patience.

– Qui est ce salaud ?

– Comment ? fit Cathy, étonnée.

Axel serra les dents, la mâchoire crispée.

– Est-il toujours dans le coin ?

– Pourquoi ?

– J'aimerais lui rendre une petite visite de courtoisie.

– Une visite ?

Axel la dévisagea en silence. Il se sentait incapable d'adopter une attitude civilisée en l'occurrence.

– Je vais le démolir, lui faire regretter d'être venu au monde.

– Ah...

– Alors ?

Elle pencha la tête, tripotant un brin de paille.

– Je ne veux pas en parler, répondit-elle d'une voix tremblante. Ne me forcez pas. On a dit pas de détails.

– Je ne demande pas de détails. Je veux simplement connaître son nom.

– Je ne peux pas en parler, insista-t-elle d'une voix stridente.

– C'est tout ce que je te demanderai. Donne-moi son nom.

– Vous aviez promis ! s'exclama-t-elle en enfouissant le visage entre ses mains.

Axel appuya la tête contre le mur.

– Tu as raison, admit-il. Je t'avais promis de ne rien te demander.

Le silence s'installa de nouveau. Il n'aimait pas l'entendre retenir ainsi son souffle.

– Une dernière question, reprit-il. Ce salaud a-t-il payé ou est-il parti comme il était venu ?

– Oh oui, il a payé ! s'exclama-t-elle avec un rire nerveux.

– Tant mieux.

Elle ne dit rien.

– Tu te sens encore mal ?

– Je ne me sens pas très bien, répondit-elle après réflexion.

– Un peu de lait va te remonter.

Elle ôta la main de son visage mais détourna les yeux.

– Je n'en veux pas, vraiment.

Elle tripotait toujours son brin de paille. L'odeur du foin semblait la mettre mal à l'aise. Elle ne cessait de se frotter le nez.

– Maintenant que vous savez...

Elle lui lança un regard de biais.

– Avez-vous changé d'avis en ce qui concerne l'annulation de notre mariage ?

Il ignorait si elle espérait une réponse négative ou positive.

– Autant faire une croix tout de suite sur cette idée. Je ne t'accorderai pas d'annulation.

– Même pas maintenant ?

Il plissa les yeux. Décidément, il ne comprendrait jamais rien aux femmes.

– Pourquoi maintenant ?

– Eh bien, parce que...

Elle déchiqueta le brin de paille. Puis elle eut un geste de la main, signifiant qu'elle avait un tas de choses à dire mais qu'elle ne parvenait pas à les exprimer.

– Je n'ai pas été honnête avec vous, hier soir. Etre compromise n'est pas exactement la même chose que...

Elle s'interrompit et jeta au loin une poignée de foin.

– Enfin, vous savez...

Alors il comprit. Elle se sentait véritablement souillée, comme il le soupçonnait. Un viol marquait une femme à vie. Plus jamais elle ne retrouverait sa respectabilité. Les hommes préféraient les vierges ou les veuves respectables. Au pire, une femme compromise dont la réputation n'était pas entachée.

Sa gorge se noua. Il ne put s'empêcher de contempler ses traits délicats, son teint de porcelaine, son petit nez, son menton qui parvenait à lui donner un air volontaire. Elle avait relevé ses cheveux en chignon. Quelques mèches rebelles tombaient sur sa nuque.

Cathy était superbe... Son corps, sa taille fine le faisaient rêver. Elle avait été violée, et il était évident qu'elle n'avait jamais été aimée. Il eut envie de lui dire qu'il était heureux de l'avoir épousée, mais elle ne l'aurait pas cru.

– Je ne veux pas d'une annulation, Cathy.

– Vous êtes sûr ? Cela ne m'ennuierait pas, franchement.

Axel faillit éclater de rire. Elle aurait probablement sauté de joie, même si, au fond de soi, il n'était jamais agréable d'être rejeté. Elle devait avoir l'habitude de se sentir de trop, tout comme lui avait appris à vivre avec sa claudication et son visage difforme. On n'oublie jamais ses handicaps, on les contourne en s'efforçant de ne pas souffrir du regard des autres.

– Je te garantis que je ne veux pas d'annulation, répéta-t-il gentiment. Ni maintenant, ni plus tard.

– A présent que... que vous êtes au courant, accepterez-vous de m'accorder du temps ?

Le tremblement de sa voix indiquait l'importance de sa réponse.

– Combien ? Quelques jours, quelques semaines ?

– Un an.

Il éclata de rire.

– Mais l'intimité physique est un aspect important du mariage. Un an !

– Six mois.

Il s'imagina devant attendre six mois, rongé de désir.

– C'est trop.

– Alors trois.

– Et si nous vivions au jour le jour ? proposa-t-il en croisant les bras sur ses genoux.

Elle posa ses grands yeux bleus sur lui.

– Au jour le jour, fit-elle. En ne sachant pas d'une minute à l'autre à quel moment vous allez décider de...

Elle s'interrompit et grogna de colère.

– Indiquez-moi au moins un laps de temps précis durant lequel je pourrai être sûre d'être tranquille.

Elle se força à affronter son regard, bien décidée à ne pas céder.

– Il n'y a aucune raison pour que tu ne puisses pas te détendre au jour le jour. Faire l'amour n'a rien d'effrayant, tu sais.

– Non, je ne sais pas.

– Eh bien, crois-moi sur parole. Je ne prétends pas être le meilleur amant du monde, mais j'ai une certaine expérience en ce domaine. Je ne te garantis pas le septième ciel tel qu'il est décrit dans les romans à l'eau de rose que lit ma sœur, mais je te promets que ce sera, disons, correct.

– Correct ? Qu'est-ce que cela veut dire ? Entre supportable et horrible ?

Il rit de nouveau.

– Qu'est-ce que tu préfères, dans la vie ?

– Je ne vois pas le rapport...

– Réponds.

– Le chocolat, déclara-t-elle sans hésiter.

Il en prit bonne note afin de lui en acheter la prochaine fois qu'il se rendrait en ville.

– Un rapport sexuel médiocre avec moi sera aussi bon qu'un carré de chocolat. J'ai bien dit « médiocre »... Si les choses se passent de façon idéale...

Il hésita, puis sourit.

– Imagine-toi plongeant dans une baignoire pleine de chocolat fondu et en mangeant tant que tu veux. Que rêver de mieux ?

Elle le fixait comme s'il avait perdu la raison.

– Je suis sincère, Cathy, dit-il d'un ton redevenu sérieux. Pourquoi te mentirais-je ? La première fois que je te toucherai, tu comprendras. D'accord ?

– Mais vous êtes un homme !

– Difficile de prétendre le contraire, en effet.

– Vous vous moquez de moi et vous détournez délibérément la conversation. Je sais que les hommes aiment ça. Cela ne veut pas dire qu'il en soit de même pour les femmes. Elles s'y soumettent, voilà tout. Une fois qu'elles sont mariées, elles n'ont pas le choix. Leur seule consolation est de savoir que c'est l'unique façon d'avoir des enfants.

– Qui t'a dit ça ?

– Que c'est ainsi que l'on fait les enfants ?

– Non. Que les femmes se soumettent sans plaisir.

– Personne. Je n'ai fait que regarder autour de moi et tirer mes propres conclusions.

– Tu as tort. Si les femmes manquaient à ce point d'enthousiasme, le monde serait vite dépeuplé.

– C'est vous qui le dites.

– Un jour, je te le prouverai. Entre-temps, tu n'as pas à redouter quelque chose qui sera très agréable.

Il vit qu'elle ne se sentait pas bien et se leva, la main tendue.

– Viens, madame Keegan, rentrons. Je vais te donner à manger.

– Je n'ai pas faim.

– Cathy...

– N'insistez pas ! Je suis mieux placée que vous pour en juger !

– Très bien. A toi de choisir. Soit tu marches jusqu'à la maison, soit je te porte sur mes épaules.

– Je ne veux pas rentrer.

– Pourquoi ?

– A cause de vos frères. Ils me détestent.

– Quelle idée !

– Je m'appelle O'Shaunnessy.

– Plus maintenant. Tu es une Keegan et tu fais partie de la famille. Ils sont tous impatients de te connaître. Et c'est eux qui ont peur que tu ne les aimes pas.

– Je les ai vus au bal, hier soir, et dans la cour, ce matin. Ils ont l'air méchant.

– Eh bien, ce n'est qu'une apparence. Je vais te les présenter.

– Je préfère rester ici encore un peu.

– On ne t'a jamais dit que tu étais têtue ? fit-il en arquant un sourcil.

– Je ne suis pas têtue. Je n'ai pas faim, c'est tout.

– Tu as des arguments ?

– J'ai encore mal à l'estomac.

– C'est justement parce que tu n'as rien avalé depuis vingt-quatre heures.

– Je mangerai plus tard.

– Tu vas manger tout de suite. Ne serait-ce que quelques bouchées. Tu as vraiment envie que tout le monde voie ta culotte si je te soulève sur mes épaules pour te porter jusque là-bas ? J'ai ici trois ouvriers qui se réjouiraient d'un tel spectacle. Et il y a mes frères. Alors ?

17

Rentrer était bien la dernière chose que Cathy avait envie de faire. Mais elle ne voulait pas non plus qu'Axel l'emmène de force. Elle le suivit donc de mauvais gré.

Les frères Paxton étaient réunis autour de la table. Deux d'entre eux avaient les cheveux courts et blonds, le troisième avait une tignasse longue et raide. Au contraire d'Axel, ils avaient les yeux bleus et étaient moins athlétiques que lui. Dès que la jeune femme apparut sur le seuil, ils se levèrent.

Ne voulant pas s'approcher seule, Cathy attendit qu'Axel la rejoigne. Elle entendit la porte se refermer. Il posa sa grande main sur son dos pour l'engager à s'avancer. Elle ne pouvait quitter les trois hommes des yeux. Ils la fixaient comme s'ils n'avaient jamais vu de femme de leur vie.

Celui qui avait les cheveux longs passa la main dans sa tignasse hirsute et rajusta sa chemise. Cathy le trouvait le plus intimidant des trois, bien qu'il fût le plus petit. Ses épaules saillaient sous le fin tissu de sa chemise. Son ceinturon semblait faire partie intégrante de son corps.

– Cathy, je te présente Joseph.

Il fit quelques pas vers elle, tendant une main calleuse en signe de bienvenue. Cathy la serra maladroitement.

– Bonjour, dit-elle d'une voix qui semblait surgir d'outre-tombe. Enchantée.

Ses lèvres pleines formèrent un sourire qui lui rappela celui d'Axel, à la fois juvénile et très viril. Il avait de superbes yeux bleus qui pétillaient de malice. Son regard pénétrant devait lui être utile au cours d'une partie de poker ou d'un duel au pistolet, car rien ne semblait lui échapper.

– Tout le plaisir est pour moi, répondit-il.

Cathy remarqua qu'il ne lui avait pas encore lâché la main. Il devait être conscient de son tremblement. Dès qu'elle rougit, il la libéra.

– Et voici David, continua Axel.

Un grand garçon s'avança. Il avait la main moite.

– Madame, dit-il en penchant la tête et en agitant vigoureusement le bras. Ravi de faire votre connaissance.

– Moi de même, répondit Cathy.

Sa chemise avait un accroc au bras. Cathy prit note de la raccommoder.

– Et Esa, conclut Axel.

Celui-ci sourit et lui prit la main.

– Je n'ai qu'une question à vous poser. Si vous répondez oui, je vais vous adorer. Savez-vous faire la cuisine ?

Un éclat de rire fusa dans la pièce.

– Je ne suis pas un cordon-bleu, mais je me débrouille.

– Alors, à l'unanimité, on la garde ! déclara Esa avec un clin d'œil à son aîné.

Cathy sourit malgré elle et se prit aussitôt de sympathie pour le benjamin des Paxton. Malgré le pistolet à son ceinturon, il semblait sincèrement gentil. Avec son sourire désarmant, comment de ne pas être séduite ? Esa devait avoir à peu près son âge, mais il avait l'air très juvénile. C'était le seul qui ne lui fît pas peur.

– J'ai toujours su que je la garderais, dit Axel. Je suis ravi que vous l'aimiez.

Joseph mit les mains sur les hanches et tapa du pied. Il scruta Cathy un instant.

– Vous allez tomber dans les pommes, vous. Je vais vous préparer quelque chose.

– Oh non, ne prenez pas cette peine, je vous assure ! Ce n'est rien.

– Asseyez-vous donc. Je vous apporte une tasse de café.

– Volontiers, dit la jeune femme en s'installant. Merci beaucoup.

– Ma chérie, tu es sûre que tu ne préfères pas du lait ? demanda Axel.

L'arôme du breuvage lui mit l'eau à la bouche. Chez son père, elle avait toujours dû se restreindre.

– Non, je préfère du café.

Axel s'installa à côté d'elle sur le banc. Les deux plus jeunes reprirent leur place en face d'eux. En sentant le bras de son mari effleurer son épaule, Cathy crispa les doigts. Elle avait conscience d'être observée, ce qui la rendait nerveuse.

– Avec de la crème ? cria Joseph depuis la cuisine.

Cela faisait bien longtemps que la vache des O'Shaunnessy avait cessé de donner du lait de qualité, aussi la jeune femme avait dû s'en passer, utilisant toute sa production à la fabrication du beurre.

– Oui, s'il vous plaît, répondit-elle en se penchant en avant.

– Alors, hasarda David, comment trouvez-vous la vie conjugale ?

A peine avait-il terminé sa phrase qu'il poussa un cri de douleur.

– Qu'est-ce qui te prend ? glapit-il à l'adresse de son aîné.

Axel ne répondit pas. La jeune femme leva les yeux vers lui, devinant qu'il venait de donner un coup de pied à son frère.

– J'ai seulement dit...

– Bois ton café et tais-toi ! gronda Axel.

Vexé, David empoigna sa tasse et avala une gorgée à grand bruit.

– Et surveille tes manières, ajouta Axel.

David se le tint pour dit. Par-dessus sa tasse, il adressa un clin d'œil à Cathy. Elle se pencha pour dissimuler son sourire. Joseph arriva, portant un plateau, deux tasses fumantes et une pomme de terre crue. Il servit les jeunes mariés puis alla s'installer près des plus jeunes. Sortant son couteau, il prit la pomme de terre et la coupa en deux.

Cathy entoura sa tasse de ses mains et but une petite gorgée. La vapeur lui réchauffa les joues. Elle ferma les yeux, savourant l'arôme et le goût du breuvage. Elle avait presque oublié à quel point le café pouvait être délicieux. Si seulement Patrick avait été là pour en profiter aussi !

– C'est exquis, Joseph. Merci.

Sa fossette au menton se creusa tandis qu'il souriait.

– Je vous en prie. Et toi, grand frère, tu aimes ?

Cathy leva les yeux pour découvrir que son mari la regardait. De toute évidence, il était trop préoccupé pour boire et parut gêné d'avoir été surpris. Il rougit légèrement et plissa les yeux. Cathy saisit le message qui passait entre les deux frères. Etrangement, le plus jeune ne semblait guère intimidé. Il souriait toujours quand il tendit à la jeune femme un morceau de pomme de terre.

– Appliquez ça sur votre joue. Cela l'aidera à désenfler.

Embarrassée, Cathy obéit. Elle ignorait comment elle était supposée boire son café, garder la compresse sur la joue et vider le contenu de son assiette. Dans son état de nervosité, il valait mieux ne pas trop manger. Aussi décida-t-elle de s'en tenir au café.

Le remède fit merveille. La sensation de brûlure s'apaisa aussitôt.

– Merci beaucoup, murmura-t-elle. C'est un baume miraculeux !

– Je vous en prie, dit Joseph en riant.

Il regarda par-dessus son épaule.

– Excusez-moi, mais savez-vous dire autre chose que « merci » et « s'il vous plaît » ? Je n'ai rien contre la politesse, remarquez...

Esa faillit s'étrangler avec son café. Axel prit un air grave. David fixait la table.

– Je... euh...

Le regard de Cathy croisa celui de son beau-frère.

– Je suis toute disposée à bavarder, si l'un d'entre vous veut bien proposer un sujet de conversation.

– Le bétail, par exemple ? rétorqua Joseph avec un sourire. Nous sommes en pleine saison.

– Oui, je sais, répondit Cathy.

– Le hic, c'est qu'on s'y connaît foutrement mal en vaches.

– Surveille ton langage ! s'exclama Axel.

– Excuse-moi, fit Joseph dont le sourire s'élargit. Mais c'est vrai, on s'y connaît fichtrement mal en vaches.

Il regarda Axel.

– C'est mieux ?

– Attends que maman soit là ! s'écria son aîné. Elle te fera ravaler tes grossièretés !

Cathy avait maintes fois grondé son frère pour les mêmes raisons.

– Qu'aimeriez-vous savoir sur le bétail ? s'enquit-elle.

Joseph réfléchit quelques instants.

– Ce qui m'épate, c'est de voir un vacher jauger une bête, gribouiller un calcul et donner son poids exact presque au gramme près.

– Oh, rien de plus facile ! Il existe une formule.

La lueur taquine disparut des yeux de Joseph, faisant place à un intérêt réel.

– Une formule ?

Cathy sentait le regard d'Axel également rivé sur elle.

– Il faut prendre la longueur et la circonférence et appliquer la formule, expliqua-t-elle en posant sa tasse. C'est enfantin. Bien sûr, le résultat est plus fiable si l'on prend les mesures de la bête, mais même sans instrument, on peut avoir une idée assez précise.

– Continuez, pria Joseph.

Quatre paires d'yeux l'observaient.

– Si vous avez du papier et un crayon, je vais vous montrer.

Joseph se leva et disparut dans la pièce qu'Axel avait appelée le bureau. Il revint presque aussitôt muni d'une feuille de papier et d'un crayon qu'il plaça devant la jeune femme. Cathy ôta son cataplasme.

– Vous multipliez le carré de la hauteur au garrot par la longueur de la bête, puis vous divisez le chiffre obtenu par trois cents, ce qui vous donne le poids approximatif.

Elle tendit la feuille à Joseph qui l'étudia un moment.

– Bon Dieu, ce n'est pas sorcier !

– Nom d'un chien, cesse de jurer, Joseph ! dit Axel. Nous avons vraiment des progrès à faire sur ce plan.

Cathy ne put réprimer un sourire. Elle se rendit compte qu'elle commençait à se détendre. Certes, elle n'était pas encore très à l'aise au milieu de tous ces hommes, mais elle devait admettre qu'ils étaient beaucoup plus gentils qu'elle ne le pensait.

La conversation dévia ensuite sur d'autres problèmes – fourrage, pâture estivale, hivernale, traitement des maladies, soins à apporter aux veaux... Jamais des hommes n'avaient écouté ce qu'elle avait à dire. En général, la gent masculine semblait considérer les femmes comme des êtres incultes.

– Vous allez beaucoup nous aider, conclut Joseph. Rien que la semaine dernière, nous avons perdu trois veaux. Nous n'avons pas vraiment su ce qui leur était arrivé.

Il plia la feuille de papier et la rangea dans sa poche.

– Nous avons regardé ces bêtes crever sans pouvoir intervenir. Elles devaient être malades. Un voisin m'a dit de les purger avec un tuyau long comme ça. Je vous jure que si je le leur avais enfoncé dans la gueule, il serait ressorti par l'autre bout.

Etonnée, Cathy se mit à rire.

– Il faut mesurer depuis un point précis sur la cage thoracique pour savoir jusqu'où il faut pousser, expliqua-t-elle. C'est ainsi que l'on atteint l'estomac d'un veau.

– J'avais raison ! dit Joseph. Votre arrivée parmi nous est une bénédiction. La prochaine fois qu'un veau sera malade, nous vous appellerons à la rescousse. On entend un tas de conseils contradictoires en ville.

Axel secoua la tête et repoussa sa tasse au milieu de la table.

– Tu n'es pas très expert en élevage, Joseph. Mais ce n'est pas grave.

Il posa la main sur l'épaule de Cathy.

– Excuse-moi, mais si je dois aller voir ton frère, je ferais mieux de mettre le ragoût à mijoter pour le déjeuner. Pendant ce temps, j'aimerais bien que tu avales quelques bouchées.

Bien qu'il lui parlât avec douceur, il s'agissait d'un ordre. Depuis la mort de son père, elle avait l'habitude de prendre seule ses décisions. Elle n'appréciait guère qu'un homme lui dicte sa conduite. D'ailleurs, elle s'était juré de ne plus se plier à quelque autorité que ce soit.

A présent, elle avait des devoirs envers son mari. Il n'était pas question qu'elle lui résiste. Elle avait tiré la leçon des années passées auprès de son père : il valait mieux obéir que prendre des coups.

S'en voulant d'être aussi lâche, elle tendit la main vers son assiette. Il fallait qu'elle mange quelque chose, même si cela la rendait malade. Après tout, ce n'était pas grand-chose d'avaler une bouchée de crêpe au miel. La prochaine exigence d'Axel risquait d'être autrement plus difficile à satisfaire.

18

Le sang de Cathy ne fit qu'un tour quand, se retournant, elle découvrit Axel à la porte de la cuisine, Mitzi dans les bras. Pendant son absence, elle s'était interrogée sans répit sur le déroulement de l'entrevue entre son frère et son mari. Elle avait eu l'intention de le bombarder de questions dès son retour pour être certaine que Patrick était encore en vie. A présent, elle n'y pensait même plus.

– Mitzi, murmura-t-elle. Tu m'as ramené Mitzi ?

– Il ne cessait de miauler pour me dire qu'il avait faim. Je n'ai pas eu le cœur de le laisser là-bas. Je me suis dit que si tu le savais affamé, tu voudrais l'avoir avec toi.

Il se trompait. Elle préférait voir son chat sauter quelques repas plutôt que de se retrouver dans ce qu'elle considérait comme un environnement hostile. Le devant de la chemise d'Axel était couvert de poils, ce qui n'était pas très bon signe. Le pauvre Mitzi parvenait toujours à faire des siennes.

Elle lut dans le regard sombre d'Axel qu'il espérait lui faire plaisir en ramenant le chat. Ce n'était pas le cas. Même après avoir reçu de nombreux coups de pied de Connor O'Shaunnessy, la pauvre bête n'avait pas appris à rester à sa place. Ici, elle aurait affaire à quatre hommes.

Elle songea avec angoisse à ce qui risquait d'arriver à Mitzi s'il jouait quelque mauvais tour dans la maison. Il se ferait vraisemblablement massacrer par un poing rageur. Il ne survivrait pas à un tel traitement. Elle en aurait le cœur brisé.

– Mitzi, répéta-t-elle en s'avançant vers lui.

Elle prit le gros chat des bras d'Axel et le serra contre elle. Des poils vinrent lui chatouiller les narines.

La situation était désespérée. Il n'allait pas tarder à subir la violence des frères Paxton.

Elle ferma les yeux. Elle aurait tant voulu le garder avec elle, mais il était plus en sécurité chez lui.

– Je sais que vous avez voulu bien faire, Axel, mais vous n'auriez pas dû le ramener. Comme tous les chats, il est craintif et risque de ne pas s'adapter.

Axel observa le chat d'un air pensif.

– Il n'a pas l'air très nerveux. J'ai cru qu'il allait se débattre comme un beau diable quand je monterais en selle, mais il n'a pas bronché. S'il a supporté une chevauchée, il s'habituera à cette maison.

Ce n'était pas le problème. Mitzi n'avait pas conscience du danger. Son expérience n'avait pas suffi à le rendre méfiant.

– Vous ne comprenez pas ! s'écria-t-elle en tremblant. Il n'est pas très bien élevé. Il risque de... Et s'il saute sur la table pour voler la viande du déjeuner ?

– Eh bien, il faudra l'en faire descendre, rétorqua Axel en haussant les sourcils.

– Cela vous mettra en colère, insista Cathy.

– Peut-être. Mais c'est ton animal favori, et tu es ici chez toi, désormais. Tout le monde va devoir y mettre du sien.

– Chez moi, il avait une litière pour ses besoins. Je ne le laissais pas sortir, de peur qu'il ne lui arrive quelque chose.

– Je vais jeter un coup d'œil dans la grange. Il doit bien y avoir quelque vieux bac.

– Je préférerais que vous le rameniez chez lui, dit la jeune femme en serrant l'animal contre elle. Il sera plus heureux.

– Il ne peut pas l'être sans toi, déclara Axel en le regardant. J'ai l'impression qu'il a l'habitude d'être bien nourri. Patrick ne semble guère s'en préoccuper. Quand je suis arrivé, le cheval de ton frère était encore sellé et errait dans la cour. Il n'avait ni mangé, ni bu, et n'avait même pas été bouchonné. J'ai trouvé Patrick affalé dans un box. Si c'est la vie que tu souhaites à ton chat... Il crèvera de faim tandis que ton frère sera parti boire.

Il posa le doigt sous son menton et l'obligea à relever la tête.

– Donnons-lui une chance. Si ça ne va pas, je pourrai toujours le ramener.

Satisfait, il se tourna vers le fourneau. Cathy fixa son dos puissant avec appréhension.

– Si Patrick était inconscient, vous n'avez pas pu lui parler !

– En effet. Je lui ai laissé un mot sur la table de la cuisine.

– Que disait ce mot ?

Il la regarda par-dessus son épaule.

– Que, dans l'intérêt général, nous devrions régler nos différends. Qu'il était le bienvenu chez nous aussi souvent qu'il le souhaiterait. Puis j'ai signé en ajoutant que j'espérais le voir bientôt.

Cathy avait la gorge sèche.

– Merci, Axel, bredouilla-t-elle. Je sais que vous ne le tenez pas en très haute estime.

– Non, mais c'est ton frère, ce qui lui confère de l'importance.

Il se tourna vers la marmite.

– Hum ! Quel délicieux fumet !

Préoccupée, Cathy mit un certain temps à se rappeler ce qu'elle avait préparé.

– C'est un rôti de porc mariné au chou. Je me suis dit que cela changerait un peu. C'est Romilda Eisenbein qui m'a donné la recette. Elle est propriétaire du restaurant allemand dans la grand-rue. Elle avait confectionné ce plat lors d'un repas de bienfaisance, il y a quelques mois, et c'était un régal...

Se rendant compte qu'elle parlait trop, elle s'interrompit.

– J'espère que vous ne m'en voudrez pas de tenter une expérience.

Une lueur amusée s'alluma dans les yeux veloutés d'Axel.

– Cela fait si longtemps que nous n'avons pas fait un repas convenable que nous finirons sans doute la semaine à tes genoux. Je regrette simplement que tu te retrouves aux fourneaux dès le premier jour. Où sont mes frères ?

– David et Esa sont allés voir un veau malade et Joseph a dû aller traire la vache.

– Il doit être l'heure, en effet.

Il roula les manches de sa chemise et se dirigea vers la pompe à eau.

– Que puis-je faire pour me rendre utile ? demanda-t-il en se lavant les mains.

En vérité, Cathy aurait préféré qu'il la laisse tranquille. Elle n'avait guère envie de l'avoir dans ses jambes. La cuisine était spacieuse, mais Axel semblait prendre toute la place.

– Je suis certaine que vous avez mieux à faire.

– Pas du tout. Mes frères se chargeront des corvées pendant quelques jours. Nous venons de nous marier. Je regrette que tu n'aies pas eu un beau mariage ou une lune de miel traditionnelle. Le moins que je te doive, c'est te consacrer un peu de temps afin que nous fassions plus ample connaissance.

Cathy eut envie de lui répondre que ce n'était vraiment pas la peine, mais elle se tut.

Il saisit un torchon et s'essuya les mains, puis dépoussiéra sa chemise et son pantalon. Quand il eut terminé, il jeta le torchon dans un coin et se tourna vers Cathy avec un regard inquisiteur.

– Bon. Que puis-je faire pour t'aider ?

A contrecœur, Cathy se pencha pour poser Mitzi à terre. Le chat partit aussitôt en exploration.

– Détends-toi, ma chérie, dit Axel d'une voix douce. Il ne va pas faire de dégâts.

– Il risque de se soulager n'importe où s'il n'a pas de litière.

Axel se pencha et déposa un baiser sur son front. Surprise, elle eut un mouvement de recul. Leurs regards se croisèrent. Il lui fit un clin d'œil malicieux.

– Eh bien, nous nettoierons, voilà tout. Nous avons passé trois couches de vernis sur le plancher. Dès que Joseph rentrera, je lui dirai de préparer une litière.

Incrédule, Cathy le regarda soulever le couvercle de la marmite. Il aspira profondément.

– C'est divin, ma chérie ! déclara-t-il. Et que mangerons-nous avec ?

Elle eut envie de lui répondre que le rôti ne cuirait jamais s'il ne cessait de laisser échapper la vapeur.

Elle fit un geste vers le cellier.

– J'ai vu des pommes de terre et des navets.

– Et que dirais-tu d'un peu de maïs ? proposa-t-il en se frottant les mains.

– Vous en avez beaucoup ? demanda-t-elle en songeant que quatre hommes devaient avoir un solide coup de fourchette.

– Nous avons des provisions en grande quantité. Il y a un jardin potager derrière la grange, mais il ne commencera à donner que dans quelques mois.

Il entra dans le cellier et prit trois boîtes de conserve.

– S'il te faut quoi que ce soit, n'hésite pas, dit-il. Esa garde une liste affichée sur la porte. Tu n'as qu'à noter tout ce qui te manque et je le prendrai la prochaine fois que j'irai en ville.

Avant de quitter le cellier, il s'arrêta pour ajouter un article sur la liste. Quelques instants plus tard, Cathy ne put résister à la tentation d'aller voir de quoi il s'agissait. Son cœur se mit à battre la chamade.

Une baignoire pleine de chocolat pour Cathy.

Quand Cathy servit le dîner, elle avait les nerfs à fleur de peau. Comme prévu, Mitzi avait fait ses besoins dans un coin de la salle à manger. Malgré ses protestations, Axel avait insisté pour nettoyer. S'attendant qu'il décharge sa rage contre le félin, elle ne l'avait pas quitté d'une semelle, bien décidée à prendre la défense du matou au besoin, même s'il était impensable de tenir tête à son mari. Axel était déjà assez intimidant quand il n'était pas en colère.

Dès que Joseph était rentré, Axel l'avait envoyé préparer un bac. Le jeune homme avait obéi dans un concert de jurons. Selon lui, un chat n'était pas fait pour rester à l'intérieur. Dehors, il y avait des hectares de litière dans lesquels cette sale bête pouvait se soulager.

S'était ensuivie une altercation entre les deux frères. Cathy avait eu du mal à se faire entendre au milieu de leurs cris. La litière avait fini par être posée dans la grande chambre. Joseph avait mis son frère en garde contre l'odeur.

En fait, le chat n'avait rien voulu savoir. Dès que sa maîtresse lui avait indiqué sa nouvelle litière, il était retourné dans la salle à manger. A la vive surprise de Cathy, au lieu de se fâcher, Axel avait suggéré de déplacer la litière. Joseph n'avait pas caché sa réprobation.

En posant la marmite sur la table, Cathy était au bord des larmes. Après avoir expédié le bénédicité, les quatre hommes se jetèrent sur leurs assiettes. Avec effroi, la jeune femme vit Esa recracher la première bouchée.

– Pouah ! C'est infect ! s'écria-t-il.

Les autres se figèrent. Joseph cessa de mastiquer et David resta la fourchette en l'air.

– C'est du porc mariné au chou, expliqua Cathy, nerveuse.

– Je sais. Mais qu'est-ce qui l'a fait tourner ?

– Il doit son goût spécial au vinaigre, Esa, déclara Axel. Cette viande est tout à fait mangeable. C'est une spécialité allemande.

– Tu veux dire qu'elle a pris un rôti normal et qu'elle l'a fait mariner exprès ? dit Joseph en avalant une bouchée.

Cathy devait admettre que le plat n'était pas aussi réussi que celui de Romilda. Tous ses beaux-frères la regardaient comme si elle était folle. Contrairement aux prédictions d'Axel, ils n'avaient pas l'air de vouloir se prosterner à ses pieds. Elle piqua sa fourchette dans un morceau de navet et mangea en silence.

Les couverts se remirent enfin à tinter. Les jeunes gens s'appliquaient à mastiquer d'un air morose. Voilà comment ils la remerciaient d'avoir voulu faire preuve de fantaisie !

Joseph mastiquait sa troisième bouchée quand Mitzi sauta sur la table, se faufilant d'une assiette à l'autre pour les renifler. Cathy était pétrifiée. Les autres semblaient tout aussi ahuris. Seul le félin semblait insouciant, inconscient qu'il était du danger. Quand il arriva au rôti, il l'attaqua goulûment. Le goût un peu spécial ne paraissait pas lui déplaire, contrairement aux Paxton.

Axel fut le premier à réagir. Se levant d'un bond, il saisit le chat sous le ventre. Cathy voulut intervenir, mais sa jupe se prit sous le banc et elle faillit perdre l'équilibre.

– Ne lui faites pas de mal ! s'exclama-t-elle en agrippant son mari par le bras. Il ne se rend pas compte qu'il n'a pas le droit !

Axel garda le chat contre lui.

– Je n'ai aucune intention de le brutaliser, ma chérie.

Il lança un regard à Esa.

– Veux-tu couper un morceau de viande pour Mitzi ? Je vais lui chercher une gamelle.

Sur ces mots, il se dirigea vers la cuisine. Cathy le suivit, persuadée qu'il allait tordre le cou à son chat dès qu'il serait hors de vue. Au lieu de cela, il sortit une écuelle d'un placard. En se retournant, il bouscula la jeune femme.

– Calme-toi ! Personne ne touchera à un poil de ton satané chat !

Ce qualificatif ne fit rien pour apaiser les craintes de Cathy.

– Il ne cherchait pas à faire du mal, expliqua-t-elle. Depuis que mon père l'a projeté contre un mur, il est bizarre.

– Contre un mur ? répéta Axel, effaré.

Cathy retint son souffle. Elle ne voulait pas divulguer ce secret.

– J'ai essayé d'empêcher mon père de le frapper, mais il était ivre, et quand j'ai...

Elle s'interrompit et se tordit les mains.

– Il n'avait plus sa raison. Rien n'aurait pu le retenir.

Il y eut une lueur dans le regard bleu de Cathy. Elle avait honte d'avouer les méfaits de son père. Comme si elle en était responsable. Axel l'imagina affrontant Connor O'Shaunnessy lors de ses accès de démence. Comment avait-elle pu essayer de s'interposer pour protéger un chat ?

– Cathy, ce n'est pas ta faute si ton chat est un peu idiot.

– Si.

Ce simple mot brisa le cœur d'Axel.

– Mais non ! Tout ce que ton père a pu faire n'a rien à voir avec toi.

Ignorant son regard implorant, Axel garda Mitzi dans ses bras. Il fallait qu'elle comprenne que l'animal ne risquait rien. Hélas, seuls le temps et l'expérience pourraient l'en convaincre.

La jeune femme sur ses talons, il regagna la salle à manger. Dès que Mitzi fut posé devant son assiette pleine, il se mit à dévorer à belles dents en ronronnant de plaisir. Axel se rassit, feignant de ne pas remarquer que sa femme se tenait toujours à ses côtés, prête à saisir son chat. Il adressa à chacun de ses frères un regard éloquent et se remit à manger.

Durant un long moment, Joseph regarda le chat avec mépris. Cathy ne se rassit que lorsqu'il poursuivit son repas. Elle fut incapable d'avaler une bouchée. Axel préféra la laisser tranquille, espérant qu'elle finirait par se sentir à l'aise parmi eux.

L'heure de se coucher arriva. Avec une appréhension grandissante, Cathy vit les frères Paxton se retirer dans la grange. Axel éteignit les lampes. Elle avait les nerfs à vif. La veille, son mari n'avait pas cherché à exercer ses droits conjugaux, mais elle ne devait pas compter sur une générosité éternelle. « Au jour le jour », avait-il dit.

Elle se dirigea vers la chambre avant lui, se déshabilla à la hâte, persuadée qu'il allait surgir à tout moment et l'attraper à demi dévêtue. Elle fut soulagée de constater qu'il n'en fit rien. Elle se glissa entre les draps et se pelotonna dans un coin, remontant la couverture sous son menton. Peut-être la laisserait-il tranquille si elle faisait semblant de dormir.

A peine avait-elle fermé les yeux qu'on frappa un petit coup à la porte. Etonnée, elle ouvrit les paupières. Un nouveau coup. Si elle lui disait d'entrer, il saurait qu'elle ne dormait pas.

Elle se retourna et enfouit la tête sous le drap. Finalement, la porte s'entrouvrit.

– Cathy ? Je peux entrer ?

Elle serra les dents, osant à peine respirer. Un pas traînant traversa la pièce, puis elle sentit un poids sur le matelas dont les ressorts grincèrent. Elle l'entendit se dévêtir. Ses bottes martelèrent le sol. Puis un bruissement de tissu...

Elle sursauta en reconnaissant le tintement de pièces de monnaie. Avait-il ôté son pantalon ? Son cœur se mit à battre la chamade. Puis il souleva l'édredon et s'allongea, formant un creux qui faillit engloutir la jeune femme. Les mains crispées sur l'édredon, elle s'efforça de ne pas rouler contre lui.

Ce fut inutile car un bras puissant la prit par la taille.

Son torse musclé se plaqua contre son dos. Elle tenta de ne pas reconnaître les parties de son anatomie qui entrèrent en contact avec elle. Des cuisses fermes, des genoux osseux. Mon Dieu, c'était presque aussi affreux qu'un viol ! Il ne pouvait lui imposer d'autres épreuves. Doucement, sa main vint se poser familièrement sous son sein droit. Elle en sentait la chaleur à travers le fin tissu de sa chemise de nuit. Elle ne put réprimer un sursaut. Elle ne supportait pas qu'il la touche à cet endroit.

– Alors tu es réveillée, murmura-t-il dans sa nuque. Je m'en doutais.

– Hum...

Il referma les doigts sur son sein. Aussitôt, les souvenirs resurgirent et son cœur s'emballa. Elle se rappela combien il était pénible d'être plaquée au sol par plus fort que soi, d'être explorée par des mains brutales, de subir une douleur intolérable, d'être humiliée au-delà des mots. Elle ne pouvait se protéger contre Axel Keegan.

– Pourquoi n'as-tu pas répondu quand j'ai frappé ?

Il devait le savoir. Si elle lui mentait, il s'en rendrait compte. Ne supportant plus son contact, elle prit sa main et enfonça ses ongles dans la chair brune.

– J'espérais que... enfin... si je dormais...

Il parvint à l'envelopper davantage dans ses bras, la réchauffant de sa peau comme du velours sur le métal.

– Je vois.

Elle attendit qu'il en dise davantage, mais il remua les doigts de sa main prisonnière.

– Tu me serres trop, fit-il.

Elle relâcha son emprise, agréablement surprise de constater qu'il ne cherchait plus à lui toucher le sein. Elle s'efforça de contrôler son tremblement.

– Cathy...

– Oui ?

Il se tut quelques instants, puis frotta son nez contre les cheveux de la jeune femme.

– Excuse-moi, mais tu ne penses tout de même pas contrôler ma main en l'agrippant ainsi ?

Elle se rendit compte de son geste et tenta de se calmer.

– Bien sûr que non, répondit-elle d'une voix faible.

– Tant mieux, murmura-t-il dans son cou.

Son souffle lui donnait la chair de poule.

– Parce que si je décidais de te toucher les seins, tu n'aurais aucun moyen de m'en empêcher.

Ces paroles restèrent en suspens entre eux.

– Et... et tu vas le faire ?

– Faire quoi ?

– Me toucher les seins.

– Seulement si tu le souhaites.

Elle réprima un fou rire hystérique, à tel point qu'elle en eut des crampes.

– Si je le souhaite ?

Elle sentit ses épaules tressauter.

– Je t'assure que cela t'arrivera un jour, dit-il en riant aussi. Tu auras du chocolat jusqu'au cou. Je peux être irrésistible quand tu le veux.

Il ne dit rien de plus, se contentant de la garder contre lui, dans sa chaleur. Au bout de quelques minutes, Cathy entendit son souffle s'alourdir.

Dormait-il ? Elle ne pouvait le croire. Pourtant, sa main était molle. Il dormait à poings fermés. Elle faillit pleurer de soulagement.

La jeune femme demeura longtemps immobile, n'osant bouger. Puis elle parvint à se détendre un peu. Le clair de lune filtrait à travers les rideaux.

Elle mit une éternité à trouver le sommeil.

19

Axel se réveilla avec l'horrible impression d'étouffer. Quelque chose lui picotait les narines. Ouvrant un œil, il se rendit compte que Mitzi était couché sur son torse, agitant la queue sous son nez.

Il le poussa gentiment. Ses quatre pattes s'enfoncèrent dans son estomac comme s'il pesait une tonne. En sentant le drap remuer, le chat s'enfuit précipitamment, plantant ses griffes dans le bas-ventre d'Axel. Fou de douleur, celui-ci se redressa comme un ressort.

– Sale bête ! cria-t-il en tombant du lit.

– Que se passe-t-il ? demanda Cathy en se réveillant.

Elle se leva et regarda en tous sens.

– C'est ton maudit chat ! répondit Axel entre ses dents serrées. Il m'a sauvagement agressé !

Voyant Axel se remettre debout, les mains entre les cuisses, Cathy écarquilla les yeux.

– Mon Dieu ! s'exclama-t-elle. Il vous a fait mal ?

Elle chercha Mitzi des yeux.

– Je suis sûre qu'il ne l'a pas fait exprès. Parfois, il m'arrive de m'amuser avec lui en remuant la main sous le drap. Il a dû penser... que tu jouais à la souris.

– A la souris ?

Axel détestait ces créatures nuisibles.

La porte s'ouvrit violemment. Joseph entra, hors d'haleine, arme au poing, prêt à tirer. Il balaya la pièce du regard.

– Où est ce salaud ?

Cathy se précipita entre Joseph et le lit.

– Il se cache là-dessous ? Sors de là, espèce de lâche !

Axel s'aperçut avec soulagement que sa virilité était intacte. Se sentant un peu ridicule, il baissa les bras et s'assit, conscient du regard ahuri de sa femme sur Joseph.

– Il ne s'agit pas de Patrick, déclara-t-il à son frère. C'est le chat qui m'a agressé, c'est tout.

– Le chat ? répéta Joseph, incrédule. Tu m'as fait une de ces peurs ! Je croyais qu'O'Shaunnessy s'était introduit ici.

– Je suis désolé de t'avoir effrayé. Mitzi m'a pris par surprise.

Cathy se tordit les mains.

– Il ne voulait pas faire de mal, assura-t-elle. Il croyait qu'Axel jouait à la souris.

Joseph lança un regard à son frère et rougit violemment. Il baissa son arme.

– Je vois, dit-il, penaud.

– Je n'ai rien, parvint à articuler Axel. Du moins, je crois.

Du coin de l'œil, il vit une touffe de poils franchir le seuil en un éclair. Mitzi était plus rusé que ne le pensait sa maîtresse. Il avait fort bien compris qu'il valait mieux disparaître en certaines circonstances.

Axel se passa la main dans ses cheveux.

– Allez, file ! lança-t-il à son frère. Nous arrivons.

Quand la porte se fut refermée, il prit Cathy par les épaules. Elle était attendrissante dans sa chemise de nuit froissée, avec ses cheveux en bataille.

– Excuse-moi d'avoir réagi aussi brutalement, murmura-t-il. J'ai...

Il s'interrompit, le regard rivé sur ses joues empourprées. Apparemment, la jeune femme faisait de son mieux pour ne pas éclater de rire.

– Qu'y a-t-il de drôle, madame Keegan ?

– Rien du tout. J'espère que... enfin... Mitzi n'a pas infligé de dommages irréparables à votre... virilité.

– Serait-ce une note de sollicitude que je perçois dans ta voix ?

Cathy émit un petit rire qu'elle étouffa de la main. Elle écarquilla les yeux.

– Tu sais, dit Axel d'un ton espiègle, te moquer de

moi en de telles circonstances n'est pas ce que tu fais de mieux.

Sa gaieté s'envola instantanément. Son regard pétillant s'emplit de gravité. On eût dit de gros nuages venant assombrir un ciel d'été. Axel s'en voulut d'avoir rompu le charme.

Il écarta sa main délicate et lui attrapa le menton.

– Je te taquine, ma chérie.

– Ah bon ?

Axel eut soudain envie d'embrasser la commissure de ses lèvres.

– Bien sûr. Je n'ai pas trouvé cette mésaventure très drôle sur le moment, mais je dois avouer qu'avec le recul...

Il déposa un léger baiser sur son front.

– Habille-toi, madame Keegan. Je sens un fumet de bacon. Joseph ne prépare déjà pas très bien les œufs, alors autant ne pas les laisser refroidir.

Il se détourna et prit son pantalon. Il était couvert de poils de chat. Ravalant un juron, il l'enfila.

Cathy se réfugia dans le dressing, qui ne possédait pas encore de porte. Du coin de l'œil, son mari la vit l'observer discrètement, puis elle disparut de sa vue. Il l'entendit verser de l'eau dans la cuvette. Etonné qu'elle lui fasse confiance, il porta un regard ahuri vers l'entrée.

Il se figea aussitôt. Le miroir qu'il venait de se faire livrer était posé contre le mur. Sans le savoir, Cathy s'y reflétait de la tête aux pieds.

Axel aurait dû détourner les yeux, mais ce fut plus fort que lui. Sa femme venait d'ôter sa camisole et se lavait le torse à l'aide d'un gant. Dans sa hâte, de peur d'être épiée, elle se frictionnait vigoureusement, faisant tressauter ses seins.

Axel avait vu de nombreuses poitrines dénudées, dans sa vie, mais jamais d'aussi jolie. Ronds, fermes, d'une blancheur d'albâtre, veinée de bleu, ils avaient des mamelons d'un rose délicat. Honteux de l'épier ainsi, il se força à détourner les yeux. Un jour, elle s'offrirait à lui dans toute sa splendeur. Alors, il pourrait l'admirer à loisir, et la toucher, et goûter sa douceur. Mais il fallait qu'elle vienne vers lui de son plein gré.

Vibrant d'un désir contenu, Axel finit de s'habiller.

En quittant la chambre, quelques instants plus tard, Cathy trouva les hommes réunis autour de la table. La chemise d'Axel était pleine de poils de chat. Sur le banc, à côté de Joseph, Mitzi était assis devant une gamelle vide. Esa posa son verre de lait sur la table.

– Votre chat aime ses œufs brouillés nappés de sauce piquante, déclara-t-il.

De toute évidence, ils s'étaient décalés sur le banc pour faire de la place à Mitzi. Elle adressa un regard ébahi à Joseph.

– Quiconque s'en prend aux parties génitales d'Axel est mon ami, annonça-t-il avec un large sourire.

Axel jeta sa serviette sur son assiette à demi pleine.

– Joseph, je n'en crois pas mes oreilles ! Modère tes propos !

David et Esa ricanèrent. Cathy préféra se replier dans la cuisine pour éclater de rire à son tour. Jusqu'à présent, Axel avait assez bien pris l'agression de Mitzi, mais il risquait de se lasser si les plaisanteries se multipliaient. Elle espérait que l'incident serait vite oublié – dans l'intérêt du chat.

– Servez-vous ! lui lança Joseph de la salle à manger. Tout est sur le feu.

Il ajouta :

– J'espère qu'il n'y a pas de souris sous le poêle. Mitzi n'est pas là pour la protéger. C'est méchant, ces petites bêtes.

Cathy entendit le raclement du banc sur le sol. Elle mettait des œufs brouillés dans une assiette quand Axel la rejoignit et posa les mains sur sa taille. Dans un sursaut, elle faillit tout lâcher. Il rit et se pencha pour lui mordiller l'oreille.

Au bout d'une éternité, il murmura d'une voix rauque :

– Après un repas, un homme apprécie toujours un petit dessert. Rien ne me fait plus envie que toi.

Cathy demeura figée. Ainsi son mari la considérait comme un plat qu'il voulait goûter. Combien de temps attendrait-il pour l'attaquer ?

– Hum, tu sens bon, dit-il en effleurant des lèvres la courbe de son cou, provoquant des picotements inattendus.

– Vous devez être enrhumé. Je meurs d'envie de prendre un bain.

– Je vais apporter la cuve. Les garçons vont passer la matinée dehors.

Les frères Paxton n'étaient pas le souci majeur de la jeune femme. Evitant la bouche de son mari, elle regarda par-dessus son épaule. Un rayon de soleil illuminait son visage hâlé. Il était si beau qu'elle en eut le souffle coupé. Quelques mèches brunes tombaient sur son front. Ses yeux étaient d'un brun chaud et ses lèvres charnues avaient la douceur de la soie.

– Et vous, vous serez où, ce matin ? demanda-t-elle d'une voix tremblante.

– Où veux-tu que je sois ?

– Ailleurs !

– Patatras ! dit-il en riant. Et moi qui espérais que tu me demanderais de te frotter le dos !

– Vous avez une brosse ?

– Tu vois ma main ? Cela fait autant d'effet.

Troublée, Cathy se rendit compte qu'elle s'était servi une portion pantagruélique.

– Tu es nerveuse ?

– Je devrais l'être ?

Il glissa de nouveau les lèvres dans son cou puis quitta la pièce sans un mot. Une seconde plus tard, elle entendit la porte d'entrée se refermer. Elle emporta son assiette à table. Elle allait s'asseoir quand la porte se rouvrit. Axel apparut avec une énorme cuve.

– On n'est pas samedi ! gémit Esa. Ne me dis pas qu'on va devoir prendre un bain !

– Seulement Cathy, répondit Axel en posant l'objet sur le sol de la cuisine. Je lui ai promis que vous seriez absents jusqu'à midi.

David se pencha en avant.

– Cathy, chuchota-t-il avec une mine de conspirateur, prenez garde à bien vous laver derrière les oreilles. Axel vérifie toujours.

– Les ongles aussi, ajouta Joseph, hilare.

Cathy esquissa un sourire forcé.

Avant de se déshabiller pour se plonger dans l'eau chaude, Cathy verrouilla toutes les portes. Effort inutile, car Axel possédait les clés. Puis elle ferma les fenêtres et tira les rideaux, simples coupons de tissu assemblés tant bien que mal sur une tringle, mais qui garantissaient son intimité. Toutefois, la fenêtre de la cuisine en était dépourvue.

Elle ôta ses vêtements avec la rapidité d'une actrice se changeant entre deux scènes. Puis elle se glissa dans l'eau chaude, avec l'impression que quelqu'un l'épiait. Le moindre bruit la faisait sursauter. Et si Axel entrait ?

La pensée d'être surprise nue et sans défense dans son bain la faisait frémir. Se ressaisissant, elle entreprit de se laver les cheveux. Ainsi, son mari pensait qu'une grosse main calleuse frotterait son dos à merveille ? Jamais de la vie !

En touchant par mégarde sa blessure à la tempe, elle songea à sa tentative de fuite du premier soir. Ses plaies se refermaient, mais certaines, plus profondes, étaient encore sensibles. Grâce à ses soins, Axel avait évité toute infection.

Elle fronça les sourcils. Avec toutes ses plaies et ses bosses, il n'était guère étonnant que son mari ne vienne pas la surprendre. D'ailleurs, ce devait être la raison pour laquelle il ne l'avait pas forcée à accomplir le devoir conjugal. Il avait dit lui-même qu'il n'aimait pas la vue du sang ou des blessures.

Soudain, elle regretta de guérir aussi vite. La laisserait-il tranquille, ce soir ?

Des souvenirs moroses l'assaillirent. Elle posa un gant mouillé sur son visage et pleura. Jamais elle n'oublierait cette fameuse nuit. Elle risquait un traitement encore plus dur de la part d'Axel. Il était bien plus grand et bien plus fort que son violeur.

Soudain, la tension des deux derniers jours eut raison d'elle. Elle laissa échapper un sanglot et se promit de ne jamais lui faire confiance. Sa gentillesse était feinte. Tôt ou tard, il se montrerait sous son vrai jour.

20

Déterminée à ne pas lui accorder sa confiance, Cathy fit tout pour ne pas avoir à changer d'opinion à son sujet. Voyant que, nuit après nuit, il ne cherchait pas à accomplir le devoir conjugal, elle se dit qu'il attendait son heure pour la prendre au piège. Quand il comprendrait que ses approches ne serviraient à rien, il se jetterait sur elle comme elle s'y attendait depuis le début.

Mitzi réussit à survivre plusieurs jours chez eux sans le moindre problème. La jeune femme pensa qu'il n'avait simplement rien fait de grave méritant châtiment. Tôt ou tard, il ferait exploser la colère des frères Paxton. Alors elle devrait le protéger contre leurs représailles.

Les jours passaient, sans que Cathy s'en rende vraiment compte. Au bout d'une semaine, au plus profond d'elle-même et sans vouloir le reconnaître, elle sentit se développer en elle une sorte de crainte, non pas que

Mitzi et elle finissent par tomber aux mains d'Axel Keegan, mais, au contraire, que cela ne se produise pas.

Axel adorait rire. Quand il la prenait dans ses grands bras pour ne pas la lâcher, elle avait l'impression que ses rêves d'enfant apeurée se réalisaient. Un homme à la fois fort et gentil venant à sa rencontre pour la protéger. Quelqu'un qui lui offrirait des gâteries. Certes, il ne lui avait pas offert une baignoire pleine de chocolat, mais une grosse boîte de friandises.

Son mari riait des choses les plus étranges. Un matin, en allant chercher son chapeau, il se rendit compte que Mitzi y avait fait ses besoins. Quand il revint dans la chambre pour faire part à sa femme de la dernière frasque du matou, elle s'attendait qu'il fulmine et menace d'étriper le coupable. Bien au contraire, il prit la chose avec humour. Par chance, il possédait un chapeau de rechange.

Dans ces conditions, Cathy avait du mal à s'en tenir à ses résolutions. Petit à petit, Axel dissipait ses dernières craintes. Elle était de plus en plus à l'aise en sa compagnie. S'il ne cessait pas bientôt, elle risquait de faire une bêtise, comme tomber amoureuse de lui. Dans ce cas, elle pouvait faire litière les leçons que lui avait données la vie.

Il fallait être folle pour croire aux contes de fées ! Les héros n'existaient pas, pas plus que le Prince Charmant. Ils ne venaient pas sauver la princesse sur un bel étalon noir, mais prenaient ce qu'ils voulaient sans lui demander son avis et abusaient de leur autorité.

Si elle laissait Axel la persuader qu'il était le Prince Charmant, elle s'exposait à une grande déception.

A malin, malin et demi, se dit-elle.

Au bout d'une semaine, les travaux reprirent dans la maison. Axel appelait cela les finitions. En fait, ses frères et lui passèrent leur temps à jurer et à se disputer. Aucun d'eux n'était très habile de ses mains.

Ayant accepté le fait qu'elle était condamnée à rester

dans ce ranch, et subirait les conséquences de leurs erreurs, elle jugea préférable de les aider.

Un après-midi, alors qu'Axel s'efforçait d'assembler une coiffeuse pour le cabinet de toilette, elle déclara :

– Ce n'est pas ainsi que l'on découpe un angle à quarante-cinq degrés.

Quatre paires d'yeux hostiles se tournèrent vers elle.

– Vraiment ? dit Axel, un clou entre les dents. Alors montre-moi, puisque tu es si futée !

– Eh bien, il faudrait un onglet.

Joseph cessa de scier la planche.

– Si un onglet est une Mme Je-sais-tout qui tourne en rond et donne des leçons à tout le monde, alors on en a déjà un.

Sentant qu'aucun des jeunes gens n'était bien disposé à son égard, Cathy voulut s'en aller, mais Axel intervint :

– Reste ici, maintenant que tu as commencé. Qu'est-ce qu'un onglet ?

Cathy se dirigea vers la porte, l'odeur de la sciure lui irritant les narines.

– Oh, rien d'important. Mon intention n'était pas de critiquer votre travail.

Elle balaya des yeux le chantier en désordre.

– Vous vous en sortez très bien, sincèrement.

– Cathy... dit Axel d'un ton légèrement menaçant. Nous ne sommes pas des imbéciles. Nous savons comment les choses sont censées tenir. Mais nous n'arrivons pas à...

Il jeta son marteau.

– Qu'est-ce qu'un onglet, bon Dieu ?

– Eh bien, je suppose que je pourrais vous en faire un, répondit-elle en se tordant les mains. On s'en sert pour découper les angles. Il permet de guider la scie. Cela simplifie la vie.

– Je savais bien qu'il devait exister un truc dans ce genre-là, admit David. Pas étonnant que tout se détraque.

Cathy devint membre de l'équipe à part entière. Elle trouva l'expérience plutôt agréable, sauf lorsque l'un des hommes poussait un juron en se tapant sur les doigts. Grâce à elle, le cabinet de toilette fut terminé en un temps record. Toutefois, quand Axel fit les travaux de plomberie du grenier jusqu'au cabinet, l'eau refusa de couler dans les tuyaux.

Tous se tenaient autour de la somptueuse baignoire qui venait d'être livrée, guettant un gargouillis.

– Quand je pense à l'argent que j'ai dépensé ! J'ai même installé un chauffe-eau à gaz. A présent, c'est la plomberie qui nous lâche !

Joseph donna un coup de pied dans la baignoire.

– Peuh ! Cela ne m'étonne guère. Cite-moi une chose qui fonctionne dans cette maison. Rappelle-toi la cheminée.

– La ferme !

– A la première pluie, expliqua Joseph à Cathy, le ciment s'est effrité et nous avons retrouvé un tas de gravats.

– Tout est arrangé, maintenant, non ? répliqua Axel avec un regard courroucé. Je ferai démarrer cette plomberie.

– L'un de nous pourra toujours utiliser la baignoire pour dormir, suggéra Esa en riant. Les chambres ne risquent pas d'être terminées avant un an.

– J'ai dit la ferme ! répéta Axel, serrant les dents. Ce n'est pas le moment de rigoler.

Il les fusilla tous du regard, y compris Cathy.

Mitzi choisit ce moment pour trottiner dans la pièce, se dirigeant droit vers le pantalon noir d'Axel pour s'y frotter l'échine. Ledit Axel le foudroya du regard. Cathy se précipita pour prendre son chat. Son mari la saisit par l'épaule.

– Laisse-le. Il n'y a pas de problème.

– Mais il vous met des poils partout...

– Je sais, répondit-il en se radoucissant.

Il se pencha et souleva Mitzi dans ses bras. Lui tournant la tête, il l'obligea à le regarder dans les yeux.

– Nous avons conclu un accord, pas vrai, Mitzi ?

Il regarda Cathy.

– Il perd ses poils et c'est moi qui les récupère.

Cathy mit les mains sur les hanches tandis que le félin regardait à la ronde en louchant. Joseph se mit à rire.

– Je n'ai jamais vu un animal qui ait l'air aussi bête.

– Il n'en a pas seulement l'air, renchérit Esa.

– Il n'y est pour rien ! s'écria Cathy. Il a pris un coup sur la tête et son cerveau a été atteint.

– Quel cerveau ? s'enquit Joseph.

Axel serra le chat dans ses bras et le gratta derrière les oreilles. Puis il reporta son attention sur son travail de plomberie.

– Pour l'heure, je ne peux pas dire que j'aie fait des merveilles avec cette baignoire. Cela devrait pourtant marcher. Le moulin pompe l'eau dans le grenier et la force de gravité doit la faire descendre.

– Tu as peut-être mal lu ton manuel, suggéra Joseph.

– Je ne suis pas illettré. J'ai suivi les instructions à la lettre.

– Si je peux me permettre une supposition... déclara Cathy, rassemblant tout son courage. Je crois que l'absence d'eau pourrait être due à un mauvais raccord dans la tuyauterie entre ici et la citerne. Si toutes les sections ne sont pas droites...

Elle se tut un instant et leva les mains d'un air fataliste.

– Comme vous le savez, l'eau coule vers le bas. S'il y a une dépression, elle formera une mare et il y aura une fuite. Si la terre se ramollit, les joints céderont sous la pression.

– Tu suggères que nous déterrions tous les tuyaux ? dit Axel d'un ton menaçant.

– Ce n'est qu'une idée, rétorqua-t-elle en haussant

les épaules. Il suffirait sans doute de chercher une nappe d'humidité et de creuser à cet endroit.

Un quart d'heure plus tard, ils s'affairaient à exhumer le conduit. Bientôt ils mirent au jour une fuite souterraine.

– Vous auriez peut-être dû mettre du gravier dans la tranchée, déclara Cathy.

Axel plissa les yeux.

– Tu veux dire qu'il faut tout recommencer ?

– Mon Dieu, non, répondit-elle en fixant la fuite.

Le lendemain matin, Axel alla acheter un chariot de gravier en ville. En rentrant, il posa deux boîtes blanches sur la table et insista pour que Cathy les ouvre. Elle découvrit trois robes neuves, dont l'une était la bleue qu'elle avait admirée dans la vitrine avec Patrick. Il y avait aussi des dessous, des jupons et plusieurs paires de bas de soie.

Cela faisait si longtemps qu'elle n'avait pas eu de vêtements neufs ! Ses mains tremblaient en les dépliant. Jamais elle n'avait enfilé de bas de soie.

– Vous n'auriez pas dû, murmura-t-elle, impressionnée. Vous avez dû dépenser une fortune !

– Cela vaut la peine pour te voir dans la belle robe bleue, répondit-il. Et si tu l'essayais ?

– Oh non, je ne peux pas. Je la garde pour une occasion spéciale, pour aller à la messe ou faire des courses en ville. Je ne voudrais pas l'abîmer.

Cathy rassembla ses effets et alla les ranger. Elle suspendit les robes à des cintres et les recouvrit d'une housse pour les protéger de la poussière. En regagnant la salle à manger, elle aperçut un autre paquet sur la table, enveloppé dans du papier marron.

Axel se tenait sur le seuil de la porte menant à la cuisine, une tasse de café à la main.

– Je l'avais oublié dans le chariot. C'est pour toi. Ouvre-le.

Cathy jugeait sa générosité excessive. Quand un

homme offrait des cadeaux à une femme, il attendait toujours quelque chose en retour.

Les mains tremblantes, elle dénoua la ficelle. Elle vit divers coupons de tissu, dont le même que celui de ses anciens rideaux, ainsi que des chutes destinées à confectionner un tapis.

– J'ai trouvé que tout était joliment décoré, chez toi, dit-il d'un ton bourru. J'ai pensé que tu te sentirais plus à l'aise si la décoration était la même ici.

Cathy en eut les larmes aux yeux. Il avait choisi exactement les mêmes couleurs que chez elle, et avait pensé à tout le matériel de couture, fil, aiguilles, dé... Elle leva les yeux vers lui.

– Mon Dieu, ne pleure pas ! s'exclama-t-il, affolé.

– Merci, Axel, dit-elle en repliant avec soin l'emballage. Dans mes moments de loisir, j'aurai plaisir à m'occuper les mains pour égayer un peu la maison.

– Cathy, qu'est-ce qui ne va pas ?

– Rien, assura-t-elle avec un sourire forcé. Vous êtes très... attentionné. Merci encore.

Elle mentait. Tout allait mal. Axel se rappelait ce qu'elle avait confectionné dans les moindres détails. Même Patrick n'avait jamais accordé une telle attention à ses réalisations. Certes, son frère lui avait offert de beaux cadeaux. Mais toujours en fonction de ses propres goûts. Jamais il ne se serait demandé quelles étaient ses couleurs préférées, par exemple. Personne n'avait jamais vraiment cherché à savoir ce qu'elle aimait.

C'était un détail sans importance, mais cela représentait beaucoup pour elle. Axel lui donnait l'impression d'être... unique. Cela la terrifiait. Il semblait agiter tous ses rêves d'enfant devant elle. Elle n'avait qu'à tendre la main pour les attraper. Mais, pour cela, il fallait passer par les bras d'Axel.

Ce soir-là, après le dîner, il l'invita à faire une promenade au clair de lune. Un peu nerveuse, car ils étaient rarement seuls, à part la nuit, elle sursauta lorsqu'il lui prit la main. Pendant un long moment, il se contenta de la regarder, puis il posa les yeux sur la bague en onyx qu'elle portait au doigt.

– J'aimerais reprendre ma bague, dit-il.

– Ah ! dit la jeune femme en cherchant à ôter le bijou de son doigt. Bien sûr. Elle est superbe, mais un peu trop grande, et j'ai peur de la perdre.

– Laisse-moi faire.

Avec un sourire, il fit glisser la bague, puis se pencha pour embrasser sa paume.

– Voilà qui est beaucoup mieux.

Cathy écarquilla les yeux en découvrant qu'il avait glissé à son annulaire un diamant étincelant.

– Mon Dieu ! s'écria-t-elle en levant la main pour mieux admirer la pierre. Mais vous êtes fou, Axel ! Ce diamant est énorme.

– Il te plaît ? répondit-il en riant.

– S'il me plaît ? répéta la jeune femme en le dévisageant. Je ne puis l'accepter. Il a dû vous coûter...

– ... une fortune, acheva-t-il à sa place. Et tu la vaux largement.

Il la prit par le menton, les yeux brillant de détermination.

– J'ai bien droit à un baiser, tu ne crois pas ?

Cathy aurait pu lui citer de nombreuses raisons de n'en rien faire, mais elle n'osa parler. Les lèvres soyeuses d'Axel effleurèrent délicatement les siennes. Elle sentit son souffle chaud et doux. Ses grandes mains se posèrent sur sa taille et la plaquèrent contre lui.

Elle eut l'impression qu'il embrasait tous ses sens en même temps. Son torse puissant écrasait ses seins tendus, envoyant mille et une ondes dans tout son être. Son ventre était en feu. Du bout de la langue, il titilla la commissure de ses lèvres, cherchant à se frayer un chemin.

Elle songea à la description que lui avait faite Bess de son premier baiser. En plongeant la langue dans sa bouche, le garçon lui avait donné la nausée. Cathy serra les poings contre la chemise de son mari, bien décidée à résister.

Axel recula légèrement. Ses yeux pétillaient au clair de lune. Derrière lui, les branches des arbres se balançaient sous la brise vespérale. Cathy sentit son cœur s'emballer. Axel ne semblait pas très satisfait de sa réaction.

– Cathy, as-tu souvent été embrassée ?

A part le soir de son mariage, elle n'avait enduré l'épreuve qu'une seule fois... Ç'avait été un horrible calvaire !

– Hum... marmonna-t-elle.

– Je vois, dit-il sur un ton qui prouvait qu'il ne la croyait pas. Et si je te donnais quelques... conseils amicaux pour perfectionner ta technique ?

– Je ne vais pas vous laisser fourrer la langue dans ma bouche ! répliqua-t-elle en prenant une profonde inspiration. L'idée seule me répugne !

Il sourit, et sa fossette se creusa.

– Exprimé ainsi, tu as raison, c'est répugnant.

– Je suis heureuse que nous soyons d'accord.

Il haussa un sourcil. Cathy le connaissait suffisamment pour comprendre que cela ne présageait rien de bon pour elle.

– Un baiser bien exécuté représente un prélude important à l'amour, expliqua-t-il d'une voix rauque. Si tu n'apprends pas à le faire correctement, tu ne voudras jamais aller plus loin.

Cathy n'en doutait pas.

– Ecoute, laisse-moi t'apprendre, d'accord ? proposa-t-il. Si tu es écœurée, tu n'auras qu'à me taper sur l'épaule.

Cathy serra les dents. Il prit fermement son menton entre le pouce et l'index et exerça une légère pression. Elle fut obligée d'entrouvrir les lèvres. Il se pencha alors et posa de nouveau sa bouche contre la sienne. Comme elle le craignait, sa langue entreprit aussitôt de jouer avec l'intérieur de ses lèvres, en dessinant le contour. Dès qu'il effleura le bout de sa langue, elle se mit à lui marteler l'épaule.

Pas de réaction. Elle frappa plus fort. Cette fois, il réagit, mais au lieu de cesser, son baiser se fit plus profond. Soudain, il prit possession de sa bouche, et elle oublia tout pour se laisser aller à ses sensations.

Agrippée à sa chemise, Cathy s'appuya contre lui, offerte. Une douce chaleur l'envahit tout entière, son cœur accéléra ses battements, ses entrailles se nouèrent. Puis ses jambes mollirent. Elle eut l'impression étrange de se liquéfier.

Axel relâcha son menton pour l'encercler de ses bras. Cathy s'en félicita car elle n'était pas certaine de pouvoir tenir debout. Fléchissant les genoux, il plaqua les hanches contre les siennes. Elle en eut d'abord le souffle coupé, puis elle gémit.

Quand il libéra enfin sa bouche, elle demeura pantelante, comme enivrée. Sentant leurs deux cœurs palpiter, elle fixa d'un œil hagard les arbres qui tanguaient derrière lui.

– Eh bien ! murmura-t-elle. C'est quelque chose !

Il se mit à rire.

– Tu l'as dit, ma chérie !

Il l'écarta un peu, la tenant toujours par les bras.

– Ça va ?

Cathy leva les yeux vers lui, reprenant peu à peu ses esprits. Axel Keegan était décidément très dangereux.

– Très bien, mentit-elle.

En fait, elle craignait de ne plus jamais se sentir comme avant.

Chaque jour, Axel ne se faisait jamais faute de la coincer dans un lieu discret pour lui imposer ses assauts, tantôt lui mordillant l'oreille, tantôt l'embrassant dans le cou. Il lui murmurait des mots doux d'une voix rauque. Il n'avait pas menti. C'était un expert dans l'art de faire vibrer le corps d'une femme. Il savait trouver les endroits les plus sensibles et les titiller à souhait. Cathy devait faire appel à toute sa volonté pour garder l'esprit en alerte et ne pas se laisser emporter par ces vagues de sensations.

Cependant, elle résistait. En repensant à cet autre homme, qui l'avait agressée. Ces souvenirs suffisaient à la faire redescendre sur terre. Un jour, quand elle s'y attendrait le moins, elle se retrouverait dans le grand lit, en train de se débattre sous le poids d'Axel, tandis qu'il étoufferait ses cris de sa large main.

Cela ne se produisait toujours pas. Au contraire, quand elle était certaine qu'il était trop excité pour s'arrêter, il s'éloignait. La plupart du temps très frustré, et ses yeux pétillant chaque fois d'une lueur amusée.

Ce qui l'inquiétait le plus, c'était que ces petits jeux sensuels avaient cessé de lui faire peur, et qu'elle y prenait même un certain plaisir. Rien d'extraordinaire, mais une tendance à pencher la tête pour mieux se nicher au creux de son épaule, à se frotter contre lui pour mieux sentir son corps ferme, à enrouler les bras de son mari autour de sa taille.

Elle devait être folle d'y prendre goût.

Quand ces envies la submergeaient, elle parvenait en général à les chasser en évoquant ses terribles souvenirs. Ses émotions allaient et venaient, la laissant troublée et perdue.

Elle en voulait à Axel de jouer ainsi avec ses sens. Elle ne cessait de se répéter qu'elle le détestait, qu'elle le méprisait. Mais alors il surgissait et faisait quelque chose de si tendre que son cœur fondait.

Un après-midi ensoleillé, tandis qu'elle s'affairait dans la cuisine, Axel rentra de la ville. La jeune femme reconnut son pas traînant. Posant sa cuillère en bois, elle se dirigea vers le seuil pour l'accueillir. Quand elle l'aperçut, ses paroles de bienvenue restèrent dans sa gorge.

Etait-ce Axel ou un inconnu ? Il était vêtu de neuf. Son pantalon avait un pli impeccable et sa chemise de chambray était amidonnée.

– Axel ? dit-elle pour dissimuler son incrédulité.

– C'est bien moi, fit-il en inspectant sa tenue d'un air hésitant. Alors, qu'en penses-tu ?

Cathy ne savait que répondre. Il était extrêmement séduisant, mais l'aurait été tout autant vêtu de haillons.

Toutefois, elle n'était pas habituée à le voir ainsi. Elle le soupçonnait de s'habiller en noir pour se donner un air méchant.

– Vous êtes très bien, déclara-t-elle. Mais pourquoi ce changement ?

Il sourit.

– Jure-moi de ne pas le répéter aux garçons.

– Je ne leur dirai rien, promit la jeune femme.

Il ôta son chapeau, passa la main dans son épaisse crinière brune et se recoiffa.

– C'est un peu bête, en fait...

Cathy n'avait jamais vu son mari faire une bêtise.

Elle posa les yeux sur son pistolet. A présent qu'il ne portait plus de noir, un jeune téméraire risquait de le provoquer. Se rendait-il compte qu'il courait au-devant des ennuis ?

– C'est que... enfin, Mitzi et moi, on a eu une longue discussion. J'ai vite compris qu'il n'allait pas pouvoir changer la couleur de ses poils. Etant donné qu'il va continuer de les laisser traîner sur mes affaires, je me suis dit que le noir n'était pas très pratique.

Cathy en resta interdite.

Il avait fait cela pour le chat ? La plupart des hommes se seraient débarrassés de l'animal. Elle sentit des larmes lui picoter les yeux. Pour dissimuler son trouble, elle se précipita dans la chambre.

– Cathy !

Elle l'entendit la suivre. Quand elle essaya de fermer la porte, il glissa sa botte dans l'entrebâillement. La jeune femme se jeta sur le lit et enfouit son visage dans l'oreiller pour laisser libre cours à son émotion.

Elle sentit le matelas plier sous le poids d'Axel quand il s'assit près d'elle. Il posa la main sur son dos.

Quelque chose se rompit en elle à ce contact. Les barrières explosèrent, puis elle se sentit étrangement bien. Sa main était forte, chaude, douce. Jamais il ne l'avait fait souffrir. Pas une seule fois. Pourtant, il la faisait souffrir plus que quiconque, en se faisant aimer d'elle.

– Qu'est-ce qui t'arrive ?

La question valut à Joseph un regard meurtrier de son aîné, qui était entré en trombe dans la grange et se mettait à jeter des objets en tous sens.

– Qu'est-ce que ça peut te faire ? Laisse-moi tranquille !

Loin de s'émouvoir, le jeune homme vint s'appuyer contre une selle. Les bras croisés, il observa Axel avec un sourire narquois.

– Cela me serait égal si tu ne passais pas ta colère sur nous, dit-il. Malheureusement, il faut bien que nous sachions ce qui se passe.

– Je ne passe ma colère sur personne ! s'écria Axel en donnant un coup de pied dans un seau.

Pour faire bonne mesure, il éventra un sac, et le grain se répandit sur le sol.

– Ne te mets pas sur mon chemin, Joseph !

– Dieu m'en garde !

– Je ne plaisante pas ! Fiche-moi la paix ! Ce n'est pas le moment de m'embêter.

– Axel, cela fait des jours que tu es odieux avec nous. Tu ne cesses de nous houspiller. Si tu as un problème, règle-le. Ce n'est pas juste de te venger sur nous.

Malgré sa colère, il savait que Joseph disait vrai. Cherchant à se ressaisir, il s'assit sur le seau renversé et crispa nerveusement le poing, prêt à frapper.

– C'est à cause de Cathy, n'est-ce pas ?

Axel serra les dents et fixa le sol sans répondre. Joseph croisa les jambes.

– Tu sais, grand frère, c'est bien joli de ronger son

frein. Mais toute patience a des limites. Ensuite, il faut céder.

– Merci pour cette remarque enrichissante.

– C'est de bon cœur ! rétorqua Joseph en riant. Je suis toujours là pour te dire ce que tu sais déjà. Le problème, c'est de t'obliger à faire face. Tu ne peux continuer ainsi. Et Cathy non plus.

– Continuer ainsi ? Mais encore ?

– A jouer au chat et à la souris. C'est stupide. Et je ne plaisante pas.

Se rappelant l'agression de Mitzi, Axel ne put réprimer un sourire. Au bout d'un long silence, il croisa le regard de son frère.

– Je suis au bout du rouleau. J'ai fait tout ce que j'ai pu, et rien ne semble l'atteindre. Elle est en train de pleurer sur le lit. Elle n'arrive même plus à parler. Le pire, c'est que je n'ai pas la moindre idée de ce qui a déclenché ses larmes. On dirait qu'elle a le cœur brisé. Et je n'ai fait qu'acheter des vêtements neufs !

– Et pas de la gnognote, d'ailleurs, commenta Joseph. Pourquoi as-tu changé de style ?

– A cause de ce satané chat ! J'en ai marre de ses poils. Je ne peux plus porter de noir.

– Et tu as dit cela à Cathy ?

– Oui. Et elle a fondu en larmes.

Axel ôta son chapeau et se passa la main dans les cheveux.

– Cette fille me rend fou. Rien ne lui convient. Tout ce tissu que j'ai acheté, elle l'a rangé dans le placard avec ses affaires. Elle ne l'a plus jamais regardé.

Il soupira et inclina la tête en arrière.

– Je ne la comprends pas. Elle n'a même pas cherché à s'enfuir du ranch. Pas même pour aller voir son frère. Et je sais qu'elle en meurt d'envie. Elle refuse de m'accompagner en ville. Chaque fois que je l'invite, elle trouve une excuse. Comme si elle se cachait. Je ne sais plus quoi faire d'elle, Joseph. J'ai beau essayer, je n'arrive pas à la rendre heureuse.

– C'est peut-être le contraire, justement. Tout ce que tu fais lui convient trop bien. Y as-tu pensé ?

– Qu'est-ce que tu veux dire ?

– Elle est terrifiée, et toi, tu lui tends les bras en lui disant de sauter dans le vide. C'est affreux d'avoir à ce point confiance en quelqu'un. On risque le tout pour le tout. La tension monte jusqu'à devenir intolérable. Alors on s'apprête à se jeter dans le vide, mais, à la dernière seconde, on se dégonfle et on part à toutes jambes.

– Oui, admit Axel en soupirant. Tu as raison.

– Tu te souviens comment tu as fini par me faire aimer l'eau ?

– Je t'ai saisi par la cheville et je t'ai tiré.

Joseph n'ajouta mot et s'éloigna. Axel demeura seul, regardant au loin, songeant à sa femme.

Au bout d'un long moment, il se leva. Joseph disait vrai. Il s'y prenait mal. Ne possédait-il pas des droits conjugaux ? Combien de temps allait-il attendre pour devenir enfin son mari ?

Il donna un nouveau coup de pied dans le seau. Ses droits ? Il doutait que sa femme apprécie qu'il les exerce.

Ce soir-là, le dîner fut tendu. Cathy avait fait brûler le ragoût. De même que son gâteau. Axel s'étonna qu'elle n'ait pas mis le feu à la table, par la même occasion.

Elle avait une mine effroyable. Ses yeux étaient gonflés et ses joues striées de larmes. Pire, elle affichait une expression maussade.

Sentant qu'il y avait de l'eau dans le gaz, personne n'osa poser de questions. Un silence pesant régnait, interrompu par le tintement des couverts. Axel remarqua avec agacement qu'Esa avait la fâcheuse habitude de renifler.

A l'issue du repas, Axel décida d'aller prendre l'air

pour ne pas exploser. Il porta son assiette dans l'évier et sortit par la porte de derrière, sautant les deux mètres qui le séparaient du sol, sans se soucier de se blesser. Il se dirigea vers le chêne de la pendaison. Là-bas, il se sentait en communion avec son beau-père. Il avait besoin de se calmer.

Parvenu au pied de l'arbre, il s'installa à sa place habituelle, sur une grosse branche tombée à terre. Il renversa la tête contre le tronc et ferma les yeux, écoutant le bruissement des feuilles. Cathy était au cœur de ses pensées, quoi qu'il fasse, où qu'il aille. Il devait agir. Joseph avait raison.

Apaisé par la brise, il se demanda à quoi elle pouvait songer en ce moment.

Elle avait sans doute fait exprès de laisser brûler le dîner. Pourquoi ? Pour se venger ? S'acheter des vêtements neufs n'était en rien une offense.

Lui en voulait-elle à cause de Patrick ? Ce salaud ne s'était pas présenté chez lui. Elle doutait peut-être qu'il ait réellement invité son frère à venir quand il voulait.

Cela faisait des années qu'Axel vivait avec une soif de vengeance. C'était à présent la seule chose qui se dressait entre lui et sa raison de vivre, Cathy...

Car il l'aimait. Cet amour l'avait submergé dès le début. A présent, il avait l'impression de s'y noyer. Sans elle, il ne pourrait survivre.

Il n'aurait jamais cru qu'un homme fût capable de sentiments aussi profonds. A quoi bon réussir dans la vie s'il ne pouvait le partager avec elle ? Il voulait qu'elle porte ses enfants, même s'ils devaient avoir du sang O'Shaunnessy. Il savait pourtant qu'il risquait d'avoir un fils qui soit le sosie de Connor.

Axel détestait cet homme plus que tout au monde. Il avait tout sacrifié à sa haine. Le jeu en valait-il la chandelle ?

– Est-ce que je peux te tenir compagnie ?

La voix de Joseph le fit sursauter.

– Si tu veux, répondit-il en distinguant la silhouette

de son frère. Mais je te préviens : je ne suis pas de très bonne humeur.

– Première nouvelle !

Joseph s'assit face à la montagne.

– Je me suis dit que tu aurais peut-être envie de parler.

Il sortit un flacon de sa poche et fit sauter le bouchon.

– Tu en veux une gorgée ?

– Pourquoi pas ? dit Axel en buvant à son tour. Cela me fera du bien.

– J'en doute, mais tu supporteras mieux ta frustration.

– Pour être frustré, je le suis, avoua Axel en s'essuyant la bouche d'un revers de manche. On le serait à moins. Je trouve Cathy de plus en plus excitante.

L'alcool lui brûla la gorge.

– Je n'ai pas assez mangé. Le whisky va m'assommer.

– Bah... Qu'importe ?

Axel prit une seconde lampée. Il commençait à sentir un brouillard apaisant l'envelopper.

– Tu sais quoi ?

– Non ?

– J'ai bien envie de laisser tomber. La vengeance n'apporte rien. Je l'ai cru, mais c'est faux.

Joseph ne dit rien. Axel interpréta son silence comme de la réprobation.

– Je sais que vous autres serez très déçus si j'abandonne la partie alors que nous touchons au but. Je vous comprends, mais je...

– Attends une minute ! Ai-je bien entendu ? Excuse-moi, mais qu'est-ce qui t'a mis pareille idée en tête ? Tu es à l'origine du projet. C'est toi qui as vu papa se faire pendre. Et maman se faire violer. Et qui dois affronter un visage tordu tous les matins.

– Qu'est-ce que tu racontes ?

– Que c'est toi qui vivais dans l'obsession de revenir

ici, qui voulais faire payer les assassins de papa. Nous étions trop petits à l'époque. Peu nous importait de revoir ces lieux.

– Mais vous m'approuviez totalement.

– Bien sûr. Tu es notre frère. Quand nous étions petits, tu t'es sacrifié pour nous. Tu nous as servi de père et tu nous as élevés. Comment l'oublier ? Nous sommes avec toi, tous solidaires. Mais je dois te dire que j'ai plusieurs fois eu le sentiment que tu te trompais.

– Moi ?

– Absolument. Parfois j'ai l'impression que dans ton désir de vengeance, tu oublies les vraies valeurs de papa. Il n'était pas violent. Il n'aurait fait de mal à personne. Il voulait recommencer de zéro. Il voulait vivre dans la foi et l'amour du prochain, sans violer la loi du Tout-Puissant.

– Tu veux dire que je l'ai fait ?

– Je dis que tu es venu te venger, faire du mal à des gens qui nous ont offensés. Nous sommes de ton côté, mais ne nie pas que l'idée était la tienne.

Axel n'en croyait pas ses oreilles.

– Mais tu as passé des soirées entières avec moi à tout planifier ! A présent, tu prétends que cela ne compte plus pour toi ?

– Cela a compté. Parce que c'était important pour toi. Tu veux tout arrêter ? Très bien. Il est temps que tu retrouves tes esprits. Papa n'aurait pas voulu que tu le venges. Il aurait souhaité que tu vives ta vie et que tu la réussisses. Avec une femme, des enfants, la messe le dimanche. Une vie paisible. Sans jeu, sans prostituées ni tueries.

Axel se passa la main sur le visage. Cela faisait vingt ans qu'il ne vivait que pour se venger. A présent, cela paraissait futile. Un silence s'installa entre eux. Que faire, désormais ?

– Tu sais, dit-il enfin, je vais devoir en parler à Cathy. Depuis le début. Je lui ai caché des choses. Je suis en mesure de ruiner la moitié de la population de No Name. Elle va me détester en l'apprenant.

– Pas si tu rétablis la situation avant de le lui dire.

Joseph avala une nouvelle rasade de whisky et tendit le flacon à son frère.

– Les gens ont investi dans une voie ferrée qui ne verra jamais le jour. Il te suffit de la construire.

– La construire ? répéta Axel, incrédule. Tu es cinglé ! Cela coûtera une fortune et je ne suis pas certain de récupérer ma mise. Ce serait de la folie.

– Tu as l'argent nécessaire. Au lieu de chercher à anéantir des vies, autant t'en servir pour bâtir la tienne. Dans l'avenir, tu réussiras mieux dans l'élevage si tu peux transporter tes troupeaux à Denver par le train. Les autres perdent de nombreuses têtes de bétail en route.

– Ce serait jeter de l'argent par les fenêtres.

– Cela te tuera ?

– Non. Mais j'ai travaillé dur pour gagner cet argent. Tu viens de me reprocher la façon dont je l'ai gagné, mais je ne l'ai pas volé. J'ai vendu mon âme.

– Tu n'as pas encore vendu ton âme. Elle est juste un peu froissée. Mais je ne réponds plus de rien si tu finis par perdre Cathy.

Axel tourna les yeux vers les montagnes Rocheuses. Son frère ne comprenait pas qu'il avait perdu une partie de lui-même dans sa vie dissolue.

– Tu l'aimes, n'est-ce pas ?

– Oh oui ! répondit l'aîné après un long silence.

– Quel prix serais-tu prêt à payer pour la garder ?

– Joseph, on n'achète pas une femme !

– Ce n'est pas le problème. Que vaut-elle, à tes yeux ? Un quart de ta fortune ? La moitié ? Si tu avais le choix entre ton argent et une vie avec elle ? Je ne te donne pas souvent des conseils. En général, c'est le contraire. Mais je vais t'en donner un. Mets de l'ordre dans tes idées. Demande-toi ce qui compte le plus dans ta vie. Si tu choisis l'argent, tu n'es qu'un salaud.

– Sache que je ne privilégierai jamais l'argent par rapport à ma femme, affirma Axel en fermant les yeux. Je suis prêt à tout pour ne pas la perdre.

– Vraiment ?

– O.K., j'ai compris. Mais il y a plus dans cette affaire que fournir des capitaux. Si je construis la voie ferrée, les assassins de ton père s'en tireront blancs comme neige. Je veux bien renoncer à me venger, mais je ne veux pas racheter les terres de ces salauds et les enrichir.

– Alors ne le fais pas. Tiens-t'en à des offres égales à leur investissement préalable.

– Ils refuseront de vendre.

– Alors tu pourras menacer de leur causer des problèmes avec leur hypothèque. Et ils vendront, crois-moi. Le temps joue pour toi.

Il se mit à rire.

– Imagine la tête de ces malheureux qui ont réussi à conserver leurs parcelles ! Ils vont croire que c'est Noël.

Axel esquissa un sourire.

– Pense à tous ces gens que tu vas aider, à commencer par toi-même.

– Avec l'argent que j'ai gagné à la sueur de mon front.

– Tu peux aimer l'argent, Axel, mais il ne te le rendra pas. Les nuits d'hiver, ce n'est pas lui qui te tiendra chaud. Tu ne peux acheter une femme et des enfants.

Axel réfléchit quelques instants.

– Si je construis cette voie ferrée, les fermiers pourront acheminer leur bétail en même temps que le mien. Ce sera un facteur de croissance.

– Tous les éleveurs en feront autant. Le passé, c'est le passé. Punir ces hommes ne nous ramènera pas notre père. Que Dieu soit leur seul juge !

Axel soupira.

– Je vais y réfléchir. C'est tout ce que je peux te promettre.

– Fais-moi une faveur.

– Laquelle ?

– Si tu décides de construire cette voie ferrée, ne fais pas la bêtise de raconter quoi que ce soit à Cathy avant d'avoir rétabli la situation, dit Joseph en se levant. Tu as raison, elle risque de te détester dans un premier temps. La seule façon de l'en empêcher est de lui apporter la preuve noir sur blanc que tu as changé d'avis.

Sur ces mots, il s'éloigna.

Axel resta assis dans la pénombre. Il se remémora son enfance, les bons souvenirs qu'était venue troubler une nuit d'horreur. Il finit par conclure que son frère avait raison. Leur père aurait condamné cette folie. Il aurait voulu qu'il se construise une vie fondée sur l'amour et sur la paix.

A présent, il avait l'occasion de le faire avec Cathy. L'argent n'était rien face au bonheur de la tenir dans ses bras.

Il décida qu'une voie ferrée relierait No Name à Denver. Personne ne serait ruiné. C'était un vaste investissement sur l'avenir. Le sien et celui de Cathy.

Soulagé d'un lourd fardeau, il se dirigea vers la maison pour rejoindre sa femme. Il était temps qu'il active les choses. Cette fille traînait derrière elle un tas de problèmes, et il n'était pas certain d'être assez fort pour l'aider à les résoudre. Il allait quand même essayer...

21

En arrivant en vue de la maison, Axel constata que toutes les portes et les fenêtres étaient ouvertes. Il en fut étonné car la soirée était fraîche. C'est alors qu'il sentit une odeur âcre. Il hâta le pas, se disant que Cathy avait encore fait brûler un plat. Sur le seuil de la salle à manger, il s'arrêta net.

A travers la fumée, il s'aperçut que la table était couverte de ragoût, comme si l'on avait renversé la marmite entière sur la nappe. Quant au plancher, il était inondé.

Joseph se tenait au milieu du chaos, un torchon mouillé à la main. Sa chemise était maculée de sauce et il semblait furieux. Autour de lui gisaient des couvertures et des serviettes qu'il avait jetées sur le plancher pour éponger l'eau. Dans la cuisine, David et Esa juraient en martelant quelque chose.

– Qu'est-ce qui se passe ? demanda-t-il avec un regard inquiet. Où est Cathy ?

– C'est justement elle, le problème, répondit son frère en chassant la fumée d'un geste de la main.

– Comment ?

– C'est elle la responsable de tout cela.

– Mais qu'est-ce que cela signifie ? insista Axel.

– Je veux dire qu'elle a délibérément renversé le ragoût sur la table avant de s'écrier : « Mon Dieu, quel désordre ! » Puis elle s'est essuyé les mains sur ma chemise en s'excusant d'avoir fait une tache.

Axel fut saisi d'un mauvais pressentiment. Baissant les yeux, il se rendit compte qu'il pataugeait dans plusieurs centimètres d'eau.

– L'inondation est survenue après l'histoire du ragoût et du poêle, expliqua Joseph en ramassant une serviette. Excuse-moi, mais je ne donne pas cher de ton précieux plancher verni si je n'éponge pas rapidement. David et Esa sont en train de réparer le poêle. Cathy a allumé le feu, fermé la porte puis brisé la poignée à coups de marteau.

Il se dirigea vers la cuisine en regardant Axel pardessus son épaule.

– Elle affirme que tu sais à merveille assainir la situation et calmer les eaux troubles.

– Et d'où vient cette inondation ?

– Elle a laissé déborder la baignoire.

Axel suivit son frère à la cuisine. Les deux plus jeunes, qui tentaient en vain d'ouvrir la porte du fourneau, avaient le visage couvert de suie. De la fumée s'échappait encore du poêle.

– Tu sais où est la pince ? demanda David à son aîné. Je n'ai pas assez de prise avec ce levier.

Ahuri, Axel se rendit dans le cabinet de toilette et revint avec un outil approprié qu'il tendit à David.

– Vous n'allez pas me faire croire que c'est Cathy qui a fait tout cela. Que s'est-il passé, exactement ?

Joseph se tourna vers lui, essorant une serviette.

– Quand je suis revenu à la maison, elle était en train de cogner des objets les uns contre les autres. D'abord, j'ai cru qu'elle nettoyait les casseroles, mais les coups sont devenus plus violents, comme lorsque l'on cherche à attirer l'attention. Quand je lui ai demandé ce qui n'allait pas, elle a surgi de la cuisine, l'air folle de rage, et m'a affirmé que tout allait bien. Et que tout allait toujours bien dans cette baraque et qu'elle en avait marre. Elle en avait marre de nous, de toi, de toute cette comédie !

– Une comédie ? répéta Axel avec un regard incrédule vers le poêle. Qu'est-ce que cela veut dire ?

– Axel, c'est ta femme ! Comment veux-tu que nous le sachions ?

Joseph se tourna de nouveau vers l'évier et essora une serviette avec vigueur, comme s'il eût tordu le cou de la jeune femme.

– En tout cas, elle est en colère et elle a semé une sacrée pagaille dans la maison.

Axel se passa la main dans les cheveux et s'arrêta sur le seuil de la salle à manger. Son plancher était abîmé. Des heures de travail pour rien...

– Je sais que ma question paraîtra stupide, mais où étiez-vous pendant qu'elle cassait tout ?

– Pendant qu'elle faisait quoi ? s'enquit Esa en frottant son œil plein de suie. Tu veux dire pendant qu'elle renversait le ragoût, qu'elle cassait le poêle ou pendant qu'elle inondait la maison ?

Axel vit rouge. Pourquoi avait-elle agi ainsi ? C'était une attitude digne d'une enfant gâtée.

– Alors, où étiez-vous ?

– J'étais à l'endroit où tu te trouves en ce moment quand elle s'est mise à casser la porte du poêle. Elle avait déjà renversé le ragoût. Joseph et David n'étaient pas là.

– Où étaient-ils ?

– Autour de la table, en train de... Ecoute, Axel, on est tous restés un peu ébahis, à ne savoir que faire. Pourquoi es-tu en colère contre nous ? On n'a rien fait de mal !

Le poêle cracha un nouveau nuage de fumée. Axel se mit à tousser, une main devant la bouche. Puis il arracha la pince des mains de David et entreprit de décoincer la porte.

– Je n'arrive pas à croire que trois gars costauds soient restés les bras croisés pendant qu'un petit bout de femme semait la pagaille. Personne n'a cherché à l'arrêter ?

– Je le lui ai demandé ! s'exclama Esa.

– Alors ?

Axel comprit qu'il devait se calmer. Sinon, il risquait de s'en prendre à Cathy.

– Elle n'a rien voulu entendre, reprit Esa en haussant les épaules. Elle a agité le marteau en hurlant qu'elle en avait assez.

– Nom de Dieu ! lança Axel en actionnant la pince de toutes ses forces, à tel point qu'il en perdit l'équilibre. Esa, tu as deux têtes de plus qu'elle !

Il jeta la pince à terre dans un fracas assourdissant.

– Je n'arrive pas à croire que tu lui aies demandé poliment de cesser. Il fallait lui arracher le marteau des mains.

– Tu te répètes ! dit Joseph d'un ton sec. C'est toujours comme ça quand tu es contrarié.

– Ferme-la, Joseph ! On se passera de tes commentaires. Esa, je t'ai posé une question. Pourquoi ne l'as-tu pas arrêtée ?

Esa toussa et s'essuya le visage sur sa manche.

– En vérité, j'avais peur qu'elle... enfin... qu'elle me frappe.

– Qu'elle te frappe ? dit Axel, qui n'en croyait pas ses oreilles. Cette fille est incapable de faire du mal à une mouche ! Et pendant qu'elle renversait du ragoût partout, que faisiez-vous ?

– Esa a raison, intervint Joseph. On est restés sans bouger. Nous ne pouvions tout de même pas l'immobiliser par la force. Tu as vu Eden quand elle est en colère. Mieux vaut garder ses distances.

Axel se passa une nouvelle fois la main dans les cheveux, contemplant ce spectacle consternant. Sa frêle Cathy, capable de causer pareille dévastation !

– Pour ce qui est de l'inondation, vous auriez pu couper l'arrivée d'eau.

– Nous étions affairés à réparer les dégâts. Nous ne nous en sommes rendu compte que lorsqu'elle est sortie de la chambre avec le chat dans ses bras. Elle m'a demandé si je croyais toujours qu'elle valait la peine que nous la gardions.

Esa s'essuya le visage avec un linge.

– On jurerait qu'elle a fait cela pour nous embêter.

Axel sentit sa gorge se nouer. Ainsi, elle ne se sentait pas digne de rester sous leur toit.

Axel partit d'abord à sa recherche aux alentours de la maison. Aucun signe de la jeune femme. Il se rendit dans les dépendances, de plus en plus inquiet. Le Colorado était un pays rude et sauvage. La nuit, de nombreux prédateurs rôdaient autour du ranch.

Sa femme voulait donc savoir si les frères Paxton la jugeaient digne de rester... Cette fille était décidément imprévisible. Chaque fois qu'il avait l'impression de la comprendre un tant soit peu, il manquait une pièce du puzzle.

Elle avait affirmé en avoir assez d'eux. Ce devait plutôt être le contraire. Cathy commençait à les aimer et cette idée la terrifiait. Après tout, elle n'avait cessé de souffrir tout au long de sa vie.

Axel la découvrit assise sur un rondin, au bord de la rivière. Il s'approcha discrètement, prenant le temps de déchiffrer son expression. Serrant Mitzi dans ses bras, elle contemplait la lune comme si elle y cherchait une réponse à de multiples questions. De toute évidence son plus gros souci devait être son mari.

Axel appréhendait sa réaction quand elle remarquerait sa présence. Il ne voulait pas l'effrayer davantage.

– Coucou ! cria-t-il d'un ton qui se voulait enjoué.

Elle sursauta et faillit tomber.

– Axel !

Elle se leva, posa le chat et le poussa pour qu'il s'éloigne. Elle s'attendait donc qu'il défoule sa colère sur elle, comme l'avait fait son père. Axel le lisait dans ses grands yeux effarouchés, dans sa pâleur.

Il voulut la gronder pour s'être aventurée en pleine campagne toute seule, mais il se ravisa. Il aurait grandement le temps de lui parler de sa sécurité.

– Je commençais à m'inquiéter un peu, avoua-t-il. Il faut dire que j'ai mis plus de temps que je ne pensais à te retrouver. Près de la maison, j'étais incommodé par la fumée.

– Parce que vous êtes rentré à la maison ? fit-elle, visiblement tendue.

Axel faillit rire de son expression. Il ne réagissait pas comme elle l'avait prévu.

– Oh oui, j'y suis allé. Tu as vraiment semé la pagaille, tu sais.

Elle le fixa un long moment. Puis elle se mit à tripoter nerveusement un bouton de sa robe.

– Et vous... vous n'êtes pas en colère ?

Les mains sur les hanches, Axel remarqua qu'elle se raidissait à chacun de ses mouvements.

– Un peu. Je le répète, tu as vraiment semé la pagaille. Et si on n'éponge pas rapidement l'eau, le plancher devra être poncé et verni. Cela représente beaucoup de travail pour rien.

– Je suis sûre que vos frères sont furieux, dit-elle d'une voix tremblante.

– En effet. Ils doivent avoir sérieusement envie de te renvoyer chez Patrick.

– Et vous ? s'enquit-elle en jouant avec une pierre de la pointe du pied. Vous voulez que je retourne chez moi ?

– Ce serait trop facile, Cathy.

Elle leva soudain la tête.

– Comment ?

– Tu as très bien entendu. Voilà pourquoi tu as fait tout cela, afin que je te renvoie chez Patrick ou que je perde patience. Etant donné qu'une annulation est hors de question, tu essaies autre chose. Ainsi, si je me conduis comme une brute, tu seras en droit de me détester, c'est cela ?

– Je... je ne comprends pas.

– Oh si, fit-il en la regardant droit dans les yeux. Aimer les gens est dangereux, n'est-ce pas ?

Elle fut prise d'un tic nerveux. Son expression ne trahissait pas le moindre sentiment mais il savait qu'il venait de marquer un point.

Il soupira et leva les yeux vers le ciel. Comment rendre sa femme heureuse ?

Elle serra les bras autour de sa taille, plus vulnérable que jamais. Il eut une folle envie de l'enlacer.

– Cela ne marchera jamais, dit-elle.

– Quoi ?

– Votre plan si bien conçu. Je ne vous aimerai jamais. Quoi que vous puissiez faire. Passer des années sans me toucher, laisser Mitzi s'asseoir dans votre assiette, m'acheter des tonnes de chocolat, des vêtements élégants. Je m'en moque ! Notre couple ne marchera pas ! Jamais je ne vous aimerai !

Pourtant, ses yeux démentaient ses paroles.

– Cathy, de quoi as-tu si peur ? Le sais-tu toi-même ? As-tu déjà réfléchi à ces angoisses ? Je vais te dire ce que je pense. Tu es bouleversée. Comment veux-tu que je t'aide si tu n'es pas honnête envers moi ?

– Je ne veux pas de votre aide ! Je veux être libre.

Il rit.

– Libérée de notre mariage ? C'est ainsi que tu traites tes problèmes – en les fuyant ?

– Je ne fuis pas. Je suis restée et j'ai respecté mes engagements.

– Ah bon ? Excuse-moi de te le rappeler, mais nous n'avons pas encore fait l'amour. Ce qui est ton devoir d'épouse. Tu fuis. Est-ce là ce que tu appelles un mariage ?

– Je ne suis pas prête pour l'intimité physique. Je ne le serai peut-être jamais.

– Tôt ou tard, tu vas devoir affronter ce qui te fait si peur. Les problèmes se résolvent rarement d'eux-mêmes.

Il se tut, cherchant à se calmer.

– Laisse-moi t'aider, reprit-il plus posément. Viens, assieds-toi, nous allons discuter. Prenons les difficultés une par une. Ensemble nous y arriverons.

– Mais vous ne comprenez donc pas ? fit-elle en posant sur lui un regard implorant. C'est vous, ma plus grande peur ! Comment pourriez-vous m'aider à vous affronter ? Avec vous, c'est tout ou rien. Vous contrôlez déjà ma vie. Cela ne vous suffit pas ? Non, vous voulez aussi mon âme et mon cœur !

– Exactement.

– Vous voyez ? dit-elle d'un air réprobateur. Vous voulez ce que je suis incapable de vous donner.

– Tu ne peux pas ou tu ne veux pas ?

Il tendit la main vers elle.

– Allez, viens, ma chérie. Cela fait toujours du bien de bavarder.

Elle se cacha les yeux.

– Vous croyez que mon esprit est comme le potager de Joseph, aligné au cordeau ? Tout est confus dans ma tête. Avec vous, tout a l'air si simple. Pourquoi ne me laissez-vous pas partir, Axel, avant qu'il ne soit trop tard ?

– Il est déjà trop tard. Je t'aime.

Elle laissa tomber son bras, le regard implorant.

– Comment pouvez-vous dire cela ?

– Parce que c'est vrai. Je t'aime, Cathy. De tout mon cœur. Tu veux incendier la grange, raser la maison ? Ne te fatigue pas parce que je serai toujours là à te dire que je t'aime.

– Je suis la fille de Connor O'Shaunnessy, l'avez-vous oublié ? Vous allez maudire le jour où vous m'avez rencontrée !

– Ne dis pas de bêtises !

– Bon sang ne saurait mentir, monsieur Keegan ! Si vous me gardez et me prenez sous la contrainte, je vous donnerai des enfants. Dans leurs veines coulera le sang de Connor O'Shaunnessy ! Vos fils auront peut-être les cheveux roux ! Ils risquent d'être comme lui, de la mauvaise graine. Mon père était le mal incarné !

– Ce n'est pas héréditaire. On est mauvais par choix. On ne naît pas ainsi.

– Qu'en savez-vous ?

Axel aurait pu en jurer, mais il lui sembla qu'elle venait de lui faire un compliment.

– Je sais que le comportement est en grande partie acquis.

– Regardez Patrick. C'est le garçon le plus gentil que je connaisse. Mais quand il a bu, il devient fou, comme notre père !

– C'est vrai. Les jeunes gens ont tendance à imiter leur père. Ton frère ne connaît que l'alcool. Il fait comme son père. Patrick n'est pas un mauvais bougre.

Il aurait besoin d'un coup de pied aux fesses de temps en temps. Si tu croyais vraiment ce que tu viens de dire, tu n'aimerais pas autant ton frère.

– Je l'aime malgré tout ! Malgré ses défauts, et non parce qu'il est parfait !

– Je t'aime de la même façon, s'empressa-t-il de déclarer. Avec tes défauts. Il faut me croire.

– Vous ne savez pas tout de moi.

– Alors renseigne-moi, pour l'amour du ciel !

– Peut-être le devrais-je ! fit-elle comme si elle proférait une menace. Je me demande si vous me traiteriez comme un être d'exception.

– Ma chérie, tu es exceptionnelle. Tu es belle et...

– Taisez-vous !

– Cathy...

– Un jour, vous m'avez dit qu'il ne devait pas y avoir de secrets entre nous, le coupa-t-elle en levant la main.

– Oui.

– Eh bien, j'ai un secret. Un secret horrible. Pire que vous ne pourriez l'imaginer. Et si je vous le dis, vous...

Sa voix se brisa.

– Vous ne me verrez plus jamais de la même manière. Jamais.

Axel s'agita un peu, sans la quitter des yeux.

– Ecoute, je te propose un marché. Tu me dévoiles ton secret, et, si je change d'opinion sur toi, non seulement je t'accorde l'annulation, mais je t'aide à faire tes bagages et je te mets dans la diligence pour San Francisco. Je te donnerai même de l'argent pour que tu puisses vivre à ton aise.

– Vous feriez cela ? demanda-t-elle en tremblant.

– Tu as ma parole, assura-t-il, persuadé que rien de ce qu'elle pourrait lui dire ne le choquerait. Je t'écoute. Quel est cet horrible secret ?

Elle était très pâle, ses yeux semblaient presque noirs contre sa peau blanche. Il vit ses lèvres s'écarter, mais les mots ne venaient pas.

D'une voix à peine audible, elle raconta :

– Vous vous rappelez m'avoir demandé si l'homme qui m'avait violée avait payé ? Et je vous ai répondu que oui.

– Oui.

– Je vous ai menti.

– Tu veux dire qu'il s'en est tiré à bon compte ?

– Non, il a payé, mais pas de cette façon. Il a donné six caisses de whisky à mon père.

– Quoi ?

– Il a donné six caisses de whisky à mon père, répéta-t-elle. Voilà comment il a payé.

Axel eut l'impression de recevoir un coup dans l'estomac. La terre se déroba sous ses pieds. Il demeura immobile, à la regarder, tandis que ses paroles cheminaient dans son esprit.

– Oh, non...

C'est tout ce qu'il put dire. La jeune femme fit un pas en arrière, les traits décomposés.

– Vous voyez ? murmura-t-elle.

Elle fit volte-face. Axel mit un certain temps à réagir. Elle parvint à s'éloigner de quelques mètres.

– Cathy ! Reviens !

Elle courut comme si elle avait le diable à ses trousses. Sachant qu'elle ne voyait pas bien dans le noir, il avait peur qu'elle ne trébuche et se blesse.

Mais non. Tel un animal traqué, elle se réfugia dans les arbres. Axel se lança à sa poursuite.

– Cathy ! Reviens ! Pas dans les sous-bois !

Le bruit de ses pas ne fit que la pousser à courir plus vite. Axel se pencha, réduisant l'écart entre eux. Il entendait son souffle court. Mais, chaque fois qu'il la saisissait, elle parvenait à se dégager.

C'est alors qu'il vit les rochers. A quelques mètres d'eux, ils descendaient à pic dans la rivière. Elle courait droit dessus, inconsciente du danger, indifférente à ses cris.

Rassemblant toutes ses forces, il se précipita, la saisit

par la taille et fit en sorte de tomber sous elle pour amortir la chute.

– Lâchez-moi ! cria-t-elle.

Axel reçut des coups de pied violents. Il roula sur le côté pour la clouer au sol.

– Nom de Dieu, calme-toi !

Elle agita la tête, contractant chaque muscle de son corps. Il enferma ses poignets d'une main et la saisit par le menton.

– Je t'ai dit d'arrêter ! ordonna-t-il.

Ne pouvant éviter son regard, elle ferma les yeux.

– Lâchez-moi ! cria-t-elle encore d'un ton pitoyable.

Elle avait une force surprenante. Malheureusement, elle n'était pas de taille à lutter. Il la maîtrisa sans peine. Elle finit par rester immobile, affichant un air vaincu.

Axel lut son expression tourmentée. Comment avait-on pu vendre son corps contre du whisky ?

– Cathy... ma chérie... écoute-moi.

Il se pencha pour lui embrasser le front, puis plongea son regard dans le sien.

– Cela ne change rien. J'ai le cœur brisé à la pensée de ce que tu as subi, mais mes sentiments restent les mêmes. Tu as compris ? Si ton père t'avait vendue cent fois, je t'aimerais encore. Rien ne m'en empêchera.

Soudain, elle fondit en larmes. Axel roula sur le dos et la prit dans ses bras, la tenant contre lui dans une étreinte apaisante.

– Ne t'en fais pas, tout ira bien, murmura-t-il.

Toutes les pièces du puzzle s'emboîtaient. Tout s'expliquait : sa vulnérabilité, son manque d'assurance. Pour son père, elle n'était qu'un objet. Comment Axel pouvait-il s'attendre qu'elle crût en son amour ?

Il ferma pudiquement les yeux. Il ne se rappelait pas la dernière fois qu'il avait versé une larme. Un homme ne laisse pas facilement libre cours à ses émotions. Mais, à présent, il pleurait. Avec elle, et pour elle. Resserrant son étreinte, il ne voulait plus jamais la lâcher.

A sa surprise, elle passa le bras autour de son cou. Au bout d'une éternité, ses sanglots cessèrent. Elle s'accrochait à son cou d'une façon moins désespérée. Elle se laissa caresser le dos, les hanches, sans protester.

– C'est arrivé dans son bureau, murmura-t-elle.

– Raconte-moi, fit Axel, les lèvres effleurant ses cheveux.

Il ne demandait pas de détails, sachant que c'était une histoire horrible qui la hanterait jusqu'à sa mort mais Cathy ne se sentirait libre qu'après en avoir parlé.

Elle glissa le bout des doigts dans sa nuque, puis enfonça les ongles dans sa chair.

– Papa était assis à son bureau avec son whisky. C'est tout ce qui comptait pour lui.

Axel baissa les paupières, ravalant sa colère. Plus tard, il se défoulerait, mais, dans l'immédiat, la jeune femme avait besoin de lui.

– Il m'a dit d'arrêter de pleurnicher.

Axel retint un juron, puis leva les yeux vers le ciel. Les paroles affluaient, maintenant, exprimant sa honte, sa douleur. Le viol d'une jeune fille sous les yeux de son père, affalé derrière son bureau, à boire du whisky.

Ce fameux 12 mars 1879, personne ne l'avait prise dans ses bras pour la réconforter. Pour se débarrasser de Patrick, Connor l'avait envoyé mener un troupeau en ville. Cruise Dublin s'était présenté le premier soir, peu après la tombée de la nuit, avec les six caisses d'alcool à l'arrière de son chariot.

Axel serra les dents en entendant prononcer le nom du monstre. Il faisait partie de ceux qui avaient escroqué son beau-père. Une ordure. Il avait regardé Axel se faire frapper par ces hommes tandis que sa mère se faisait violer. Sans compter qu'il était complice de la pendaison d'un innocent.

Axel le revoyait clairement. Un petit homme hargneux et trapu aux traits durs. Rien n'excusait sa conduite. Nul n'avait le droit de prendre par la force ce qu'il pouvait acheter au saloon du coin pour cinq dollars.

Cathy ne se comparait en rien à une fille de mauvaise vie, de toute façon. Elle était pure et douce.

– Quel âge avais-tu, à l'époque ? demanda-t-il d'une voix douce. Quinze, seize ans ?

– Seize, répondit-elle. Papa disait que j'étais en âge de me marier.

Comme si c'était un prétexte valable ! Seize ans. A peine sortie de l'enfance. Un âge où les blessures laissaient des traces parfois indélébiles.

Elle décrivit l'agression, la brutalité de Dublin quand elle avait failli lui échapper.

– Il m'a frappée. Comme je ne me calmais pas, il m'a frappée encore. Ensuite, je suis restée comme dans un brouillard. C'était un cauchemar, mais je ne dormais pas.

Axel glissa un bras autour d'elle et la maintint contre lui. Ce contact était le seul moyen qu'il connaissait pour la sécuriser. Elle était si vulnérable. Il avait envie de tuer Cruise Dublin.

Elle raconta ce qu'elle avait ressenti ensuite, les souvenirs qui hantaient son sommeil.

– Quand Patrick est rentré, la semaine suivante, j'allais mieux, murmura-t-elle. Mes ecchymoses avaient disparu. Alors je ne le lui ai pas dit.

– Pourquoi ? Avais-tu honte ?

– Oh non. Pas avec lui. Je sais qu'il m'aime. Quand nous étions petits, nous étions si seuls...

– Alors pourquoi ne t'es-tu pas confiée à lui ?

– Je ne voulais pas qu'il souffre.

– Comment cela ?

– Ce n'était pas facile pour lui d'être le seul fils et de tant ressembler à son père. Les gens le lui faisaient souvent remarquer, et il avait horreur de cela. Parfois, je le surprenais en train de se regarder dans le miroir, comme s'il cherchait quelque chose.

– Il craignait de retrouver l'image de son père ?

– Oui, chuchota-t-elle. Voilà pourquoi j'ai gardé mon secret. Il avait réussi à se convaincre que papa n'était pas un si mauvais bougre, mais qu'il supportait mal l'alcool. Parfois, on a besoin de se mentir pour continuer à vivre.

Axel tenta d'imaginer la vie de Patrick sous la coupe d'un tel monstre. Lui avait eu un homme à admirer, un exemple à suivre.

– Je ne voulais pas nuire à ton frère en revenant à No Name, dit-il. Je voulais seulement laver le nom de mon beau-père.

– Je sais.

– Je t'admire. Tu as voulu épargner Patrick en lui dissimulant la terrible vérité. Mais je dois dire que ce n'était pas très raisonnable. Et si ton père avait voulu recommencer ?

– Si papa avait cherché à éloigner de nouveau Patrick, j'aurais parlé. Par chance, nous n'en sommes pas arrivés là. Le ranch est redevenu prospère. Tant que mon père avait du whisky, il se contentait de se soûler et de nous frapper de temps en temps.

– Même assez souvent, je crois.

– Oui, admit-elle avant de raconter quelques souvenirs.

A l'issue de sa confession, Axel s'était forgé une nouvelle opinion de Patrick.

– Ton frère doit être un homme bien. Pas étonnant que tu l'aimes tant.

– Je donnerais ma vie pour lui ! Il a pris bien des raclées pour me protéger.

– Ton père aurait-il fait cela ? Aurait-il subi des coups destinés à un autre pour le protéger ?

– Mon père ? fit-elle avec un rire amer. Il n'a jamais aimé que lui-même.

– Alors Patrick ne lui ressemble en rien. Il tient mal l'alcool, certes, mais, au fond de lui-même, il n'a rien de ton père.

Elle se redressa sur les coudes pour le regarder dans les yeux.

– Qu'est-ce que vous dites ?

Axel traça le contour de son visage du bout du doigt. Jamais il n'aurait cru pouvoir aimer autant. Il sentit soudain l'intensité de son désir. Pourvu qu'il se calme ! Il était si bien, couché sous elle, confiante. Il ne fallait pas gâcher cet instant.

– La mauvaise graine ? Ça n'existe pas. Patrick n'est pas plus souillé par le sang de son père que toi. Autre chose, madame Keegan ! Si tu me donnes une ribambelle de petits rouquins, je serai le plus heureux des hommes.

Elle remua un peu et ouvrit de grands yeux.

– Je crois que je ferais mieux de me lever.

Comprenant qu'elle venait de sentir l'intensité de son désir, Axel la retint d'un bras.

– Oublie cela.

– Mais je...

– Je ne te ferai aucun mal. J'aime t'avoir contre moi, c'est tout. Mon corps réagit quand il veut, au contraire de mon esprit.

– Vous êtes sûr ? dit-elle en se mordant la lèvre.

– Fais-moi confiance. Je suis dans cet état chaque fois que je m'approche de toi. Il suffit que je sente ton parfum pour que je te désire.

– Mon Dieu...

Elle se dressa un peu plus et posa un genou à terre.

– Je crois vraiment que je devrais...

– Cathy, ne bouge pas ! dit-il fermement. Te désirer et passer à l'action sont deux choses différentes. Tôt ou tard, tu vas devoir me faire confiance. Vivons le présent.

– Demain sera peut-être meilleur.

Il rit malgré lui, puis il retrouva son sérieux.

– Qu'est-ce qui t'inquiète autant, Cathy ? Peux-tu me le dire ? Quelle a été ta première pensée, quand tu as ressenti mon désir ?

– Que vous alliez me faire du mal.
– Donc, ta plus grande appréhension est la douleur pendant l'amour, c'est cela ?
– En gros, oui, dit-elle en détournant les yeux.
Il prit une boucle rousse et l'enroula autour de son doigt.
– Cathy, tu m'aimes ?
La question était un défi. Il y avait encore une heure, elle aurait nié farouchement ressentir quoi que ce soit, et elle risquait de continuer. Avouer son amour était une façon de se découvrir, de se rendre vulnérable. En était-elle capable ?
– Beaucoup, répondit-elle d'une petite voix.
Ce n'était pas exactement la déclaration d'amour dont il rêvait, mais c'était un progrès.
– Tu m'aimes assez pour me faire confiance ?
Elle remua un peu. Elle avait un instinct redoutable et savait reconnaître un signal de danger.
– En ce moment, oui.
Il se retint de sourire. Elle avait toujours ce regard apeuré et il savait qu'elle ne voulait que s'éloigner de lui.
– Je te crois. J'espère que tu vas continuer.
– Comment cela ?
Il referma la main sur son épaule, dont il sentait l'arrondi sous son pouce. Il prit une profonde inspiration.
– Je songe à conclure un nouveau marché avec toi, déclara-t-il d'une voix douce. Et si je te jurais de ne te toucher que si tu le désires toi-même ?
– Jamais ? fit-elle en se détendant un peu, une note d'espoir dans la voix.
– Jamais, promit-il.
– Ce serait...
Elle s'interrompit, le regard incrédule.
– Vous feriez cela ?
– Absolument.
– Juré ?

– En contrepartie d'une promesse.

Son regard s'assombrit.

– Quel genre de promesse ?

– Je crains qu'elle ne soit assez difficile à formuler, et encore plus à tenir. Je veux que tu me promettes que tu ne refuseras jamais que je te touche d'une certaine façon, à moins que ce ne soit douloureux. Si tu as mal, j'arrêterai, sans questions ni discussion. J'arrêterai et je ne te toucherai plus jamais ainsi.

Le cœur de la jeune femme s'emballa.

– Je ne sais pas... Je...

– Ne réponds pas à la légère, prévint-il. C'est plus que ne proposeraient la plupart des maris. Ensuite, c'est un marché intéressant. C'est une garantie que tu ne souffriras jamais, puisque c'est ta préoccupation principale.

Elle se redressa un peu.

– Si j'accepte, vous ne me ferez jamais de mal, pas même un peu ?

Axel se sentit vaguement coupable. Il savait que le souvenir du viol était vivace. Un viol est forcément douloureux. Elle croyait qu'il en serait de même pour un rapport normal. Elle ignorait qu'elle y trouverait certainement du plaisir.

En fait, il trichait. Elle finirait par s'en rendre compte, mais elle aurait compris qu'elle n'avait rien à craindre. Son incrédulité le touchait. A quoi s'attendait-elle donc de sa part ?

– Je crois que je préférerais que vous me promettiez de ne pas me toucher du tout, dit-elle. Du moins pendant un certain temps.

Axel réprima un rire.

– C'est impossible, ma chérie. C'est ce que je fais depuis un mois et regarde-toi, tu es un vrai paquet de nerfs ! Moi, je ne cesse de houspiller mes frères chaque fois qu'ils me regardent de travers. On ne peut pas continuer ainsi. Et, si tu réfléchis, tu changeras d'avis.

Du moment que je ne te fais pas mal, qu'as-tu à perdre ?

Elle se tut quelques instants.

– Très bien, dit-elle enfin. Marché conclu.

Axel faillit sauter de joie. Il parvint toutefois à se contenir et déclara :

– Tu ne le regretteras pas, je te le garantis.

Une lumière dorée brillait à la fenêtre, montrant le chemin à Axel tandis qu'il portait Cathy dans la cour. Elle était épuisée. Par chance, elle était très légère.

Elle avait fini par s'endormir, la tête sur son épaule. Ainsi, elle n'aurait pas à affronter ses frères et leur présenterait ses excuses le lendemain matin.

En ouvrant la porte d'un coup de pied, Axel sentit une légère odeur de fumée. Il constata que tout avait été nettoyé et épongé. Ses frères, attablés, se figèrent. Puis ils posèrent les yeux sur la jeune femme. Joseph fut le premier à réagir.

– Que s'est-il passé ? fit-il en s'avançant vers son frère. Elle est tombée ?

Axel secoua la tête, cherchant à lui faire comprendre qu'elle dormait.

Joseph s'arrêta, l'air inquiet. Axel se dirigea vers la chambre. Les explications attendraient le lendemain.

22

L'espace d'un instant, Cathy ne sut plus où elle était. Elle sentit un tissu frais et doux contre sa peau, les mains d'Axel frôlèrent ses épaules. Son mari devait l'avoir assise sur le lit. Elle ouvrit enfin les yeux et se concentra sur son visage, baigné par la lune, qui semblait triste et grave. Quand il détourna les yeux, elle en eut le cœur brisé.

Elle venait de tout lui raconter...

L'angoisse la terrassa d'un coup. Il le connaissait, désormais, ce secret qu'elle n'avait jamais révélé à personne... A présent, chaque fois qu'il la regarderait, il penserait à ce soir-là. Un frisson d'horreur la parcourut.

Cathy sentit une fraîcheur sur ses bras, sur ses seins. Surprise, elle comprit qu'Axel était en train de la déshabiller. Elle se sentait molle comme un pantin désarticulé. Soudain, tout se mit à tourner autour d'elle. Sa tête toucha l'oreiller. Elle était allongée.

Elle perçut bientôt un pas traînant. Clignant des yeux dans la pénombre, elle vit Axel entrer dans le cabinet de toilette. Il revint quelques instants plus tard, tenant quelque chose de blanc.

– Je vais t'enfiler ta chemise de nuit avant de t'avoir complètement dévêtue, expliqua-t-il à voix basse. Ainsi, tu n'as rien à craindre. Je ne te verrai pas nue. Ne sois pas gênée.

Gênée ? Cathy ne ressentait que de la souffrance. Une douleur lancinante qui lui tenaillait l'estomac. Axel la redressa en position assise. Il la manipulait à loisir, sans profiter de la situation pour accroître leur intimité.

Il réussit tant bien que mal à enfiler ses bras dans les manches de sa chemise de nuit.

– Désolé. Je ne suis pas très doué.

Il tenta de lui attraper les doigts par le bout de la manche, mais en vain. Puis il se débattit avec les boutons de nacre.

Soudain, le comique de la situation apparut à la jeune femme. Axel Keegan la terreur en train de dévêtir son épouse sans froisser sa pudeur ! Elle se rappela le nombre de fois où elle avait tremblé de peur face à lui et ne put s'empêcher de rire.

– Quoi ?

– Vous... dit-elle en tombant en avant.

– Oui, je sais, c'est drôle, dit-il avec un rire gêné. Je suis ridicule.

Il parvint enfin à enfiler un bras. Déboutonnant maladroitement la chemise, il glissa l'autre bras. Enfin, la poitrine de la jeune femme était couverte.

Ecartant l'édredon, il la fit rouler sur le dos et entreprit de dénuder la seconde moitié de son corps. La robe, les jupons et la culotte, enfin les bas, qui roulèrent sur ses chevilles. Quand ce fut terminé, il la couvrit jusqu'au menton.

Cathy leva les yeux vers lui. Elle avait envie de lui demander de ne pas s'en aller, mais n'y parvint pas. Il se pencha vers elle, les yeux pétillants.

– Je reviens tout de suite.

Cathy voulut tendre la main vers lui, mais il la maintenait clouée au matelas. Puis il disparut. Elle regarda en direction de la porte ouverte, où filtrait un rai de lumière. Elle entendit des voix, mais sans saisir le sens des paroles.

Quand Axel regagna la chambre, Cathy n'était plus au lit. Il aurait pourtant juré qu'elle était trop épuisée pour bouger. Il la chercha des yeux dans l'ombre et la découvrit, debout près de la fenêtre, à peine visible contre le rideau clair.

– Cathy ?

Posant une bouteille et un verre sur la table de chevet, il s'approcha d'elle et la prit par les épaules. Elle tremblait de tout son corps.

– Que fais-tu debout, ma chérie ?

– Je réfléchissais, répondit-elle d'une voix sourde.

Axel entendit une porte claquer. Il avait demandé à ses frères de s'en aller de bonne heure.

– Viens, murmura-t-il. Retourne te coucher. Tu vas attraper froid.

Elle obéit docilement et se pelotonna.

Axel alluma la lampe. Dès que la mèche s'enflamma, il retourna s'asseoir au bord du lit, puis se servit un whisky.

– Tiens, bois, fit-il.

– Du whisky ! s'exclama-t-elle avec une moue dégoûtée.

– Bois ! ordonna-t-il. Sinon, je te pince le nez.

Elle prit une gorgée qui la fit tousser.

– Encore un peu, insista Axel en posant le verre contre ses lèvres.

Elle avala deux autres gorgées. Axel se dit que cela suffirait à la détendre et à la faire dormir. Elle frissonna sous l'effet de l'alcool, puis ferma les yeux.

Il posa le verre et effleura du doigt les paupières de la jeune femme.

– A quoi penses-tu ?

Elle tendit la main vers ses yeux.

– Cathy, tu ne veux pas me regarder ?

– Je n'aurais jamais dû vous raconter mon secret, répondit-elle, la bouche pincée.

– Je suis heureux que tu l'aies fait. A présent, je te comprends mieux.

– Chaque fois...

Elle s'interrompit, sans découvrir ses yeux.

– Désormais, chaque fois que vous me regarderez, vous penserez à ce viol.

Axel se leva pour éteindre la lampe, tout en déboutonnant sa chemise. Il se déshabilla dans la pénombre, ne gardant que son caleçon. En regagnant le lit, il sentit le regard de Cathy rivé sur lui.

– Axel ?

– Tu n'as rien à craindre, dit-il d'une voix rauque.

Il se glissa entre les draps. Quand il souleva l'édredon, la jeune femme essaya de se dérober, mais il fut inflexible. Il posa la main sur sa taille, sentant sa peau fraîche sous le fin tissu.

– Tu es gelée, ma chérie, déclara-t-il en l'attirant vers lui. Laisse-moi te réchauffer.

Quand ses mamelons effleurèrent son torse, elle tenta de se débattre.

– Non !

– Non, quoi ? demanda-t-il en la prenant par le cou.

– Je n'ai rien sous ma chemise de nuit.

Il esquissa un sourire.

– Il me semble qu'il n'y a rien de plus normal.

– Mais cela me rend... nerveuse.

– Cathy, est-ce que je te fais mal ?

Il s'immobilisa et la regarda dans les yeux. Elle avait compris. Il se sentit méprisable.

– Alors ?

– Non, admit-elle.

– Dans ce cas, cesse de pleurnicher.

– J'aimerais remettre mes sous-vêtements.

– Et moi, j'aimerais toucher ma femme, pour changer du coton.

Il se redressa sur le coude et se pencha pour l'embrasser. Mais elle le repoussa.

– Cathy, tu m'as promis. Pas de résistance tant que je ne te fais pas mal.

– Pas ce soir, implora-t-elle d'un ton pitoyable. Je vous en prie !

– Pourquoi ? répliqua-t-il. Pour que tu puisses t'imaginer que je pense du mal de toi ? Ou pour que tu puisses te glisser hors du lit et te geler en méditant près de la fenêtre ?

Il lui effleura le front de ses lèvres, puis les paupières.

– Tu es belle, Cathy. Délicieuse et précieuse.

Il enfouit le visage dans son cou et en traça le contour de la pointe de la langue.

– Tu ne peux échapper à tes souvenirs, ma chérie, mais tu peux me laisser t'aimer pour les exorciser.

– Les exorciser ?

Le cœur de la jeune femme se mit à battre la chamade, mais elle n'eut pas la force de bouger. Sa tête reposait sur le bras de son mari, laissant son cou offert à ses baisers. Ils y traçaient des sillons brûlants.

– Axel ?

Elle fixa sa chevelure sombre, ses traits flous dans la pénombre, ses épaules puissantes baignées par le clair de lune. Son corps était si ferme qu'il semblait fait de bois. Elle sentit ses muscles sous ses doigts. Cette force l'effraya.

Les boutons de sa chemise de nuit étaient défaits. Cathy sentit soudain une douce brise sur ses seins, puis les lèvres d'Axel s'y attardèrent. Elle se retint de lui ordonner d'arrêter et attendit la souffrance, certaine qu'elle allait venir. Les souvenirs douloureux resurgirent, des mains brutales, une bouche cruelle. Tandis qu'il titillait un de ses mamelons, la jeune femme frissonna et se prépara à un assaut brutal. Au lieu de cela, son mari continua à l'embrasser tendrement.

Dans son attente, elle se cambra inconsciemment vers lui. Son instinct réagissait au-delà de son esprit. Il glissa la main sur sa hanche. Puis ses doigts explorèrent sa cuisse. Effrayée à l'idée qu'il puisse s'attaquer à son intimité, elle serra les genoux, oubliant le trouble suscité par la caresse de ses seins.

C'est alors qu'elle sentit ses lèvres humides et chaudes se refermer sur son mamelon. Elle retint son souffle tandis qu'il jouait sensuellement avec ses nerfs. Elle se mit à remuer, incapable de réfléchir.

C'était le paradis et l'enfer à la fois. Elle était clouée au matelas par un corps puissant et chaud. Axel avait réussi à glisser un genou entre ses cuisses. Elle tendit la main pour l'écarter quand il s'intéressa à son autre sein. Elle avait l'impression qu'il avait des centaines de paumes et de doigts. Jamais elle n'aurait cru son corps capable de telles réactions.

Son ventre semblait en feu. Elle s'entendit gémir. Puis elle referma les poings dans les cheveux d'Axel, non plus pour le repousser, mais pour attirer ses lèvres vers elle. Chaque fois que le bout de sa langue l'effleurait, elle avait envie de crier. Jamais elle n'avait ressenti autant de plaisir. Mais elle était aussi tenaillée par une sorte de douleur, de volonté qu'elle n'identifiait pas.

Elle cambra les reins pour mieux sentir son contact. Elle ne pouvait résister à cette envie, ce besoin.

Axel releva la tête pour la dévisager. Elle avait les lèvres entrouvertes, offertes à ses baisers. Il l'embrassa avidement avant de redescendre vers ses seins, qu'il titilla de nouveau. Cette fois, elle ne retint pas ses gémissements de plaisir.

Au départ, Axel n'avait pas eu l'intention d'aller jusqu'au bout. Mais il ne s'attendait pas à une telle réaction. Glissant la main sous le fin tissu, il explora son intimité, lui écartant doucement les cuisses. Troublé par l'effet qu'il semblait produire sur elle, il ferma les yeux en réprimant un grognement de désir. Jamais il n'avait autant eu envie d'une femme.

Quand il l'explora plus profondément, elle émit un cri de surprise. Il lui murmura des paroles apaisantes tout en l'embrassant.

– Ce n'est rien, ma chérie. Calme-toi.

Elle serra les cuisses sur sa main. Sentant qu'il brûlait les étapes, il se retira, sans cesser de la caresser et d'éveiller en elle mille sensations inconnues.

Voyant qu'elle se cambrait davantage, il accentua ses caresses, tandis qu'elle s'abandonnait à l'extase.

Haletante, elle agita les hanches avec frénésie, ivre de plaisir, agrippée aux épaules de son mari.

– Axel ?

– Laisse-toi faire...

Il sourit en lisant l'expression de son visage. D'abord la surprise, qui fit place à une appréhension, puis la passion. Au sommet de l'extase, son corps fut parcouru de frissons.

Axel la prit dans ses bras, lui caressant les cheveux en murmurant des mots tendres. Elle posa les lèvres dans son cou, haletante et tremblante. Il attendit qu'elle se fût calmée pour se détacher d'elle.

Ôtant son caleçon, il vint s'allonger sur elle. Dès qu'elle sentit l'intensité de son désir contre son ventre, elle sursauta. Sans lui laisser le temps d'avoir peur, il entra en elle avec douceur. Jamais il n'avait été aussi heureux.

– Non... Non ! dit-elle en enfonçant ses ongles dans son dos.

Il sentit le corps de sa femme soudain agité de spasmes incontrôlables.

– Je t'ai fait mal, ma chérie ?

Elle le fixa, folle de passion. Axel serra les dents, de crainte de ne pouvoir se retenir assez longtemps. Mais les dernières barrières cédèrent. Il essaya de toutes ses forces de s'arrêter. En vain. Il se répandit en elle avant même le premier mouvement de reins. Il avait attendu trop longtemps le moment où elle serait enfin sienne. Son cœur cognait contre ses côtes. Il se pencha sur elle en s'efforçant de la soulager de son poids.

Et il s'était vanté d'être un bon amant...

– Je suis désolé, ma chérie, vraiment...

Elle appuya le menton sur son épaule. Sentant qu'il l'empêchait de respirer, il s'écarta un peu.

– Pourquoi es-tu désolé ? demanda-t-elle d'une voix tremblante.

Axel grommela et roula sur le côté, enfouissant son visage dans l'oreiller. De toute évidence, elle ignorait ce qu'elle avait perdu. Egoïstement, il n'était pas près de l'éclairer sur ce point. Il se promit de le faire plus tard, quand il aurait retrouvé ses forces, dans quelques jours.

Jamais il n'avait été aussi lamentable avec une femme. D'ordinaire, il se targuait d'être un amant insatiable. A présent il était épuisé.

– Ce n'est rien, marmonna-t-il.

Quelques secondes s'écoulèrent, puis la jeune femme se retourna.

– Axel, je me sens un peu bête...
– Pourquoi ?
– Je me suis tellement inquiétée... Et ce n'était vraiment pas grand-chose, finalement !

23

Le lendemain matin, quand Cathy émergea de la chambre, Axel était déjà habillé. Ses frères se doutaient que la soirée avait été cruciale pour leur aîné. L'entrée de la jeune femme confirma leurs soupçons.
– Bonjour, tout le monde ! lança-t-elle en s'approchant de la table.
Arrivée près d'Axel, son sourire s'atténua.
– Hum... Je crois que je vous dois à tous des excuses. Vous êtes sans doute très en colère contre moi.
– Ai-je l'air fou de rage ? demanda Joseph en plissant les yeux.
– Non, répondit-elle prudemment.
– Alors c'est que je ne le suis pas, dit-il en esquissant un sourire. En y réfléchissant, je n'aurais raté cette mésaventure pour rien au monde. En fait, je n'avais jamais vu quelqu'un s'attaquer à un poêle à l'aide d'un marteau.
– Cela veut dire que je suis pardonnée ?
– Seulement si vous promettez de ne plus faire brûler le dîner, déclara Esa avec un sourire jusqu'aux oreilles.
– En tout cas, pas volontairement, assura-t-elle en se dirigeant vers la cuisine. Quelle journée magnifique !
Joseph étouffa un bâillement, se gratta la tête et regarda par la fenêtre le ciel d'azur.
– Ah oui...
Dès que la jeune femme eut disparu, il fit un clin d'œil à Axel.

– Alors, tu lui as donné un petit cours, cette nuit ?

– Ferme-la !

Joseph se mit à rire. Cathy réapparut, une tasse de café fumant à la main. Elle s'installa à côté d'Axel, lui adressa un sourire timide, puis rougit violemment.

Axel ignorait les raisons de cette réaction. Après tout, il ne s'était pas passé grand-chose.

Il avala une gorgée de café et se brûla la langue. Les larmes lui montèrent aux yeux. Tout le monde le dévisagea, sauf Joseph.

– Il est trop chaud ! grogna-t-il.

– Quels sont vos projets pour la journée ? s'enquit la jeune femme à la cantonade.

Axel était bien décidé à honorer sa femme à la première occasion, mais il avait des affaires à régler.

– Je passe la matinée en ville, dit-il.

– Esa et moi avons la barrière à réparer, déclara David.

– Moi, je pensais réparer la roue du chariot et désherber le potager, répliqua Joseph.

– Et moi, annonça Cathy avec un sourire radieux, je vais faire une tarte. N'est-ce pas une bonne idée ?

Pas aussi bonne que celle qu'il avait en tête, songea amèrement Axel. Vexé par son échec, il se jura qu'il n'avait pas dit son dernier mot.

En arrivant en ville, il attacha son cheval derrière les écuries, espérant pouvoir se glisser dans le bureau de la Barbary Coast le plus discrètement possible. Jusqu'à ce qu'il ait tout réglé, il était préférable que les habitants de No Name ignorent qu'il se trouvait à l'origine du rachat des parcelles de terre.

Ses rapports avec Cathy prenaient meilleure tournure, mais ils étaient encore fragiles. La jeune femme aurait du mal à lui faire entière confiance après avoir été trahie si ignominieusement par son propre père. Il ne fallait surtout pas qu'elle sache qu'il avait trompé tout le monde avec cette histoire d'investissement dans les chemins de fer. Ensuite, il lui avouerait la vérité, mais une fois qu'il aurait la preuve noir sur blanc que tout était rétabli.

Il fut heureux de surprendre John Parrish, le directeur supposé de la Barbary Coast, en train d'écrire une lettre à Eden, sa fiancée. Ce devait être une lettre d'amour, car le jeune homme rougit violemment. Il rangea la feuille dans un tiroir et se leva d'un bond.

– Axel ! s'exclama-t-il en lançant un regard inquiet vers la fenêtre. Qu'est-ce que tu fais là ?

En général, Axel lui laissait des messages à son hôtel.

– Il y a un changement dans nos plans, déclara le visiteur d'un ton léger. Tu as quelques minutes à me consacrer ?

Très élégant dans son costume, John ferma la porte à clé et tira les rideaux. Il était parfait dans son rôle d'homme d'affaires. Pas étonnant que les habitants de No Name l'aient aussitôt accepté sans la moindre méfiance.

– Tu prends des risques en venant ici. Et si quelqu'un devine tes intentions ?

– J'ai fait très attention, dit Axel en regardant sur le bureau. Où est passé le portrait d'Eden ?

John pinça les lèvres et s'assit en face de lui.

– Quand Joseph m'a envoyé un mot pour me parler de sa ressemblance frappante avec Cathy O'Shaunnessy et de ta certitude qu'elle était la fille de Connor, j'ai cru qu'il valait mieux ne pas mettre ce portrait en évidence. Les gens viennent me voir pour des emprunts. J'ai eu peur qu'ils ne fassent le rapprochement.

– Tu as bien fait. Mais Cathy ne s'appelle plus O'Shaunnessy, tu sais.

– Oui, je suis au courant, dit John en remontant ses lunettes. Joseph m'a également fait part de ton mariage. Ici, les gens ne parlent que de cela depuis des semaines. J'ai entendu dire que tu l'avais culbutée dans le foin et que tu avais été obligé de l'épouser. Les gens colportent de ces ragots ! Et sur un homme comme toi, en plus. C'est insensé !

– Oui, il ne faut s'étonner de rien, acquiesça Axel, un peu gêné. Cathy n'est pas femme à se rouler dans le foin avec un inconnu. Je ne vois pas comment on peut affirmer une telle chose quand on la connaît un peu.

– Je dois admettre que ton mariage m'a surpris, reprit John en fronçant les sourcils. Tu détestes tant les O'Shaunnessy !

– On ne choisit pas de tomber amoureux. C'est une fille formidable.

Axel se frotta les joues. Avant d'aller retrouver Cathy, il se raserait. Il vit en pensée le grenier au-dessus de la grange, puis il imagina le corps de la jeune femme cambré de désir. Il aurait tout donné pour se rouler dans le foin avec elle.

Il sursauta en se rendant compte que John était en train de lui parler.

– Pardon ? dit-il en revenant au présent.

– Je te demande quels sont les changements que tu prévois. Tu veux que je commence les expropriations en avance ?

– Non. En fait, j'ai décidé qu'il n'y aurait pas d'expropriations. J'ai changé d'avis, John. Maintenant que je suis marié, je vois les choses autrement. Le désir de vengeance n'est pas une base solide pour un foyer. Je veux laisser tomber. Nous allons le construire, ce chemin de fer.

– Tu plaisantes ! s'écria John en écarquillant les yeux. Cela va coûter une petite fortune !

– Epargne-moi tes conseils, je sais déjà que ce n'est pas intéressant sur le plan financier. Je suis prêt à en supporter les conséquences.

John l'observa un long moment.

– Il s'agit de grosses pertes. Tu es certain d'avoir bien réfléchi ?

– Certain. Je considère cela comme un investissement pour l'avenir. En acheminant mon bétail à Denver par voie ferrée, je perdrai moins de bêtes en route. Mais ce n'est pas ma seule raison. C'est une affaire personnelle. Il y a des choses plus importantes que l'argent dans la vie. Comment Cathy pourrait-elle aimer un homme qui aurait contribué à la ruine de bon nombre de personnes, y compris son frère ?

– Au lieu de les détruire, tu vas leur faire gagner de l'argent. Or ce sont des escrocs. Même Patrick. Tous les hommes qui ont investi sur ces terres l'ont fait au détriment des petits propriétaires qu'ils ont chassés.

– J'y ai pensé. Je vais leur proposer ce qu'ils ont payé, pas un sou de plus. S'ils refusent, je les menacerai d'expropriation. Ils céderont.

– Axel, l'argent ne tombe pas du ciel. Il ne faut pas le jeter par les fenêtres. D'accord, tu es riche, très riche, même, mais pas à ce point-là.

– Tu es un financier, John. C'est pour cela que je t'ai engagé. Mais il y a des moments où il faut savoir écouter son cœur. Et j'ai besoin de ton aide.

– O.K., répondit John, un peu malgré lui. Je n'ai aucun droit de te dire que faire de ton argent.

Ils passèrent deux heures à discuter de la construction de la voie ferrée.

– Je vais prendre les dispositions nécessaires, conclut John. Il va falloir bien plus que de l'argent, tu sais.

– Ce ne sera pas facile, j'en suis conscient, dit Axel en se levant. Rappelle-toi que le temps est un facteur important. Dans l'intérêt de mon couple, il faut que les choses progressent vite.

En sortant, Axel aperçut Patrick O'Shaunnessy devant une boutique. Leurs regards se croisèrent. Axel ne parvint pas à sourire, mais il leva son chapeau avant de se diriger vers le saloon.

A chacun de ses pas il sentait le regard de Patrick rivé sur lui. Depuis combien de temps son beau-frère était-il en ville ? L'avait-il vu entrer dans le bureau de John ?

En arrivant au saloon, il regarda par-dessus son épaule. Comme il s'y attendait, Patrick l'observait toujours, l'air soucieux. Axel ravala un juron et entra.

L'établissement était comme tous les autres. Il y régnait une odeur de tabac, de whisky et de sueur.

Dès que la porte se fut refermée, une blonde vêtue d'une robe rouge apparut et lui prit le bras.

– Salut, beau brun ! Et si tu m'offrais un verre ?

– Désolé, chérie. J'ai d'autres chats à fouetter.

Il observa les consommateurs accoudés au bar et se libéra de la blonde. L'homme qu'il cherchait était là, devant un whisky.

– Un whisky, je vous prie ! ordonna-t-il.

Le patron fit glisser un verre sur le comptoir verni et l'emplit. Axel fouilla dans sa poche, posa deux dollars sur le comptoir et vida son verre d'un trait.

– La clientèle ne s'est pas améliorée depuis ma dernière visite, on dirait. Tu viens là pour passer le temps, Dublin ? Ou as-tu besoin de boire pour rester conscient ?

Cruise Dublin leva vers lui des yeux injectés de sang, à la fois surpris et effrayé.

– C'est à moi que tu t'adresses, Keegan ?

– En effet.

Axel observa le ventre protubérant de l'ivrogne.

– Tu n'es qu'une merde, Dublin. Je ne sais pas ce qu'en pensent les autres, mais moi ça m'ennuie de côtoyer une telle ordure.

– Si tu cherches la bagarre, répliqua Dublin, rouge de colère, je ne suis ni stupide ni soûl. J'ai entendu parler de tes talents de tireur.

– Ah oui ? fit Axel avec un sourire en dégrafant son ceinturon. A présent, quelle excuse vas-tu trouver ? La lâcheté ?

– Je n'ai aucune raison de me battre avec toi.

– Tu te trompes.

Il ajouta à voix basse :

– Il y a cette fille de seize ans que tu as violée. Depuis, sa vie est un enfer. Je ne le supporte pas. Tu comprends ?

– Elle ment ! souffla Dublin.

– A ta place, je ne traiterais pas ma femme de menteuse. Tu risques de me fâcher.

– Alors elle se trompe.

– Cela m'étonnerait. Une femme n'oublie pas facilement son violeur. C'est le genre de mésaventure qui marque.

Dublin vida son verre d'une main tremblante.

– Qu'est-ce que tu attends de moi ? Des excuses ? D'accord. Je m'excuse. Maintenant, laisse-moi tranquille.

– Je te donne le choix, espèce d'ordure, dit Axel en posant la main sur son pistolet. Tu peux te battre comme un homme, ou je prends mon arme et je t'envoie en enfer. Je te laisse même frapper le premier. Qu'en penses-tu ?

Sans prévenir, Dublin émit un grognement et projeta le contenu de la bouteille au visage d'Axel. Aveuglé, celui-ci secoua la tête et cligna des yeux. Dans le brouillard, il vit Dublin se saisir d'un chaise. Aussitôt, sa tête explosa de douleur. Il tomba comme une masse. Dublin lui assena un coup de pied dans les côtes qui lui coupa le souffle. Il frappa encore et encore. Axel se mit à genoux et tenta de se relever. Dublin lui fit mordre de nouveau la poussière.

– Une bagarre ! cria un consommateur.

Axel entendit des pas précipités.

– Allez chercher le shérif ! Vite !

Tandis que le picotement de ses yeux se calmait, Axel reprit ses esprits. Il vit une botte surgir. Avant qu'elle n'atteigne sa cible, il tendit la main, saisit l'homme par la cheville et le fit tomber au sol. Dublin était si gros qu'il ressemblait à une tortue couchée sur le dos.

Axel se leva d'un bond et saisit Dublin par les pans

de sa veste. Il le remit debout et lui assena un coup de poing au visage. Pour Cathy, pour sa souffrance, pour les larmes qu'elle avait versées. Pour les peurs qu'il lui avait infligées.

A tout autre moment, Axel aurait réussi à se maîtriser. Mais, cette fois, il pensait à Cathy. Dublin l'avait violée sans se soucier de sa vulnérabilité. Le combat était tout aussi inégal.

Axel croisa le regard terrorisé de Dublin et le frappa à coups redoublés.

Bientôt, des hommes empoignèrent Axel par le bras.

– Arrête, à moins que tu ne veuilles le tuer. Il a son compte.

Axel lâcha prise et observa la silhouette avachie de son adversaire, face contre terre. Du sang coulait de sa bouche et de son nez. Il avait le souffle court. Il n'en avait pas terminé avec lui. Ce ne serait jamais fini. Il voulait faire ramper cette ordure, l'entendre supplier...

– Il n'aura jamais son compte, marmonna-t-il en lançant un dernier coup de pied dans les côtes de Dublin. Crève, salaud !

Il s'éloigna en s'essuyant le visage d'un revers de manche. Il bouclait son ceinturon quand Estyn Beiler, le shérif de No Name, fit son entrée. Axel lui adressa un regard chargé de haine. Il l'avait croisé maintes fois dans la rue depuis son retour, mais il ressentait toujours la même répulsion. Il n'oublierait jamais la nuit où son beau-père avait trouvé la mort, ni le visage des coupables.

– Tu es en état d'arrestation, Keegan ! cria Beiler.

– Pour quelle raison ?

– Agression.

Axel balaya la salle du regard.

– Vous avez assisté à la scène, vous autres. C'est Dublin qui m'a attaqué.

– C'est vrai, confirma un consommateur. C'est Dublin qui a frappé le premier. Il est devenu fou. Il a pris une chaise et il a cogné.

– Cruise n'est pas un imbécile, rétorqua le shérif, rouge de colère. Tu es deux fois plus jeune que lui et bien plus fort.

– Je sais qu'il s'attaque en général à des gens incapables de se défendre, railla Axel. Cette fois, il aura fait une exception.

Il alla ramasser son chapeau, tombé sous une table, et le posa sur sa tête.

– Messieurs, dit-il poliment en sortant avec un large sourire malgré son mal de tête.

Il resta un moment sur le trottoir, sans se soucier du ciel couvert. Cathy l'avait dit le matin : c'était une journée magnifique.

24

– Mon Dieu ! Que t'est-il arrivé ?

Axel ne s'était pas rendu compte qu'il avait si mauvaise allure. L'accueil de Cathy lui fit changer d'avis. Il referma la porte derrière lui et lança son chapeau sur la table.

– Pas grand-chose.

– Tu as la lèvre en sang !

Elle se précipita vers lui, une serviette à la main, et le dévisagea, les yeux écarquillés.

– Ah bon ? dit-il en grimaçant.

Elle mit les mains sur les hanches, le visage blême.

– Tu as rencontré Patrick ?

Sur le chemin du retour, Axel s'était demandé s'il devait parler à la jeune femme de son entrevue avec Dublin. Il ne voulait pas avoir l'air de se vanter de sa victoire, mais elle ne manquerait pas de lui poser des questions.

– Pas Patrick, répondit-il.

– C'est vrai ? insista-t-elle, retrouvant un peu de couleurs.

– T'ai-je jamais menti ? demanda-t-il avec un sourire.

– Je ne m'en suis jamais rendu compte, en tout cas.

– La confiance règne, dit Axel en se rendant dans la cuisine pour se nettoyer le visage.

Il fut surpris d'avoir autant saigné. Pas étonnant que les passants l'aient dévisagé ! En posant sa serviette, il déclara :

– Tu as préparé quelque chose à manger ? Je meurs de faim.

– C'est tout ce que tu as à me dire ? Que tu as faim ? Tu t'es battu sauvagement. Je veux savoir avec qui.

– Je ne sais pas si je dois te le raconter, répliqua-t-il avec un soupir. J'ignore si cela va te faire plaisir ou te fâcher. Je ne voudrais pas te contrarier.

– Alors c'était bien Patrick, conclut Cathy en plissant le nez. Tu m'avais promis !

Il la prit par le menton et la regarda dans les yeux.

– Et j'ai l'habitude de tenir mes promesses. Je ne me suis pas battu avec ton frère. J'avais un compte à régler avec un type. C'est réglé. Restons-en là. Je suis désolé d'être rentré dans cet état. Je ne suis pas sérieusement blessé. Ne t'inquiète pas.

– Qui était-ce ?

– Tu es bien curieuse, dit-il en riant. Où est le chat ?

– Il dort dans le bureau.

Axel tendit la main et prit un morceau de pain.

– Hum... fit-il en regardant la pâte qu'elle était en train de préparer. Quand donc la tarte sera-t-elle cuite ?

– Une heure après que tu m'auras dit avec qui tu t'es battu.

Axel s'essuya la bouche du dos de la main.

– Cruise Dublin, marmonna-t-il.

– Cruise Dublin ? dit-elle, l'air courroucé.

– C'est cela.

Axel avait toujours détesté entendre un homme se vanter de ses bagarres.

– Je lui ai fait mordre la poussière.

– Vraiment ?

– Ce n'était pas grand-chose, répondit-il en redressant les épaules.

L'expression de la jeune femme suggérait le contraire.

– Raconte-moi, demanda-t-elle, les yeux embués de larmes.

– Que veux-tu que je te raconte ?

– Les détails.

– Je lui ai fait avaler quelques dents, précisa Axel.

Il n'exagérait pas. C'était vrai.

Elle ferma les yeux. Des larmes coulèrent sur ses joues blêmes. Puis elle esquissa un sourire tremblant.

– Tu lui as cassé le nez ?

Le regard de Cathy encouragea Axel.

– Sans doute, répondit-il. Quand j'en ai eu terminé avec lui, il ressemblait à un porc écorché.

– Etait-ce... enfin... fit-elle en reprenant un air sérieux.

– Quoi ?

– Tu as fait cela à cause de ce qu'il avait infligé à ton beau-père ? Ou parce que...

– Je l'ai fait pour toi, coupa Axel. Et j'ai fait en sorte qu'il le sache. Si j'avais voulu venger mon beau-père, je l'aurais fait depuis longtemps.

– Pour moi... répéta-t-elle, les yeux fermés. Et tu le lui as dit.

– Tu veux que j'y retourne et que je lui démolisse de nouveau le portrait ?

– Tu le ferais ? dit-elle en rouvrant les yeux.

– Si tu m'y obliges.

– Je pourrai regarder ?

– Pourquoi pas ? rétorqua Axel en éclatant de rire.

– Ce que j'aimerais vraiment, commença-t-elle en se passant la langue sur les lèvres, ce qui me ferait plaisir, c'est que tu le tiennes pendant que je le frapperais.

Axel secoua la tête et la prit dans ses bras.

– Je suis désolé. J'aurais dû t'emmener. Je n'aurais jamais cru que tu souhaiterais être présente.

– Si tu savais combien de fois j'ai rêvé de le rouer de coups !

– Allons-y, dit-il sincèrement. Mais arme-toi d'un bâton. Je ne voudrais pas que tu abîmes ces jolies mains.

Elle lui prit le poignet et examina ses doigts meurtris.

– Oh, Axel...

Les larmes lui montèrent de nouveau aux yeux.

– Je sais que c'est atroce, mais je suis si heureuse que tu l'aies fait !

– Il a eu ce qu'il méritait. S'il y avait une justice, il aurait été pendu pour ce qu'il a fait.

Elle posa les lèvres sur ses doigts.

– Personne ne s'est jamais battu pour moi, murmura-t-elle. Jamais.

– Tu es ma femme, à présent. Pour te faire mal de nouveau, il faudra me passer sur le corps. Et, même dans ce cas, il y aurait encore les frères Paxton pour te protéger. Joseph est redoutable quand il s'agit de défendre l'un des siens. Tu n'auras plus jamais peur de rien.

Se dressant sur la pointe des pieds, elle mit les bras autour de son cou.

– Je me sens enfin en sécurité. Cela ne m'est pas arrivé depuis longtemps. C'est très agréable.

Axel sentait en effet qu'elle se laissait aller volontiers dans ses bras.

– Donne-moi tous les détails, murmura-t-elle. Qu'as-tu dit à Cruise avant de lui casser la figure ?

Il rit. Parfois un homme devait se vanter un peu. Il finit par lui relater l'incident. Il omit de lui préciser qu'il avait failli cracher tripes et boyaux.

Une fois rasé et lavé, il demanda à Cathy de le rejoindre dans la chambre. Dès qu'elle entra, il ferma la porte à clé. Elle lui adressa un regard surpris.

– Qu'est-ce que tu fais ? fit-elle en découvrant ses épaules nues. Qu'est-il arrivé à ta chemise ?

– Je l'ai ôtée, répondit-il en se frottant le torse.

Il avança lentement vers elle, un sourire aux lèvres. Elle eut un mouvement de recul.

– Qu'est-ce que tu veux ? demanda-t-elle.

– Tu le sais très bien, répondit-il d'une voix rauque.

Il lui passa un bras autour de sa taille et l'attira fermement contre lui.

– Tu n'as pas peur, tout de même ?

– Tu ne peux pas...

Elle lança un regard inquiet vers les rideaux tirés.

– En pleine journée ! On ne peut pas faire cela en plein jour !

– Pourquoi pas ? Tu l'as dit toi-même, ce n'est pas grand-chose.

De sa main libre, il entreprit de déboutonner sa robe. Dès que ses doigts effleurèrent la peau satinée de ses seins, il sentit monter en lui le désir. Cette fois, il n'allait pas se ridiculiser. Il allait lui faire l'amour jusqu'à l'épuisement. Plus jamais elle ne quitterait cette chambre en pensant que « ce n'était pas grand-chose ».

– Tu n'as pas répondu à ma question, chuchota-t-il dans ses cheveux. Tu as peur ?

– Pas du tout.

– Tu es sûre ? insista-t-il, car elle avait le souffle court.

Quand il fit glisser la robe de ses épaules, elle frissonna. Il se pencha sur la peau laiteuse de son cou puis saisit le ruban qui liait sa camisole. Ses vêtements tombèrent un à un au sol. La robe, le jupon, la culotte... Le cœur d'Axel battait à se rompre. Il la fit pivoter pour l'appuyer contre le mur.

– Axel, il ne fait pas noir...

Il s'en était rendu compte. Il se baissa pour lui ôter

ses bottines et ses bas de soie. Sa peau blanche ne demandait qu'à être embrassée. Il prit le temps de contempler ses jambes superbes.

Les joues empourprées, elle chercha à dissimuler son intimité de ses mains. Les yeux d'Axel s'attardèrent sur un mamelon couleur framboise.

Il la laissa au milieu des dessous et des bas qui jonchaient le sol. Ainsi, il la rattraperait sans peine si elle cherchait à s'enfuir. Il se releva et la maintint prisonnière dans ses bras.

– Et si on faisait un bébé, tous les deux ? dit-il en enfouissant le visage dans son cou.

– Tu es bête ! répondit-elle en gloussant.

Elle n'avait encore rien vu.

– Je peux t'embrasser, madame Keegan ?

– Je ne crois pas que j'en aie très envie... enfin, pas en pleine journée. Je préfère attendre qu'il fasse nuit.

– Pourquoi ? Tu as quelque chose à me cacher ?

– Je fais de mon mieux, dit-elle en rougissant de nouveau.

Axel se recula pour mieux l'admirer, la gorge nouée. Comme elle était belle ! Il lui saisit le poignet et lui écarta doucement les bras. Ses mamelons se dressèrent. Il les effleura et sourit en la voyant retenir son souffle.

Axel posa les lèvres sur les siennes, prenant possession de sa bouche dans un mouvement doux et exigeant à la fois, tout en titillant un de ses mamelons durcis. A la seconde où elle s'abandonna, il fut parcouru d'un frisson d'impatience. La plaquant contre le mur de toutes ses forces, il l'embrassa avec passion. Puis il partit à la découverte de son corps, le couvrant de baisers brûlants et impatients. Elle s'agrippa à lui.

– Oh oui... gémit-elle, la tête en arrière.

Il ne lui en fallait pas plus. Il emprisonna ses seins entre ses mains expertes et les pétrit en observant son expression. Puis il se baissa de nouveau face à son intimité offerte, vulnérable.

– Mais... qu'est-ce que... ? Oh non ! s'exclama-t-elle en se cambrant pour le recevoir davantage. Non, arrête... non...

Les doigts crispés dans ses cheveux, elle l'attira vers elle, l'étouffant presque, tandis qu'il envoyait en elle des ondes de plaisir indicible.

Elle gémit en ondulant des hanches jusqu'à ce que son corps fût parcouru de spasmes.

Puis elle se laissa glisser contre le mur. Il la saisit et la remit debout. Tout en la maintenant entre lui et la cloison, il défit son pantalon et la souleva dans ses bras, nouant ses chevilles à ses reins.

Alors il la prit d'une seule poussée, sans lui demander s'il lui faisait mal. Elle enfonça les ongles dans la chair de ses épaules. Axel commença son va-et-vient, tandis qu'elle s'offrait davantage, la nuque rejetée. Il effleurait ses seins du bout de la langue. Ses cris firent place à des plaintes lancinantes. Quand elle atteignit de nouveau l'extase, il ne put se contenir.

Lorsqu'il se fut répandu en elle, il s'immobilisa, épuisé. Tous deux tombèrent au sol, comblés. Elle enroula les bras autour de son cou et enfouit le visage dans le creux de son épaule.

– Mon Dieu... fit-elle.

Elle allait le tuer. Jamais il n'avait connu un tel bonheur. Avant, il était capable de satisfaire plusieurs fois sa partenaire et de repartir comme il était venu. Avec Cathy, il se donnait totalement.

Elle poussa un soupir qui lui fit l'effet d'une douce brise. Il roula sur le dos, la tenant toujours dans ses bras. Dans un dernier sursaut, elle s'allongea sur lui de tout son long. Il sourit en lui caressant le dos. Avant de céder à l'épuisement, il se dit qu'il avait trouvé le bonheur.

Une heure plus tard, Axel se réveilla. Cathy dormait toujours, blottie contre lui, la joue sur sa poitrine. Il parvint à grand-peine à se lever, portant sa femme dans ses bras. Se sentant un peu ridicule, il gagna le lit, le pantalon sur les chevilles.

Il tira l'édredon et la déposa délicatement. Elle battit des paupières, puis ouvrit les yeux d'un air satisfait. Axel lui sourit. Apparemment, elle prenait goût à leurs contacts.

– Coucou ! dit-elle d'une voix ensommeillée.

Il se pencha doucement vers elle. Cathy en profita pour le prendre par le cou. Il ne résista pas à cette invitation et l'embrassa avidement, le torse contre ses seins offerts. Elle s'agrippa à lui, comme si elle craignait de le voir s'en aller.

Il la prit une nouvelle fois, constatant que sa femme était brûlante. Il espérait que Joseph était encore dehors et n'entendrait pas ses cris de plaisir. D'ailleurs, cela lui était bien égal.

Mais, à ce moment précis, Joseph n'était pas en train de jardiner. Il était à table en train de boire un café en fumant une cigarette. Ses yeux bleus pétillèrent de malice quand Axel entra dans la salle à manger.

– Ça va ?

– Tu aurais pu sortir ! s'écria Axel en fronçant les sourcils.

– Tu veux que je plante ma tente dans la cour ? fit-il en haussant les épaules. J'ai attendu environ une heure. Quand je suis revenu, tout était calme. Puis ça a recommencé. Il pleut, je te signale. Je ne voulais pas attraper un rhume.

– Le toit de la grange fuit ?

– Non, mais il y fait froid. On est dans le Colorado, n'oublie pas. L'été n'a pas encore vraiment commencé.

– Un mot à Cathy, et tu es un homme mort, le prévint Axel en s'asseyant.

– Ma mère ne m'a pas élevé dans une étable, répondit Joseph en riant. Tu veux du café ?

– Ce qu'il me faudrait, c'est un fortifiant, dit Axel en se passant la main sur le visage.

25

Le paradis... Quand Cathy ouvrit les yeux, le lendemain matin, telle fut sa première pensée : elle avait trouvé son coin de paradis. Axel était allongé près d'elle, sa tête brune sur l'oreiller. Quelques mèches tombaient sur son front, frôlant ses épais sourcils. Ses cils soyeux projetaient des ombres sur ses joues. Le soleil estival qui balayait son visage révélait de fines rides au coin de ses lèvres. Jamais elle n'avait contemplé si beau spectacle.

Poursuivant son exploration, elle posa les yeux sur ses épaules puissantes et bronzées, aussi lisses que du teck. Elle se dressa sur un coude en se demandant quel effet magique il exerçait sur elle. Deux jours auparavant, elle n'aurait pas songé à partager son lit avec plaisir, nue de surcroît. Elle n'aurait jamais imaginé qu'elle puisse avoir envie de le toucher, de sentir son contact. Elle n'était plus qu'une enfant qui vient de goûter à une friandise inconnue et qui en veut encore.

Cathy se blottit contre lui et sourit. Axel émit un grommellement ensommeillé. Accentuant sa caresse, elle glissa une main audacieuse le long de son ventre plat. Elle rencontra vite l'intensité de son désir.

Axel ouvrit alors les paupières et la regarda avec un sourire.

– Prends garde à toi, madame Keegan. Qui s'y frotte s'y pique.

– Tant mieux.

– Pour quelqu'un qui ne voulait rien savoir de

l'amour charnel, on peut dire que tu as tourné casaque !

Il se tourna sur le côté, la couchant sur le dos. Ses épaules cuivrées empêchaient soudain la jeune femme de voir le soleil qui filtrait par la fenêtre. Il l'embrassa.

Cathy sentit une douce chaleur monter en elle et se cambra vers lui.

– Fais-moi l'amour, Axel !

– C'est ce que nous venons de faire !

– Je veux dire encore.

– Ne me bouscule pas, murmura-t-il en lui pétrissant doucement un sein.

Cathy ferma les yeux pour savourer cette caresse.

– Keegan !

Un cri les fit soudain se redresser dans le lit. Ils échangèrent un regard.

– Patrick ! s'exclamèrent-ils en chœur.

Axel poussa un juron. Ils se levèrent précipitamment, ramassant en hâte leurs vêtements.

– Décidément, cela commence à devenir une habitude !

– Une mauvaise habitude, ajouta Cathy en enfilant sa robe. Mon frère choisit toujours le moment inopportun.

Le jeune homme criait. Il était encore soûl.

– Attends ! dit Cathy quand Axel voulut quitter la pièce.

Il revint sur ses pas pour l'aider à lacer sa bottine.

– Je peux me charger de lui, tu sais.

– Je préférerais être là aussi. Cela t'ennuie ?

– Ma chérie, j'aime t'avoir près de moi en toutes circonstances.

En se levant, il vérifia que tous ses boutons étaient fermés. Elle lança un regard inquiet sur le pistolet de son mari. Il la saisit par le menton.

– Vas-tu un jour me croire lorsque je te dis quelque chose ? Fais-moi confiance, je t'en prie.

Ils restèrent un long moment les yeux dans les yeux, indifférents aux cris de Patrick dans la cour.

– Mais je te fais confiance. Plus qu'à n'importe qui.

Ils sortirent de la chambre. A la porte d'entrée, il l'attendit. Ils gagnèrent le porche côte à côte, donnant enfin l'image d'un couple uni.

Patrick se tenait dans la cour, les jambes écartées, les cheveux en bataille, le regard fou.

Cathy en eut le cœur brisé. Jamais elle ne pourrait l'accepter. Ce frère qu'elle avait presque élevé et qu'elle aimait de toute son âme... Mais elle avait pitié de lui, à présent. Le whisky agissait sur lui comme un poison, alors que le Patrick qu'elle connaissait était gentil et doux.

– Qu'est-ce que tu veux ? demanda-t-elle.

Il tituba jusqu'au porche. Ouvrant sa chemise, il en sortit une liasse de papiers qu'il jeta à terre dans un geste théâtral.

– Je suis venu te montrer à quel point ce type t'a ridiculisée ! Regarde un peu ces documents, Cathy !

Il se tourna vers Axel.

– Hier soir, je suis entré dans les bureaux de la Barbary Coast, et j'ai trouvé des choses très intéressantes. Cathy, ton mari est revenu en ville pour anéantir tous les hommes qui, selon lui, ont tué son beau-père, sans parler de leurs familles. Nous faisons partie du lot.

Cathy descendit doucement les marches, les yeux rivés sur les feuilles et le portrait d'une jeune femme qui gisait dans la poussière. L'espace d'un instant, elle crut discerner une ressemblance avec elle-même. Mais non, ce n'était pas elle.

– Ah oui, il y a autre chose ! ajouta Patrick. Je te présente ta demi-sœur, Eden Paxton. La fille de notre cher père, conçue le soir où il a violé la mère d'Axel Keegan.

Il sortit une nouvelle pièce à conviction de sa poche et s'avança pour la tendre à Cathy.

– Lis cette lettre. Tu comprendras tout. Elle est de

John Parrish, le directeur de la Barbary Coast. Figure-toi qu'il est fiancé à Eden Paxton. Sacrée coïncidence, non ? Dans cette lettre, il lui apprend la nouvelle de sa parenté. Elle ne serait pas venue ici en sachant que le sang de Connor O'Shaunnessy coulait dans ses veines.

Cathy baissa les yeux sur la feuille. Elle était datée de la veille et était inachevée.

– Ne lis pas, Cathy, dit Axel en s'approchant d'elle. Si je ne m'abuse, John était en train d'écrire cette lettre quand je lui ai rendu visite au bureau, hier matin. Si je ne l'avais pas interrompu, il l'aurait postée. C'est un courrier personnel, une lettre d'amour.

– Pourquoi se soucier de l'intimité de John Parrish ? railla Patrick. Si tu ne veux pas qu'elle lise, Keegan, c'est parce qu'il t'accuse.

– Je t'en prie, Cathy, insista Axel. Patrick a raison. Cette lettre m'incrimine. Si tu dois apprendre la vérité, mieux vaut que ce soit de ma bouche.

La jeune femme reçut ces paroles comme une gifle. Ainsi, Axel lui avait menti, ne serait-ce que par omission, à propos de sa sœur. Son propre père avait violé la mère d'Axel ? Elle en eut la nausée.

– Il s'est servi de toi ! reprit Patrick. Il t'a ridiculisée ! Pourquoi ne m'as-tu pas écouté ? Mais non, tu as préféré jouer les putains !

Axel posa la main sur le bras de sa femme, mais elle le repoussa violemment, ivre de colère. Le paradis ? C'était plutôt l'enfer.

Elle baissa les yeux vers la lettre et lut :

– « Je ne comprends pas pourquoi ni Axel ni ta mère ne t'ont avoué la vérité. Tu avais le droit de connaître l'identité de ton père. »

Elle sauta quelques lignes et reprit :

– « Quand toute cette affaire sera terminée, je ne veux plus vivre à No Name. Comment pourrais-je rencontrer tous les jours des personnes ruinées par ma faute ? Nous serons plus heureux à San Francisco. Surtout maintenant que nous sommes liés aux O'Shaunnessy. Ici, tu ne cesserais de croiser Cathy. Votre ressemblance ne ferait qu'accroître ta peine. »

– Je peux tout t'expliquer, déclara Axel.

Elle l'ignora et poursuivit sa lecture :

– « Je ne sais pas pourquoi Axel a épousé cette fille. J'ai peur pour lui. Il ne lui suffit pas que je fasse croire à tout le monde que l'on va construire une voie ferrée pour ensuite les gruger. Il est aveuglé par la haine. Rien ne l'arrête. J'ai entendu dire qu'il avait violé cette pauvre fille. Je sais, cela ne lui ressemble guère. Mais il la considère peut-être comme une incarnation de Connor et pense qu'il peut encore l'atteindre à travers elle. »

Cathy replia la lettre. Elle en avait assez lu. Puis elle se tourna vers son mari, qui fit un pas vers elle. Son visage sombre, son sourire tordu. Avant, une telle trahison ne l'aurait guère étonnée de sa part. Mais à présent...

– Je vais faire mes bagages, Patrick, dit-elle d'une voix blanche. Attends-moi.

Tandis qu'elle gravissait les marches, Axel la saisit par le bras. Elle détourna les yeux. Le regarder était trop cruel. Elle avait été violée par un homme et avait cru que rien au monde ne pourrait lui faire honte davantage. Elle changeait d'avis. Axel Keegan avait abusé d'elle avec ses mensonges infâmes. Avait-il trouvé sa victoire dans ses gémissements de plaisir et son abandon ?

– Cathy, accorde-moi au moins cinq minutes pour écouter ma version des faits, insista Axel. Je t'en prie.

Son ton implorant lui fit lever les yeux. Elle eut l'impression de prendre un coup de poing dans l'estomac.

– Je crois que je t'ai accordé trop de temps, Axel. J'espère que tu es satisfait d'avoir assouvi ton désir de vengeance.

– Cathy...

Ses doigts se crispèrent dans un effort pour l'empêcher de s'éloigner.

– Tu es ma femme. Cela ne veut rien dire pour toi ? Cinq minutes, je t'en prie.

Elle demeura quelques instants à fixer ce visage qu'elle avait appris à aimer. Le visage d'un traître. Pourquoi les deux hommes qu'elle aimait le plus avaient-ils trahi sa confiance ?

– Ta femme ? murmura-t-elle. Je pense que les gens doivent m'appeler autrement. La putain de Keegan, peut-être ?

Elle dégagea son bras et gravit les marches sans se retourner.

– La femme de Keegan ! corrigea-t-il. Et je tuerai de mes mains quiconque osera t'appeler autrement. Quoi que l'on puisse raconter, tu es ma femme et tu le resteras toujours.

Les yeux embués de larmes, Cathy disparut à l'intérieur de la maison.

Cinq minutes plus tard, elle avait terminé ses bagages. Il lui restait à récupérer du linge qu'elle n'avait pas encore repassé. Ainsi que Mitzi, bien sûr, qui devait être endormi dans un coin.

Cathy balaya la pièce du regard pour s'assurer qu'elle n'avait rien oublié. Tant de souvenirs... Voilà encore quelques minutes, elle était heureuse.

La porte s'ouvrit avec fracas. Cathy se retourna, s'attendant à trouver Axel. Mais c'était Joseph, ses cheveux filasse flottant sur ses épaules. Ses yeux étaient noirs de colère. Il se campa devant elle.

– Mon frère est dehors en train de se faire massacrer pour vous, dit-il en saisissant le linge, qu'il jeta par terre. Sortez et allez arrêter cela ! Patrick va le tuer !

Cathy recula d'un pas. Elle n'avait jamais été aussi intimidée par Joseph. Il la prit par le bras et l'entraîna vers la porte. Inutile de chercher à lui résister.

Elle réfléchit vivement à ce qu'il venait de dire. Patrick en train de tuer Axel ? Cela n'avait pas de sens. Le contraire était plus probable.

En arrivant sur le porche, elle posa les yeux sur son mari et son frère. Joseph n'avait pas menti. Patrick se battait comme un beau diable, faisant perdre l'équilibre à Axel.

Cathy n'en croyait pas ses yeux. Axel saignait abondamment du nez et de la bouche. Il était méconnaissable. Apparemment, il ne cherchait pas à se défendre.

– Faites quelque chose, Joseph. Empêchez Patrick de continuer !

– Vous n'avez toujours rien compris ? Je ne peux rien faire. Il nous a interdit d'intervenir. Souvenez-vous, il vous a promis de ne pas lever la main sur votre frère. Il a failli à sa promesse une fois, il est déterminé à ne pas recommencer. Il préférerait se faire tuer que de vous trahir !

Cathy vit Axel tomber à genoux et Patrick lui donner un violent coup de pied dans l'estomac.

– Arrête, Patrick ! Pour l'amour du ciel, arrête !

Elle se précipita vers lui.

– Arrête, je t'ai dit !

Patrick l'écarta d'un geste et se jeta de nouveau sur Axel. Elle constata que le visage de son mari était sérieusement meurtri. Une balafre lui barrait la joue et sa lèvre était éclatée. Même son nez semblait fracturé. Et Patrick s'acharnait...

Elle avait du mal à croire qu'Axel puisse supporter ce supplice. Comment pouvait-on aller aussi loin dans le sacrifice pour tenir sa parole ?

Quelques minutes auparavant, Cathy était persuadée d'avoir un traître en face d'elle. Elle en avait eu la preuve concrète sous les yeux. Pourtant, en le voyant ainsi... Elle lança un regard affolé aux frères Paxton, qui se tenaient à distance, la mine grave. Ils avaient reçu l'ordre de ne pas intervenir, mais pas elle.

Elle courut dans le jardin chercher un rondin de bois

et regagna la cour. Au moment où elle parvenait sur les lieux de la bagarre, Patrick prenait son élan pour frapper de nouveau une cible qu'il n'atteignit jamais. Cathy assena de toutes ses forces un coup dans la poitrine de son frère. Il recula sous le choc et atterrit sur le dos. Il secoua la tête, ahuri.

– Cathy ?

Il se mit à genoux. La jeune femme le frappa de nouveau.

– Tu prends parti pour lui contre moi ?

– Sans l'ombre d'une hésitation, rétorqua-t-elle en brandissant son arme de fortune. Comment oses-tu te comporter ainsi ? J'ai honte de toi ! Va-t'en, tu m'entends ? Disparais avant que je ne te donne encore quelques leçons de politesse !

– Cathy...

Il se releva et tituba, incapable de marcher droit tant il avait bu.

La jeune femme était révoltée et dégoûtée. Son frère aurait dû se rendre compte qu'Axel ne ripostait pas. Mais non, il avait profité de la situation. Quel homme digne de ce nom ferait une chose pareille ?

– Va-t'en et ne reviens jamais ! Tu n'es pas le bienvenu dans cette maison.

Patrick observa le bout de bois. La jeune femme resserra sa prise. Il dut comprendre qu'elle ne plaisantait pas car il se dirigea vers son cheval d'un pas mal assuré.

Cette fois, Cathy ne le regarda pas s'éloigner les larmes aux yeux, folle de désespoir. Elle n'avait de larmes que pour Axel. A genoux dans la poussière, il se tenait le ventre, la tête penchée en avant, hébété de douleur.

Ravalant un sanglot, Cathy courut vers lui. En s'agenouillant à ses côtés, elle eut le cœur brisé à l'idée qu'elle lui avait tourné le dos sans lui laisser une chance de s'expliquer.

Elle l'avait cru coupable. Mais elle en doutait, à présent. Et même si c'était le cas, quelle importance ? En tenant ainsi parole, il lui avait montré tout ce qu'elle voulait savoir. Dorénavant, elle pouvait compter sur lui.

Et il l'aimait plus que lui-même...

– Axel ! Pardonne-moi, Axel. Je regrette tant...

Elle prit son visage meurtri entre ses mains.

– Cathy ? bredouilla-t-il entre ses lèvres gonflées. Je n'ai pas posé la main sur lui.

– Non, je sais, répondit-elle, les yeux embués de larmes.

Elle se rendit alors compte à quel point elle l'aimait.

– Axel, pourras-tu un jour me pardonner ?

Il tomba en avant. La jeune femme le rattrapa de justesse.

– Venez m'aider ! cria-t-elle à Joseph avec un regard implorant.

Le jeune homme était sous le porche, visiblement ailleurs, aussi fâché contre son frère aîné que contre Cathy.

– Vite ! Il a perdu connaissance.

Joseph descendit les marches, sans chercher à dissimuler sa mauvaise humeur.

– C'est un imbécile ! Il est fou d'accepter les coups sans répliquer ! En tout cas, j'espère que vous en valez la peine. Si une femme m'avait traité comme vous l'avez fait, je l'aurais aidée à faire ses malles et bon débarras !

Cathy s'écarta pour laisser ses beaux-frères porter le blessé à l'intérieur. Elle aussi se demandait si elle méritait Axel. Dorénavant, elle ferait tout pour être à la hauteur.

Toute sa vie, elle avait rêvé d'être aimée. Pas seulement dans les bons moments, mais dans les épreuves. Elle avait tant rêvé de son prince...

Puis il était arrivé et son rêve était devenu réalité, jour après jour.

Et elle avait failli renoncer à ce qu'il lui offrait de plus beau, l'amour, une famille, une vie.

Cathy ferma les yeux et remercia Dieu de lui avoir permis de devenir la femme de Keegan.

26

En fin d'après-midi, Axel était alité. Craignant une fracture, Joseph avait appliqué un bandage sur ses côtes. Cathy avait nettoyé les plaies de son visage et posé des compresses sur ses ecchymoses. Il ne restait plus qu'à laisser faire le temps.

La jeune femme porta une cuillère de bouillon chaud à ses lèvres. Elle le dévisagea, affligée par ses blessures, se demandant combien de fois Patrick avait frappé.

– Tu n'aurais pas dû le laisser te battre ainsi, dit-elle d'une voix tremblante. Je sais que tu avais promis, mais, si tu te souviens bien, tu avais spécifié que tu pourrais te défendre au cas où ta vie serait menacée. Il aurait pu te tuer.

– Il ne l'a pas fait, c'est tout ce qui compte. Ma petite femme est venue à ma rescousse. Je suis fier de toi, ma chérie.

– Fier de moi ? Comment est-ce possible après la façon dont je me suis comportée ? J'ai honte.

– Je suis fier, c'est tout. C'est la première fois que je te vois aussi déchaînée.

Il lui fit un clin d'œil. Son autre paupière était enflée et violacée. Quant à son nez, Joseph avait tenté de le redresser, mais il semblait tordu. Cathy espéra que c'était à cause de la boursouflure.

– Si ton nez reste de travers, je ne me le pardonnerai jamais.

– Je n'aurai qu'à apprendre à ne pas me fier à mon flair.

– Comment peux-tu encore plaisanter ?

– Tu es toujours là, non ?

Il pencha la tête en avant pour avaler une gorgée de bouillon entre ses lèvres enflées. Quelques gouttes coulèrent sur son menton, formant une traînée de sang.

– Patrick a gagné la bagarre, mais c'est moi qui t'ai eue. Tout le monde est content.

– Tu en as, de la chance !

Il voulut sourire, mais cela le faisait trop souffrir.

Cathy ne put empêcher les larmes de lui monter aux yeux.

– Joseph m'a dit que, à ta place, il m'aurait chassée. Je le comprends.

– Cathy, arrête un peu !

Il prit le bol de soupe et le posa sur la table de chevet.

– Il se trouve que je t'aime. Et je ne voudrais pas dire du mal de Joseph, mais je te connais mieux que lui.

« Après ce que ton père t'a fait, il n'est pas étonnant que tu doutes de moi. Tu es toujours là, ma chérie. Ce qui compte, c'est que tu m'aies défendu contre Patrick. Et tu es en train de me soigner. Tu n'as même pas exigé d'explications. Ce ne doit pas être facile de me croire sur parole.

– Sur parole ? Je n'allais même pas écouter ta version de l'histoire. J'allais partir !

– C'est ma faute. J'aurais dû avoir le courage de te parler plus tôt, avant que tu n'apprennes la vérité par quelqu'un d'autre.

– Tu veux dire que tout cela est vrai ?

Il la contempla longuement.

– Si je dis oui, je risque de te perdre. Je crois que je ferais un très bon menteur, si c'est le cas, parce que, en vérité, je crois que je ne pourrais pas...

Il s'interrompit et soupira.

– Cela peut paraître stupide de dire que je ne pourrais pas vivre sans toi, Cathy. Mais c'est ce que je ressens. Ma vie ne vaut plus rien sans toi.

Cathy n'en demandait pas plus. Toutes ses craintes s'envolèrent.

– Si tu m'aimes vraiment, dit-elle d'une voix tendue, alors rien d'autre n'a d'importance. Ce qui m'a fait de la peine, c'est de croire que tu t'étais servi de moi. Que ce qui s'était passé entre nous n'avait pas d'importance. Que tu t'étais moqué de moi.

– Cathy, tu es ce qui m'est arrivé de mieux dans la vie. Ne l'oublie pas.

– Eh bien, c'était écrit dans la lettre. John Parrish pense que tu t'es servi de moi pour te venger de mon père.

– Me venger de ton père ? Alors que, depuis un mois, je dors avec toi sans te toucher ? Ne me fais pas rire, j'ai mal.

– Je ne vois pas ce qu'il y a de drôle.

– C'est une histoire d'homme. Je ne me moque pas de toi. Si quelqu'un a eu sa revanche, c'est sans doute ton père.

Il esquissa un sourire douloureux.

– Viens ici, dit-il d'une voix rauque. Je ne voulais pas te faire de mal.

Il tendit la main vers elle.

– Approche.

– Mais tes côtes...

– Au diable mes côtes...

Il l'attira vers lui.

– J'ai besoin de te tenir contre moi.

Cathy le laissa la prendre sur ses genoux. Elle s'installa confortablement pour s'appuyer contre l'oreiller. Il l'enlaça.

– Voilà qui est mieux, fit-il en baissant les yeux. Je te tiens bien, au cas où tu voudrais t'en aller.

– Cela ne risque pas d'arriver.

– Tu changeras peut-être d'avis quand j'en aurai terminé.

– Alors ne me dis rien. Je ne veux savoir qu'une chose : que tu m'aimes. Je sais que tu as des raisons de vouloir te venger de ceux qui ont tué ton beau-père. Quoi que tu fasses, je ne laisserai rien nous séparer.

Il resserra son étreinte.

– Merci. Cela compte beaucoup pour moi.

Elle posa la tête sur son épaule.

– Je sais ce que c'est que de détester une personne qui vous a fait du mal. On meurt d'envie de se venger. Quand tu t'es battu avec Cruise Dublin, tu l'as fait pour moi, parce que tu sentais que je ne considérerais pas cette histoire comme terminée tant qu'il n'aurait pas payé. Si tu veux te venger, je ne t'en empêcherai pas. Ces types qui ont tué ton beau-père n'ont pas payé pour leur crime.

Il lui caressa doucement le bras. Elle se sentit protégée.

– Je suis heureux que tu voies les choses ainsi. Cela t'aidera à comprendre tout ce que j'ai fait.

Cathy sentait bien qu'il avait encore peur de la perdre.

– Je te comprends déjà, assura-t-elle. J'irai même jusqu'à dire que je t'aiderai.

– Tu ferais cela ? s'exclama-t-il, stupéfait.

– J'ai dit que je te soutiendrais. Dis-moi en quoi je puis me rendre utile. Je serai derrière toi.

Il se détendit contre les oreillers, les yeux fermés.

– Tu es un trésor, Cathy. Je ne te mérite pas.

– Je crois que c'est le contraire.

Un nouveau silence s'installa.

– J'ai tant de choses à te dire et je ne sais pas par où commencer.

– Par le début, dit-elle doucement.

– Eh bien, tout a commencé à Saint Louis. Papa a rencontré deux hommes qui avaient des terres à vendre pour mille dollars. C'était cher, mais le terrain était superbe. Il a accepté. Alors nous sommes partis vers l'Ouest.

Ensuite, Axel lui conta tous les détails. La nuit où Joseph Paxton avait été pendu, comment sa mère avait cherché à le sauver en donnant son corps, comment Connor l'avait agressé violemment.

– Voilà pourquoi tu as une légère claudication, murmura Cathy. Tu as été blessé à la hanche.

– Cela ne me dérange pas trop, tu sais. Et, même dans le cas contraire, tu n'y es pour rien.

– Mais c'est mon père le responsable. Imagine mes sentiments.

Il lui caressa l'épaule et la serra très fort contre lui.

– Si tu commences à culpabiliser, je ne te raconte pas la suite.

– La suite ? dit Cathy, épouvantée. A propos d'Eden ?

– Oui, Eden.

Il lui narra la naissance de sa sœur, en Californie. Sa mère avait menti pendant des années à ses autres enfants, affirmant que la rousseur de l'enfant lui venait d'une tante éloignée.

– Ce n'est qu'en te voyant que j'ai deviné qu'elle était la fille de Connor. J'ai dû avoir des doutes, mais je ne voulais pas le reconnaître. J'adorais ma petite sœur... Mais dès que je t'ai aperçue, j'ai dû admettre la vérité.

– Tu as dû être en colère. La haine que tu portes à mon père ne m'étonne pas. Comme tu as dû me mépriser !

– Oui. Pendant cinq bonnes minutes.

Il se tourna vers elle. Elle affichait un air tendre et amusé.

– Après tout, c'était perdu d'avance. Je suis tout de suite tombé amoureux de toi, mais j'étais trop stupide pour m'en rendre compte.

– Amoureux ? Oh, Axel... Après ce que mon père a fait ?

– Quand j'ai compris que tu allais vraiment te déshabiller pour sauver ton frère... Moi qui croyais que tu allais t'enfuir... après tout, tu es la fille de Connor O'Shaunnessy. En revenant ici, je me sentais plus bas que terre et je n'ai trouvé le repos qu'en te demandant pardon.

– Alors tu m'as cherchée au bal de charité ?

– Mais je n'ai pas eu le courage de te présenter des excuses. Tu étais rejetée de tous, et c'était ma faute. Des excuses ne suffisaient plus.

Elle posa la joue contre son torse.

– Tu as donc décidé de me suivre chez moi pour me demander en mariage.

– Oh, non ! Moi, épouser une O'Shaunnessy ? Je cherchais juste un moyen de faire amende honorable. Je songeais que, peut-être, une somme d'argent...

– De l'argent ? répéta-t-elle, stupéfaite.

– Ecoute, ne te fâche pas ! C'était simplement une idée très fugace. D'ailleurs, je ne t'en ai même pas parlé.

– Non, mais... me payer pour avoir anéanti ma réputation... pas étonnant que tu aies honte de toi.

– Je savais que tu refuserais. Quand j'ai compris pourquoi tu avais si peur, j'ai décidé de t'épouser.

– Parce que j'avais peur de faire l'amour ? fit-elle en haussant les sourcils. Tu es sadique ou quoi ?

Il éclata de rire en se tenant les côtes.

– Aïe ! Je t'ai dit de ne pas me faire rire !

– Alors ? insista-t-elle. Tu avais décidé de me torturer pendant un mois ?

– Je t'ai torturée ? dit-il en secouant la tête. Ce n'est pas le souvenir que j'en garde. Pour en revenir à ta question, je ne t'ai pas épousée parce que tu avais peur de faire l'amour, mais parce que tu étais résignée à tout subir pour tenir parole.

Il avait l'air grave et son regard était inondé de tendresse.

– Tu étais très courageuse, prête à te sacrifier pour honorer ton engagement. A partir de cet instant, j'étais piégé. Tu n'avais plus qu'à m'attraper.

– Pauvre Axel ! Tu te trompes. J'avais seulement peur que tu n'ailles faire du mal à Patrick.

– Tu es sérieuse ? fit-il, surpris.

– Bien sûr. Je ne me sentais pas engagée par un contrat que j'avais signé contre mon gré.

– Et dire que j'ai cru... Eh bien, je n'ai plus qu'à me débarrasser de toi. J'ai été trompé.

– Certainement pas.

Il lui prit la main. La lueur taquine de son regard avait fait place à l'émotion. Le sourire de Cathy s'estompa. Cette fois, il était d'humeur sombre. En levant les yeux vers lui, elle comprit qu'il l'aimait au-delà des mots.

– Plaisanterie mise à part, Cathy, tu es l'une des personnes les plus loyales que j'aie jamais rencontrées. Et tu as le sens de l'honneur. Sinon, tu aurais obtenu une annulation et tu serais retournée chez toi. Tu travaillerais dur pour joindre les deux bouts, et moi je serais en train de compter mon argent en riant de tous ces imbéciles que j'aurais grugés, y compris ton frère.

– Tu as changé d'avis sur les expropriations, n'est-ce pas ?

– J'ai décidé de construire ce chemin de fer. Je suis propriétaire de Trans-Co Railway.

Elle n'en croyait pas ses oreilles.

– Mais pourquoi ? Et ton beau-père ?

Il resserra son étreinte.

– C'est terminé, Cathy. Au cours du mois qui vient de s'écouler, j'ai compris qu'il y avait autre chose dans la vie que le désir de vengeance. Je veux construire mon avenir. Avec toi. Sans regarder en arrière.

– Tu es certain ? On ne peut t'en vouloir de détester quelqu'un qui a anéanti ta famille.

– On ne fonde pas une vie sur la haine. Tu peux me croire. Avant de te rencontrer, je ne me rendais pas compte que je passais à côté du bonheur.

Cathy ne put retenir des larmes de joie.

– Tu sais, Patrick a hypothéqué le ranch pour investir dans la voie ferrée. Si je ruine les autres, il tombera avec eux.

– Eh bien, mon frère a fait un tas de choses que je réprouve. Je ne peux le protéger sans cesse. Tôt ou tard, il devra payer le prix de ses actes.

– Mais pas à cause de moi. C'est ton frère. Un jour, il sera l'oncle de mes enfants. Je sais que tu es très fâchée contre lui, pour l'instant, mais tu l'aimes, dans le fond. Je dois respecter ces sentiments.

– Je lui ai dit de ne jamais remettre les pieds ici.

– Il ne faut jamais dire « fontaine »... Les esprits vont se calmer. Je ne veux pas couper les ponts entre vous. Dès que je pourrai me lever, j'irai le voir. Il est temps d'enterrer la hache de guerre. D'ailleurs, je voudrais lui serrer la main pour le remercier d'avoir si souvent pris des coups à ta place. Je l'admire.

– Comment peux-tu parler ainsi après ce qu'il t'a fait ?

Il réfléchit quelques instants.

– Sincèrement, je vais avoir du mal à être gentil avec lui. Mais je dois apprendre à mieux le connaître avant de le juger. L'alcool le rend irresponsable. Je crois qu'il mérite le bénéfice du doute.

– Il n'a pas arrêté de boire.

– Non, mais cela pourrait venir. Tes paroles ne seront pas tombées dans l'oreille d'un sourd.

Axel repoussa tendrement une mèche de cheveux roux de sa joue.

– Demain, à son réveil, il va réfléchir à sa mésaventure, reprit-il.

– Tu le crois capable d'une telle prise de conscience ?

– Oui, répondit-il avec un sourire. Et quand il sera guéri, je ne veux plus qu'il me déteste. Je vais construire ce chemin de fer. Je suis dans l'élevage, pour l'instant. Ce sera un grand progrès.

– Tu es un homme merveilleux ! s'exclama-t-elle en enfouissant la tête dans le creux de son épaule.

– Vraiment ? Dans ce cas, tu pourrais aller fermer la porte à clé ?

– Et tes côtes ?

– Au diable mes côtes !

27

Le troisième jour de sa convalescence, Axel insista pour se lever. Dès qu'il eut terminé son petit déjeuner en famille, il prit sa carabine et annonça son intention de passer la matinée sur ses terres avec David et Esa.

– Il faut que je me force à bouger, expliqua-t-il.

– Mais tes côtes ! insista Cathy. Et si tu tombais de cheval ? Tu risques de te perforer le poumon.

– Ma chérie, répondit-il en la prenant par les épaules, je ne suis plus tombé de cheval depuis le jour où j'ai entrepris de le dresser. Quant à mes côtes, je te garantis que je n'ai rien de cassé.

Elle ne pouvait s'empêcher de redouter une catastrophe. Ces appréhensions n'étaient sans doute liées qu'aux sentiments qu'elle éprouvait pour lui. Mais que ferait-elle si elle le perdait ? Et s'il partait un jour sans jamais revenir ? Elle ne pourrait jamais reprendre sa vie de jeune fille maintenant qu'elle avait découvert le bonheur d'être aimée.

Axel était un homme sain et solide, doué au tir et intelligent. Que risquait-il ? Et pourtant, nul n'était invincible.

La pensée d'être veuve la frappa en plein cœur. Elle était si bien dans ses bras, elle voulait y passer sa vie.

Jusqu'à présent, le destin ne l'avait guère épargnée. Elle avait bien mérité d'être enfin heureuse dans son nouveau foyer.

Chassant ces pensées funestes, elle se concentra sur ses tâches ménagères et les préparatifs du repas.

Quand Axel et ses frères rentrèrent, la maison embaumait.

– Cathy, c'est délicieux ! déclara Esa en goûtant son ragoût de haricots rouges.

– Merci. J'en suis ravie. Mais, je vous en prie, évitez de parler la bouche pleine, le gronda Cathy. Quant à vous, David, ôtez vos coudes de la table. C'est impoli.

Tous les hommes cessèrent de manger, affichant des mines diverses.

– Eh bien ? fit la jeune femme sans se démonter. Quand votre mère nous rejoindra, je ne veux pas qu'elle pense que je n'ai pas de bonnes manières.

– Nous ferons attention quand elle sera là, grommela Esa. D'ici là, pourquoi nous compliquer la vie ?

– Parce que j'en ai décidé autrement, répondit-elle en regardant chacun d'eux dans les yeux. A ma table, vous vous conduirez en gentlemen, sinon vous ne mangerez pas. Je suis la maîtresse de maison.

Axel se pencha en avant pour avaler une nouvelle bouchée.

– Il ne faut pas que ta nuque voie le plafond, monsieur Keegan. Avec un peu d'application, il est tout à fait possible de porter sa fourchette à sa bouche sans plonger le visage dans son assiette.

Il redressa ses larges épaules et croisa son regard. Après quelques instants de silence tendu, il déclara :

– Bien, madame.

Ils affichèrent un comportement exemplaire durant le reste du repas. Ensuite, ils aidèrent Cathy à débarrasser la table et à faire la vaisselle.

– Que dirais-tu d'une promenade au bord de l'eau ? suggéra Axel quand tout fut terminé.

Cathy ôta son tablier, enthousiaste à cette perspective. Il faisait si beau temps !

– Tu m'avais promis de te reposer, cet après-midi, fit-elle.

Il avait toujours le visage affreusement marqué et un œil au beurre noir.

– Et alors ? Je ne suis pas assez beau pour toi ?

Elle l'aurait trouvé beau dans n'importe quel état. Ses lèvres encore blessées étaient d'autant plus sensuelles.

– Je crois que tu m'as convaincue. Mais seulement si tu promets de t'allonger pendant deux heures à notre retour.

Il jeta un regard vers la table, où ses frères prenaient le café.

– Deux heures ? J'espérais davantage. Tu te coucheras avec moi, n'est-ce pas ?

– Tu es impossible ! répondit-elle en rosissant.

– Oui, je ne me lasse pas de toi, dit-il d'un air coquin. J'insiste. Je ne me coucherai qu'avec toi.

Finalement, ils trouvèrent un coin d'herbe au bord de la rivière, à l'abri des regards indiscrets. Axel entreprit de dégrafer les boutons de sa robe.

– Mais il fait jour ! s'exclama-t-elle. Et si un ouvrier vient à passer ? Ou l'un de tes frères ? Tu es fou ?

– Oui, je suis fou. Et rien ne m'arrêtera.

Il dénuda ses seins.

– Dieu, que tu es belle...

Dès qu'il effleura ses mamelons, la jeune femme sentit un frisson la parcourir.

– Tu as froid, ma chérie ?

– Non, c'est...

Elle baissa les paupières. Quand il la touchait ainsi, elle oubliait tout. Mais sa pudeur prit le dessus.

– C'est indécent de faire cela en plein air.

– Mais il n'y a personne !

Sans abandonner ses seins, il se pencha et l'embrassa avidement, déclenchant des ondes de plaisir dans le corps de la jeune femme.

– L'amour est un rite sacré entre mari et femme. Il n'y a rien d'indécent à cela. Nous ne formons plus qu'un. Tu ne sens donc pas l'intensité de nos sentiments ?

Elle se pâma entre ses bras, le laissant parcourir sa peau, la couvrant de mille baisers. Bientôt, elle gémit de plaisir et se laissa dévêtir. Sous le soleil brûlant, ils s'unirent avec passion et connurent l'extase ensemble.

– C'est divin, murmura-t-elle ensuite. C'est si délicieux que ce ne peut être mal.

Bras dessus bras dessous, ils regagnèrent la maison, songeant à leur avenir, imaginant leurs enfants.

– Axel, j'aimerais bien avoir un bébé, tu sais, fit-elle avec un soupir.

– Je m'y emploie, répondit-il en la serrant plus fort. Il faut s'entraîner un peu avant d'accomplir un exploit.

– Faisons la course jusqu'à la maison. N'oublie pas que tu as promis de t'allonger deux heures en rentrant, dit-elle avec un sourire taquin.

– Seulement avec toi.

– Pourquoi crois-tu que je sois si pressée d'arriver ? lança-t-elle en soulevant le bas de sa robe.

Cathy et Axel furent dérangés au cours de leur sieste par un coup frappé à la porte. La jeune femme disparut sous l'édredon. Axel fit semblant de se réveiller et poussa un bâillement.

– Oui ? fit-il. Qu'est-ce que c'est ?

Cathy retint un gloussement tandis qu'apparaissait la tête de Joseph. Il leur adressa un regard entendu.

– Désolé de vous déranger, mais il y a du grabuge, dehors. Nous avons de la visite. Le shérif Beiler et une vingtaine d'hommes armés.

Dès que Joseph eut refermé la porte, ils bondirent tous deux hors du lit et s'habillèrent en hâte.

– Qu'est-ce qu'ils veulent, selon toi ? demanda Cathy.

– Dieu seul le sait !

Se rappelant son pressentiment de la matinée, elle sentit sa gorge se nouer.

– C'est peut-être Dublin qui a porté plainte contre toi. Cela ne m'étonnerait pas de lui.

– Il a frappé le premier, et il y avait des témoins.

Quand ils arrivèrent sur le porche, ils trouvèrent Joseph en grande discussion avec le shérif, qui tenait sa carabine sous le bras. David et Esa avaient surgi de la grange et se tenaient un peu à l'écart.

Cathy tapota nerveusement son chignon défait.

– Oh, Axel ! gémit-elle.

– Ne t'inquiète pas de ta coiffure, dit-il en prenant son pistolet. Reste à l'intérieur. Je n'aime pas la vue de tous ces fusils.

La jeune femme non plus ne trouvait pas ces hommes très rassurants.

Elle les connaissait d'ailleurs presque tous. Certains venaient régulièrement à la messe. Tous avaient un ranch et une famille. Mais ils affichaient une expression étrange, à la fois dure et déterminée.

– Axel, j'ai peur. Pourquoi sont-ils armés ? Il y a un problème.

Il lui embrassa rapidement le front.

– Tu restes ici, d'accord ? Quoi qu'ils veuillent, cela n'a rien à voir avec toi.

Cathy le retint par sa chemise.

– Rien à voir avec moi ? Tout ce qui te concerne me concerne.

– Eh bien, tu t'inquiéteras de l'intérieur de la maison.

– Ils sont venus te chercher ! Je le sais ! C'est sans doute à cause de Dublin. Ils vont t'emmener. Il faut t'en aller. Sors par la porte de derrière, vite !

Il la saisit fermement par les poignets. Elle comprit qu'il voulait la détacher de lui, mais elle tint bon.

– Cathy, ne sois pas stupide. Je n'ai rien fait de mal.

– Joseph Paxton non plus n'avait rien fait de mal !

Ces paroles restèrent en suspens entre eux. Ainsi, la

jeune femme était à présent persuadée de l'innocence de Joseph Paxton.

– Ma chérie, un homme se doit d'affronter le danger.

Doucement, il se libéra, sans la quitter des yeux.

– Il faut faire confiance à la justice. Je n'ai rien à me reprocher.

– Estyn Beiler était présent, cette nuit-là, Axel, lança-t-elle sans dissimuler qu'elle était au bord de la crise d'hystérie. Il a vu mon père martyriser un enfant. Quel homme digne de ce nom laisserait faire une telle infamie ? Il te veut du mal. Je le sais. Je le vois sur son visage. Il t'en veut d'avoir dit la vérité, d'avoir révélé le rôle qu'il a joué dans cette histoire. Tu ne comprends pas ? Tu lui as fait perdre la face. La seule façon pour lui de retrouver sa dignité est de te discréditer.

– En tout cas, je ne peux me dérober, dit Axel en reculant de quelques pas. Ce n'est pas dans ma nature. Tu comprends ?

Ce qu'elle comprenait, c'était que ces hommes lui voulaient du mal.

– Ton orgueil stupide ne te protégera pas d'un type comme Beiler.

– Que ferait un homme, sans orgueil ?

Il franchit le seuil. Cathy se mit à trembler pour lui.

– S'il m'arrive quelque chose, dit-il au moment de sortir, tu resteras avec Joseph. Il s'occupera de toi.

Leurs regards se croisèrent. Il savait. Elle le lisait dans ses yeux. Une chose horrible était sur le point de se produire.

– Axel... je t'aime.

Il esquissa un sourire. Cathy eut envie de le retenir, de refermer la porte, de l'obliger à l'écouter.

– Je sais. Promets-moi de rester avec Joseph. Il prendra soin de toi.

– C'est promis, chuchota-t-elle.

– Mes frères sont ta famille désormais. Ne l'oublie pas.

Il redressa les épaules et prit une profonde inspiration. Cathy se rendit compte qu'il avait aussi peur qu'elle. Tandis qu'il sortait sous le porche, elle se força à être courageuse.

Dès que la porte se referma, elle alla se poster à la fenêtre pour observer la scène. Axel rejoignit Joseph. Il semblait très sûr de lui face à ces hommes armés.

– Qu'est-ce qui t'amène chez moi ? demanda-t-il à Beiler.

– Comme si tu ne le savais pas ! répondit celui-ci avec un sourire narquois.

Il le toisa quelques instants.

– Patrick O'Shaunnessy est venu en ville hier matin. Il a dit à qui voulait l'entendre que vous aviez eu des mots et qu'il t'a massacré. A en juger par ton état, il n'a pas menti.

– C'est vrai. Nous avons eu une altercation, admit Axel en inclinant la tête.

– Et tu n'as pas eu le dessus.

Axel hocha la tête. Cathy se sentit très fière de lui. N'importe quel homme se serait empressé de se justifier. Axel le laissa dire. La vérité lui suffisait.

– Où étais-tu, ce matin ? demanda Beiler.

– Je suis allé inspecter ma clôture avec mes frères.

– Tu es resté avec eux tout le temps ?

– Non, pas tout le temps. Pourquoi cette question ?

– Lorsque tu as quitté tes frères...

Le cœur de Cathy se mit à battre à se rompre.

– ... combien de temps cela a-t-il duré ?

– Une heure, peut-être deux, déclara Axel. Je ne sais pas.

– Alors tu as eu le temps d'aller chez les O'Shaunnessy, ce matin ?

– J'aurais eu le temps, en effet.

– A mon avis, tu t'y es rendu.

Axel voulut parler, mais Beiler l'interrompit :

– Inutile de mentir. Cruise Dublin t'a vu t'éloigner de chez O'Shaunnessy.

– Je n'ai aucune intention de mentir. Je suis allé voir

Patrick ce matin. Et alors ? J'ai fait cela pour ma femme. J'espérais régler nos différends. Mais il était absent, alors je suis parti.

– C'est un peu difficile de parler à un homme qui a reçu une balle dans le dos, en effet.

Cathy sentit ses jambes se dérober. Elle s'agrippa au bord de la fenêtre.

– Une balle dans le dos ? répéta Axel, hébété. Patrick ?

– Ne joue pas l'innocent. Depuis que tu es revenu au pays, tu es sans cesse en conflit avec lui. Ce n'est un secret pour personne.

– Tu m'accuses d'avoir tiré dans le dos de mon beau-frère ? dit Axel avec un rire nerveux.

Cathy poussa un cri de douleur. Son frère... Malgré ce qu'il avait fait, elle l'aimait. Beiler venait-il de dire qu'il était mort ?

En entendant son hurlement de désespoir, Axel se tourna vers la maison.

– Reste ici, espèce de lâche ! ordonna Beiler.

– Ma femme est dans la maison. Elle a besoin de moi. C'est la sœur de Patrick, au cas où tu l'aurais oublié. Tu as une curieuse façon d'annoncer les mauvaises nouvelles !

La voix d'Axel exprimait une colère froide. Quant à Beiler, il semblait cracher du venin.

– En devenant ta femme, elle a tourné le dos à son frère. Je doute qu'elle soit très choquée.

Axel se tenait sous le porche, n'osant bouger, mourant d'envie de rejoindre Cathy. Celle-ci regardait par la fenêtre, retenant son souffle, de peur de faire du bruit. Son mari risquait sa vie en cherchant à la rejoindre.

– Je veux voir ta carabine, cria Beiler. Où est-elle ?

– Au-dessus de la cheminée.

– Va la chercher, Joseph. Et pas d'histoires. Mes hommes ont l'ordre de tirer à vue.

– Les shérifs de ton espèce n'hésitent pas à faire feu

à tort et à travers. Cela leur évite de surcharger les prisons, grommela le jeune homme.

En entrant, Joseph croisa le regard de Cathy.

– Je suis désolé pour ton frère, sœurette.

Sœurette ? Ce mot semblait lui avoir échappé. Sa compassion était sincère. Cela en disait long sur les qualités de Joseph. Sa gorge se noua et elle se contenta de hocher la tête.

Joseph prit la carabine de son aîné.

– Axel n'est pas un ange, dit-il, mais il ne tirerait jamais dans le dos d'un homme. Quoi que Beiler puisse affirmer, ne l'oublie jamais.

La jeune femme comprit que Joseph la mettait en garde. Si elle abandonnait une seconde fois son mari, la rupture serait irréparable.

Il sortit de la maison, ses bottes martelant le plancher. Il se retourna une dernière fois et fit un clin d'œil à sa belle-sœur, cherchant à la rassurer.

Beiler s'approcha pour prendre l'arme. La tenant d'une main, il en renifla le canon.

– Cette arme a servi récemment.

Cathy vit le dos d'Axel se raidir.

– C'est vrai. Ce matin j'ai vu un coyote attaquer l'un de mes veaux, alors je l'ai abattu. Aucune loi ne l'interdit.

Le sourire narquois de Beiler était éloquent.

– Keegan, je t'arrête pour le meurtre de Patrick O'Shaunnessy.

L'un des cavaliers se redressa sur sa selle.

– Il n'est pas encore mort, shérif. Ce n'est qu'une tentative de meurtre, pour l'instant.

– Espèce de salaud sans cœur ! s'écria Axel en le fusillant du regard. Il n'est pas mort ! Comment as-tu pu me faire croire qu'il était mort ! Tu te moques du chagrin de ma femme ?

Il serra les poings. Si toutes les armes n'avaient pas été braquées sur lui, il lui aurait sauté à la gorge.

– J'aimerais qu'il puisse identifier son agresseur, parce que ce n'est pas moi.

– Tu raconteras cela au juge, lança Beiler en sortant ses menottes. Tu vas en prison.

– Oh non, fit Joseph, la main tendue vers son pistolet.

David et Esa se mirent également en position de tir.

– La dernière fois que tu as posé la main sur l'un des nôtres, tu l'as pendu sans l'écouter. Je ne te laisserai pas emmener mon frère.

– Joseph, reste en dehors de tout cela ! s'écria Axel.

– Non ! Je ne peux pas laisser l'histoire se répéter ! Tu es une ordure, Beiler !

Toutes les armes se braquèrent sur Joseph.

– Vas-y, salaud, donne-leur l'ordre de tirer ! Je tomberai sous leurs balles, mais tu crèveras avec moi. Ils ne peuvent pas m'atteindre sans que j'aie le temps de te loger deux balles dans la tête.

La lâcheté de Beiler commençait à transparaître. Il blêmit et regarda de tous côtés, comme s'il cherchait un moyen de s'échapper.

– S'il dégaine, tuez la fille ! ordonna-t-il.

Tous changèrent de cible.

– Ordure ! cria Axel.

Beiler brandit les menottes. Axel demeura quelques instants immobile, puis il descendit les marches, les poings crispés. Beiler lui passa les menottes et le poussa brutalement dans la cour.

– Hamilton, Hobbs ! Arrêtez les frères Paxton ! On emmène tout le monde !

– Pour quel motif ? lança Joseph.

– Entrave à la justice. Je ne vais pas vous laisser m'embêter. Quand vous serez sous les verrous, je n'aurai plus à me soucier de vous.

Cathy n'en croyait pas ses oreilles. Oubliant sa promesse, elle se précipita hors de la maison.

– Non ! Shérif, je vous en prie ! Ils n'ont rien fait.

Trois hommes mirent pied à terre et se dirigèrent

vers les jeunes gens. Hamilton passa les menottes à Joseph, qui se laissa faire. David et Esa suivirent. Ensuite, Beiler les désarma.

– Vous faites moins les fiers, à présent !

– Vous ne pouvez pas faire cela ! cria Cathy. On n'arrête pas des innocents. Je suis témoin. Ils n'ont rien fait.

– Laisse au moins l'un de mes frères ici, déclara Axel. Il n'est pas prudent de laisser une femme seule dans un ranch isolé. Son frère vient d'être abattu !

– Elle l'a bien cherché, rétorqua Beiler en le poussant sans ménagement. Monte derrière Morgan et ferme-la tant que je ne t'adresserai pas la parole.

Le fermier s'approcha du prisonnier qui monta en selle péniblement, cherchant Cathy du regard.

– Je n'ai pas tiré sur Patrick, dit-il. Malgré les apparences. Je te le jure ! Il faut me croire. J'y suis allé uniquement pour lui parler, rien de plus.

Par le passé, Cathy ne lui accordait pas sa confiance. Mais à présent... Elle lisait dans ses yeux qu'il était sincère.

A travers ses larmes, elle parvint à lui sourire.

– Ils ne s'en sortiront pas comme cela, assura-t-elle. J'ignore qui a agressé mon frère, mais je le saurai.

Beiler remonta en selle, le regard chargé de haine. Les trois frères furent installés sur d'autres montures.

– D'abord, tu ferais mieux d'aller en ville voir ton frère. Il est grièvement blessé. A mon avis, il ne passera pas la nuit. Il est chez le docteur.

Il donna le signal du départ. Cathy demeura sous le porche, les joues ruisselantes de larmes. Les chevaux s'éloignèrent dans un nuage de poussière. Jamais elle ne s'était sentie aussi seule. Une crainte diffuse la saisit.

Elle leva un regard implorant vers le ciel. Que faire ? Qui avait pu tirer dans le dos de Patrick ? Et pourquoi ? Si elle ne trouvait pas les réponses à ces questions, elle allait perdre son mari. Il serait pendu, tout comme son beau-père vingt ans plus tôt.

Cathy redressa les épaules. Une chose était certaine : elle était impuissante si elle restait au ranch. Il fallait aller en ville voir Patrick. Là-bas, elle prendrait la situation en main. Elle avait mis vingt-deux ans à trouver son Prince Charmant et était déterminée à le garder.

28

Quand Cathy arriva en ville, une vingtaine d'hommes s'étaient rassemblés devant la prison. En se frayant un chemin vers la maison du docteur, elle les entendit scander :

– Que justice soit faite ! A mort, l'assassin !

Elle s'arrêta devant le cabinet, fixant la fenêtre à barreaux, sur le trottoir opposé. Axel et ses frères étaient enfermés. Elle les imaginait dans une cellule glaciale, morts de peur. La foule réclamait un châtiment exemplaire et ferait tout pour l'obtenir.

L'espace d'un instant, elle eut l'idée insensée de faire évader son mari et ses frères. Après tout, elle avait un bon coup de fusil. Elle pourrait...

C'était de la folie.

Submergée par une vague de désespoir, elle tourna le dos à la prison et entra chez le médecin. Patrick était à l'agonie et avait besoin d'elle.

Le cabinet n'avait pas changé depuis des années. Les murs de la salle d'attente étaient tapissés d'ouvrages scientifiques. Près de la porte était accroché le portrait d'une petite fille qu'elle avait maintes fois contemplé, en attendant son tour d'être auscultée à la suite des brutalités de son père.

Doc Halloway l'avait toujours soignée sans poser de questions, la plupart du temps sans demander d'honoraires, sachant qu'elle venait en cachette de Connor.

Prenant une profonde inspiration, elle frappa à la porte. Presque aussitôt, elle perçut le pas familier du médecin. Il l'accueillit avec sa réserve habituelle et son sourire plein de compassion.

– Entre, ma fille, entre.

Il gratta sa tignasse grisonnante et chaussa ses lunettes. Ses yeux bleus étaient voilés de tristesse.

– Bonjour, Doc. Cela faisait longtemps.

– Tant mieux, non ?

Cathy ne put s'empêcher de sourire. Elle aimait beaucoup le vieil homme. Il savait tout d'elle, à part le viol, bien sûr. Elle ignora les cris des hommes dans la rue, cherchant à se persuader que tout s'arrangerait.

– Comment va Patrick ? demanda-t-elle soudain comme dans un brouillard.

– Mal. Il a de la fièvre. J'ai fait de mon mieux. J'ai nettoyé la blessure, je l'ai recousue. Maintenant, il faut attendre.

– J'aimerais le voir.

– Bien sûr.

Doc Halloway la précéda, le dos voûté, traînant les pieds. Ses bretelles pendaient sur ses jambes. Il ne s'était jamais soucié de son apparence.

– Par ici, petite. Je l'ai installé dans l'infirmerie.

Elle fut aussitôt assaillie par une odeur d'éther et de désinfectant.

– J'ai éteint les lampes, expliqua le médecin, afin qu'il puisse se reposer. Quand ils l'ont amené, il n'était pas ivre. Tu seras peut-être heureuse de le savoir. Il a un peu abusé de la boisson, ces derniers mois. Quand on voit ce que cela a donné sur ton père... Quand il était sobre, Connor était pourtant un homme charmant. Son fils est en train de suivre le même chemin.

Cathy l'écouta parler, heureuse de ne pas se retrouver seule face à la silhouette inerte de son frère.

– Vous... êtes sûr qu'il ne sentait pas le whisky quand il est arrivé ?

– Je sais de quoi je parle. A mon avis, il n'avait pas

avalé une goutte depuis plusieurs jours. J'ai du flair dans ce domaine.

– Quand je l'ai vu, il y a trois jours, il était ivre mort. Nous nous sommes disputés. Je lui ai dit que je ne voulais plus jamais le revoir.

– Ah...

Doc Halloway baissa les yeux vers son patient.

– Voilà qui explique tout. Je ne peux pas dire que j'approuve sa conduite, mais je sais qu'il aime sa sœur plus que tout au monde. Tes paroles ont dû le toucher et le pousser à réfléchir.

– Je ne sais pas. Peut-être...

– A mon avis, il a essayé d'arrêter l'alcool. C'est une bonne chose, quelle que soit l'issue de cette histoire.

Une bonne chose ? Cathy eut envie de se laisser choir et de pleurer. Patrick avait donc pensé à elle... Et elle n'était même pas là pour l'aider dans ce défi qu'il s'était lancé à lui-même. A présent, il était à l'agonie et elle ignorait s'il était en état de l'entendre.

Elle s'approcha doucement du jeune homme. Il était blanc comme un linge.

– Paddy... murmura-t-elle d'une voix brisée.

– Voyons, petite, dit le médecin en posant la main sur son épaule. Ne t'inquiète pas. Il va peut-être nous faire une bonne surprise. Ne perds pas espoir. Il est jeune et résistant.

Cathy s'assit. De ses doigts tremblants, elle prit la compresse et la rinça dans une cuvette d'eau froide, puis la posa sur le front moite de son frère.

– Cathy ! cria soudain le jeune homme dans un accès de délire. Je dois te dire...

– Il n'a cessé de marmonner des bribes de phrases, prévint Doc Halloway. Il répète ton nom et tient des propos incohérents. C'est normal. Il a beaucoup de fièvre.

Cathy rabattit le drap pour inspecter le bandage. Du sang filtrait à travers le coton blanc. Elle savait pertinemment qu'un blessé risquait gros quand la balle entrait d'un côté et ressortait de l'autre.

– Mon Dieu, la balle l'a traversé ?

– Voyons, ce n'est pas aussi grave que cela en a l'air. Il ne crache pas de sang, donc les poumons sont intacts. Par ailleurs, la plaie est très nette.

– Les organes vitaux sont touchés ?

– J'espère que non. Le temps nous le dira. L'opération n'a pas été très difficile, mais on ne peut jamais savoir.

Cathy ferma les yeux quelques instants puis regarda de nouveau le médecin.

– Vous savez ce qui est arrivé, Doc ? Où Patrick a-t-il été abattu ?

– Ils ont affirmé l'avoir trouvé près de la porcherie. Le tireur était posté sur la colline, d'après les calculs de notre bon shérif. Il a tiré d'assez près.

Il parlait de Beiler d'un ton sarcastique. Bien que ce dernier fût réélu chaque année, nombreux étaient ceux qui ne l'appréciaient pas. Comme dans toutes les villes, il y avait peu de candidats à ce poste dangereux et peu envié. Beiler buvait et jouait gros, mais les gens semblaient s'en moquer. Il fallait bien que quelqu'un se charge de la sale besogne.

– Je déteste cet homme ! s'exclama Cathy. Il veut faire pendre mon mari alors qu'il n'est pas coupable. Certes, Axel n'est pas un ange, mais ce n'est pas un assassin non plus. Seul un lâche peut tirer dans le dos.

– Je suis d'accord avec toi. L'expérience m'a appris à juger les gens. Selon moi, Axel Keegan est un homme dur mais bon.

– Doc, je savais bien que vous étiez mon ami. Vous voulez bien l'aider ? Allez voir ces hommes et parlez-leur. Faites cesser cette folie !

– Je n'ai pas grande influence, tu sais. Je ne suis que le vieux docteur un peu excentrique. Ils viennent me voir quand ils ont un ongle incarné, mais ils pensent que je suis cinglé.

Il disait vrai. Elle tripota nerveusement sa bague, rongée par l'inquiétude.

– J'aime Axel de tout mon cœur.

– Je vois bien que tu es amoureuse. Et je ne demanderais pas mieux que de l'aider.

– Je sais, répondit Cathy, certaine de sa loyauté sans faille.

Un jour, il lui avait même proposé de l'héberger, mais elle avait refusé, redoutant la réaction de son père.

– Je me suis attaché à toi, au fil des années, déclara-t-il. Je dois admettre que je me suis un peu inquiété en apprenant que tu avais épousé Keegan. Puis je me suis dit que c'était sans doute la meilleure chose qui pouvait t'arriver.

– Il est merveilleux, répliqua-t-elle en entendant des cris de colère résonner dans la rue. Si seulement Patrick pouvait nous révéler qui l'a abattu ! Il va y avoir une émeute. Et Beiler ne fera rien pour l'empêcher.

– Probablement pas, admit Doc Halloway, l'air inquiet. Je le connais.

Il s'assit près d'elle et observa longuement Patrick.

– Même s'il pouvait parler, il ne saurait peut-être pas qui lui a tiré dessus. L'homme qui a fait cela est un lâche. Il a dû se cacher dans les taillis.

– Et tous ces gens croient Axel coupable. Ecoutez-les !

– La plupart d'entre eux sont d'honnêtes gens. Ils sont en colère, c'est tout.

– Si seulement j'étais aussi charitable que vous...

– Je ne les défends pas, répondit Doc Halloway en soupirant. Ne te méprends pas. C'est une sale affaire. Ces types sont des hommes mûrs. Ils ont connu et aimé Camlin Beckett, à l'époque.

– Mais son meurtre remonte à plus de vingt ans ! Cela n'excuse pas leur conduite à présent.

– Ah non ? dit le médecin en haussant les sourcils par-dessus ses lunettes. Dans leur esprit, l'histoire se répète. A peine les Paxton sont-ils de retour en ville que l'un des leurs reçoit une balle dans le dos. Naturellement, ils veulent que justice soit faite.

Cathy n'avait pas réfléchi à la question sous cet angle.

– Tout ce que je sais, c'est qu'ils veulent lyncher mon mari bien qu'il soit innocent.

– Et tu leur en veux d'être aussi aveugles. C'est normal. Certes, on ne peut faire justice soi-même, mais abattre un homme d'une balle dans le dos est ignoble. Dommage que...

Il s'interrompit et secoua la tête.

– Quoi ? insista Cathy.

– Oh, je réfléchissais à voix haute. Je cherchais un moyen de prouver... Mais c'est impossible. Vingt ans, c'est long.

Patrick se mit à remuer la tête sur l'oreiller et à marmonner des paroles inintelligibles. Il évoquait Beiler et ses dettes de jeu. Cathy aurait aimé le tirer de son cauchemar.

Quand il se fut calmé, Cathy se tourna de nouveau vers le médecin.

– Vous parliez de prouver quoi ?

– Je me disais que ce serait formidable de pouvoir démontrer l'innocence de Joseph Paxton. C'est bien ce que proclame Keegan, n'est-ce pas ?

– En effet.

– C'est dommage que nous ne puissions la prouver, du moins semer le doute dans leur esprit. Cela les apaiserait un peu. Ils se mettraient à réfléchir. La pendaison d'un innocent est une abomination. Ils pourraient se montrer raisonnables.

– C'est un vœu pieux, Doc. Comment prouver l'innocence de Joseph Paxton ? Beckett et lui sont morts et enterrés depuis longtemps.

Ils entendirent une porte s'ouvrir puis des pas résonner dans le couloir.

– C'est la saison des rhumes des foins, dit le médecin en se levant. Si tu as besoin de moi, n'hésite pas à m'appeler.

Cathy regarda la porte se refermer derrière lui. Puis elle s'occupa de Patrick, lui lissa les cheveux et appliqua une compresse froide sur sa peau brûlante.

A sa grande surprise, la porte se rouvrit. Bess apparut sur le seuil, les larmes aux yeux.

– Tu savais que je viendrais, murmura-t-elle.

Cathy hocha la tête. Bess était une amie fidèle. Elle lui fit signe de s'asseoir près d'elle.

– Cathy, c'est affreux !

La jeune femme essora de nouveau la compresse, s'efforçant de garder son calme.

– Il risque de ne pas s'en sortir.

– Oui. J'ai appris ce qui est arrivé à Axel. Tu n'es pas trop... bouleversée ?

– Oh, Bess, je l'aime tant ! J'ai peur que tous ces hommes ne le pendent haut et court et je ne peux rien faire pour le sortir de ce pétrin.

Bess posa une main rassurante sur son épaule.

Le silence s'installa entre les deux amies. La présence de Bess était un réconfort pour Cathy tandis qu'elle s'occupait de son frère, se demandant si chacun de ses souffles serait le dernier.

Elle songea aux paroles du médecin. Une preuve. Doc avait raison. Il fallait semer le doute. Elle fit part de ses pensées à Bess.

– Si seulement il existait un moyen d'établir l'innocence de Joseph Paxton... conclut-elle.

Elle songea à tout ce qu'Axel lui avait raconté de son passé tragique. Joseph Paxton avait-il bien payé mille dollars pour son terrain ?

Sentant la fraîcheur de la compresse, Patrick agita de nouveau la tête.

– Sale chat... bredouilla-t-il, faisant sourire sa sœur. Il va pleuvoir... rentrer les bêtes...

Soudain, il s'humecta les lèvres et fronça les sourcils.

Ses poings se crispèrent et il repoussa la main de la jeune femme.

– Cathy... le journal... Beiler... Cathy, le journal...

– Patrick, calme-toi ! Je suis là. Tout va bien... Chut...

Au son de sa voix, il ouvrit brutalement les yeux mais ne sembla pas la reconnaître.

– Ecoute... dit-il d'une voix rauque. Lis... le journal... pas Beiler... toi... Promis...

– C'est promis, Paddy, dit-elle en posant la main sur son front moite, persuadée qu'il délirait.

– Pardon... Cathy... plus jamais... whisky...

– Je sais, murmura-t-elle. Tu ne boiras plus. A présent, tais-toi. Il faut te reposer.

Elle eut du mal à retenir ses larmes à la pensée qu'il n'allait peut-être pas survivre. Il était si jeune.

– Dors, fit-elle. Je reste là.

Il lui prit la main et la serra.

– Non... rentre... maison... lis... le journal... Promis ?

Cathy fut parcourue d'un frisson. Qu'essayait-il de lui faire comprendre ?

– Quel journal ? Qu'est-ce que tu racontes ?

Bess se pencha en avant, les yeux écarquillés.

– Cathy, il cherche à te dire quelque chose.

– Le journal... de papa, articula le jeune homme. La preuve... à la maison... promets-moi.

– Très bien, assura Cathy en posant un regard interrogateur sur son amie. C'est promis. A présent, dors.

Il ferma les yeux et se calma. Les deux femmes restèrent un long moment à l'observer.

– Le médecin m'a prévenue qu'il délirait à cause de la fièvre, murmura-t-elle à son amie.

– Est-ce vraiment du délire ? répondit Bess. Oncle Bart n'aura pas accordé d'importance à ce qu'il marmonne car il ne s'intéresse qu'à l'aspect médical. Tu devrais peut-être retourner au ranch pour parcourir ce fameux journal.

– Tu crois ? rétorqua Cathy, qui avait un peu peur.

– Je m'occuperai de Patrick, dit-elle en lui prenant la compresse des mains. Vas-y, tu n'as rien à perdre.

Cathy se leva, le cœur battant. C'était probablement inutile mais qu'importe. Son père tenait en effet un journal et des registres. Ils se trouvaient encore sur une étagère du bureau, couverts de poussière. Patrick avait-il découvert un élément compromettant qui lui aurait valu une balle dans le dos ?

L'histoire se répétait... Elle aurait dû le comprendre plus tôt. Quelqu'un avait assassiné Beckett, vingt ans auparavant, mais qui ? On avait abattu Beckett d'une balle dans le dos. Ce meurtrier était encore en vie et n'hésiterait pas à frapper de nouveau s'il se sentait menacé.

– Doc ! Doc ! s'écria-t-elle. Il faut que je vous parle.

– Une seconde, répondit-il.

Il s'entretint à voix basse avec quelqu'un puis sortit dans le couloir où l'attendait la jeune femme.

– Que se passe-t-il, mon petit ? On dirait que tu as vu un fantôme !

Cathy lui prit les mains et s'exprima d'une voix tremblante :

– Vous allez nous prendre pour des folles, mais Bess et moi croyons que Patrick a découvert quelque chose dans le journal de mon père. Un élément qui prouve l'innocence de Joseph Paxton !

– Je sais qu'il a bredouillé quelques paroles à propos d'un journal mais n'oublie pas qu'il est en proie au délire.

– Il a voulu nous dire quelque chose, insista-t-elle en fermant les yeux pour se ressaisir. Doc, je dois tenter ma chance. Je rentre à la maison pour voir ce que je peux découvrir. Surtout, n'en parlez à personne. Si Bess et moi avons raison, nous saurons alors pourquoi Patrick s'est fait abattre.

– Mon Dieu ! s'écria le vieux médecin avec un regard inquiet. Je n'y avais pas songé. Il n'a cessé de parler de ces journaux.

Cathy retrouva soudain espoir.

– Doc, je risque d'en avoir pour plusieurs heures. Entre-temps, ces hommes peuvent s'en prendre à Axel. Il faut que vous alliez leur parler et les calmer. Empêchez-les de faire une bêtise. Rendez-moi ce service, je vous en prie !

– J'essaierai, assura-t-il en la prenant par les épaules. Je le ferai pour toi.

Cathy l'embrassa avec fougue.

– Merci ! Je ne l'oublierai jamais !

Sur ces mots, elle tourna les talons et sortit précipitamment.

29

Quand Cathy eut achevé ses recherches dans le journal de son père, il faisait déjà nuit. Elle retourna en ville et se rendit immédiatement à la prison, dans l'espoir de voir Beiler.

D'abord, elle fut déconcertée, puis alarmée en découvrant la foule rassemblée sous le grand chêne. A la lueur d'une torche, elle vit un homme ligoté à la selle d'un cheval sous la plus grosse branche. Malgré la pénombre, elle reconnut les larges épaules de son mari.

Elle se mit à courir pour rejoindre les spectateurs. Un peu en retrait, l'air résigné, Doc Halloway devait s'en vouloir de ne pas avoir réussi à convaincre ces gens excités de l'innocence de Joseph Paxton. Les hommes criaient, les femmes, serrées en petits groupes, bavardaient. Tous semblaient impatients d'assister à l'exécution. Elle eut envie de crier son désespoir.

Cathy savait qu'elle devait attirer l'attention de la foule si elle voulait se faire entendre. Se frayant un chemin au milieu des badauds, elle se plaça sous la torche et agita les feuilles qu'elle avait arrachées dans le journal de son père.

– Arrêtez ! Arrêtez cette folie ! Ecoutez-moi, je vous en conjure !

– C'est la fille O'Shaunnessy ! cria un homme. Laissez-la passer. Il faut qu'elle voie ce salaud au bout d'une corde. Après tout, c'est son frère qui a été abattu.

La foule se fendit pour la laisser passer. Cathy se tourna aussitôt vers Axel. Leurs regards se croisèrent.

– Rentre à la maison, Cathy, je t'en prie, déclara-t-il d'une voix nouée par l'émotion. Je ne veux pas que tu me voies mourir.

Elle fut émue jusqu'aux larmes de constater qu'il se souciait d'elle en un tel moment. Il aurait dû trembler de terreur à l'idée qu'un mouvement du cheval suffisait à l'étrangler. Mais il n'implorait pas pitié. C'était une nouvelle preuve de son amour pour elle.

Serrant les feuilles dans sa main, la jeune femme s'éclaircit la gorge et tenta de se concentrer. Ce n'était pas le moment de s'éparpiller.

– Où est le shérif Beiler ? demanda-t-elle en agitant ses documents sous les yeux des premiers spectateurs. Cet homme n'a pas tiré sur mon frère ! Et je peux vous le prouver ! Si vous le pendez, vous en porterez la responsabilité jusqu'à votre mort !

– Comment pouvez-vous le prouver ? cria un homme, les yeux brillant de rage.

Charles Banks, le porte-parole des habitants, l'homme le plus dangereux. Sur un ordre de lui, la foule pouvait relâcher Axel ou le tuer.

Se rappelant que ces hommes étaient avant tout d'honnêtes gens, elle redressa les épaules et respira profondément.

– Si vous croyez que mon mari a tiré sur mon frère, c'est surtout parce que vous êtes persuadés que c'est son beau-père qui a tué Camlin Beckett, n'est-ce pas ? Tel père, tel fils ?

– Peut-être, fit Banks en jetant un coup d'œil sur les papiers. Qu'est-ce que c'est ?

– La preuve, de la main de mon propre père, que Joseph Paxton n'a pas tué Camlin Beckett. Remerciez Dieu que j'aie trouvé ces documents à temps, sinon vous auriez la mort d'un innocent sur la conscience !

– Cathy, mesure tes paroles, dit Axel. Ces hommes sont en colère. Ne les provoque pas.

Elle savait qu'il redoutait que Charlie Banks s'en prenne à elle. Mais elle n'avait pas peur. Ce ne serait pas la première fois qu'elle subirait les coups d'un homme.

– Si la vérité est une provocation, alors c'est leur problème, pas le mien. Vous êtes sur le point de commettre l'irréparable, monsieur Banks. Je vous assure que je vous poursuivrai si vous exécutez mon mari. Et avec des preuves aussi solides que celles dont je dispose, il n'y a pas un tribunal dans tout le pays qui ne vous condamnera pour meurtre ! Un crime passible de la peine de mort, je vous le rappelle ! Et je vous garantis que j'assisterai à votre pendaison !

– Cathy ! gronda Axel d'un ton menaçant.

Banks prit les papiers en grommelant.

– Quelles sont ces preuves ? demanda-t-il d'un ton sarcastique. Une manigance pour sauver ton mari ? Alors qu'il a tiré dans le dos de ton frère !

– C'est vrai ! cria un homme. Finissons-en. Il est coupable, tout le monde le sait.

– Il n'est pas plus coupable que vous et moi ! cria la jeune femme.

Banks était en train de lire à la lueur de la torche. Une expression étrange apparut sur son visage.

– Attendez un peu, les gars, c'est bien l'écriture de Connor. Je la reconnais.

Il dévisagea Cathy.

– Qu'est-ce que tu as trouvé de si important, petite ?

Le silence se fit. La jeune femme savait qu'il lui faudrait un certain temps pour déchiffrer le récit, même si elle lui désignait les passages intéressants. C'était le plus grand coup de bluff de sa vie.

– Ce sont des extraits du journal de mon père, comme vous le constatez. On y apprend que Joseph Paxton a acheté un ranch et des terres il y a vingt ans. Mais, en arrivant, il a été chassé. C'était une escroquerie. Et Paxton n'a pas été la seule victime ! Mon père avait quatre complices : Beckett, Dublin, Connel et Beiler. Ils ont escroqué de braves gens plus d'une fois. Lisez vous-même !

Banks parcourut les feuilles, les sourcils froncés.

– Tout est là, reprit Cathy, noir sur blanc ! Paxton est arrivé en toute bonne foi pour prendre possession de ses terres achetées à Saint Louis à Camlin Beckett. Dès son arrivée, mon père et ses complices, armés jusqu'aux dents, sont allés le voir et lui ont intimé de partir. Paxton était un pacifique, un homme pieux. Il a eu peur pour sa famille. Alors il a accepté de s'en aller. Mais Beckett a été tué d'une balle dans le dos, et Paxton accusé du meurtre.

« Réfléchissez un peu, vous tous ! implora la jeune femme. Vous avez la preuve que mon père et ses complices étaient des escrocs. Beaucoup d'entre vous ne roulent pas sur l'or. Comme moi, vous êtes des enfants d'immigrés irlandais venus chercher fortune en fuyant un pays de famine. Voilà comment ces escrocs se faisaient de l'argent sur le dos de braves gens !

– Je me demandais bien comment faisait Connor pour toujours disposer de grosses sommes ! s'exclama un homme dans la foule. Et il lui en fallait, pour payer ses dettes de jeu !

La jeune femme comprit que les gens l'écoutaient. Elle poussa un soupir de soulagement.

– C'est pour cela que Paxton a tué Beckett ! cria un autre. Parce qu'il l'avait escroqué.

– C'est vrai. Ce que tu viens de prouver, c'est la culpabilité de Paxton. Et non le contraire. Il a voulu se venger. Tout comme ton mari avec ton frère.

– Mais non ! cria la jeune femme. Comment pouvez-vous être aussi aveugles ? Axel Keegan n'avait besoin de tuer personne. Il n'y a pas un homme parmi vous, y compris Patrick, qu'il ne pourrait battre en duel au pistolet. Réfléchissez ! Vous savez bien que j'ai raison.

Avant que l'on puisse l'interrompre, Cathy s'empressa d'ajouter :

– Combien d'entre vous croient que les voleurs ont de l'honneur ? Je peux vous assurer que non. Si des hommes peuvent voler ensemble, ils peuvent se voler entre eux. C'est exactement ce qui s'est produit. Quand Beckett a vendu ce terrain à Paxton, à Saint Louis, Paxton lui a remis mille dollars. Mais quand Beckett est retourné à No Name, il a déclaré l'avoir vendu pour cinq cents dollars. Un escroc escroquant un escroc ! Tout est là, noir sur blanc !

– Comment sais-tu quelle somme Paxton a versée ?

– Ouais ! cria un autre. On ne va pas croire la parole de Keegan !

Cathy déglutit, espérant que personne ne lui demanderait de justifier ce qu'elle allait déclarer.

– J'ai vu le reçu de mes yeux. Axel a conservé les documents. Je n'ai pas eu le temps d'aller le chercher, mais l'acte de vente et le reçu sont là-bas. Paxton a bien payé mille dollars. Or Beckett a prétendu en avoir touché cinq cents.

– Il a donc volé cinq cents dollars aux autres ! s'exclama un autre.

– Oui. Et il risquait gros. Comme vous le savez, mon père n'était pas commode lorsqu'il était en colère.

– Tu prétends que c'est Connor qui a tué Beckett ?

– Je dis que c'est l'un des complices. En découvrant la supercherie, c'est lui qui a tiré dans le dos de Beckett, pas Paxton. Mon père et ses amis ont pendu un innocent !

Cathy parcourut la foule des yeux, cherchant les responsables de la mort de Paxton. Ils n'avaient encore rien dit, espérant que la situation resterait en leur faveur. Cathy n'avait pas encore réussi à convaincre la foule. Tant qu'il y avait des objections à ses arguments, les assassins de Paxton ne risquaient rien.

Elle repéra d'abord Dublin, dont le visage peuplait ses cauchemars, rose et poupin, avec ses petits yeux de fouine. Comme elle le détestait ! A sa grande surprise, elle remarqua qu'il ne la regardait même pas. Il fixait un point, un peu en bordure de la foule, une silhouette tapie dans l'ombre, un témoin discret.

Cathy plissa les yeux, s'efforçant d'identifier le mystérieux spectateur. Soudain, la voix d'Aiden Connel s'éleva de la foule.

– Comment expliquer la différence ? demanda-t-il à l'homme tapi dans l'ombre. Pourquoi ne vous êtes-vous pas rendu compte qu'il y avait eu malversation ?

– Parce que toute cette histoire est fausse ! rétorqua-t-il en avançant dans la lumière.

Il s'agissait de Beiler.

– Cette fille raconte n'importe quoi pour sauver la peau de son mari. Quant aux supposées preuves, tu as trouvé quelque chose, Banks ? Non. Elle a tout inventé. Cela ne fait que renforcer notre détermination à pendre un lâche !

– Je n'ai rien inventé ! hurla la jeune femme.

– En vérité, rétorqua Beiler, Joseph Paxton était coupable, tout comme Keegan aujourd'hui. Quant à notre groupe d'amis, comment oses-tu ternir le nom de ton père, qui n'est plus là pour se défendre ? Tu n'as aucune morale. Ton frère est à l'agonie et tu défends son assassin ! Quelle fille et quelle sœur es-tu donc ? Tu t'es vendue à cette ordure. Non contente d'être une putain, tu tournes le dos à ta famille.

– Je m'en suis détachée, en effet ! répliqua-t-elle, rouge de colère. Je préfère être la femme d'Axel Keegan que la fille de Connor O'Shaunnessy ! Vous savez parfaitement que c'était une crapule, doublée d'une brute.

La foule retint son souffle.

– Vous savez que j'ai raison, reprit la jeune femme en s'adressant à tous. Vous m'avez vue maintes fois couverte de bleus. Vous saviez très bien ce qu'il faisait quand il rentrait soûl à la maison. Mais personne n'a levé le petit doigt pour m'aider. Vous aviez tous peur de lui, comme moi. Eh bien, je n'ai plus peur. Il est mort et enterré. Vous pouvez m'appeler la putain de Keegan si vous voulez, j'en serai fière. Mon père n'était même pas digne de ramper aux pieds de mon mari !

– Vous voulez continuer à écouter ces sornettes ? lança Beiler en riant. Tu peux chanter les louanges de Keegan, mais pas à nous. Quant à la brutalité de ton père, nous sommes émus jusqu'aux larmes. Mais tu parais très en forme, aujourd'hui. S'il était aussi dur que tu le prétends, tu aurais des séquelles. Pour ce qui est de ta petite histoire, je te rappelle que j'étais présent. J'ai mes défauts, mais nul ne peut m'accuser d'être un voleur. Les voleurs, je les mets en prison. Cela fait des années que je risque ma peau pour les habitants de cette ville. D'accord, nous avons vendu un lopin de terre à Paxton. Mais, en arrivant ici, il ne l'a pas trouvé à son goût et s'est installé au ranch, qui appartient à Connor. Nous lui avons dit de partir, mais il a perdu la tête et est venu nous menacer de son arme. C'est ainsi qu'il a tiré dans le dos de Camlin. C'est la vérité, j'y étais.

Cathy le regarda et lut dans ses yeux une haine féroce. La situation était claire. Beiler voulait la mort d'Axel.

Elle devina aussitôt ses raisons. Elle s'était trompée. Ce n'était pas Camlin qui avait empoché la moitié des bénéfices, vingt ans auparavant, mais Beiler. Camlin avait sans doute découvert le pot aux roses. Beiler lui avait tiré dans le dos pour le réduire au silence.

Terrifiée à l'idée que la foule puisse ajouter foi aux paroles du shérif, elle s'empressa d'ajouter :

– J'ai des preuves, monsieur Beiler ! Le journal de

mon père. Regardez, monsieur Banks. Tout est là. Notre perle de shérif est un menteur.

– Bien ! rétorqua Beiler en riant. Et qui nous prouve que Paxton a payé mille dollars ? Elle prétend qu'il y a un reçu et un acte de vente chez elle, mais vous ne voyez rien. Qui allez-vous croire ? Elle et Keegan ? Il est évident qu'elle aime cette ordure.

– Pendons-le ! cria un homme. Il a abattu Patrick O'Shaunnessy ! Qui d'autre l'aurait fait ?

– Il faut qu'il paie ! renchérit une femme.

Cathy posa les yeux sur son mari.

– Rentre à la maison, implora-t-il. Je t'en prie ! Fais-le pour moi.

Un homme s'approcha du cheval et vérifia que le prisonnier avait bien les mains liées. Cathy comprit alors qu'elle avait donné le meilleur d'elle-même mais qu'elle avait perdu. Ils allaient pendre son mari.

L'homme examina ensuite la corde.

– Je t'en prie, ma chérie, répéta Axel en penchant la tête. Je ne veux pas que tu voies ça ! Rentre à la maison et attends Joseph.

– Je ne peux pas ! répondit-elle. On n'abandonne pas les gens qu'on aime. Et je t'aime de tout mon cœur !

Cathy remarqua alors qu'un silence pesant s'était abattu sur l'assistance. Elle se retourna pour suivre le regard de son mari.

– Tu l'aimes peut-être, sœurette, mais pas moi, dit une voix faible. En fait, je le déteste, et tout le monde le sait. Ce que j'ai à dire est important. Les gens sauront que je suis sincère.

Patrick ! Cathy se dressa sur la pointe des pieds pour entr'apercevoir son frère. Elle ne vit que ses cheveux roux.

– Patrick ! Qu'est-ce que tu fais là ?

La foule lui fit un passage. Il ne tenait debout que grâce à Doc Halloway qui l'aidait à marcher. Son visage était livide.

– Bess m'a raconté ce qui se passait ici et je suis venu remettre les pendules à l'heure.

Ses jambes se dérobèrent soudain, mais le médecin le rattrapa.

– Vous...

Sa tête roula sur le côté.

– Vous êtes sur le point de pendre un innocent.

Cathy fit un pas en avant. L'effort de son frère prouvait qu'il regrettait tout ce qu'il avait fait et cherchait à se racheter.

– Oh, Paddy... murmura-t-elle dans un sanglot.

– Attends une minute ! cria Beiler. Patrick délire. Il a de la fièvre. Cela se voit. On ne peut accorder foi à ce qu'il raconte.

Doc Halloway leva la main pour obtenir le silence.

– Il a toute sa tête. La fièvre est tombée. S'il veut s'exprimer, laissez-le parler. Quel mal y a-t-il à cela ?

La foule se tut. Patrick entrouvrit les lèvres, déglutit et reprit d'une voix rauque :

– L'autre jour, je suis venu en ville. Je me suis vanté d'avoir cassé la figure à Axel Keegan...

Il s'interrompit, au supplice.

– En fait, je n'ai pas eu beaucoup de mal car il ne se défendait pas. Il se laissait faire sans réagir. Quand il a épousé ma sœur, il lui a promis de ne pas lever la main sur moi. Je l'ai entendu. L'autre matin, il a tenu promesse et moi, je l'ai tabassé comme un fou. J'étais si soûl que je m'en moquais. J'ai profité de la situation.

Un murmure parcourut la foule. Cathy ferma les yeux pour cacher ses larmes. Son frère n'était pas un lâche. Qui aurait le courage de s'humilier ainsi pour sauver son honneur ?

– Quand ma sœur m'a chassé de chez elle, j'ai commencé à réfléchir. Axel Keegan ne pouvait être aussi mauvais que je le pensais si elle l'aimait autant. Dès que je l'ai pu, j'ai commencé à lire le journal de mon père et j'y ai découvert les méfaits dont Cathy vous a parlé. Si Paxton a payé mille dollars, qu'est devenue la moitié de cette somme ?

Patrick laissa cette question en suspens, puis reprit son souffle. Doc Halloway resserra son étreinte.

– Comme ma sœur, j'ai cru que c'était Beckett qui avait empoché ces cinq cents dollars. Et que l'un des complices, peut-être mon père, l'avait pris la main dans le sac et exécuté. Hier soir, je suis donc venu en ville pour tout raconter au shérif et lui dire de découvrir le véritable assassin de Beckett afin de laver le nom de Paxton. Il a dit qu'il réfléchirait et qu'il trouverait s'il s'agissait de Connel ou de Dublin.

– Moi ? cria Dublin dans la foule. Je n'ai pas tué Camlin ! C'était mon meilleur ami.

– C'est absurde ! s'exclama Beiler. Il perd la tête. Il ne m'a rien dit !

Patrick posa les yeux sur le shérif, qui se tenait en pleine lumière.

– Ce matin, raconta-t-il, à l'aube, je suis allé nourrir mes porcs. En me penchant, j'ai aperçu un homme sur la colline. Je croyais qu'il venait me parler, mais il m'a tiré dessus. Cet homme était Estyn Beiler !

Tout le monde se mit à crier en même temps.

– C'est un mensonge ! hurla Beiler en brandissant le poing.

– Je t'ai vu, Beiler ! rétorqua Patrick. Cathy et moi nous étions trompés dans notre interprétation des faits. Tout le monde sait que tu perds souvent au jeu. C'est toi qui as pris les cinq cents dollars. Un shérif gagne un salaire de misère. Je vais vous dire comment il trouve de l'argent ! Il escroque ses amis. Camlin, lui aussi, avait découvert la vérité et il l'a abattu, comme moi.

– Petit salaud ! J'aurais dû faire mouche du premier coup !

Et sans crier gare, Beiler dégaina et tira. Patrick s'écroula comme une masse, Doc Halloway penché sur lui. Les femmes se mirent à pousser des cris stridents, les hommes juraient. L'un d'eux sortit son arme et tira sur Beiler.

– Assassin ! Nous t'avions élu ! Nous te faisions confiance !

Une expression incrédule se peignit sur le visage de Beiler, puis il se tint le ventre et tomba à genoux.

Horrifiée, Cathy perçut un hennissement. Elle se tourna vers le chêne. Deux hommes s'efforçaient de maîtriser l'étalon, qui, parvenant à leur échapper, fonça dans la foule, piétinant tout sur son passage.

Des cris fusèrent. La panique s'empara de tous. Personne ne paraissait se soucier de l'homme qui se balançait au bout d'une corde.

Cathy n'avait d'yeux que pour lui. Elle se fraya un chemin parmi la foule pour le rejoindre, sachant qu'il était en train d'étouffer.

Le temps s'était arrêté. Durant ces quelques secondes, elle vit défiler toutes les images de sa vie avec lui, son sourire, sa silhouette, son arrivée avec le chat dans les bras, son rire...

Il fallait qu'elle arrive à temps.

Dans un effort désespéré, elle lui saisit les jambes et le souleva, cherchant à alléger la pression sur la corde. Trop tard... son corps était déjà inerte.

– A l'aide ! hurla-t-elle, au comble du désespoir. A l'aide !

Ses cris attirèrent enfin l'attention. Des hommes se précipitèrent vers elle. Ils saisirent le corps puissant d'Axel et coupèrent la corde. Cathy recula, en larmes, tandis que l'on allongeait son mari sur le sol.

– Nom de Dieu ! cria Banks. Pourquoi n'avez-vous pas retenu ce satané cheval ? Nous avons pendu ce pauvre type !

Hurlant sa douleur, Cathy se jeta sur lui et pleura à chaudes larmes. Il ne pouvait pas la quitter ainsi...

Elle prit son visage entre ses mains, l'inondant de ses larmes.

– Axel ! Je t'en prie ! Non !

Dans un effort désespéré pour le ramener à la vie, elle posa ses lèvres sur les siennes et souffla de toutes ses forces dans ses poumons. Elle aurait préféré mourir à sa place.

– Cathy... il est trop tard, fit quelqu'un en s'efforçant de l'écarter.

Elle se débattit, refusant de le laisser. Elle lui insuffla une nouvelle goulée d'air, puis une autre, jusqu'à s'étourdir. Mais il ne bougeait toujours pas.

Alors elle abandonna. Relevant la tête, elle se mit à hurler :

– Axel ! Ne me quitte pas !

Elle sentit qu'on l'emportait, qu'on lui arrachait son mari. Il était parti.

Axel eut l'impression de sombrer dans un trou noir. Il aperçut un rai de lumière, mais il était trop las pour bouger. Une partie de lui avait envie de s'abandonner aux ténèbres, de reposer en paix.

Mais quelque chose le retenait. Il entendit la voix de Cathy, lointaine, comme un écho, qui le suppliait de ne pas la quitter.

Mais il s'abîmait malgré lui dans la nuit. La voix de Cathy l'obsédait, lancinante. Il se concentra sur le rai de lumière et vit Cathy se profiler dans un halo doré. Elle pleurait, luttant pour se libérer de l'emprise d'un homme. Axel voulut s'approcher d'elle. Il avait juré que personne ne lui ferait de mal.

Se débattant contre les ténèbres qui l'engloutissaient, il voulut protéger la jeune femme. Son amour pour elle était soudain plus fort que tout.

Il voulut lui dire qu'il ne la quitterait pas, qu'il arrivait, mais les ténèbres étaient sans fin. Il tomba... Puis plus rien...

– Nom de Dieu ! Il revient à lui !

– C'est vrai, je l'ai vu bouger.

Les voix explosèrent dans la tête d'Axel. Une douleur

fulgurante lui lacéra la poitrine. Il chercha à reprendre son souffle, mais quelque chose l'étouffait. Il porta les doigts à la gorge et roula sur le côté.

– Axel !

Dès que l'air envahit enfin ses poumons, il sentit les bras de Cathy se refermer sur lui. Des larmes de bonheur ruisselèrent sur ses joues. Enfin, il respirait...

Il cligna des yeux, cherchant à distinguer son visage, et parvint à lever le bras vers elle.

Peu à peu, la réalité refit surface. La foule, la corde au-dessus de sa tête, les hurlements de Cathy. Il resserra son étreinte. Elle lui appartenait, aucun autre homme ne la toucherait plus.

– Ça va, bredouilla-t-il. Ne pleure pas, je t'en prie.

Elle le dévora de baisers. Il sourit en sentant son parfum familier, la douceur de ses lèvres.

Elle resta dans ses bras à pleurer longuement. Levant les yeux vers la corde qui pendait du chêne, Axel se rendit compte qu'il avait bel et bien été pendu. Il serait mort si Cathy ne l'avait pas retenu.

Le coup de feu. Patrick...

Axel banda ses muscles et essaya de se lever. Beiler avait tiré sur Patrick. Le jeune homme s'était aussitôt écroulé. Cathy avait assez souffert. Elle ne méritait pas de perdre son frère.

Rassemblant ses dernières forces, il écarta la jeune femme et s'assit. Tout se mit à tourner autour de lui. Il cligna des yeux, prit une profonde inspiration et se mit debout tant bien que mal. Titubant dans la foule, il partit en quête de son beau-frère. Cathy le prit par la taille.

– Reste tranquille, dit-elle.

– Patrick... marmonna-t-il d'une voix rauque.

Sentant sa femme se raidir, il comprit qu'elle venait de se rappeler son frère.

– Mon Dieu, Paddy...

Au lieu de l'abandonner pour se précipiter à sa recherche, elle hâta le pas, soutenant fermement son mari. La foule qui s'était rassemblée autour du jeune homme s'écarta pour les laisser s'approcher. Axel se dégagea de l'étreinte de Cathy et la poussa en avant.

– Vas-y, fit-il doucement.

Elle se jeta aussitôt aux pieds de son frère, affalé dans les bras du médecin, l'air pétrifié.

– Ça va, murmura-t-il en faisant un clin d'œil à sa sœur. Beiler m'a raté. Après ce coup d'éclat, je ne pouvais tout de même pas mourir.

– Raté ? répéta-t-elle, stupéfaite, avant d'éclater d'un rire hystérique. Raté ?

Elle palpa le bandage taché de sang.

– Paddy, tu saignes.

– Je m'en tirerai, assura-t-il. Demande à Doc Halloway, il te le dira.

– Il perd son sang, dit la jeune femme en levant les yeux vers le médecin. Il faut le transporter à l'infirmerie.

– J'ai besoin d'aide pour le porter, répliqua Doc Halloway en regardant les hommes qui l'entouraient.

Axel aurait aimé participer, mais il tenait à peine debout. Quatre hommes se proposèrent. Cathy recula pour ne pas les gêner. Tremblant de la tête aux pieds, elle rejoignit Axel, qui glissa un bras autour de sa taille.

Tandis qu'on le soulevait, Patrick croisa le regard d'Axel.

– Je ne sais pas comment te présenter des excuses, fit-il.

Axel ne put s'empêcher de sourire en décelant un soupçon d'animosité dans sa voix.

– Des excuses ne sont pas nécessaires, répondit-il d'une voix brisée. Disons que c'est une brouille entre frères et n'en parlons plus.

Tandis qu'il s'éloignait, Patrick bredouilla quelques paroles, affirmant qu'il ne voulait sûrement pas être le frère d'un Keegan. Axel secoua la tête et regarda sa femme.

– Il va s'en sortir, ma chérie.

Son regard passionné suffit à lui redonner des forces. Plus que jamais, elle avait besoin de lui.

Dans un sanglot, elle l'enlaça et posa la tête sur son épaule. Ils restèrent longtemps ainsi, chacun puisant du courage chez l'autre.

– Viens. Allons chez le médecin. Quand il aura fini de le soigner, il voudra sans doute nous donner des nouvelles de ton frère.

– Et ton frère à toi ?

Axel se retourna pour découvrir Joseph, le chapeau enfoncé sur la tête.

– Mais comment es-tu sorti de prison ? s'enquit l'aîné.

– Une bonne âme s'est souvenue que nous étions enfermés et a pris la clé dans la poche de Beiler. Au fait, il est mort, ajouta-t-il à l'intention de Cathy.

Il posa la main sur l'épaule de la jeune femme.

– Il ne faut pas pleurer. Tout est fini, maintenant.

A sa grande surprise, elle se retourna et se jeta dans ses bras.

– Oh, ils ont pendu Axel ! J'ai cru qu'il était mort !

Le jeune homme, abasourdi, lui tapota maladroitement le dos, n'osant pas la toucher.

– Il est toujours là, dit-il. Sinon, j'aurais pu vous épouser.

– Tu es impossible ! lança Axel. J'ai failli mourir et toi tu plaisantes.

– Je ne plaisante pas. Tu as bien fait de l'épouser.

– Quand tu auras fini de réconforter ma femme, j'aimerais la récupérer.

David et Esa les rejoignirent.

– Comment va Patrick ?

– Si nous allions aux nouvelles ? proposa Axel.

Cathy s'essuya les yeux et se jeta dans les bras de David pour fondre de nouveau en larmes. Axel la reprit contre lui d'un geste possessif, et tous cinq se rendirent au cabinet de Doc Halloway.

– La plaie ne s'est pas rouverte, déclara le médecin,

optimiste. C'est un miracle qu'il n'ait pas perdu trop de sang ! Il est en bonne voie.

– Peut-on le voir ? demanda Cathy.

– Bien sûr. Mais ne le fatiguez pas.

Axel se rendit compte que ses frères le suivaient.

– Qu'est-ce que c'est que ce cortège, vous autres ?

– Nous n'avons pas besoin d'une invitation, répliqua Joseph. Il fait partie de la famille.

Le regard plein de gratitude de Cathy empêcha Axel d'en dire davantage. Patrick les accueillit cependant avec moins d'enthousiasme.

– Mon Dieu ! Ils sont tous là ! Je ne vais pas oser fermer les yeux.

– Sois gentil, Paddy, dit Cathy en s'asseyant près de lui. Tu as l'air d'aller mieux, n'est-ce pas, Axel ?

– Absolument.

– Eh bien, O'Shaunnessy, déclara Joseph d'un air gêné, j'ai du mal à l'admettre, mais je dois dire que ce que tu as fait mérite le respect.

– Qui te dit que je veux de ton respect ?

– Patrick ! gronda sa sœur. Je t'ai dit d'être gentil. Nous formons une grande famille, à présent. Bientôt, quand j'aurai des enfants, vous serez tous leurs oncles.

– Des rouquins, à n'en pas douter ! s'esclaffa Patrick. Tu ferais mieux d'y réfléchir à deux fois.

– Je crois que le mélange sera explosif ! dit Axel en riant.

Patrick étreignit les doigts de Cathy.

– S'il y a des enfants, je ne peux qu'enterrer la hache de guerre.

– Plus de bagarres, dit-elle.

– D'accord. D'ailleurs, j'arrête de boire. Pour de bon, cette fois.

– Je te souhaite bonne chance, petit frère.

Joseph s'approcha et tendit la main.

– Je ne veux pas te fatiguer, Patrick, alors je m'en vais. Merci encore. Tu as sauvé la vie d'Axel. Je ne l'oublierai jamais.

Les deux hommes se serrèrent la main en se regardant droit dans les yeux. David et Esa firent de même.

– Allez-vous-en, dit Axel à ses frères. Je vous rejoins.

Il resta quelques minutes à regarder Patrick aux côtés de Cathy.

– Je ressemble à mon père, n'est-ce pas ? J'espère que tu ne vas pas me le reprocher.

– Non, affirma Axel après réflexion. Je ne trouve pas.

Peu après, le couple sortit dans la fraîcheur de la nuit.

– Tu es sincère quand tu dis avoir fait la paix avec le souvenir de mon père ?

Axel l'enlaça et porta le regard au loin, vers les montagnes Rocheuses baignées par le clair de lune.

– Il t'a donné la vie, dit-il en l'embrassant sur le front.

Les yeux de la jeune femme s'embuèrent.

– Je me suis longtemps demandé si je parviendrais un jour à me libérer de lui. Il semblait planer au-dessus de moi comme une menace. Maintenant, les nuages ont disparu. C'est grâce à toi. Tu m'as apporté la sécurité dont j'avais besoin. Je n'aurai plus jamais peur tant que tu seras avec moi.

Axel l'enlaça. La fille de Connor O'Shaunnessy... le plus beau cadeau qu'il eût jamais reçu. Il enfouit le visage dans sa crinière rousse, se rappelant qu'il était venu assoiffé de vengeance.

A présent il avait gagné.

Rêvez et voyagez au fil des pages
des romans de la collection

Aventures et Passions

A paraître le 24 août

Les amants du Colorado
d'Elizabeth Lowell (n° 4935)
Colorado, 1868. Ray Moran parcourt le monde depuis des années. Dans une ville des Rocheuses, il rencontre Kate, une superbe jeune femme au regard effrayé, qui habite seule dans les montagnes afin de se protéger des agressions de ses frères. Saisi par sa beauté, Ray décide de rester quelque temps auprès d'elle. Mais elle se méfie de tous les hommes...

Dernières parutions

La loterie de l'amour
de Lisa Kleypas (n° 4915) (juillet 98)
Londres, XIXe siècle. Sara Fielding, jeune romancière vivant à la campagne, se rend à Londres à la recherche de documentation pour son prochain roman. Elle y fait la connaissance de Derek Craven, propriétaire d'un casino, et pénètre ainsi dans le monde du jeu. Entre eux naît une attirance amoureuse. Mais Sara est déjà fiancée...

L'amant exilé
de Joan Wolf (n° 4916) (juillet 98)
Angleterre, XIXe siècle. La belle et jeune Annabelle Grandville vient de perdre son mari. Dans son testament, il a demandé que leur fils de quatre ans, Giles, soit confié à son frère Stephen, l'amour de jeunesse d'Annabelle, ignorant que Giles est le fils de son frère. Alors que leur histoire d'amour renaît, Stephen est victime de plusieurs tentatives d'assassinat...

Une femme convoitée
de Johanna Lindsey (n° 4879) (juin 98)

Angleterre, XIXe siècle. Afin de rembourser les dettes exorbitantes de son oncle, la jeune Audrey Langton se voit contrainte de se vendre aux enchères dans une maison close. Le cruel lord Ashford la convoite, mais Derek Malory emporte la vente pour sauver la malheureuse d'un sort inhumain. Audrey se demande avec angoisse qui est vraiment son acquéreur...

Le solitaire apprivoisé
de Katherine Sutcliffe (n° 4880) (juin 98)

Angleterre, 1805. Mary est engagée comme garde-malade auprès de lord Salterdon, infirme des suites d'un accident et souffrant d'accès de folie furieuse. Pourtant, ils apprennent à s'apprivoiser l'un l'autre et finissent par s'aimer. Mais la grand-mère du lord congédie Mary...

Soif d'amour
de Linda Lael Miller (n° 4881) (juin 98)

Connecticut. Devenu vampire contre sa volonté deux siècles auparavant, Adrian n'a qu'un souhait: redevenir humain et mortel. Quand il était enfant, une bohémienne lui avait prédit qu'une femme aurait le pouvoir de le sauver. Lorsqu'il rencontre Neely, il comprend que, grâce à elle, il pourra échapper à son sort. Mais leur parcours est semé d'embûches...

4917

Photocomposition Assistance 44-Bouguenais
Achevé d'imprimer en Europe (France)
par Brodard et Taupin à La Flèche (Sarthe)
le 30 juin 1998. 1929U-5
Dépôt légal juin 1998. ISBN 2-290-04917-4
Éditions J'ai lu
84, rue de Grenelle, 75007 Paris
Diffusion France et étranger : Flammarion